第十三個故事

The Thirteenth Tale

Diane Setterfield

黛安・賽特菲爾德 著

呂玉嬋 譯

目次

過程

作者中文版序

我和你，在閱讀創造出來的時空中相會

黛安·賽特菲爾德

每一位親愛的台灣讀者，

我現在坐在家裡，約克郡的哈洛格特鎮，寫著這篇中文版序。而我心裡知道，我和你們之間，相隔著六千英里的距離。但我又覺得，如果過度強調英國（《第十三個故事》的誕生地，故事的背景也在此）和台灣（你們馬上就要在台灣讀到這本書了）之間的距離，好像又不太對。原因是，閱讀這件事最奇妙的特點，就是能夠跳過空間，縮短距離；而且在這跳躍、縮減的同時，又能創造出一個龐大無比的想像空間，讓我身為作者，和你們身為讀者，在這個想像的空間裡面相會相識。

好，所以，我們現在已經彼此認識了。你們想知道這本《第十三個故事》是怎麼來的嗎？別擔心，我不會在這篇中文序裡面透露書中的細節，真的不會。不過，如果你是那種想要直接閱讀正文、不想讀序的讀者，那你就直接略過這裡，開始讀《第十三個故事》的第一章吧。我是讀者的話，一定會跳過序，直接去讀正文的。

假設全世界的時間都屬於我們的，那我可以慢慢告訴你，我以前做過的一個夢。我夢到圖書館失火了，在圖書館外頭還可以看見裡面有好幾個人影在晃動，努力救火。這個夢，後來成為《第十三個故事》的起源之一。另一個起源，則是我以前認識的一位年輕學生，他生下來就是雙胞胎，可是他的孿生兄弟卻死了，而他自己是在十八歲那年才發現這個祕密。我開始動筆寫《第十三個故事》的時候，已經認識這個學生十五年了，但當時腦裡對他的故事記憶猶新，好像是昨天才聽他講的一樣。他的故事就這樣自然演變，進入我的小說裡。

可惜，我們的時間很有限，你身為讀者，馬上就要翻頁去看這本書的內文了，而且「故事」本身，會比任何的介紹、說明、前言來得更有趣。如果你讀到這邊已經覺得不耐煩了，我也能理解。快去翻閱故事的內容吧。我的序文，你以後再讀也沒關係。

但是，如果你忍得住先把故事內文放一邊，先讀這篇我特別為你撰寫的文章的話（還是，你已經讀完故事內文，現在才回過頭來讀我的序文？），那我願意在此告訴你《第十三個故事》是怎麼誕生的，也告訴你在我撰寫這部小說的時候，有哪兩件事情，與這個故事關係最密切。

第一件事情，是我對於「童年」和「記憶」的好奇和執著。我先請問：你小時候最早的記憶是什麼？我跟大多數人一樣，自己五歲以前的事情，一件也記不得。你會不會覺得很神奇（我自己是覺得很神奇），在我們有印象之前，就已經有一個「我」存在了！我們都以為，「失憶」這個狀況相當罕見，其實世界上每個人對自己的生命早期，都呈現「失憶」的狀況呢。或許你也注意到了，小孩子很喜歡聽人講他們出生時候的事情。我一開始寫這個故事的時候，心裡想的就是這些事情。如果你是先讀了故事內容，再回過頭來讀我這篇序文的讀者（再次向你說哈囉！），那你一定能夠理解書中人物瑪格麗特、溫特女士、奧瑞利思等人對自己生命早年事情的想法。他們都有一個不為人知的故事，不知道自己生命最初期的情況，因此亟欲解開自己生命的謎團，這樣才能夠坦然面對未來。

接下來要談談和本書密切相關的第二件事情。雖說是第二件事情，但是各位讀者，請不要把它想成「比較不重要的事情」。相反地，它是《第十三個故事》最主要的根源，也是我生命最基礎的本質。在全世界所有的人口當中，你，身為讀者，我只相信你，信任你能夠理解我要講的是什麼。因為，接下來我要談的，就是「閱讀」這件事。

很早以前我就愛上閱讀了，讀書是我生命中最大的樂趣。人類的肉眼瀏覽過白紙上印刷的黑色墨跡，大腦內的電波自動將墨跡轉化成文字、段落。這件事真是奇妙！但是，你看看接下來發生的事情，更奇妙呢！文字、段落再度經過轉化，變成——一個新世界！太神奇了。真正的愛書人，不管他是在英國的約克郡，還是身在台灣，都能理解「沉浸在書中達到忘我程度」的樂趣。當你沉浸在書中而忘我，不管周圍的環境多麼吵雜，都會自動安靜下來；不管你心裡有多少擔憂掛慮，也自然消失了。你自然而然成為一個「幽靈讀者」，徘徊在書中人物的世界裡。我的寫作當中最重要的因素，首推閱讀這件事。《第十三個故事》裡面的每一頁，都是我多年熱愛閱讀的成果。

出版社邀我寫這篇中文版序的時候，還要我介紹下一本書在寫什麼，但我覺得太難了，不可能講出來的。《第十三個故事》在撰寫的過程當中一再演進、轉化，最後的成果，和我當初的規劃完全不同。可是，其中有件事沒改變，那就是故事裡出現的閱讀、書籍等主題。這一點，你們應該也不會覺得驚訝吧。我的下一部作品，也一定會與閱讀、書籍等主題相關。

好，我的中文版序到此算寫完了，各位讀者，你們可以開始閱讀故事本身了。我想祝福每一位在台灣的「幽靈讀者」，當你們走進《第十三個故事》的世界去窺探書中人物的內心時，有個愉快的「做鬼經驗」！

二〇〇七年九月六日

每個孩子都會替自己的誕生編織一套神話，不管哪裡都一樣。你想要認識某個人嗎？想洞悉他的精神、心智、靈魂？那只要叫他告訴你關於他出生時候的事情就好了。你所聽到的不是真相，而是故事。故事才是最生動的事情。

——薇妲．溫特，《蛻變與心死的故事》

開場

Beginnings

☙信

事情發生在十一月。我拐進隆德斯巷的時候，時間還不算晚，但是天色早就變黑了。父親已經打烊，關了店裡的燈，拉上百葉窗板；但他留下通往家裡樓梯上的那盞燈沒關，免得我一回家就是一片漆黑。那盞燈穿透門上的玻璃，在潮濕的人行道上投射出一頁紙張大小的蒼白四方形，而我就是站在那個四方形燈影的中間，正準備用鑰匙開門的時候，才第一次看見那封信。信——另一個白色的四方形——擱在下面倒數第五個台階上，我一定會看到的地方。

我關了門，把店鑰匙放回貝里撰寫的《幾何學進階原理》後面的老位置。可憐的貝里，已經三十年沒人想看他那本灰色厚重的書。我偶爾倒是很想知道，他的書變成了書店鑰匙的看守者，他自己會有什麼感想呢？我認為他大概從沒想過，自己花了二十年光陰寫成的代表作，最後會是這般的命運吧。

給我的一封信，真是稀罕。信封堅實平整，裡面摺疊得厚厚的信紙，使得信封都顯得膨脹起來了。收件地址的筆跡採用了老式風格的筆法，有著繁複裝飾的大寫字母與波浪紋狀的花體字，肯定讓郵差吃了不少苦頭吧。我第一個印象認定那是個小孩寫的字跡，筆法似乎沒有受過訓練，字母上不均勻的筆劃不是逐漸消失無蹤，便是沉重地刻印進紙張裡。拼出我名字的那行字母沒有一絲流暢，每個字母都是獨立寫成的，彷彿寫我的名字是一個可怕又困難的大工程——瑪．格．麗．特．李．雅。但是我又不認識什麼小孩，於是我才想到，這是殘疾病患的筆跡。

這封信讓我渾身不對勁。當我昨天或前天正忙著自己事情的時候，有位不知名的人士，某個陌生人，靜悄悄地，費了一番功夫把我的名字寫在信封上。到底是誰在我不知情的情況下，留意到我了呢？

我來不及脫下外套和帽子，立刻一屁股坐到樓梯上讀信。（我從不讀東西，除非確定自己坐在安全的地方，這是我七歲時養成的習慣。那年我坐在一堵高牆上看《水孩兒》[1]，書中描繪的海底生活深深吸引著我，使我在不知不覺中放鬆。我腦海裡滿是海水環繞我的生動畫面，但海水不但沒有托起我的身子，反倒是我一頭栽到地上昏了過去，瀏海下面的傷疤現在還摸得到。閱讀也是有危險的。）

我打開信封，抽出一疊厚達六頁的信紙，全是同樣生硬的筆跡。由於工作的關係，我對於字跡難辨的手稿，有著豐富的閱讀經驗，訣竅只在於耐心與練習，再加上努力，就可以培養出品鑑的眼光。要閱讀一份受過水災、祝融、光線等傷害，或因歲月而磨損的手稿時，眼睛該注意的不光是字母的形狀，還有其他書寫過程中展現出的特點：下筆的速度、紙張承受的筆力、行筆間的頓挫收放。你必須放鬆心情，什麼都別想，等你進入出神境界以後，你就會化身為一枝在羊皮紙上揮舞的筆，而羊皮紙上頭的筆墨則輕輕搔弄著你。到這個境地你才能看出作者的目的、思想、躊躇、期待、意圖，清楚得好像你就是作者振筆疾書時，照亮紙張的那盞燭光。

這封信其實並不像有的手稿那麼具有挑戰性，它以簡短唐突的「李雅小姐」四個字為開場。接下來，鬼畫符般的筆跡很快就自動轉化為字體，然後化為單字，組合成句子。

1《水孩兒》（*The Water Babies*），英國維多利亞時期兒童幻想文學作家查理斯·金斯萊（Charles Kingsley）代表作。

信的內容如下：

我曾接受《班布里先鋒報》的採訪，改天我得找出來，好收到我的傳記裡。他們派了個奇怪的傢伙來，其實還只是一個孩子，雖然跟大人一樣高，但仍有著青春期那種嬰兒肥。他穿著一身彆扭的新西裝，那種難看的棕色西裝是給老男人穿的款式，領口、袖口、布料都不適合他，但是一個做母親的卻會為了小孩畢業後的第一份工作而買一套這種西裝給他，以為小孩總有天能成熟到適合這身衣裳。然而，當小男孩脫下學校制服之際，並不因此就脫離了孩子樣。

他帶著某種特質，一種熱切的態度。見到他的那一刻我心想：「啊哈，他想做什麼？」

我對於熱衷想找出真相的人並沒有不滿，只是覺得他們很乏味，只求他們別開講「編故事」與「坦率」這兩種話題，這樣會惹毛我。不過，只要他們別來煩我，我也不會礙到他們。

我的不滿並非針對熱愛真相的人，而是對於真相本身。與故事相比，你能從真相裡面獲得什麼援助、什麼安慰呢？當你午夜夢迴，身處黑暗之中，而狂風像是一隻困在煙囪中的熊那般狂亂呼嘯之時，真相又能有什麼幫助呢？當閃電掠過，竟然在臥室牆壁上照出了黑影，雨滴像長長的指甲一般敲打著窗戶時，又能怎樣呢？真相幫不了你。當你在床上被恐懼與寒冷籠罩而無法動彈時，別期望沒血沒肉的真相會跑來拯救你，你需要的是故事帶給你的安慰，你需要的是謊言能帶給你如搖籃般讓人寬心的安全感。

當然，有些作家不喜歡接受記者採訪，想到採訪他們就生氣。「老掉牙的問題。」他們抱怨著。唉，他們想期待什麼呢？記者不過是受聘的寫手，我們作家才是真材實料。記者提出的問題永遠相同，但這不表示我們就得提供相同的答案呀，對不對？我要說的是，編故事正是我們討生活的本領啊。因此，我一年接受數十次採訪，這輩子已經做過幾百次了，因為我從不相信，人必須離群索居才能讓自己的天分發揮。我的才華洋溢，才不會因為記者卑劣的文字而無法展現！

以前他們老想找出我的把柄。他們做好了調查，把一小段真相藏在口袋裡來找我，選個適當的時候掏出真相，以為我會嚇得透露更多的事情。我必須小心謹慎，慢慢讓他們朝著我要他們前往的方向走，利用我的誘餌，神不知，鬼不覺，輕柔地用一個更精采的故事吸引住他們。這是件精巧微妙的工作。他們的眼睛會開始閃爍，不再緊握那些微不足道的真相碎屑，直到最後，真相從他們身上掉落，散在路邊，無人在意。我從來沒有失敗過。一個出色的故事永遠比一段破碎的真相還令人更眼花撩亂。

後來我成名了，訪談薇妲．溫特成了記者們某種階段性的儀式。他們大致知道該期待什麼，若沒有聽見故事就離開的話，那他們會失望的。他們迅速問出標準問題（你的靈感哪來的？你的人物是根據真人發展出來的嗎？你的主角帶有多少自傳成分呢？）而我的答案越簡短，他們越喜歡。（在我腦中。不是。完全沒有。）接著，他們等候的固定節目、他們來訪的真正目的出現了，他們的臉龐悄悄流露出作白日夢的期盼表情，他們就像是臨睡前的小孩子。那麼你呢，溫特女士，他們說，把你的事情告訴我吧。

於是我就把我的事情告訴他們。其實只是簡單的小故事而已，裡面沒多少內容，只是幾縷絲線編織成的漂亮圖案，這裡放一個值得懷念的常見基本花樣，那裡放幾片小金屬亮片，只不過是從我破布袋底下拿出的碎片。這些瑣碎小故事多得很，有如從小說故事切下的布邊，又像沒有完成的情節，流產的角色，以及一些我從沒想到要如何利用的美麗場景。零零星星，東湊西拼，接著只需要修剪邊緣，縫合末端，就完成了。又一篇全新的自傳。

記者開開心心地走了，像是在生日聚會終了拿到糖果的小孩，使勁地抓緊筆記本。將來他們會告訴子孫後代：「有次我採訪了薇妲．溫特，而且她跟我說了一個故事呢。」

總而言之，班布里的那個小伙子說：「溫特女士，告訴我真相。」噯呀，那句話有什麼感染力哦？已經有不曉得多少人想出各式各樣的詭計來哄騙我說出真話，我大老遠就可以看出他們的意圖，可是這句話呢？可笑。我的意思是，他究竟指望什麼？

這問題問得好。他指望什麼？他的眼睛因為熱切的興奮而閃耀著光芒，他仔細觀察我、探求我、偵測我，他所追求的是明白確實的事情，我很確定。他的前額因為流汗而濕了，也許他正在生什麼病吧。告訴我真相，他說。

我的心底感到某種奇妙的情緒，像是往事甦醒了。一段從前的生活在我胃裡像流水般攪動翻滾，使我血管中湧起一陣浪潮，傳送一波波清涼的微波，在我太陽穴輕輕拍打。這句話多麼刺激人啊：告訴我真相。

我思索他的請求，在心裡反覆考慮，估量可能的後果。這小伙子讓我心神不安，他那蒼白的臉龐，他那燃燒的雙眼。

「好吧。」我說。

一個小時之後，他走了。一聲微弱、恍神的再見，沒有回頭張望。

我沒有告訴他真相。我怎麼能告訴他呢？我告訴他一個故事，一個沒有創意而且情節貧乏的小故事。沒有閃亮亮的東西，沒有圓形小金屬片，只有幾片黯淡褪色的布塊，隨便粗略地縫在一塊，布邊的磨損任由它留著。我告訴他的故事，是看起來像真實人生的那種故事，更準確地說，是我們想像中的真實人生應該發生的故事，但其實人生是另外一回事情。有我這種天分的人，要製造出很像真實人生的故事，還真是不容易啊。

我從窗戶看著他，他拖著腳步，沿著街道走遠，垂著雙肩，低著頭，每一步路都筋疲力竭。他所有的精力、衝勁、氣魄，都已經被我扼殺了，我不會承擔指責的。他早就應該清楚知道，最好不要相信我的話。

我再也沒有見過他。

我的那股感覺，胃裡的浪濤，太陽穴，我的指尖，後來伴隨著我好長一段時間。它隨著小伙子那句話的記憶升起下降。告訴我真相。「不行。」我說，一次，一次，又一次。不行。但是水流不止歇，它讓我分心，更糟糕的是，它使我感到威脅。「還沒呢。」它發出嘆息聲，煩躁不安，最後安靜下來。安靜到我幾乎忘記了它。

那是多久以前的事情啊，三十年？四十年？也許更久以前。時間飛逝得比你想像的速度還要快。

那個小伙子最近一直出現在我的心中。「告訴我真相。」而且最近我又再次感覺到那股內在的攪動。我的身體裡有種東西在生長，分裂又增生。我可以感覺到它在我的胃裡面，又圓又硬，大概是葡萄柚的大小。它吸走我肺裡的空氣，啃咬我骨頭中的骨髓。它經過長期的休眠，已經起了變化，從一個柔順服從的東西變成了一個惡霸，不願與我妥協，阻撓對話的進行，堅持它自己的權利。它不肯聽到「不行」這個答案。真相，它重複著小伙子的話，它看著他離去的背影。接著，它轉向我，緊緊抓住我的內臟，扭轉一下：我們有過約定，記得嗎？

時候到了。

星期一搭四點半抵達的火車過來。我會派一輛車子在哈洛格特火車站迎接你。

薇妲・溫特

讀完信之後，我不知道自己在樓梯上坐了多久的時間。因為我失了魂。文字有種魔力，高明好手的生花妙筆會把你囚禁起來，如同蜘蛛絲纏繞人體的四肢，而且讓你沉浸其中無法動彈，文字會滲入你的肌膚，進入你的血液，麻木你的思考。在你的體內，它們操弄著戲法。等我終於回過神來，我只能臆測在我神昏意亂的幽晦之中，到底出了什麼事情。這封信給我招來了什麼？

我對薇妲・溫特所知甚少。不用說，我當然知道她的大名及種種稱號：英國最受喜愛的作家，本世紀的狄更斯[2]，當今世上最出名的人，現存名聲最響亮的作者，諸如此類。當然，我知道她極受歡迎，可是我後來調查出的數據依然使我吃了一驚。五十六年中，她出版了五十六本書，翻譯成四十九種不同的語言；溫特小姐曾經二十九度獲選「英國圖書館借閱次數最頻繁的作者」；十九部劇情電影改編自她的小說。在統計資料中，最常爭辯的問題就是：她的著作銷售量到底有沒有超越《聖經》？要計算出她的著作銷售量（不斷以幾百萬幾百萬在變動的數字），不會像計算《聖經》那麼困難：不管人們對於上帝的話有什麼看法，但是大家都知道聖經的銷售數據不可信。我坐在樓梯上，讓我最感興趣的數字大概是二十二：前後已經有二十二個傳記作家宣告放棄挖掘她的真相，不再撰寫她的傳記。這些作家放棄的理由包含缺乏資料、欠缺支持，或受到溫特女士本人的勸誘或恐嚇。不過，在讀信的那個當下，我對這些數字一無所知。我只知道一項數據，這個數據與我當下的情況有關：我，瑪格麗特．李雅，讀過幾本薇妲．溫特的書？零。

我在樓梯上打了個呵欠，伸伸懶腰。一回過神，發現自己的思緒已經在失神時重新整理過了，而且從我的潛意識裡出現了兩個零星片段，引起我的注意力。

首先是跟我父親有關、發生在書店的一個小場景。我們從藏書拍賣會上買回來一箱書，其中有幾本薇妲．溫特的作品。我們這家書店不賣當代小說，所以我說：「等下午餐的時候，我把書拿去二手慈善商店。」然後把這些書放在桌子邊上。不過，一個早上還沒過去，四本書中有三本沒了，賣掉了。一本賣給一位神父，一本賣給一個製圖師傅，另一本則賣給了一位軍事歷史學家。我們的主顧（有著愛書人常見的蒼白面容與內心蘊藏的熱情）發現平裝封面上的鮮豔色彩時，臉孔似乎亮了起來。午餐過後，我們完成了拆箱、編目與上架的工作後，沒有客人上門，於是我們像往常一樣坐著讀書。時值晚秋，外面下著雨，窗戶濛著霧氣。背景是暖氣的嘶嘶聲；我和父親對那個聲音置若罔聞，因為我們正肩併著肩，人雖坐在一塊，心神卻相隔數哩遠，各自沉浸在閱讀的書本當中。

「我來泡茶好嗎？」我回到現實中，問道。

沒有回答。

我還是泡了茶，放了一杯在他旁邊的桌子上。

一個小時過後，茶涼了，一口也沒喝。我重新沏了一壺茶，在他身旁的桌上又放了個熱騰騰的

---

2 查爾斯．狄更斯（Charles Dickens，一七八六—一八五一年），英國作家，著有《孤雛淚》（*Oliver Twist*）、《小氣財神》（*A Christmas Carol*）等多部作品。

杯子。他完全沒注意到我的舉動。

我輕輕把他手中的厚書往側邊傾斜一點，好看看封面是什麼樣子。那是薇妲・溫特的第四本書。我讓書回到原位，端詳父親的臉龐。他聽不到我，他看不到我；他正在另外一個世界裡，而我是個幽靈。

那是第一個記憶片段。

第二個是個畫面。四分之三的側影，光與影交刻出一張巨大的輪廓，這張臉龐矗立在等車的通勤者上方。雖然只是一張貼在火車站廣告看板上的宣傳照片，但在我的回憶中，那張照片無情而莊嚴，有如古文明國家為了紀念多年前的女王與神祇所雕刻的石臉。弧度細緻的眼睛，寬廣平坦延伸的頰骨，線條與比例完美無瑕的鼻子。看著她的五官，會讓人驚訝於人類外貌的差異竟然這麼大，居然能出現這般超自然完美的臉龐。如果未來的考古學家發掘出這樣的骨架，那看起來一定像是人工製品，是一個藝術造詣已達顛峰的作品，不可能是出自大自然的產物。肌膚散發著雪花石膏般不透光的明亮，潤飾了底下精細的骨骼；頭髮精準地排列在纖細的太陽穴附近，沿著強健優美的頸部而下，膚色在精巧編盤的紅銅色頭髮襯托下，顯得更加白皙。

彷彿這般華麗又任性的美麗還不夠，那臉龐上更有一對眼睛，經過某種靈巧的攝影技巧，將這對眼睛的色澤增強到幾乎不屬於人間的色彩，那是教堂窗戶上的綠玻璃，或者是祖母綠寶石，或者是糖果綠。這對眼睛在通勤者頭頂上方凝視，毫無表情。我不知道那天其他旅客對這張照片的觀感是否跟我一樣；他們讀過她的書，因此可能有不同的觀點。但是對我來說，注視著這對綠色的大眼睛，我忍不住想到那句老掉牙的說法：眼睛是靈魂之窗。我記得自己盯著她那綠色、視而不見的眼睛，我是這麼想的：這個女人沒有靈魂。

信送來的那個晚上，我對薇妲・溫特的所知就這麼多了。不多，不過想想，也許別人知道的也差不多。人人都知道薇妲・溫特，知道她的名字，知道她的長相，知道她的書，但同時也沒有人認識她。她的祕密與她的故事一樣有名，她本身就是一部完美的神祕小說。

照這情況看來，要是這封信裡所說的是真的，薇妲・溫特想說出自己的祕密，這件事本身就夠古怪了。但是更古怪的是我接下來想到的事：她為什麼想把祕密告訴我？

瑪格麗特的故事

我從樓梯站上起來，跨進漆黑的店裡，沒開燈也能辨識方向。我熟知這家書店，就像大家熟知小時候玩耍的場所。皮革與古籍的氣味立刻讓我心情鎮靜下來，我的手指沿著書脊滑行，如同鋼琴師把手放在琴鍵上移動。每一本書都有自己獨特的地方：《地圖製作史》質地粗糙的書脊上包著亞麻布；拉坤寧在聖彼得堡製圖學會議上抄錄的會議記錄，是用破裂的皮革包紮的；另一個磨損不堪的文件夾裡藏有他親手繪製、上色的地圖。如果你蒙住我的眼睛，讓我站在書店三層樓的任何地方，我就可以根據手指摸到的書來告訴你，我身在何處。

我們這家「李雅古籍善本書店」的客人寥寥可數，一天平均勉強六、七人。最忙碌的季節出現在九月，學生會來買新學年指定的教科書；另一個高峰期是五月，學生考完試後帶著書回來。我父親稱這些是候鳥書。一年的其他月分中，可能一整天也沒有一個顧客上門。每年夏天會出現零散的遊客，漫無目的遊蕩，走離了人多的馬路，在好奇心作祟下走出陽光，進入書店。他們在書店停留半晌，眨眨眼睛適應光線。他們可能會為了一點點的陰涼或是寧靜而稍作停留，也許就直接走人了。這都要看他們是否厭倦了吃冰淇淋、遙望河面平底船來決定。更常到店裡造訪的客人是那種從朋友的朋友那裡得知我們書店的人，他們如果剛好在劍橋附近，就會特地繞道過來。他們走進書店的時候，臉上掛著期望，不時為了打擾我們而道歉。這些顧客讓人感覺非常舒服，就像書籍一樣輕聲細語，厚道友善。但是大多數時候，這裡只有父親、我，還有書。

他們要怎麼平衡收支啊？要是目睹來來去去的顧客如此稀少，人們恐怕會這樣想。不過，要明白，用商業術語來說吧，書店只是副業，真正的交易是在別的地方進行，我們仰賴著大概一年六、七次的交易維生。交易是這樣的：父親認識世上所有重要的藏書家，也能辨識出世上一切貴重的收藏品。倘若你在拍賣會或是他常參加的書展會場看見他，你會發現常有細聲細氣、打扮樸素的人找他，拉他到一旁私下說句悄悄話，但他們的眼神絕不是靜悄悄的，他知不知道……他們問父親，他有沒有聽說……。他們提起一本書，父親含糊回答。這種對話的目的並不是要建立希望，因為這些問答通常是沒有結果的。然而，另外一種狀況是，假使他聽到任何消息……假使他還未擁有這本書，他會在一本綠色小筆記本上記下那人的地址。之後，可能兩、三個月或是好幾個月後，這不一定，在另外一場拍賣會或書展上，遇上了某些人，他就會上前詢問，態度猶豫遲疑，是否……，於是提起了那本書。通常這件事情就到此為止。不過，交談後偶爾也許有書信往返。父親花費很多時間寫信，法文、德文、義大利文，甚至偶爾用拉丁文寫信。十之八九，回信是兩行婉轉的拒絕。但是，偶爾，一年中有六、七次，回函是旅行的序曲。在旅程中，父親先在甲地領取了一本書，然後送到乙地。他很少離家超過四十八小時，一年六趟，這就是我們的賺錢方式。

書店本身幾乎沒賺錢，它是寫信、收信的地點，是等候下次國際書展前消磨時間的地點。與我們往來的銀行經理認為，書店是種享受，是我父親因為事業成功而獲得的享受。不過，在現實中——在我父親與我自己的現實中；我不敢說每個人的現實都一樣——書店是事情的本質，是書籍的寶庫，是所有書籍的庇護處，包括作者曾經深情書寫，但現在卻無人想要的書。

而且，書店是閱讀的地方。

奧斯汀的A[3]，勃朗特的B[4]，查理斯的C，狄更斯的D。我在這店裡學會了字母。父親沿著書架來去，手裡抱著我，一面說明字母順序，一面教我拼字。我也在書店中學會了寫字：將作者名字與書名抄寫在索引卡上。三十年過去了，索引卡依然在檔案箱中。書店既是我的家，也是我的工作；對我而言，比任何學校更好，後來還成了我個人的私人大學。書店是我的人生。

我的父親從來沒有給過我一本書，也從沒有阻止我拿任何書。他讓我隨意漫遊，放牛吃草，自己判斷哪些書比較適合，哪些不適合。我讀過十九世紀的父母認為小孩子可以看的歷史英雄殘酷故

3 珍・奧斯汀（Jane Austen，一七七五—一八一七年），英國作家，著有《傲慢與偏見》（*Pride and Prejudice*）、《艾瑪》（*Emma*）等六部長篇小說。

4 夏綠蒂・勃朗特（Charlotte Brontë，一八一六—一八五五年）、艾蜜莉・勃朗特（Emily Brontë，一八一八—一八四八年）、安妮・勃朗特（Anne Brontë，一八二〇—一八四九年），英國作家，分別以《簡愛》（*Jane Eyre*）、《咆哮山莊》（*Wuthering Heights*）、《懷德菲爾莊園的房客》（*The Tenant of Wildfell Hall*）聞名於世。

事，也讀過兒童當然不宜的中古神怪故事；我讀了未婚女性穿著硬梆梆的襯布裙，越過變化莫測大地的艱鉅旅行紀事，也讀了專為高尚家庭裡年輕仕女所寫的禮儀手冊；我閱讀有插圖的書、沒插圖的書；閱讀英文書、法文書；閱讀以陌生語言所寫的書，只依賴少許猜測出的字眼就在腦海裡編織故事。書，除了書，還是書。

在學校裡，我沒告訴別人我在書店的閱讀經驗。我從古文法書上學來的少數古體法文，自然而然出現在我的文章中，不過老師還以為那是錯誤的拼字，但他們始終無法讓這些古文從我的書寫中消失。有時候，歷史課堂上會提到一些我曾經在書店裡隨意閱讀時，累積出的深刻知識礦脈，我心裡就會想：查理曼[5]？什麼？我讀過的查理曼？在書店讀到的？我遇到這種情況時啞口無言，兩個原本相隔很遠的世界在瞬間交會，讓我驚訝地說不出話。

閱讀之間的空檔，我在店裡幫忙父親。九歲時，他讓我用牛皮紙把書本包好，寫上那些住得比較遠的客戶姓名地址。十歲，他准我帶著這些包裹走去郵局。十一歲的時候，我接替了母親在店裡的唯一工作：打掃。她戴著頭巾，身穿寬鬆的家居服來對抗塵垢、細菌與所有「古書」都有的惡氣，她習慣用手拿著她那愛挑剔的雞毛撢子，沿著書架來來回回，緊閉雙唇，竭力屏住呼吸。雞毛撢偶爾撥起一團團她幻想出來的塵埃，於是她就一面直往後縮，一面咳嗽。不可避免地，她的長襪剛好就被她身後的條板箱給勾破了，可想而知，這一定是書本的故意惡作劇。我主動接下撢灰塵的工作，而她樂於卸下這份差事，自此以後她就不必出現在書店了。

我十二歲開始，父親吩咐我去找遺失的書籍。依照記錄，如果某本書還有庫存，但卻不在書架上應當在的位置時，我們就認定這本書遺失了。這些書可能已被偷，更可能被一個心不在焉的客人放在錯誤的位置上。書店共有七個房間，書籍從地面排列到天花板，有成千上萬本的書。

「你找書的時候，也順便檢查書是不是按照字母順序排列。」父親說。

這是一項做不完的任務。我現在懷疑他到底是不是當真想把這工作交給我。坦白說，答案也不重要；因為我可是當真接下這份工作。

整個夏天的早上，我都在找遺失的書。到了九月初學校開學的時候，每本不見的書都找到了，每本誤放的書籍都返家了。不光這樣，回想起來，最重要的事情是，我的十個手指頭已經接觸過店裡的每一本書，縱然只是短暫的觸摸。

到了十三、四歲，我已經能分擔父親許多的工作，因此到了寧靜的午後，我們幾乎沒什麼事情可做了。一旦把早上的工作完成，新書上架，信函寫完，一旦我們在河邊吃過三明治，餵了鴨子，就是返回店裡看書的時刻了。我的閱讀範圍也逐漸集中，我越來越常在書店三樓流連不去。那裡全是十九世紀文學、傳記、自傳、回憶錄、日記，還有信簡。

父親也注意到我的閱讀傾向。他出席書展與拍賣會之後，會帶著他認為我有興趣的書籍回家：小本破爛的書，多數為手稿的形式；泛黃的書頁用緞帶或細繩綑綁著，有時是手工裝訂，裡面講的都是凡人的尋常生活。我不光是讀這些文字而已，我是如饑似渴地讀著。雖然我變得食欲不振，但我渴求書籍的欲望卻恆久不變。這是我專業才能的起始。

寫傳記不是我的專長，實際上我根本稱不上是傳記作家。我寫了幾篇文學史上次要人物的短篇

5 查理曼（Charlemagne，七四二—八一四年），法蘭克卡洛林王朝國王，八〇〇年加冕為神聖羅馬帝國皇帝。

傳記評釋，主要目的是自娛。我主要的興趣是撰寫泛泛之輩的傳記。這些人在他們的年代裡，生活在名氣響亮的名人陰影下，逝世後就沉淪到無人聞問的地步了。我喜歡在古老的文獻架上，挖掘那些已經被埋藏百年或者更久、儲藏在閣上的日記頁面裡的人生。而最讓我快樂的事情，就是讓絕版多年的回憶錄，重新有了生命氣息。

有時候，我研究的對象具有一定的重要性，恰好足以激發本地某個學術出版社的興趣，因此我已經發表了兩、三篇文章。不是書，不是一本專書那樣大篇幅的作品，只是幾篇隨筆，幾張輕薄紙張，以平裝書皮裝訂。其中一篇文章《伯仲繆斯》討論藍迪爾兄弟：朱爾與愛德蒙，以及他們聯手記載的日記。這篇文章引起了一位歷史編輯的注意，收進一本研究十九世紀寫作與家庭的精裝論文集之中。一定是這篇文章引起了薇妲·溫特的注意。然而這篇文章在論文集中出現，很容易引起誤解，它被學者與專業作家的作品圍繞，使我看起來像是真正的傳記作家。實際上，我只是一個有天資的業餘愛好者。

生命，亡者的人生，僅是我的嗜好，我真正的工作在書店。我的責任不是賣書，那是我父親負責的。我的責任是看顧書，偶爾取下一本書，讀個一兩頁。就某個意義而言，閱讀就是看顧。我照管的書籍年代不夠久遠，無法只因年分而具有價值，也沒有重要到足以讓收藏家訪尋。但是，就算書的內容往往與封面一樣乏味，這份看顧書的工作對我來說也是彌足珍貴。無論書本的內容多麼老生常談，書裡總有觸動我心弦的地方，因為某位已經逝去的人曾經認為，這些文字的分量夠重，可以寫成文章了。

人死後就消逝，聲音、笑容、氣息的溫暖消失，肉體消失，最後骨骸也沒了，一切活的記憶都告停止。自然界的運作就是這樣，但這個事實還是相當可怕。然而對某些人而言，他們不受這種滅絕的限制，因為他們繼續存在於他們的著作中，後人能夠重新發現他們，發覺他們的性情、語調、心情。藉由寫下的文字，他們能使你憤怒，也能讓你開心，他們能撫慰你的心靈，困惑你的心智，他們能改變你。縱然其人已去，這些能力都還存在，如同琥珀中的蚊子、冰封的屍首，雖然依照自然法則應當消失，卻因為紙張上墨水的奇蹟而保留，這是一種魔法。

我看守著書籍，正如同有人看守死者的墳墓一樣。我清理書本，做些簡單的修補工作，讓書籍井然有序。同時，我每天翻閱一兩本書，讀個幾行或幾頁，讓被遺忘的死者聲音在我腦海中產生共鳴。這些已逝的作家，能否感受到後人正在閱讀他們的書籍呢？是否會有一丁點兒的光芒，出現在他們置身的黑暗中呢？他們的靈魂，是否會被另一個閱讀他們心靈的人，所發出羽毛般的觸感喚醒呢？我衷心希望是如此，因為死亡真的是一件非常寂寞的事。

雖然我已經在此提到了我個人的偏好，可是我明白自己一直在拖延，不願觸及核心的問題：我不喜歡表露我的內心世界，那樣很像是強迫自己克服習慣性的沉默。我寫下這麼多文字，目的都是為了要避免寫出最重要的那件事。

然則，我最後一定會寫出來。「故事不能棲息在沉默中，」溫特女士曾經告訴我，「故事需要語言。沒有語言，故事會逐漸蒼白、生病，然後死亡，接著就來纏擾你。」

說得沒錯。那麼，我的故事如下。

我十歲的時候，才發現母親一直隱藏的祕密。這件事情之所以重要，原因在於，那不是她的祕密。那是我的祕密。

那天晚上我父母外出。他們倆人不常出門，一旦要出門，就把我送到隔壁鄰居那裡，叫我坐在羅伯太太的廚房中。隔壁的房子與我們家完全一樣，只是格局左右對調。格局的顛倒讓我有種暈船的感覺，因此那天晚上又要召開家長會的時候，我再次對父母辯稱自己夠大、夠聰明了，不用褓母就可留在家中。我並沒有抱太大的希望，然而這次父親卻同意了，只是附加一個條件，羅伯太太會在八點半進來探望我。母親也因此讓步，接受了父親的說服。

他們在七點鐘離家。我倒了一杯牛奶，坐在沙發上喝，以示慶祝，滿心讚賞自己的了不起。瑪格麗特．李雅長大啦，不需要褓母就可以留在家裡。喝完牛奶之後，我料想不到，自己居然感覺好無聊。要怎樣利用這份自由呢？我晃來晃去，界定我自由領土的邊界：餐廳、門廊、樓下的洗手間，都跟以前的樣子相同。也不知什麼原因，我想起小時候最大的恐懼之一：大野狼與三隻小豬。我要吹！吹啊！一口氣吹垮你的房子！對大野狼來講吹垮我父母的房子一點困難也沒有，甚至只要盯著我家的房子一看，那些暗淡、輕飄飄的房間就會變得脆弱而無法抵擋，精巧易碎的傢俱會像一疊火柴棒倒坍。是啊，那隻野狼只要吹聲口哨，就能讓房子垮了，而我們三個人就成了牠的早餐。我開始希望自己人是在書店裡了，在那裡我從來不會感到恐懼。野狼可以吹啊吹啊，任憑牠高興，有那麼多書籍加倍了牆壁的厚度，父親跟我會像在堡壘中一樣安全。

我在樓上凝視浴室中的鏡子。這個動作讓我自己安心，瞧瞧身為一個大女孩的我，看起來是什麼模樣。我把頭向左傾斜，接著向右邊傾斜，從各種角度研究鏡中的我，渴望能看見一個不一樣的人。不過，鏡中只有我自己回望我自己。

我對自己房間也不抱任何希望。我知道房間的每一吋地，而房間也熟知我；我們現在是兩個索然無趣的伴侶。我推開客房的門，樸素的衣櫃與空無一物的梳妝台一副好像讓你以為可以在這裡梳髮、更衣的樣子，不過，反正你就是知道，在衣櫃的門與抽屜的後面，什麼東西都沒有。床上的床單與毛毯往床墊內緊塞、鋪平，並不太吸引人，那些薄枕頭看起好像是生命已經從內吸乾了。這間房間雖然叫作客房，但我們家從來沒有客人。這是我母親睡覺的地方。

我茫茫然退出房間，站在樓梯上。

原來就是這樣而已。邁向人生新階段的儀式，就是這個滋味，獨自一個人在家。我就要加入成年孩子的行列了，明天我在操場上就可以說：「昨晚我沒有去褓母那裡，我自己在家。」其他女孩子會瞪大雙眼。我已經期盼了好久好久，現在這一刻來了，我卻不知道要怎麼面對。我原先預料自己可以放開心懷，盡情感受這一刻，我會變成日後註定的大人樣。我也預料身旁的事物會脫離孩子氣的熟悉外表，向我展現它們神祕、大人的那一面。相反地，我現在披上了這件獨立自主的新斗篷，卻覺得比以往更幼稚。我是怎麼啦？到底要到哪一天，我才知道該怎樣長大？

我考慮要不要繞到羅伯太太那裡。算了，還有一個更好玩的地方。我爬進父親的床底下。跟我上次爬進來的時候相比，地板與床架之間的空間好像縮小了。我一邊肩膀緊挨著渡假用的皮箱，它在陽光下是灰色的，在這片黑暗中也是灰色的。箱裡裝著我們夏天的裝備：太陽眼鏡、相機的備用底片、母親從沒穿過卻也從不丟掉的泳衣。皮箱旁邊是一個卡紙箱，我的手指胡亂摸著瓦楞紙做的箱蓋，找到了可以伸進去亂翻的地方。纏繞成一團的聖誕燈，天使裙子的羽毛。上次我爬進床底下的時候，我還相信世上有聖誕老人，現在我不信了。這就代表我長大了嗎？

我一邊扭動身軀爬出床底下，一邊碰到了一個老舊的餅乾罐。它滾了出來，在床單下的縐摺邊上露出一半。我記得這個罐子：它一直都在那裡，蓋子緊得打不開，上面畫著蘇格蘭泥地與冷杉。我隨手想打開蓋子，沒想到我的手指變大又有力了，一轉就把蓋子輕鬆打開，嚇了我一跳。裡面有父親的護照、大大小小的文件表格，有的是印刷，有的是手寫。到處都看得到簽名。

我這個人，看到文字就要讀一讀，這是我的習慣。我的指頭輕輕翻動文件，父母親的結婚證書，他們的出生證明，我自己的出生證明，發黃的紙上有紅色印章，父親的簽名。我小心地將出生證明再摺疊回去，連同其他我已經看過的表格放在一塊，然後接著看下一張紙，跟我的出生證明一模一樣。我不懂，為什麼我會有兩張出生證明呢？

接下來，我看到了。同一位父親，同一位母親，同樣的出生日期，同樣的出生地，不同的名字。

那一瞬間，我怎麼了？在我腦海中，一切都碎成片段，又以不同的方式恢復，大腦像萬花筒似的把腦海裡的東西重組過了。

我有個雙胞胎妹妹。

我不理會腦中的嘈雜思緒，用好奇的手指打開第二份文件。

一份死亡證書。

我的雙胞胎妹妹死了。

於是，我瞭解我身上那塊疤痕是怎麼回事了。

儘管這個發現讓我腦裡一片混亂，但我並不訝異，因為我一直有種感覺，我知道——太過熟悉而無太需言語明說——有某種東西存在。我右邊身體的空氣中有種變樣的特質；光的凝結；有種東西對我來說非常特別，它讓空曠的空間震動；我蒼白的影子。

我雙手壓到身子右側，垂下頭，鼻子幾乎碰到了肩膀。這是我熟悉的姿態，在痛苦、茫然或任何感覺到壓迫的狀態之下，我總是做出這個姿態。這個姿勢太熟悉了，讓我從沒有仔細思考過。現在我才知道這個動作的意義：我在尋找我的雙胞胎手足，在她應該存在的地方。在我的身旁。

我看見了這兩張紙。等到世界恢復正常，可以再次在地軸上慢慢轉動之後，我心裡想：就是這麼一回事了。失落，悲傷，孤獨。在我生活裡，某種感覺一直把我與他人隔開，這種感覺一直伴著我，既然我已經找到了證明，我就知道那個感覺是什麼了。是我妹妹。

過了好久，樓下傳來廚房門打開的聲音。我小腿發麻，走到樓梯旁，羅伯太太出現在樓梯底下。

「沒事吧，瑪格麗特？」

「沒事。」

「有需要什麼嗎？」

「沒有。」

「好，要是你想到我那裡的話，就過來。」

「好的。」

「你媽媽和爸爸就快回來了。」

她走了。

我把文件放回錫罐中，把罐子推回床底下，走出臥室，帶上房門。在浴室的鏡子前面，我的眼睛與另一對眼睛相交相會，這種接觸使我毛骨悚然。鏡子裡的她注視著我，我的臉感到刺痛，感覺到皮膚底下的骨骼。

過了一會兒，父母的腳步聲出現在樓梯上。

我打開門，父親在樓梯上給我一個擁抱。

「你表現得很好，」他說，「所有科目的分數都很高噢。」

母親看起來蒼白疲倦，外出一趟引發了她習慣性的頭痛。

「對啊，」她說，「好孩子。」

「感覺怎樣，寶貝？獨自在家的感覺怎樣？」

「沒事。」

「我早就知道你沒問題。」他說。接著，他忍不住又給我一個擁抱，一個開心的擁抱，並且親吻我的頭，「上床時間到了。別看書看太晚。」

「不會的。」

稍後我聽見父母親準備上床：父親打開醫藥櫃，找出母親的藥丸，在玻璃杯中裝了水。他說了常說的話：「好好睡一覺之後，你就比較舒服了。」接著客房的門關上。片刻之後，另外一間房裡的床吱嘎作響，我聽到父親的燈喀嚓一聲關了。

我知道雙胞胎是怎麼回事：一個本來應當長成一個人的細胞，因為不明的原因，反而變成了兩個相同的人。

我有個孿生妹妹。

我的孿生妹妹死了。

我裹在棉被裡，把手壓在身上暗紅色的新月形疤痕上，那是我妹妹留下來的陰影。我彷彿是個肉體的考古學家，探勘自己的身體，尋求身體古老歷史的證據。我如屍體一般冰涼。

信還拿在手上，我離開書店，上樓回到我住的地方。每爬過一層堆滿書的樓層，階梯就變得更窄一點。我一路走，一路隨手關燈，並且開始思索怎樣寫一封委婉拒絕的信。我想告訴溫特女士，我並不是適當的傳記作家，我對於當代文學作品沒有興趣，我從沒閱讀過溫特女士的書。我在書庫與古文檔案中自在安詳，這輩子從沒採訪過還在世的作家。我面對已逝的人比較自在，而且說真的，活人讓我緊張不安。

不過，最後那點小事，大概沒有必要在信中提到。

我懶得弄飯吃，一杯熱可可就得了。

等待牛奶加熱的同時，我望著窗戶外面。在夜色中，玻璃就是一張臉，蒼白到你可以透過它看見天空的黑茫。我們把臉頰靠在冰冷如鏡的臉頰上，要是你當時見到我們，你就會明白，若不是這面玻璃的存在，無人能分辨出我倆。

☙ 十三個故事

告訴我真相。信中這句話深深印在我腦海中，好像是困在我閣樓的傾斜天花板底下，又像是一隻飛進煙囪裡的小鳥。小伙子的乞求當然也感染了我，因為從來就沒人告訴我真相，只是任憑我一個人偷偷發現真相。告訴我真相。沒錯。

可是我打定了主意，要把這句話與那封信從我腦中拋開。

時間差不多了。我迅速在浴室中用肥皂洗了臉，刷了牙。七點五十七分，我穿著睡衣拖鞋，等著水壺裡的水滾。快啊，快。七點五十九分，我的熱水壺裝好水，我還從水龍頭接了一杯水。時間寶貴啊，因為八點鐘一到，世界對我來說便不復存在，我閱讀的時間就開始了。

晚間八點到凌晨一、兩點的時光，向來是我的魔法時刻。書本的白色書頁攤開著，襯在藍色的被單上，一圈燈光照亮，這是通往另一個世界的通道。但是，那天晚上魔法失靈了，不知什麼原因，前一晚書裡懸疑未解的情節線，已經在白天變得鬆散，我發現自己不在乎情節最後會如何交織匯聚；我雖然努力把自己緊緊綁在一條情節線上，但每當我想努力這麼做的時候，總有個聲音干擾我：告訴我真相，打好的結就拆散了，情節線又再次噗通一聲散開。

我的手停留在我向來喜歡的書本上：《白衣女郎》[6]、《咆哮山莊》[7]、《簡愛》……

沒有用。告訴我真相……

閱讀從來沒讓我失望過，閱讀總是一件可以肯定的事。我關了燈，頭倚著枕頭，想要睡覺。

一個聲音的回聲。一個故事的片段。黑暗中我聽見這句話越來越大聲。告訴我真相……

凌晨兩點，我下了床，套上襪子，打開住處的門鎖，裹在睡袍裡，躡手躡腳走下狹窄的樓梯，走進書店。

店後面有個小房間，比壁櫥大不了多少，我們在這個房間打包書籍郵寄。房裡有張桌子，架子上有牛皮紙、剪刀與一球捆線。除了這些東西之外，還有一個素面的木質儲藏櫃，裡面放著十來本左右的書。

儲藏櫃裡的東西很少變換。如果你現在往裡頭看，還是會看見那天晚上我看見的東西：一本沒有封皮的書在一旁，這本書旁邊是一本有著醜陋花飾的皮革書；兩本拉丁文的書豎立著，還有一本古老的聖經、三本植物學的書、兩本歷史書以及一本孤單破爛的天文學書。一本日文書，一本波蘭文的書，以及幾首古英語詩篇。為什麼我們把這些書另外收著呢？為什麼它們沒有跟著其他的夥伴放在我們標誌清楚的書架上呢？這個儲藏櫃是我們收藏祕傳、珍貴、稀有書籍的地方；這些書籍的價值，幾乎等於書店其他所有物品、書籍加總起來的價值。甚至更高。

我想拿的書——一本小小的精裝本，約四吋寬，六吋長，只有五十年左右的歷史——這些古書放在旁格格不入。它是幾個月前出現的，我認為是因為父親的疏忽才讓它留在那裡，而這幾天我本來就打算要問他，想把這本書放到另外的書架上去。不過，以防萬一，我還是戴上白手套。我們把手套留在儲藏櫃中，拿書的時候必須戴上。因為根據一個古怪的悖論，當我們讀書的時候，書籍會甦醒過來，因此翻頁時，指尖的油脂會損害它們。不管怎樣，這本書的書況良好，書皮完整無缺，書角毫無磨損，是某間已不存在的出版社以超高水準印製的一系列暢銷書中的一本。迷人可愛，而

6　《白衣女郎》（*The Woman in White*），威爾基・柯林斯（Wilkie Collins）著，講述藝術家教沃特與一對姊妹安與蘿拉、一神祕白衣女子的故事，被視為偵探小說先河之作。

7　《咆哮山莊》，艾蜜莉・勃朗特著，故事環繞希茲克利夫與收養他的恩蕭家族之間的愛恨情仇。

且是初版印刷，但不是那種會被歸類為珍藏書的作品。在二手貨義賣會或鄉村園遊會裡，同一個系列其他書籍的售價大概只有幾便士。

平裝封面的顏色是淡黃與綠色，底圖以魚鱗般規律的基本圖形構成，還有兩個無花紋的長方形，一個裡面有幅美人魚的線筆畫，另一個放了書名與作者名字：《十三個蛻變與心死的故事》，作者：薇妲．溫特。

我鎖好儲藏櫃，將鑰匙與手電筒放回原位，上樓，回到床上，用戴著手套的手拿書。

我沒打算要讀，還沒到那樣的地步，我只要幾句話，幾句夠大膽、夠強烈的文字，好平息我腦中持續旋繞的信中文字。俗話說，要以其人之道還治其人之身。幾個句子，大概就一頁吧，接著我就可以安心睡了。

我拿下書衣，放在我為了存放書衣而特地空出來的抽屜中；即使戴了手套，還是得再三小心。翻開書，我深深吸了一口氣，是古書的味道，氣味鮮明，不添油加醋，幾乎可以嚐得到它的味道。

前言只有幾句話。

我的眼光才掃過第一行字就被吸引了。

每個孩子都會替自己的誕生編織一套神話，不管哪裡都一樣。你想要認識某個人嗎？想洞悉他的精神、心智、靈魂？那只要叫他告訴你關於他出生時候的事情就好了。你所聽到的不是真相，而是故事。故事才是最生動的事情。

簡直就像是掉進了水裡。

農夫與王子，管家與麵包師傅的兒子，商人與美人魚，這些全是熟悉的人物，這些故事我以前讀過百次、千次，是人人都知道的故事。但是我一面繼續讀，故事人物那種熟悉的感覺會漸漸遠離，他們會變得生疏，變得新鮮。於是這些角色再也不是兒童圖畫書裡的彩色人形了，他們再也不是僵硬地重新搬演故事情節。相反地，這些角色變成了活生生的人。當公主碰到紡車，潮濕的血液從她手指滴落；入睡之前她舔吮手指，血液在她舌頭上留下了濃烈的金屬滋味；當國王看見昏睡的女兒，國王淚中的鹽分在臉上留下了痕跡。每一個故事都以前所未有的氣氛重新講述，每個角色最後都如願以償：陌生人的親吻讓國王的女兒起死回生；野獸褪下了皮毛，裸著身又變回了人；美人魚走路了。但是，當他們發現自己得付上代價才得以逃避命運的時候，已經來不及了。每一個「從此過著幸福快樂的日子」的結局上都出現了汙點。命運，一開始是這麼溫和，這麼講理，這麼願意妥協，後來卻向幸福強行勒索殘酷的復仇，來當作結局。

這些故事殘忍、深刻、令人心碎。我好愛這些故事。

我讀到第十二個〈美人魚的故事〉之際，開始感覺到一陣焦慮，一股與故事無關的焦慮在攪動，使我心神不寧：我右手拇指與食指告訴我一個訊息：沒剩幾頁了。這個訊息讓我越來越心煩，直到我把書翻過來一看，沒錯，第十三個故事一定非常簡短。

我繼續讀，看完了第十二個故事，接著翻到下一頁。

空白。

我啪一聲翻回頭，又翻過去。沒東西。

沒有第十三個故事。

我腦中突然一陣混亂，覺得彷彿有一種深海潛水者太快浮回海面的噁心暈眩。房間的每個角落逐一回到我的視線內：床單、手中的書；晨光開始透過薄窗簾悄悄爬進房內，但檯燈依然朦朧閃耀。

早上了。

我竟然看書看了整個晚上。

沒有第十三個故事。

父親坐在店裡的櫃檯前，雙手抱著頭。他聽見我從樓梯上下來，抬起眼睛，臉色蒼白。

「怎麼了？」我直接了當地問。

他震驚過度，無法言語；他的雙手舉起，擺出無言的絕望姿態，然後慢慢把手放回他驚嚇過度的雙眼上，發出呻吟。

我的手在他肩膀上方游移，不過我不習慣碰觸別人，於是把手放在椅背上他的羊毛衫上。

「有沒有我幫得上忙的地方？」我問。

他的嗓音疲倦且顫抖：「打電話報警。馬上，馬上……」

「報警？爸爸——出了什麼事？」

「有人闖進來過。」他的語氣好像世界末日到了。

我環顧書店，被搞糊塗了。每樣東西都井然有序，整整齊齊，沒人強行打開櫃檯抽屜，沒人洗劫書架，沒人打破窗戶。

「儲藏櫃。」他說。這下我明白了。

「《十三個故事》，」我語氣堅定地說，「就在樓上我的房間裡，我借走了。」

父親抬頭看著我，表情交雜著寬心與深沉的驚愕，「你借走了？」

「對。」

「是你拿了書？」

「對。」我又糊塗了，我向來都從書店裡拿書去看，他也知道的。

「可是薇妲．溫特……？」

我瞭解了。我必需稍微解釋一下。

我喜歡讀古代小說，理由很簡單：我比較偏好中規中矩的結局。結婚與死亡、高尚情操的犧牲與奇蹟般的復活、悲慘的離別與意外的團圓、四處碰壁與夢想實現。在我看來，就是有這些情節，閱讀時的期盼才值回票價。應該先有冒險、犯難、危機、進退維谷的困境，然後這些情節再出現，讓一切完美地結束。古代小說比較常出現這種結局，機會遠大於現代小說。所以，我喜歡讀古代小說。

當代文學我所知甚少。在我們談論書籍的日常對話中，父親好幾次想帶著我接觸這個話題。他閱讀的書籍跟我一樣多，但是內容更廣泛，我非常尊重他的見解。他曾經用精確、慎重的語彙描述說，有些小說傳達的訊息是人類的苦難永無終止，要活下去唯有忍耐一途，讀完這些小說後他體會到一種優美的淒涼感。他也提過有的故事結局看似無聲，卻能在記憶中產生久遠的迴響，這種迴響遠比那些喧噪、更具爆發性的收場還要悠遠。他還解釋過，為何這種模稜兩可的結尾，比我喜歡的死亡、婚姻這一類結局，更能夠觸動他的心弦。

在這些對話之中，我嚴肅且專心聆聽，不時點頭，但後來還是維持著老習慣。父親也沒有為此責備我。有件事情我們兩人都同意：人生在世，有太多太多的書可以讀了，你必須自己畫出界線。

父親甚至曾跟我談過薇妲．溫特，「嗨，有個還健在的作者大概適合你。」只是我從沒讀過薇妲．溫特的作品。還有那麼多已逝作家我都還沒發掘呢，我為什麼要去讀她的書？

但是，我卻在半夜下樓，從儲藏櫃裡拿了《十三個蛻變與心死的故事》。父親會覺得好奇，也是合情合理的。

「我昨天收到一封信。」我開始解釋。

他點點頭。

「是薇妲．溫特寄來的。」

父親揚起眉毛，等著我繼續說下去。

「那封信好像是邀我去拜訪她，讓我為她寫傳記。」

他的眉毛又往上揚了幾公釐。

「我睡不著，所以下樓來拿了書。」

我等著父親開口，但他沒說話。他在思索，淺淺的皺眉讓他眉毛間產生一道皺紋。過了半晌我又開口：「為什麼那本書要收在儲藏櫃裡？為什麼那本書這麼珍貴？」

父親從他的思緒中回神：「因為，那本書是當今最受歡迎的英語世界作家所寫的第一本書的第一版，不過，最主要的原因是這本書有瑕疵。後來的版本改名為《蛻變與心死的故事》，沒有提到『十三』。你有沒有注意到裡面只有十二個故事？」

我點點頭。

「根據推測，本來應該有十三個故事，而作者只交出十二個故事。但是書衣的設計混淆了，書按照原本的書名印刷，裡面卻只有十二個故事。於是出版者必須把將書回收。」

「但是你的這一本……」

「漏網之魚。其中一批書錯送到多塞特郡的一家店，在書店得知消息並把書打包送回之前，有個客人已經先買了一本。三十年前，他想到這本書可能有價值，賣給了一個收藏家。九月分這位收藏家的遺產舉行拍賣，我買下了這本書，用亞維農那次賺的錢買下。」

「亞維農的那次？」父親花了兩年的功夫才談成亞維農的那次交易，也是父親獲利最多的買賣之一。

「你有戴著手套吧？」他有點難為情地問。

「你當我是誰？」

他笑了，然後繼續說：「所有心機都枉費了。」

「什麼意思？」

「書名錯了，所以全部的書都得回收，這半個世紀以來，這本書一直以《蛻變與心死的故事》的書名出版。但是，讀者還是管那本書叫《十三個故事》。」

「為什麼會這樣？」

「名氣加上神祕。她的消息寥寥可數，所以像是回收初版的這種片段資訊，都變得很重要了，也成了她神話的一部分，第十三個故事的謎題，它提供人們推敲的線索。」

我們沉默了半晌。接著他茫然注視不遠的前方，輕聲低語，音量小到我可以選擇：聽他的話，或者不理會。他說：「結果她現在卻要找一位傳記作家……真意想不到啊。」

我想起那封信，想起我擔心來函的人身分可疑，想起了那個年輕男子話語中的堅持：「告訴我真相。」我想起了《十三個故事》一開頭幾句話就擄掠了我的心思，讓我整晚著迷。我想再度被俘虜。

「我不知道該怎麼辦。」我告訴父親。

「這跟你以前做過的不一樣。薇妲．溫特是活生生的題材，書寫時憑藉的是訪談，不是檔案。」

我點點頭。

「但是你又很想瞭解寫下《十三個故事》的那個人。」

我又點頭。

父親把雙手放在膝蓋上，嘆了口氣。他明白閱讀這件事是多麼吸引人。

「她希望你什麼時候去？」

「星期一。」我告訴他。

「我開車載你去車站，好嗎？」

「謝謝。那個……」

「嗯？」

「我可以先休幾天假嗎？北上之前，我應該多看點書。」

「可以，」他說，他的微笑並沒有掩藏住他的擔憂，「可以，當然可以。」

接下來幾天是我成年以來最愉快的時光之一。這輩子頭一遭，我床邊的桌上堆了一疊從書店買來的全新、光滑的平裝書。《非此非彼》，薇妲．溫特著；《再次即永恆》，薇妲．溫特著；《牽縈》，薇妲．溫特著；《弧之外》，薇妲．溫特著；《傷痛守則》，薇妲．溫特著；《女壽星》，薇妲．溫特著；《木偶戲》，薇妲．溫特著。書皮全由同一位藝術家設計，鮮艷奪目，散發出熱能與力量：琥珀黃與緋紅，金色與深紫。我還買了一本《蛻變與心死的故事》，這書名顯得乏味無趣，因為沒有了父親珍藏那本的「十三」字樣。父親的那本我已經放回儲藏櫃裡了。

人在閱讀陌生作家的作品時，自然會期盼獲得特殊的感受。溫特女士的書帶給我的震撼，很像是我發現藍迪爾兄弟日記時獲得的震撼。但又不止如此。我一直閱讀不輟，人生的每一個階段都讀書，而且不管什麼時候，閱讀總是帶給我最大的樂趣。可是我不能自欺說成年後所讀的書籍，對我靈魂產生的衝擊，遠大於孩童時期所讀的書。我仍舊相信故事，在閱讀一本好書的過程中我依舊忘我。不過，現在跟以前不同了。書對我而言——我必須這麼說——是最要緊的事物。而我無法忘記的是，書本這東西，曾經比「最重要的事物」這種說法還要重要，還要老生常談：小時候，書就是我的整個世界啊。因此，我內心總是懷念、盼望那種已經失去的閱讀樂趣。我雖不期待這種盼望會成真，但在我閱讀溫特的作品的這段期間裡，在我整個白天與大半個夜晚都在閱讀的日子裡，當我在散落著書本的床單下睡著，當我漆黑無夢的睡眠在一瞬間飛逝而去，醒來後又開始閱讀的這段日子裡，我以前失去的閱讀樂趣又回來了。溫特女士把「初讀」的那份純潔特質還給了我，並且用她的故事讓我陶醉。

我父親不時敲敲房門，看著我。我臉上一定流露著專心閱讀所產生的茫然表情。「你該不會忘了要吃飯吧，不會吧？」他一面說，同時遞給我一袋食物或一品脫的牛奶。

我願意在家裡和溫特寫的那些書本長相為伴，但是，倘若我要前往約克郡拜訪溫特女士，那麼還有其他工作得先完成。我休息了一天沒看書，跑去圖書館，在報刊室查看全國性報紙的新書版，從溫特女士出版小說的日期開始往後查。因為每次新書上市之後，她就會約幾位記者到哈洛格特的一家飯店，與記者們一一會面，把她所謂自己的人生故事告訴他們。這種故事，大概已經有幾十個了吧，也許幾百個也說不定。我隨意瀏覽就找出了將近二十個。

在《非此非彼》出版後，她是某個神父與一位女校長的私生女。一年後同一份報刊上，她說自己是某個巴黎交際花的逃家女兒，並因此得到了宣傳《牽縈》的機會。《木偶戲》出版時，在不同的報紙上，她有時變成了在瑞士女子修道院長大的孤兒，有時是倫敦東區偏僻街道上的流浪孩童[8]，也是一個從小壓抑自己本性的獨生女，生長在有著十個吵鬧男孩的家庭裡。我最喜歡的人生故事是，她在印度不小心和蘇格蘭裔傳教士雙親分離，在孟買的街坊流浪，以說故事維生；她在孟買講述的故事裡，蘇格蘭的松樹聞起來如同新鮮無比的胡荽，群山與泰姬瑪哈陵一樣美麗，肉餡羊肚比任何街角的印度酥炸餅還要可口。還提到風笛，噢，風笛的聲音！無法形容的美妙聲音。多年後當她終於重返她在小嬰孩時期就離開的故鄉蘇格蘭之後，她大失所望。松樹聞起來一點也不像是胡菨，雪是冷的，肉餡羊肚無味，至於風笛……

諷刺且傷感，哀傷又嚴峻，滑稽並狡詐，每個人生故事都是一篇迷你佳作。對於不同類型的其他作家來說，這些故事可能是顛峰之作；但是對薇妲．溫特來說，這些只是宣傳用的小手冊。我想，沒人會誤以為真吧。

我啟程的前一天是週日，那天下午我和父母待在家裡。我們的房子從沒有改變過，只要一口兇殘的呼氣，就能將它化為瓦礫。

母親勉強擠出一抹微笑，我們喝茶的時候她還歡天喜地聊著鄰居的花園、市區的道路施工、讓她長疹子的新品牌香水等等。這些都是輕鬆而又空洞的閒聊，為了阻擋沉默而進行的閒聊。這份沉默中，藏著她心裡的惡魔。她的表演相當出色，絲毫沒有透露出她幾乎足不出戶的事實，沒有透露一點小意外也會引發她的偏頭痛，也沒有透露出她不敢閱讀，因為她害怕書本內容可能帶給她的心情波動。

父親與我一直等到母親去泡壺新茶，才談起溫特女士。

「那不是她的真名，」我告訴他，「如果是她的真實姓名，那她的出身就不難追查了。很多人都曾試過要追查，後來都因為缺乏資料而放棄了，即使連她最基本的背景資料也沒有人知道。」

「真讓人感到好奇啊。」

8 倫敦東區曾為知名的貧民區。

「好像她不曉得是從哪裡冒出來的，好像她在當作家之前根本不存在，好像她創作第一本書的時候，也創造了自己。」

「我們已經知道她的筆名了。筆名一定會透露出線索，想必是這樣的。」父親提出建議。

「薇妲（Vida），是拉丁文，意思是生命。不過，我忍不住聯想到法文。」

薇妲這個發音及拼法，在法文裡與另一個意指「空洞、空無所有、不存在」的字眼十分相近。但是，我們在家裡不講法文，所以我讓他自己去推猜。

「的確如此，」他點點頭，「那麼溫特怎麼解？」

溫特（Winter）。冬。我看著窗戶外面尋找靈感。在我妹妹的鬼魂後方，暗黑又光禿禿的樹枝橫過正在變暗的天空，花圃上只有光裸的黑色泥土。玻璃抵擋不住寒意；儘管煤氣暖爐開著，房裡似乎充滿陰冷的絕望。冬天對我而言是什麼？只有一個意義：死亡。

默然無聲。最後我必須打破沉默，免得先前的對話顯得太沉重而無法忍受了，我才說：「這名字有刺。薇妲．溫特，縮寫是V．W，都是釘子似的尖頭。」

母親回來了。她一面將杯子放在盤上倒茶，一面繼續說話。她的聲音任意遊移在她嚴密控管的生活領域之上，彷彿那塊領域足足有七英畝那麼大。

我的注意力到處亂晃。火爐上方的台子上，擺著我們家裡勉強可稱之為裝飾品的東西——一張照片。母親有時想把這張照片收進抽屜，免得它沾上灰塵。可是父親很喜歡看著這張照片。也因為父親極少與母親唱反調，所以在照片這件事情上她讓了步。照片中有一對年輕的新娘與新郎。父親數十年如一日：相當英俊，有著一對沉思的深色眼睛，歲月沒有改變他。但那個女人幾乎認不出來：她看著我的父親，眼裡有微笑，發自內心的微笑，眼眸有暖意。她看來好幸福。

悲劇改變了一切。

我出世，婚紗照中的女子也告消失。

我往外看著死寂的花園。逐漸消退的光線將我的影子投射在玻璃窗上，搖晃不定，影子又望回死寂的房間。鏡裡的她怎麼看我們？我很好奇。我們努力說服自己這就是生活，說服自己我們的確過著這樣的生活。對此，她又有怎樣的想法呢？

☙抵達

一個尋常的冬日，我離開了家，搭上火車。在薄紗似的白色天空下，火車不斷前進。然後雲朵湧現，我換了一班車繼續北行。雲層的厚度加深，色彩變暗，形狀益發膨脹巨大。我以為隨時會聽見雨滴灑落在車窗玻璃上的聲響，但是雨一直沒有下。

到了哈洛格特，溫特女士的司機是位留鬍子的黑髮男子，不太說話。他不開口，其實我還比較高興，這樣我就可以飽覽風光，離開市區後陌生的景象隨即在我眼前展開。我從沒來過北部。以前我曾為了研究工作去過倫敦，還有一或兩次橫渡海峽，去使用巴黎的圖書館與檔案館。約克這個郡，我只從小說中聽過，而且還是一個世紀之前寫的小說呢。一旦離開市區，只剩少數幾個景象還提醒著我們仍然身處現代；前往鄉間的路上，我還以為自己正要走進歷史。村莊有教堂、酒吧，還有石砌農舍，看來古樸風雅；車子開得越遠，村落就越小，村落間的距離越遠。到了後來，偶爾只見幾個孤立的農舍出現在光禿的冬季原野上。最後我們甚至闊別了農舍，同時天色漸漸昏暗。車燈讓我看見一片片模糊無色的風景：沒有圍籬、牆垣、樹籬、建築，只有無止境的道路，以及道路兩旁渾沌起伏的黑暗。

「這裡是沼地嗎？」我問。

「對。」司機說。我貼近窗戶，但是勉強能辨識的只有濛濛天空，它對著土地、馬路、汽車沉沉壓下，讓人心裡產生一種處於幽閉環境的焦慮。車燈往前照射了某段距離後，似乎連光線也灰暗了。

我們在一個沒有路標的交叉路口拐了彎，離開公路，沿著鋪石小徑顛簸行進了幾英里。中途還停下來兩次，司機先是打開一道柵欄，車子駛過柵欄後他又下車關柵欄。接著我們繼續前進，又顛簸搖晃了一英里。

漆黑之中，溫特女士的房子座落在兩片和緩的高地間，近似小山丘的這兩片高地似乎連成一片，直到開上車道最後一個轉彎處，才露出一座山谷與一棟房子。這時候，天空忽然出現出大批陰影：粉紅色、靛青色、銀黑色；大宅邸蟄伏在天幕下，顯得又長又低又暗。司機替我打開門，我下車才發現他已經卸下了我的行李，準備把車開走，留下我獨自站在沒開燈的門廊前。百葉窗遮蔽了窗戶的光線，房子完全沒有人居住的跡象。這房子似乎是自我封閉，迴避訪客。

我按下門鈴。說也奇怪，鏗鏘的鈴聲在潮濕空氣中聽來相當柔和。等候時，我看著天空。寒意從我鞋跟滲入，我又按了一次門鈴，依舊無人應門。

就當我要按第三次的時候，門無聲無息地打開，嚇了我一跳。

門口的女人露出專業的微笑道歉，讓我久等了。乍看之下她非常普通，整齊短髮的顏色與肌膚一樣淺淡，眼睛不是藍的、灰的，也不是綠色的。她之所以顯得相貌普通，原因是她臉上沒什麼表情，而不是她的臉上缺乏光彩。我猜，她的眼睛若表現出些許情感的話，可能會閃爍著生命力。但是當她快速轉移的眼光遇上了我打量的目光，我似乎感覺到，她只是拘謹且盡力維持自己的撲克臉。

「晚安，」我說，「我是瑪格麗特．李雅。」

「你就是那位傳記作家，我們一直在等你。」

人為什麼能看穿對方的偽裝？在那一刻，我清楚明白她正處於焦慮的狀態中。或許情感是有氣味或味道的；或許我們不知不覺以空氣的震動在傳遞情感。不管方式為何，我清楚知道，並非是我這個人讓她感到特別驚恐，而只是由於我的到來，因為我是個陌生人。

引領我入內後，她隨手關上門。鑰匙在鎖裡一轉，全無聲響，門閂悄無聲息滑進應當的位置，連聲嘎吱也沒有。

我穿著外套站在玄關，首度感受到的是這個空間最深沉的怪異：溫特女士的房子靜謐無聲。這位女子告訴我她叫裘蒂絲，是管家。她問了我旅途的情況，提起用餐的時間，還有使用熱水的最佳時段。她的嘴巴張開又閉上；她說的話一旦從嘴唇流出，安靜隨即襲擊而來，扼殺了她的話，讓這些話消失。她帶我走過一間又一間的房間，有餐廳、客廳、琴房，相同的寂靜吞沒了我們的腳步聲，掩蓋了開門關門的聲音。

這份寂靜並沒有魔法在背後加持：這份寂靜是柔軟的傢飾品造成的。絲絨靠枕堆在又軟又厚的沙發上，腳凳、躺椅、扶手椅上鋪了墊子，牆上懸掛的繡帷已經成了家具的罩單。每個樓層都鋪著地毯，每塊地毯上又鋪蓋了小塊踏毯。垂掛在窗戶上的花緞也阻止了牆上聲波的震動。這些毛織品、天鵝絨全能吸收聲音，就如同吸墨紙吸收墨水，但有一點不一樣：吸墨紙只吸收多餘的墨水，這房子裡的織品好像把我們言語中最根本的要素都吞收了。

我跟著管家左轉之後右轉，右轉之後再左轉，上樓又下樓，直到我完全迷糊了，我已經無從判辨這幢房子曲折蜿蜒的內部該如何對應它簡樸的外觀。我猜想，這棟房子隨著歲月不斷改建，那裡增修，這裡增修；我們或許正站在某個從正面看不見的側廳或擴建物。「你會熟悉這裡的。」管家看著我的臉，無聲地動了嘴唇告訴我。我明白她的意思，彷彿我能讀懂她的唇語。終於，從樓梯拐角轉了彎後，我們停下了。她打開一扇門的鎖，門通往一間起居室，從那裡又有三道門通往別的地方。「浴室——」她一邊說，一邊打開其中一道門，「臥室——」又開了一道門，「還有書房。」這些房間與房子的其他空間一樣，到處都填塞了靠墊、窗簾與壁簾。

「你要在飯廳還是這裡用餐？」她問，指著窗戶旁的小桌子與單張椅子。

我不知道在飯廳用餐是否意味著我將與女主人一塊吃飯，也不確定我在這個屋子裡的地位（是客人？是受雇者？）。我遲疑了，不知道接受與拒絕哪個比較禮貌。管家推敲出我不確定的原因，接著她彷彿先是克服了緘默的習慣後，才補充道：「溫特女士總是單獨用餐。」

「那麼，如果對你來說沒差別的話，我在這裡用餐好了。」

「我馬上就把你的湯與三明治送過來，好嗎？搭了火車之後，你一定餓了。這裡就有泡茶、泡咖啡的器具。」她打開臥室角落的壁櫥，我見到一只水壺、沖泡飲料所需的其他用具，甚至還有一個小冰箱。「這樣你就不必跑上跑下到廚房去了。」她加以說明，露出一抹尷尬的微笑；我想那是略帶歉意的微笑，因為她不願意我出現在她的廚房。

她走了，讓我可以打開行李。

在臥室裡，我拿出幾件衣物、書本與盥洗用具，只花了一分鐘。我把泡茶、泡咖啡的東西推到一旁，在那個位置放上了從家裡帶來的一包可可亞。接著，在管家拿著托盤回來之前，我剛好有足夠的時間試試那張古董高床——床上覆蓋了大量的靠墊，墊子底下就算有再多的豌豆[9]，我也察覺不到。

「溫特女士邀請你八點鐘到藏書室與她會面。」

她已經盡力讓這句話聽來像邀請了。但我明白，我也毫無疑問應該明白，這是一句命令。

☙ 會見溫特女士

是幸運？是意外？我說不上來，但是在規定出現的整整二十分鐘之前，我就找到了藏書室。這不成問題，還有哪裡比藏書室更適合打發時間的地方？而且對我而言，還有什麼比透過選書與藏書更容易瞭解一個人呢？

9 典故出自丹麥作家安徒生（Hans Christian Andersen）所著之〈豌豆公主〉（Prinsessen på ærten）。女孩睡在二十張床墊、二十張羽絨被鋪成的床上，仍感覺到底下壓著的豌豆，證明自己是真正的公主。

整體看來，這間房間給我的第一個印象是，我可以深切感受到它與房子裡其他地方不同。其他房間充滿了窒息而死的語言屍體；而在這個藏書室裡，你可以呼吸。這個房間沒有織品裝飾，卻是以木質裝潢。腳底是木頭地板，高窗有百葉窗板，沿著牆壁排列著堅固的橡木書架。

房間很高，挑高遠遠大於寬度。在一側有五面拱窗，從天花板幾乎延伸到地板；窗底放著幾張倚窗的椅子。面窗的是五面形狀相似的鏡子，在適當位置反射窗外的景象；不過，今晚鏡子重現的是百葉窗的雕刻嵌板。書架從牆壁往房間中心延伸，形成了一個個的牆洞；在每一個牆洞內，有盞琥珀色的罩燈放在小桌上。除了房間最裡面的爐火之外，罩燈是唯一的光線來源，在一排排沒入黑暗的書緣上，投射出一圈圈又柔和又溫暖的光輪。

我緩步走向房間中央，看看左右兩旁的牆洞。看了幾眼之後，我發現自己正在點頭。這是一間規規矩矩、保存妥善的藏書室，書籍分門別類，按照字母順序排列，整齊清潔；如果是我的話，我也會這麼整理。我鍾愛的書都在上面，還有許多罕見珍貴的善本，以及翻舊了的普通書籍。不光有《簡愛》、《咆哮山莊》、《白衣女郎》，還有《奧托蘭多城堡》[10]、《歐德莉夫人的祕密》[11]、《幽靈新娘》[12]等書。不小心發現一本《化身博士》[13]，使我興奮不已，這本書相當少見，連我父親都快要停止相信這本書的存在了。

溫特女士架上豐富的藏書讓我驚奇，我朝著房間最遠端的火爐一路瀏覽。在右手邊最後一個牆洞那裡，從比較遠的地方看過去，有組獨特的書架特別顯眼，架上藏書的書脊色澤，並不是老舊作品的柔和黃褐色。這個書架上陳列了近幾十年來出版的書：銀藍色、鼠尾草綠、粉紅色。這些也是房間裡僅有的當代書籍，全都是溫特女士自己的作品。最早期的出版品在書架最上層，新近的小說在最下層，每一部作品都有多種版本展列，甚至有不同的語言版本。我沒看到《十三個故事》，也就是我在自己家店書讀到的那個書名錯誤的版本，卻見到了換裝後的這本書，以《蛻變與心死的故事》的名稱出現，共有十幾個不同的版本。

我挑了一本溫特女士的最新作品。第一頁記載了一名年長的修女抵達了好像是義大利一個無名小鎮後街的小房子，有人帶她進了房間，房內有個傲慢自大的年輕人——讀者會以為是英國人或美國人——略帶驚詫地迎接她。（我翻到下一頁，開頭的幾段已經吸引了我，就好像每回我翻開她作品之後的情形，本來沒有預期，後來卻認真讀了起來。）年輕人起初並沒有察覺到讀者已經明白的：他的訪客是為了一項嚴肅的任務而來，這個任務將以他無法預知的方式改變他的人生。他這個驕縱的年輕人以輕浮的態度招呼她（我翻了頁；忘了藏書室，忘了溫特女士，忘了身在何處），她開始解釋……

接著，有東西穿刺了我的閱讀，將我從書中拉出來。我的頸背有刺癢感。

---

10 《奧托蘭多城堡》（*The Castle of Otranto*），霍瑞斯・渥波爾（Horace Walpole）著，描述曼弗雷德家族的陰謀與悲劇，被視為歌德小說濫觴。

11 《歐德莉夫人的祕密》（*Lady Audley's Secret*），瑪莉・伊莉莎白・布萊登（Mary Elizabeth Braddon）所著之煽情小說，描述新婚的歐德莉夫人沾染鮮血的黑暗過去。

12 《幽靈新娘》（*The Spectre Bride*），威廉・哈里森・安斯沃斯（William Harrison Ainsworth）著，描述一少女與來自地獄的使者墜入愛河。

13 《化身博士》（*Strange Case of Dr Jekyll and Mr Hyde*），羅伯特・路易斯・史蒂文生（Robert Louis Stevenson）著，講述傑奇博士發明了能分離自身邪惡人格的藥水引發的連串事端。

有人在注視我。

我知道背脊發涼是常有的現象；然而這卻是我頭一遭感受到。很多習慣孤獨的人跟我一樣，感官對於他人的存在相當敏銳，況且我更習慣扮演隱形間諜的角色，而非受到他人的監視。然而，現在有人正在注視我，而且我已經被人注視了好長一段時間。那種錯不了的感覺已經搔弄我多久了？我回想過去幾分鐘的這段時間，想要在我對故事情節的記憶幕後，追溯我對身體感覺的記憶。是從修女開始對年輕人說話的時候嗎？從修女進到屋子裡開始？還是更早？我坐著絲毫未動，垂頭看書，彷彿什麼都沒注意到，努力想記起來。

接著，我明白了。

實際上，在我拿起書之前，我就已感覺到了。

我需要點時間定下心，我翻到下一頁，繼續假裝唸書。

「我才不會上你的當。」

專橫，堅實有力，有權威感。

我別無選擇，只得轉身面對她。

薇妲·溫特女士的外表沒有低調的意圖，她是古代的女王、女巫、女神。她硬挺的體態像帝后般，從一大堆紫色、紅色的蓬鬆靠墊中昂然而出；青色與綠色的布匹重重披蓋她的身軀，卻沒有柔化她骨架的堅實強硬。她紅銅色的頭髮又是編又是捲又是纏繞，梳成一頭工整細緻的髮型。她臉龐的輪廓複雜如地圖，撲抹了白粉，再以大膽的鮮紅色唇膏修飾。在膝蓋上，她的雙手由紅寶石、祖母綠與蒼白瘦削的指關節連貫而成；只有指甲與我的一樣，剪得又短又齊，毫無裝飾，讓人有種失調的感覺。

更讓我膽怯的是她的墨鏡。我看不見她的眼睛，但我記得在海報上見過那對冷酷的綠色虹膜，她的深色鏡片似乎發出探照燈的威力，我感覺到她從鏡片後方看穿我的皮膚，透視我的靈魂。

我掩飾心思，不動聲色，用外表隱藏我自己。

我一時以為我的掩飾足以讓她感到訝異，也以為她無法一眼看穿我。只不過她隨即恢復鎮定，而且比我恢復鎮定的速度還快。

「很好，」她刻薄地說，臉上的微笑與其說是衝著我而來，不如說是對著自己笑，「談正事吧。你的信告訴我，你對於我要委託你的任務有所保留。」

「唔，是的，因為——」

她的聲音急忙接下去，猶如沒有注意我的插話：「要增加月津貼和完稿費也是可以的。」

我舔舔嘴唇，尋找適當的字眼。在我開口之前，溫特女士的深色鏡片已經上下快速移動，打量了我扁平的棕色瀏海、直筒裙與藏青色的羊毛衫。她露出一抹憐憫的淺笑，藐視我要開口的打算。

「但是你追求的顯然不是金錢利益，真是稀奇古怪啊，」她的語調冷淡，「我筆下寫過不在乎金錢的人，但我從沒預期會真的碰到一個這樣的人，」她往後倒在靠墊上，「因此，我推斷問題跟你的耿直有關。有些人在生活中不肯正常追求金錢，結果因為過度維護自己的正直情操，弄得備受熬煎。」

她揮揮手，我的話還沒說出口就遭她駁回。「你害怕的是，如果要你書寫作者授權的傳記，你的獨立意志就會受到牽制。你懷疑我要在你寫完的書上施加控制，你知道我過去一向排斥傳記作家，你懷疑現在到底是什麼事情改變了我的心意。更重要的是，」她透過濃暗墨鏡的注視又出現了，

「你怕我會對你說謊。」

我張嘴想反駁，卻發現自己無話可說。她說的對。

「瞧，你不知道要說什麼，對不對？你大概不好意思控訴我想對你撒謊吧？人們不喜歡控訴別人扯謊。還有，看在老天的分上，坐下。」

我坐下。「我不是指責你什麼。」我開口說話，語氣親切，但是她隨即打斷我。

「不用那麼客套。如果說有什麼事情是我受不了的，那就是客套。」

她的額頭抽動，一邊眉毛揚起，從墨鏡上緣露出，那一道濃黑的弧形顯示出這並非天生長出來的眉毛。

「客套。好，要說窮人有什麼美德的話，那就是客套。不得罪他人有什麼好欽佩的？我倒是想要知道。畢竟，那很容易辦到啊。不用什麼特殊的天分就能表現客套。反過來講，若你在各方面都沒什麼能力，那你只剩下親切的態度。有抱負的人根本不在乎別人怎麼想他們。我認為華格納[14]才不會為了擔心自己是否傷到別人的心而失眠。話說回來，他是個天才。」

她冷酷的聲音喋喋不休，講了一個又一個才華與任性兩者必然共存的例子，但她披肩的褶層卻沒有隨著她的說話而移動。我心想，她一定是鋼鐵做的。

最後，她用接下來的話結束演講：「我沒有客套這種美德，我也不尊重其他人客套的表現。我們不用在意客套不客套了。」她講完了。

「你剛提到了說謊這件事，」我說，「也許那是我們需要在意的事情。」

「怎麼說？」在深色的鏡片底下，我正巧能看見溫特女士睫毛的移動，它們蹲伏在眼睛邊緣顫抖著，像是圍繞在蜘蛛身旁的長腳。

「光是在過去兩年間，你提供了十九個不同版本的人生故事給記者。這只是我短時間內搜尋到的成果，還有更多的版本。說不定有幾百個吧？」

她聳聳肩膀，「那是我的職業，我是說故事的。」

「我是寫傳記的，我與真相共事。」

她把頭一揚，僵硬的捲髮跟著挪動，「無聊！我永遠都不會寫傳記。難道你不認為用故事來說真相比較精采嗎？」

「到目前為止，你告訴世人的故事裡，並沒有真相。」

溫特女士勉強點頭。「李雅小姐，」她的語氣比先前遲緩，「我設計了層層煙幕圍繞住我的過往，那是有理由的。那些理由——我向你保證，已經不再是理由了。」

「是什麼理由？」

「人生是堆肥。」

我眨眨眼睛。

「你以為這種說法很奇怪，但卻是真的。我的人生，我所有的經驗，發生在我身上的每件事，我所認識的人，我的一切記憶、夢境、幻想，我曾讀過的每本書，所有的一切都被拋到堆肥上面。

14　理察·華格納（Wilhelm Richard Wagner，一八一三—一八八三年），德國作曲家、劇作家，作有《崔斯坦與伊索德》（*Tristan und Isolde*）、《尼伯龍根的指環》（*Der Ring des Nibelungen*）等名劇。因身為公開的反猶主義者備受爭議。

隨著時間流轉，一切東西都腐壞成深色肥沃的有機覆蓋物，細胞的分解讓一切事物變得無法辨認。別人把這事叫作想像，我把這看作是一堆堆肥。有時我產生了個想法，把它種植在堆肥上，接著等待。我的想法在這些本來是一段人生故事的黑色物體上，開始吸收養分，為自己吸取精力。它發芽成長，往下紮根，抽枝生幹，一直成長下去，直到一個美好的日子來臨，我寫出一個故事，或者寫成了一本小說。」

我點點頭，欣賞這個類比。

「讀者，」溫特女士繼續說，「是傻瓜。他們相信文學作品都帶有自傳性的意味。文學作品的確擁有自傳意味，但不是像讀者所想的那樣。作者的人生需要時間，腐爛之後才能滋養出一部虛構的作品。你必須容許人生腐朽。這就是為什麼我不能讓記者與傳記作家在我的過去裡面東翻西找，拿我生命的片段點滴，然後用他們的文字來留存。我必須讓我的過去不受干擾，才能寫出我自己的書，讓時間完成它的工作。」

我細想她的回答，然後提出問題：「那現在你為什麼改變了想法？」

「我老了，我病了。這兩個事實擺在一塊，傳記作家，你會想到什麼？我認為，你想到了故事的結尾。」

我咬咬嘴唇，「那你為什麼不自己動筆寫傳記呢？」

「我拖得太晚了。此外，誰會相信我呢？我喊狼來了，喊得太多次了。」

「你打算告訴我真相嗎？」我問。

「是的。」她說，但是我已經聽出了話中的遲疑。雖然那遲疑只持續了不到一秒鐘。

「你為何想告訴我？」

她躊躇著，「你知道嗎？過去十五分鐘內，我一直在問自己同一個問題。李雅小姐，請問你是怎樣的人呢？」

我先縛緊我的偽裝面具，然後才回答。「我是店員，我在一家古書店裡工作，業餘時候我寫傳記。想必你讀過了我研究藍迪爾兄弟的作品。」

「你沒說多少，對不對？如果我們要一同工作，我就得知道更多你的事情，我很難對自己一無所知的人傾吐一生的祕密。所以，告訴我你的事情。你最喜歡哪些書？你做什麼夢？你愛戀的人是誰？」

這一剎那，她的唐突讓我無法回答。

「噯，回答我！拜託！我要讓你這個陌生人待在我的屋簷下嗎？讓個陌生人替我工作嗎？沒道理嘛。告訴我，你相信有鬼嗎？」

一股比理智更強烈的感覺控制了我，我起身離開位置。

「你到底要做什麼？你要去哪？等等！」

我一步又一步跨出，努力不跑開，注意我腳步叩擊在木頭地板上的節奏，而她在呼喊著我，嗓音中蘊涵著激烈的恐懼。

「回來！」她高喊，「我告訴你一個故事，一個神奇的故事。」

我沒有停下腳步。

「很久很久以前，有間鬧鬼的房子……」

我到了門口，手指搭上把手。

「很久很久以前，有座藏書閣……」

我打開門，正準備踏進門外的空曠，她用粗啞的嗓音，彷彿帶著恐懼，說出了一句話，阻擋了我的去路。

「很久很久以前有一對雙胞胎……」

我站著不動，直到這句話在空氣中不再迴響，然後忍不住回頭一望。我見到她的臉背對著我，她一雙手顫抖著舉起，舉向那張原本已經轉過去的臉龐。

我試探性地往房內踏回一步。那頭紅銅色的捲髮聽見了腳步聲，於是轉過來。

我大吃一驚。墨鏡摘下了，綠色的眼睛如玻璃一般透亮、真實，帶著像是懇求的眼光望著我。

我一時間只能望著她，聽見她說：「李雅小姐，請你坐下。」說話的聲音在顫抖。那是薇妲．溫特的聲音，但又不像薇妲．溫特的聲音。

一股力量驅使著我，我無法自已，往前移到椅子上坐下。

「我還沒有答應你。」我疲倦地說。

「我沒有立場逼你承諾。」答案以低微的聲音傳出。

休戰。

「你為何選了我？」我又問，而這次她回答了問題。

「因為你研究過藍迪爾兄弟的作品。因為你瞭解手足之情。」

「所以，你願意告訴我真相？」

「我會告訴你真相。」

這句話清清楚楚，但我也聽出了這句話底下的不確定。她願意告訴我真相，這點我不懷疑，她也決定要說了，她甚至願意說了，只是她還不完全相信自己會說出真相。她做出了要誠實的承諾，但原因不單在於說服我，也在於說服她自己。同時，她跟我一樣，都清楚知道在這個承諾的最核心處，缺乏一種堅定的信念。

正因如此，我提出了建議，「我問你三件事情，三件在對外公開的檔案上都可以查到的事情。我離開之後，就會去查證。如果我發現你告訴我的這些事情屬實，我就接受委託。」

「噢，無三不成事……有魔力的數字。王子贏得美麗公主允婚前，接受三項試驗；會說話的魔魚允諾漁夫三個願望[15]；三隻小熊與金髮小女孩[16]；《三隻山羊嘎啦嘎啦》[17]。李雅小姐，要是你問我兩個或者四個問題，我也許可以說謊，但是三個……」

我把鉛筆從活頁便條本的金屬裝訂環中拿出來，打開便條本的封面。

「你的真名是什麼？」

她嚥了口口水，「你確定這樣開始好嗎？要不要我告訴你一個鬼故事，相當精采的故事喲，我

---

15 出自《格林童話》（*Grimms Märchen*）收錄的〈漁夫和他的妻子〉（Vom Fischer und seiner Frau），俄國作家普希金（Александр Пушкин）後改編為童話詩《漁夫和金魚的故事》（*Сказка о рыбаке и рыбке*）。

16 出自英國童話《三隻小熊》（*Goldilocks and the Three Bears*），由桂冠詩人羅伯特．索瑟伊（Robert Southey）所著之《三隻熊的故事》（*The Story of the Three Bears*）演變為今日耳熟能詳的版本。

17 《三隻山羊嘎啦嘎啦》（De tre bukkene Bruse）為挪威民間故事，描述三隻山羊通過一座由巨魔把守的橋。

保證。這樣比較適合進入重點——」

我搖搖頭，「告訴我你的名字。」

那團撩亂的手指關節與紅寶石在她大腿上移動；在爐火照射下，寶石閃耀光芒。

「我的名字就是薇妲·溫特，我完成了一切必要的法定程序，讓我可以合法、誠實地稱呼我自己這個名字。你想要知道的是在改名之前，人們稱呼我的名字，那個名字是……」

她遲疑著，她必須克服內心的某個阻礙。當她說出真名的時候，她的聲音顯然毫無感情，全然缺乏語調，好像那個名字是她從來沒有專心學習過的外國語言：「那個名字是亞德琳·馬曲。」

那個名字傳遞在空氣中，幾乎感覺不到震動。但她連這份震動都要打斷，用尖酸的語氣繼續說：「希望你別來問我的出生年月日，我已經到了必須忘記出生日期的年紀了。」

「那沒關係。你告訴我出生地就好。」

她有點不悅地嘆了氣，「要是你讓我用自己的方式來講就好了，我的故事可以講得更好。」

「我們剛才約好的。三項公開檔案中可以找到的事實。」

她噘起嘴，「你可以在記錄中找亞德琳·馬曲出生在倫敦的聖·巴托羅繆醫院。這件事的真實性，我個人無法提供保證；我雖然是個異類，但是沒有特異功能來記住自己出生的情景。」

我寫下來。

接著是第三個問題。我必須坦承，我並沒有第三個特別要問的問題。她不想告訴我年紀，反正我也不需要知道她的生辰。根據她漫長的出版歷史與第一本書的日期，她不可能少於七十三或七十四歲；而根據她的外表判斷，雖然生病與化妝改變了容貌，她不可能超過八十歲。但這不打緊，不管怎樣，有了她的名字與出生地，我可以自己找到她的生辰。根據前面問的兩個問題，我已經得到足夠的資訊，可以確認一個名為亞德琳．馬曲的人是否確實存在。那麼，接下來要問什麼？也許是我自己渴望聽見溫特女士說故事吧。現在時機來了，我能夠任意提出第三個問題，我把握了機會。

「告訴我——」我緩緩、小心地說，在魔法故事裡，第三個願望總是悲劇性地奪走歷經九死一生才獲得的一切，「告訴我一件在你改名之前，發生在你身上的事情，而且這件事情必須能在公開檔案中查得到。」

接下來是一陣沉默。在這陣沉默中，溫特女士好像把她一切外在的自我全部牽引回歸到內心深處；就在我的眼前，她的靈魂彷彿飄離了身軀，我這才明瞭為什麼剛才我無法看穿她的心思。我看著她的軀殼，實在感到訝異，我真的不知道她外表底下究竟是什麼。

接著，她又鑽出來了。

「你知道為什麼我的書這麼暢銷嗎？」

「我相信有許多理由。」

「大概是吧。主要原因是，我的書有開場，有過程，有收場，全都按照恰當的順序。當然，每個故事都有開場、過程、收場；關鍵在於要如何按照恰當的順序來排列這些成分。這就是為什麼大家喜歡我的書。」

她嘆口氣，把玩著雙手，「我要回答你的問題了，我要告訴你一件關於我的事，這件事發生在我成為作家、改名之前，而且可以在公開檔案中查到。這是發生在我身上最重要的事件，但我本來沒打算這麼快就告訴你的。我這下要破例了，在我還沒告訴你故事的開場之前，先告訴你故事的結尾。」

「你故事的結尾？要是這事情發生在你還沒寫作的時候，那怎麼可能會是故事的結尾呢？」

「很簡單，因為我的故事，我這個人的故事，在我開始寫作之前就結束了。一切都結束之後，說故事只是一種填補時間的方法。」

我等她繼續講。她深吸一口氣，像是發現關鍵棋子陷於絕境的棋手。

「我寧願不要告訴你。但是我答應過你，不是嗎？無三不成事，跑不了了，精靈可能會要求男孩別許下第三個願望，因為那個願望會帶來不幸的結局，但是男孩一定會許下第三個願望，而精靈必須使願望成真，因為這就是故事的規則。你要求我告訴你三件事情的真相，那麼我就一定會告訴你，因為這就是無三不成事的規則。但是讓我先反過來要求你一件事情。」

「什麼事情？」

「從此以後，故事情節不能再忽東忽西。從明天起，我會告訴你我的故事，開場是開場，接著是過程，然後結尾是結尾，全都在恰當的位置。不可欺瞞，不往前偷看，不先提問題，不能鬼鬼祟祟偷看最後一頁。」

她已經接受了我們的協定，現在還有權利在協定之上另外加條件嗎？不見得。不過，我點點頭。

「我同意。」

她接著說話的時候，眼神無法看著我。

「事發的時候，我住在安琪費爾德莊園。」

提到這個地點，她的聲音顫抖，緊張的她以無意識的姿態搔弄手掌。

「那時我十六歲。」

她的聲音越來越不自然，說話不再流暢。

「發生了場火災。」

她的話像是石頭，毫無感情地從喉嚨中吐出。

「我失去了全部家產。」

接著她來不及克制自己，雙唇蹦出一聲哭喊：「噢，愛蜜琳！」

世上有些民族相信，一個人擁有的一切神祕力量，全都蘊含在名字裡面，而且自己的名字只能讓神祇、自己和極少數幸運人知道就好。喊出這樣的名字——不管是自己的名字或者他人的名字——會招來橫禍。「愛蜜琳」似乎就是這樣一個名字。

溫特女士緊閉雙唇。太遲了。一陣戰慄穿過肌肉抵達肌膚底下。

此時，我明白自己終於和她委託我書寫的故事搭上線了，我撞見了這個故事的精髓，那就是愛，還有失落。那麼悲痛的哀鳴，除了喪親之痛，不可能是其他的感情了。這一瞬間我看穿了她白色妝容的面具與異國情調的服裝，有幾秒鐘的時間我似乎能看透溫特女士的心，直入她的思想，察覺到她的本質：我怎麼可能看不出來呢？因為那不也就是我的本質嗎？我們都是孤單無伴的雙胞胎。明瞭這點之後，故事的鏈條緊緊纏繞住我的手腕，我的激動突然連同恐懼一塊被克服了。

「我到哪裡才能找到這場火災的資料？」我問道，努力不讓不安的情緒顯露在嗓音中。

「當地的報紙，《班布里先鋒報》。」

我點點頭，在活頁筆記本上記下，然後翻過封皮，闔上本子。

「不過，」她補充說，「我現在就可以讓你看看一項特別的記錄。」

我揚起眉毛。

「過來一點。」

我從椅子上站起來，跨出一步，我倆之間的距離縮短了一半。

她慢慢抬起右手，伸出緊握的拳頭。拳頭有如一顆寶石，在爪狀鑲座上露出四分之三的體積。她做了一個好像非常費力氣的動作：轉動手腕，張開手心，有如藏了什麼驚奇禮物準備要送給我。

沒有禮物。手掌本身就是驚奇。

我從沒見過像她那樣的掌心，泛白隆起的肌肉及紫紅色的溝紋，和我手指底部粉紅色的肌肉及手心白色的低處簡直相差太多了。她的肉遭到火的熔解，冷卻成一片完全無法辨識的樣貌，就像是火山溶岩流經而永久改觀的一幅景象。她沒有攤平手指，手指被疤痕組織往內收縮聚成一個爪型。在她手掌的中心，疤中有疤，灼傷中有灼傷，有個怪異的瘢疤，位在手心的最中央，深到讓我忽然感覺到噁心，不知道原本在那個位置上的骨頭到底怎麼了。她的手掌呈現一種詭異的姿勢，好像本身沒有生命，只是附在手臂上一樣。這下我看出原因了。那個圓形的瘢疤嵌進她的手掌，朝外伸展，往拇指方向延伸，拉出一條短線。

這個瘢疤大致呈現字母「Q」的形狀。不過在那當下，這個出乎意外又充滿痛苦的揭露讓我大受震撼，瘢疤看來並沒有十分清晰，但它又使我心神不安，就彷彿我見到以失傳、難辨的陌生符號所寫成的文字那樣，令我感到不安。

我突然感到一陣暈眩，伸手往後摸找椅子。

「抱歉，」我聽見她說，「人習慣了自己身上的恐怖之後，就會忘記這些恐怖對其他人來說會是多麼可怕。」

我坐下，視線周圍的漆黑漸漸淡去。

溫特女士將手指往受損的掌心收攏，轉動手腕，把裝飾著珠寶的拳頭放回大腿上，另一隻手的手指蜷曲覆蓋著那個拳頭，以示保護。

「我很遺憾，你不想聽我的鬼故事吧，李雅小姐。」

「改天好了。」

我們結束這次的會談。

回我房間的途中，我想起她寄給我的信。我從沒有見過這麼勉強、費勁的筆跡，我當時認為是生病的緣故，也許是關節炎。現在我明白了，從她的第一本書開始，她整個寫作的生涯中，每部作品都是用左手寫成的。

我書房的絲絨窗簾是綠色的，牆壁覆著有浮水印的淺金色緞布。除了這些靜寂、毛茸茸的布幔之外，我很滿意這房間，因為擺在窗戶旁的寬大木桌與樸素的直背椅調和了整體的感覺。我轉開桌燈，將隨身帶來的一令[18]紙張平擺，還有我的十二枝鉛筆。鉛筆是全新的：未削尖的紅色圓柱，正是我開始一項新工作時想使用的工具。我從袋子裡拿出削鉛筆機，把它固定在書桌邊緣，並且把字

18 令（ream）為紙張計算單位，以前為四百八十張，現為五百或五百一十六張。

紙簍放在它的正下方。

出於衝動，我爬上書桌，伸手到窗簾上方精美的短幔後方尋找窗簾桿。我的手指摸索窗簾頂端，摸到了連著窗簾的掛勾與針腳。這份工作幾乎不可能由一個人完成，窗簾及地，層層重疊，披搭在我肩上的重量持續向下壓。不過，幾分鐘之後，我把一片窗簾摺好放進櫥櫃，接著又同樣處理了另一片。我站在地板中央檢視我工作的成果。

窗戶是一大片深色玻璃，在窗戶中間，我的鬼魂——黑暗且透明——正從裡面盯著我瞧。她的世界與我的世界一樣：在玻璃的另一邊也有書桌的模糊輪廓，再往後，有張精巧地釘著扣子的扶手椅落在桌燈投射出的光圈中。但我椅子上紅色的地方，在她椅子相同的部位卻是灰色的；還有，我的椅子立在一張印度地毯上，四周圍繞著淡金色的牆壁；她的椅子幽靈似的盤旋在一片模糊、無邊的黑暗上，上方的朦朧形狀如同波浪般移動、呼吸。

我們一同開始準備啟用書桌的簡單儀式。我們將一令紙張分成幾小疊，輕輕翻動每一張，讓空氣流入。我們削尖鉛筆，一枝接著一枝，轉動把手，看著長長的鉛筆屑懸啊晃啊掉到下面的字紙簍。最後一枝鉛筆削成尖細的筆頭，我們並沒有將它與其他筆一塊放下，反而拿在手中。

「好啦，」我對她說，「準備好要開始工作了。」

她張開嘴巴，似乎在對我說話。我聽不見她所說的話。

我不會速記，在會談的過程中只能潦草記下幾組關鍵字。我認為，假使會談之後能立刻寫下內容，那這些關鍵字就足以喚醒我的記憶。第一次會談後證明了這個方法是管用的。我不時瞥一眼我的筆記本，在我紙頁的中心填滿溫特小姐的話語，在內心召喚她的影像，傾聽她的聲音，端詳她的言行舉止。不久，我幾乎已經不再注意我的筆記本了，反而從腦海中的溫特小姐那裡聽寫記錄。頁邊上我留了不少空白。在左邊的空白處，我寫下她的舉止、表情與動作，這些東西為她的話語增添更深層的意義。右邊我則留白。日後重新再讀的時候，我會在那裡寫下我個人的想法、評論與問題。

我覺得好像寫了好幾個小時。我暫停下來，為自己沖一杯熱可可，但現在的時間是暫停的，並不妨礙我等下重新開始創作的文思流動。我回到工作上，接續我的思路，宛如沒有中斷過。

「人習慣了自身的恐怖之後，就會忘記這些恐怖對其他人來說是多麼的可怕。」最後，我在紙張的正中央寫下這句話，並在左邊添加了一條筆記，描述她是怎樣把完好那隻手的手指，覆蓋在壞掉那隻手握起的拳頭上。

我在草稿的最後一行底下劃上兩行線，伸伸懶腰。窗戶上，另一個我也同樣伸了懶腰，拿起寫鈍了的鉛筆，一枝接著一枝削尖。

但她的臉上開始變化，呵欠才打到一半，額頭中央突然開始模糊，像是起了水泡。臉頰上出現另外一個疤痕，接著眼睛下、鼻子上、嘴唇上都出現了。每一個新的傷疤都伴隨著一聲模糊的砰聲。敲打的聲音越來越快，沒幾秒鐘，整張臉彷彿已經分解了。

這不是死亡的結果，只是雨，期待已久的雨。

我打開窗，讓手淋濕，接著把水揩抹到眼睛與臉頰上。我打了個寒顫。睡覺時間到了。

我讓窗戶開著，雨繼續以均勻的節奏溫柔地落下，這樣我就能聽見隱約的聲音。脫衣、閱讀、入睡後，我都聽著雨聲。雨聲像是一架整夜未關、收訊不佳的收音機，伴隨著我的夢，播送模糊不清的噪音，噪音底下是幾乎聽不見的私語，以及一節一節我所不熟悉的曲調。

我們就這樣開始了

隔天上午九點，溫特女士請我到藏書室找她。

在白天，房間看來很不一樣。百葉扇板往後合攏，像牆那麼高的窗戶讓光線從灰白的天空流瀉入內。昨夜的傾盆大雨讓花園依舊潮濕，在晨光中閃爍著光芒。窗座旁放著外來品種的植物，葉片快要碰到玻璃外面那些更耐寒、更潮濕的植物了。雅緻的窗框似乎不比一張橫跨花園小徑、編織在兩條枝幹間微微發光的蜘蛛網來得牢固。藏書室表面看來好像比前一晚上更輕巧、更窄小，彷彿一座潮濕溫室花園中，由書籍搭起來的海市蜃樓。

在朦朧藍天與牛奶白的陽光襯托下，溫特女士如熊熊熱火，如北方溫室中一朵外來品種的溫室花朵。她今天沒戴墨鏡，但是眼瞼塗成紫色，還畫了一道埃及豔后風格的眼圈，眼緣裝飾著與昨日同樣厚重的黑色眼睫毛。在明亮的光線下，我看見前夜沒看見的東西：溫特女士的紅銅色捲髮上，在如直尺般平直的分線邊緣，顯露出純白的頭髮。

「你記得我們的約定，」我剛坐在火爐另一側的椅子上，她就開口說，「開場、過程、結尾，全都按照正確的順序來。不說謊、不往前看、不提問題。」

我覺得好累，在陌生住處的陌生床上醒來後，腦中有陣隱約、單調的旋律迴響。「就從你想開始的地方開始吧。」我說。

「我必須從開場開始。當然，開場並不是在我們以為的位置。我們都看重自己的一生，以為自己的故事隨著我們的出生開始。一開始宇宙是一無所有，接著我出生了……然而，事情不是這樣。人的生命不是一截截的線段，不能從其他生命的繩節中抽離，拉成一條直線。家庭是網絡，不可能觸碰其中一部分而不震動到其他部分；不可能只瞭解一部分，卻對整體無所認識。

「我的故事不光只是我的故事；我的故事是安琪費爾德家族的故事。安琪費爾德村、安琪費爾德莊園以及安琪費爾德家族本身的故事。喬治與瑪娣；他們倆人的孩子是查理與伊莎貝爾；伊莎貝爾的孩子是亞德琳與愛蜜琳。他們的宅邸、他們的財產、他們的恐懼。還有他們的鬼魂。人應該關心鬼魂，是不是，李雅小姐？」

她銳利的眼神看了我一眼，我假裝沒有看見。

「誕生不全然是開始。實際上，我們人生的最初始階段，並不是我們自己的人生，乃是另一個人故事的延續。拿我當作例子吧。你現在看看我，你會以為我的出世有特殊之處，是不是出現了奇異的徵兆，有女巫和仙女教母在場。但是，不，完全不是這麼回事。事實上，我出生的時候，我只不過是次要的情節。

「但是我怎麼知道我出生之前的故事呢？我能聽見你心裡正在思考這個問題。我的消息來源為何？訊息從哪裡來的？消息要怎麼從安琪費爾德莊園這種大房子裡傳出來呢？當然，是僕傭傳出來的，尤其是老嬤嬤。並不是所有的故事都是從她那裡直接聽來的，沒錯，她偶爾坐著擦拭銀器的時候，也會追憶往事，而且說話的時候好像忘了我在場。當她想起村裡流傳的謠言與地方上的流言，她就會蹙起眉頭；事件、對話、場景出現在她的雙唇，她親自在廚房桌上再度搬演。但是，有時她提起不適合小孩聽見的內容——尤其不適合我，她會猛然想起我還在場，說到一半的故事突然打住，接著開始奮力擦拭餐具，好像要把往事全數抹去。但是，只要家裡有小孩，就不可能藏有祕密，我用其他方式拼湊出故事。當老嬤嬤與園丁邊喝早茶邊說話，我學會了如何詮釋單純對話之間意外出現的緘默。我露出沒有注意的模樣，留意到某些字眼會讓他們無語對望。當他們以為無人在場，可以私下交談的時候……實際上，並非無人在場。就這樣，我得知了我的身世故事。而到後來，老嬤嬤不再是從前的她了，年紀使她神智恍惚，多嘴饒舌，她的雜言漫談就證實了我幾年下來憑直覺推測出來的故事。我要說的就是這個故事；我從暗示、匆促的眼神、緘默的無語中所得知的故事，現在，我要把這個故事化為語言告訴你。」

溫特女士清了清喉嚨，準備開始。

「伊莎貝爾．安琪費爾德是個怪人。」

她的聲音感覺好像要從她身上溜走；她停下來，抓住它。她再度開口，語氣慎重。

「伊莎貝爾．安琪費爾德出生在暴風雨中。」

又來了，她又猝然失去了聲音。

她太習慣於隱藏真相，因此真相已經在她身體裡面衰退。她想講出真相，試了一次又一次。不過，就像多年沒有演奏、再度拿起樂器的天才音樂家，她最後終於找到自己的方法。

她告訴我伊莎貝爾與查理的故事。

ε ε ε

伊莎貝爾．安琪費爾德是個怪人。

伊莎貝爾．安琪費爾德出生在暴風雨中。

我們不知道怪人、暴風雨等事實是否有關聯，可是，二十五年後，當伊莎貝爾二度離家時，村裡的人回想過去，想起了她出生當天那場下個不停的雨。有些人的記憶猶新，那天河岸暴漲，引發的洪水使醫生來遲了。其他人概略記得臍帶繞在嬰兒脖子上，在她生出來之前差點勒死了她。沒錯，的確是難產，因為六點整的時候，當嬰兒剛巧出生，醫生按下門鈴之際，那個母親就去世了，離開這個世界，前往下一個世界去了。假如當時天氣好，醫生早點抵達，假如臍帶沒有剝奪了小孩的氧氣，假如母親沒有死去……

假如這樣，假如那樣，這種想法是沒意義的，伊莎貝爾就是伊莎貝爾，能說的就只有這樣。

小嬰兒，這一團憤怒的白色小東西，沒了母親。還有，打從一開始，無論從哪個層面來看，她看來也像沒有父親；因為她的父親喬治．安琪費爾德委靡不振。他把自己關在藏書閣不肯出來。他的表現或許看來太過分了，十年的婚姻固然足以消磨夫妻間的情愛，但是安琪費爾德真是個古怪的傢伙，他就是這樣。他深愛著妻子，那個壞脾氣、懶惰散漫、自私又美麗的瑪娣；他愛她勝過他的馬兒，勝過他的小狗。至於他們的兒子查理——一個十歲大的男孩，喬治的腦袋有沒有想過要多愛他一點？還是愛瑪娣比較多？事實上他根本沒有想過查理。

喪妻之後，喬治．安琪費爾德哀傷到了幾乎要發瘋的地步，他鎮日坐在藏書閣裡，不吃東西，不見任何人。他在那裡過夜，卻躺在靠背椅上不睡，紅著眼睛盯著月亮。這樣過了幾個月，他蒼白的臉頰更加蒼白，益發瘦削，不再開口講話。專家從倫敦被找來，教區牧師來了又走。小狗因為缺乏照顧而憔悴，牠死的時候，喬治．安琪費爾德根本沒有注意到。

到了最後，老嬤嬤受夠了。她從育嬰房的嬰兒床上抱起了初生的伊莎貝爾，抱著她下樓，大步走過男管家的身邊，無視他的抗議，沒有敲門就進入了藏書閣。她快步走向書桌，一句話也沒說，將嬰兒丟在喬治．安琪費爾德的手中。接著她轉身走出，砰一聲把門帶上。

男管家想進去，打算抱回嬰兒，但是老嬤嬤舉起手指，嘶聲說：「你敢，試試看！」男管家驚嚇之餘不敢違背。傭人們聚集在藏書閣的門口，面面相覷，不知所措。但是，老嬤嬤的念力讓他們一動也不能動，於是他們什麼也沒做。

那日午後，時間流逝緩慢，到了傍晚，有位資淺的女僕跑進了育嬰房。「他出來了！老爺出來了！」

老嬤嬤踩著平常的步履，帶著平常的態度，下樓聆聽發生的事情。

僕傭在大廳已經站了幾個小時，他們倚在門上聆聽，透過鑰匙孔偷窺。一開始，老爺光只坐在那裡望著嬰兒，臉上露出無趣、不知所措的表情。嬰兒掙扎扭動，發出咯咯聲。僕人聽到喬治．安琪費爾德以輕柔低語與咕咕笑聲回應嬰兒，他們驚訝地相互對看；聽到搖籃曲的時候，他們益發驚奇。嬰兒睡著了，屋子安靜下來。根據僕人的說法，她父親的目光從來沒有離開過女兒的臉龐。接著，她醒了，肚子餓了，使勁哭了起來。她尖銳的哭聲越來越強烈，越來越尖銳，門終於砰地一聲打開。

我的祖父手上抱著他的寶寶站在門口。

看見僕人們無所事事站著，他怒視他們，發出低沉的聲音：「你們是要任由一個嬰兒在這個家裡挨餓嗎？」

從那天開始，喬治．安琪費爾德親自照顧他的女兒。他餵她，幫她洗澡，打點其他事情，把幼兒床搬進他的房間，以免她在夜晚因寂寞而哭泣。他設計一組嬰兒背架，好讓自己能夠帶著她去騎馬，讀書給她聽（商業信函、體育版、還有羅曼史小說），並且與她分享他所有的想法與計畫。簡單說吧，他表現得彷彿伊莎貝爾是個聰明又讓人喜悅的伴侶，而非頑野、無知的小孩。

也許是她的外表讓她得到父親的疼愛。但是那個年長、受忽略的查理，比伊莎貝爾大九歲，變得與他父親如出一轍：行為落魄，面容蒼白，頂著紅髮，腳步沉重，表情呆滯。伊莎貝爾從父母雙方繼承了外表，與她父兄一樣的紅色頭髮在這小女孩頭頂上成了鮮豔亮麗的紅褐色。安琪費爾德家族血統中蒼白的膚色，延伸在她法國血緣的纖細骨架上。她從父親家族遺傳到好看的下巴，從媽媽那邊得到比較美麗的唇。她有瑪娣上揚的眼角與長睫毛，但是她眼睛一張開，展露出那令人驚奇的翠綠色虹膜，則是安琪費爾德家族的標章。她至少在身體上，是美好無缺的。

一家上下都適應了這個異常的狀態，他們順著無言的協定，表現出一副沒事的樣子，彷彿身為父親的人溺愛自己小女兒是完全正常的事情，彷彿他這樣將女兒一直留在身旁的行為，並不是娘娘腔、不知教養或荒謬的行為。

但是，嬰兒的哥哥查理怎麼辦呢？這個男孩腦筋遲鈍，心思圍繞著自己的欲望打轉，無法學習新事物或邏輯性的思考。他忽視嬰兒，又欣然接受她的到來所帶給這個家庭的改變。伊莎貝爾出生前，老嬤嬤會對他的父母親報告他不聽話的實例，而父母的反應則無法預知。母親執行紀律向來是反覆無常，有時因他不聽話而打他屁股，其他時候只是笑笑帶過。父親雖然個性嚴峻，但是心思無法集中，常常忘記自己要處罰小孩；不過，他一看見男孩，就恍惚覺得該糾正某些壞行為，於是出手痛打孩子的屁股，他認為就算查理現在不是真的該打，也可以為了下次他使壞而提早處罰他。男孩因此學到一個有用的教訓：離父親遠遠的。

小伊莎貝爾到來之後，一切都變了。媽媽走了，爸爸還是老樣子，但是忙著照顧小伊莎貝爾，再也不注意僕人情緒激動的報告：老鼠跟著週日大餐上的肉塊一起送進烤箱烤熟了，有人故意把大頭針插進肥皂裡。查理隨心所欲。他把閣樓階梯上的地板移開，看著傭人跌跌撞撞摔下樓扭傷了腳踝，樂不可支。

老嬤嬤會責備他，但她只不過是老嬤嬤，怕什麼。在這個自由的新生活中，他可以縱情傷害他人，也不會因此受罰。有人認為，大人的態度要一貫，這樣對小孩才好；而這種一貫的忽略恰好符合了查理這孩子的心意，在這些近乎孤兒般的歲月中，查理．安琪費爾德整天快樂無慮。

雖然小孩會給父母帶來麻煩，但喬治．安琪費爾德對女兒的喜愛始終未改。她開始說話後，他覺得她天賦異稟，她的話簡直就是神諭，於是不管大小事都詢問她的意見。最後，這個家就依照一個三歲小孩反覆無常的言行來運作。

賓客本來就不多，等這個家從古怪的狀態每下愈況，變成一片混亂之後，賓客更少了。接著，僕人開始互相抱怨。小孩還沒滿兩歲，男管家就離開了。廚子多忍受了一年這孩子要求的不規律進餐時間，也遞出辭呈，離職時還把廚房裡幫忙的女孩一起帶走了，到頭來只剩下老嬤嬤負責在一天中各種怪異的時刻供應果醬和蛋糕。女佣們覺得自己沒有責任幫忙處理家務，因為查理殘酷的實驗導致她們身上不時出現傷口、淤青、扭傷的腳踝與胃痛，而自己微薄的薪水又不夠彌補這些。她們想的沒錯，於是也離開了，後來陸陸續續來了幾個臨時幫手頂替女僕的工作，但沒有一個能待得久的。最後，就連臨時的幫傭都沒了。

在伊莎貝爾五歲之前，這個家庭已經縮減到只剩下喬治・安琪費爾德、兩個孩子、老嬤嬤、園丁、獵場看守人。小狗死了，貓咪因為害怕查理而不敢回家，只有天氣轉涼時，才從庭院的小棚屋回到屋內避寒。

就算喬治・安琪費爾德注意到他這一家人生活的孤立和房子裡的汙穢，他也不會感到悔恨。他有伊莎貝爾，他很快樂。

如果說有人還懷念著僕人，那就是查理了。沒有僕人，他也失去了實驗的對象。他四處搜尋傷害的目標，眼光最後落到了他妹妹身上——這是早晚會發生的結果。

父親在場的時候，招惹她哭泣的下場他可承擔不起；由於她極少離開父親的身邊，查理這下遇到了難題：該怎麼把她帶走呢？

引誘。查理向伊莎貝爾保證等下會有魔術和驚奇，然後帶著她走出側門，沿著花結園[19]的遠端走去，穿過兩條狹長的綠色樹畦，通過綠雕庭園，又順著山毛櫸大道走到樹林裡。查理知道那邊有個地方，一間老舊的茅舍，潮濕無窗，正是進行祕密行為的好地點。

19 花結園（knot garden），主要以灌木修剪成的花結形狀作為平面裝飾的效果。

查理需要的是一個受害者，而走在他身後的妹妹，比他嬌小、年幼、脆弱，看起來像是理想的目標。然而，她古怪，她精明，事情跟他預期的不一樣。

查理拉高妹妹的衣袖，拿著一條生鏽的黃色金屬線，沿著她白皙前臂的內側劃過去。她盯著那串沿著青紫色線條湧出的血滴，然後轉頭凝視他。她綠色的眼睛因驚訝而張大，露出好像是愉快的眼神。她伸手索討那條金屬線，他不自覺地交給了她。她拉起她另外一邊的衣袖，刺穿自己的肌膚，專心把金屬線往下拉，拉到接近手腕的位置。她造成的傷痕比他加諸她身上的更深，鮮血立刻冒出、淌下。看著傷口，她滿意地嘆了一口氣，接著把血舔掉。之後，她把金屬線遞還他，比比動作，要他也拉高袖子。

查理困惑不解。不過，他把金屬線戳進自己的手臂，因為她希望他這樣做，而他笑著帶過疼痛的感覺。

查理沒有找到受害者，反倒為自己找到了最難以想像的共犯。

安琪費爾德一家人的日子就這麼過去了，沒有社交宴會，沒有打獵聚會，沒有下女使喚，沒有他們這種階級在那個年代視為理所當然的事物。他們對鄰居不理不睬，讓佃戶管理他們的土地，依賴老嬤嬤與園丁的好心及誠實，處理生活必須的日常交易買賣。

喬治．安琪費爾德遺忘了世人，有段時間，世人也遺忘了他。假使世上有人想起他，那就是跟金錢有關的時候。

在這一帶還有其他的大莊園，其他多少算是貴族的人家。這些人之中，有個男人細心管理他的財富，他尋求最佳的建議，依照智慧的判斷來投資大筆金額。至於在風險較高、但若成功了則獲利很高的地方，他則小筆投資。在大筆金額方面的投資，他全都損失了；但小筆數目的投資則往上攀爬——速度也不快。結果他陷入了困境。另外，他的兒子懶惰揮霍，女兒凸眼、粗腳踝。他必須採取行動。

喬治・安琪費爾德從不接見任何人；因此從沒人提供他財務的情報。律師寄給他的建議函他也不管；銀行來的信他也不回。如此一來，安琪費爾德家的財產並沒有花費在投資上，反倒閒置在銀行的金庫中，越積越多。

有錢好辦事。風聲傳了出去。

「喬治・安琪費爾德不是有個兒子嗎？」他太太對著這個幾乎破產的男人問起，「他現在幾歲了？二十六歲？」

他的妻子想，要是這個兒子不適合他們家的塞貝菈，那麼為何不讓那家的女兒跟羅嵐配成一對呢？女孩一定已經到了適婚年紀。還有啊，她父親對她的溺愛是眾所皆知：她絕對不會兩手空空嫁過來。

「適合野餐的好天氣。」她說。而她的丈夫，一如所有男人，根本沒有發現到其中的關聯。

邀請函在客廳窗台上憔悴了兩個星期，如果不是因為伊莎貝爾，邀請函可能就一直留在那裡了，留到陽光曬得墨水褪色。有天午後她沒事做，於是走下樓梯，因為無聊而鼓著臉頰，拿了信函便拆開。

「那是什麼？」查理說。

「邀請函，」她說，「野餐的邀請函。」

野餐？查理心想了一下，有點怪怪的，但是他聳了聳肩，沒把這件事情放在心上。

伊莎貝爾站起來，走向門口。

「你去哪？」

「回我房間。」

查理想要跟著她，可是她卻阻止了他。「別煩我，」她說，「我沒興致。」

他抱怨著，一把抓起她的頭髮，手指滑過她頸背，找尋上次他弄出的淤青。但是她扭著身子躲開，跑上了樓，鎖上了房門。

一個小時之後，他聽見她走下樓的聲音，便跑到門口。「跟我去藏書閣。」他要求她。

「不要。」

「要不然，去鹿苑。」

「不要。」

他注意到她換了衣服。「你打扮成什麼樣子啊？」他說，「看起來好蠢。」

她穿著一件原屬於她母親的夏季洋裝，白色的輕薄質料，鑲著綠色的滾邊。她沒穿平常那雙鞋帶磨損的網球鞋，改穿了一雙尺寸過大的綠緞涼鞋——也是母親的，還用髮梳在髮上別了一朵花。她擦了口紅。

他的心沉了下來。「你要去哪裡？」他問。

「去野餐。」

他一把抓住她的手臂，手指陷進去，拖著她往藏書閣方向走。

「不要！」

他拖得更用力。

她嘶喊：「查理，我說過了，不要！」

他放開她。當她用這種方法說不的時候，他知道她當真不想要，他早就明白了這一點。只要她情緒一糟，就會糟上好幾天。

她轉身背對他，打開了前門。

查理怒氣沖沖，想找東西來甩、來摔。但是，凡是會破碎的物品早就被他摔碎了，剩下來這些東西會對他的關節造成傷害的程度，遠大於他能對它們所加的傷害。他鬆開拳頭，跟著伊莎貝爾走出大門，前往野餐地點。

從遠處看，湖畔穿著夏季連身裙與白襯衫的年輕人構成了一幅美麗的畫面。他們手中拿的玻璃杯裝滿了在陽光下閃耀的液體，他們腳底下的草地看來柔軟，似乎光著腳就能踏在上面。但在現實中，野餐者的衣服底下悶到出汗，香檳是溫熱的；還有，若有人想脫下鞋子，肯定會踩到鵝大便。儘管如此，他們願意偽裝出歡樂的情景，期望他們的做作會改善真實的情況。

人群中有位年輕男子看見房子附近有東西靠過來，是一個穿著奇異的女孩，還有一名笨拙的男子伴隨著她。她有點不同。

他沒有回應同伴的笑話；他的同伴查看是什麼引起了他的注意力，接著同伴們也安靜下來。年輕女孩子們向來一直留意著男孩子的動作，即使男孩子在她們身後也一樣。現在女孩子們也轉身看到底是什麼事讓男生忽然沉默下來。於是產生了某種連鎖效應，所有的人都轉頭面向新來的人。一旦看清來的人是誰，所有人突然都閉嘴了。

穿過寬闊草坪的人是伊莎貝爾。

她走進人群，人群一分為二，就像是紅海在摩西的吩咐下分開。她穿過人群，直接走到湖岸邊。她站在一塊高出水面的石頭上，有人拿著一只玻璃杯與瓶子走向她，但她揮手表示不要。陽光耀眼，她走了好長一段路，香檳不足以讓她涼快下來。

她脫下鞋子，把鞋子掛在一棵樹上，張開手臂，讓自己墜入了湖水中。

群眾倒抽一口氣，當她浮出水面，湖水從她身上流洩而下的畫面，讓人想起了維納斯的誕生，他們又倒抽一口氣。

躍入水裡這個舉動，是人們多年後（也就是她二度離家之後）所記得的另一件事。他們想起這件事，帶著憐憫與譴責交雜的心情搖搖頭，這女孩向來就是這麼狂野啊。但是在那天，人們以為女孩的狂野純粹只是開心過了頭，大家還頗感激她參加野餐呢。伊莎貝爾一個人就把整場聚會的氣氛炒熱了。

其中有位年輕人——最大膽的那位——有著一頭金髮，笑聲響亮；他踢掉鞋子，取下領帶，隨著她躍入湖中。他的三個朋友跟隨在後。不一會，年輕男子全都在水裡了，潛水，大喊，高呼，彼此競爭體能與噴濺水花的功力。

女孩子們的腦筋很快轉了轉，只想到一條路可走。她們把涼鞋掛在樹枝上，展露出最亢奮的表情，跳入湖水中，一邊發出她們自以為恣意暢快的呼喊，一邊竭盡所能避免頭髮過度浸濕。她們白費力氣了。男人的眼中只有伊莎貝爾。

查理並沒有跟著妹妹跳下水，他站在遠處觀望。紅髮、蒼白的他適合雨天與室內娛樂；他的臉在陽光下曬得粉紅，汗滴從眉毛落入眼裡，眼睛感覺到刺痛。但是他幾乎沒有眨眼，他無法忍受自己的視線離開伊莎貝爾。

當他發現自己又跟在她身邊時，時間已經過了幾個小時？似乎過了一段無止盡的時光。伊莎貝爾的出現讓野餐充滿生氣，野餐比眾人預計的時間延長許多，然而，對於賓客來講，這次野餐似乎一眨眼就過去了，若是可以的話，他們全都想待得更久一點。伴隨著以後還會舉辦野餐的安慰念頭、一連串許諾的邀約、濕漉漉的親吻，野餐解散了。

查理走向伊莎貝爾，她的肩膀上披著一件年輕人的外套，這個年輕人則進入了她的心坎裡。另外有個女孩在不遠處閒晃，不確定自己的出現是否受歡迎。這個女孩體態豐滿、相貌平凡，但她與年輕男子的外貌相似，擺明了她是他的妹妹。

「走吧。」查理粗暴地對妹妹說。

「那麼快啊？我以為我們可以散散步啊，跟羅嵐與塞貝菈一起散步。」她對著羅嵐的妹妹親切一笑，而塞貝菈驚訝於意外的善意，立即堆滿了笑容回應她。

在家的時候，查理偶爾可以藉著傷害伊莎貝爾而對她為所欲為；但是在他人面前，他沒有那份膽量，因此他讓步了。

那次散步過程中發生了什麼事情？沒有人目擊樹林中發生的事情。由於沒有人目擊，就沒有流言蜚語。至少，一開始是沒有的。但是，你不必是個天才，也可以從後來發生的事件中，推論出那天傍晚在夏日蒼穹下發生了什麼事情。

可能是類似這樣的情況：

伊莎貝爾大概想到了某個藉口，把男孩子支開。

「我的鞋子！我留在樹上了！」然後她請羅嵐去拿回鞋子，也叫查理去取回塞貝菈的披巾或者什麼其他物品。

兩個女孩子在一片柔軟的草地上坐下。男生不在的期間，她們在漸漸顯現的暮色中等待，感到喝過香檳後的困倦，並吸取著陽光的餘溫。餘溫中，更黑暗的事物出現了：森林與夜晚。她們身體的暖意開始驅走洋裝上的水分；層層疊疊的布料乾了之後，布料就自動與衣服底下的肉體分開，讓人覺得刺癢。

伊莎貝爾知道自己想要什麼。她要與羅嵐獨處。但為了得到她想要的，必須先甩開她哥哥。她們懶洋洋地倚靠在樹上，她開口：「那麼，你男朋友是誰？」

「其實我沒有男朋友。」塞貝菈承認。

「哇，你應該有的。」伊莎貝爾身體滾到一側，從一株蕨類植物上摘了一片羽毛般的葉片，拿著葉片滑過她的唇。接著，她讓葉子滑過她同伴的嘴唇。

「會癢。」塞貝菈喃喃說。

伊莎貝爾又做了同樣的動作。塞貝菈笑了，眼睛半闔。伊莎貝爾特別注意著她胸前的鼓脹，把柔軟的葉片滑過她脖子下方，在洋裝領口打繞。塞貝菈沒有阻止她。塞貝菈發出一陣帶著鼻音的咯咯笑。

葉子滑落到她的腰際，並且再往下走，塞貝菈張開眼睛。

「你怎麼停了！」她抱怨。

「我沒有，」伊莎貝爾說，「只不過隔著洋裝你感覺不到。」於是她將塞貝菈洋裝的摺邊往上拉起，將蕨葉順著她踝關節玩弄。「感覺比較清楚了嗎？」

塞貝菈又閉上眼睛。

從那稍嫌粗壯的腳踝開始，綠色如羽的蕨葉往上走到明顯厚實的膝蓋。一聲帶著鼻音的低語自塞貝菈雙唇間逸出，不過直到蕨葉到了她雙腿的最頂端，她才微微顫動；直到伊莎貝爾用她自己柔軟的手指代替了綠葉，她才嘆了口氣。

伊莎貝爾銳利的眼光一次也沒離開過這位比她年長的女孩的臉龐，當那個女孩的眼皮首次出現顫動跡象的那一刻，她把手抽開。

「沒錯，」伊莎貝爾說，語氣不帶感情，「你真正需要的是個男朋友。」

塞貝菈還沒過癮，似乎還不願意從這種神魂顛倒的狀態中清醒過來，她的腦筋遲鈍，無法理解她的意思。「呵癢這件事情，」伊莎貝爾解釋，「讓男朋友來做比較舒服。」

「你怎麼知道？」塞貝菈對這位剛結交的新朋友問道。而伊莎貝爾早已經準備好了答案：「查理。」

男孩們手裡拿著鞋子、披肩回來的時候，伊莎貝爾已經達到了目的。塞貝菈——裙子與襯裙顯然都很凌亂——帶著熱情的關注看著查理。

查理無視她的打量，反而盯著伊莎貝爾。

「你有沒有想過伊莎貝爾與塞貝菈有多相似啊？」伊莎貝爾隨口說，查理則露出憤怒的目光，「我是說，名字的發音啊。簡直可以互相對換的，對不對啊？」她朝著哥哥拋送了個狡猾的眼神，強迫他瞭解這份暗示。「羅嵐跟我要再走遠一點；不過，塞貝菈有點倦了，你陪著她吧。」莎挽嵐伊貝爾起羅的手臂。

查理冷眼看著塞貝菈，她衣衫不整，他這才注意到了她。她眼睛朝他盯回去，眼睛睜大，嘴巴微微張開。

當他轉身看向伊莎貝爾，她人已經走了。只有她的笑聲從黑暗中傳回他的耳邊——她的笑聲與羅嵐低沉嗓音的咕噥。等下他就會奪回他所擁有的，他會的。她會一而再、再而三，為此付出代價。

同時，他必須找個法子發洩他的情緒。

他轉向塞貝菈。

那年夏天經常舉辦野餐。對查理而言，那個夏天充滿了塞貝菈那一類的女孩。然而，對伊莎貝爾來說，只有一個羅嵐存在。她每天溜出查理的視線，脫離他的控制，騎著腳踏車消失無蹤。查理從來沒找到那對情侶在哪碰面；她逃走的時候，腳踏車輪在她腳下旋轉，秀髮飄揚在後，而他動作太慢，追不上她。有時候不到天黑她不會回家，有時候甚至天黑了都還不回來。他責難她的時候，她嘲笑他，不理會他，如同他根本不存在。他試圖傷害她，讓她受重傷，但是她一次又一次巧妙地躲開他，像流水從他的手指間溜逝。他明白他們之間的遊戲能否繼續，大部分得看她的意願；不管他的力氣多強，她的敏捷伶俐每每讓她脫離他的手。他就像是隻被蜜蜂激怒的野豬，憤怒而無力。

偶爾，為了安撫他，她會屈服於他的懇求。她將自己交在他的手中一兩個小時，讓他產生錯覺，以為她永遠回來了，他們之間的一切就像以前一樣。但查理很快就明白了，這只是錯覺。經歷這些插曲之後，她不在他身邊的時刻，讓他倍感折磨。

查理只有與塞貝菈這種女孩在一起的時候，會暫時忘卻痛楚。有段時間他的妹妹為他牽線，接下來她與羅嵐在一起越來越開心，查理得自己做安排。他不像他妹妹這麼狡猾聰慧，結果差點弄出醜聞事件。生氣的伊莎貝爾告誡他，若他打算要做這種事情，那他應該去找別種女人。他於是放棄了小地主的女兒，改找鐵匠、農夫與林務工人的女兒。他個人無法分辨差別，世人似乎更不在意。

遺棄的瞬間雖然屢次出現，但是一下就過去了。驚恐的眼睛，淤青的手臂，淌血的大腿，在他對她們感到厭煩的那一刻開始，就從記憶中抹去。沒有其他事情能觸及他生命中的熱烈激情：他對伊莎貝爾的感情。

夏末，有天上午，伊莎貝爾翻動她日記上的空白頁，數著日子。她闔上本子，放回抽屜，好像在想些什麼似的。她做好了決定。她上樓走到父親的書房。

父親抬起頭，「伊莎貝爾！」他很高興能見到她。自從她經常往外跑之後，女兒像這樣來找他的時刻，讓他格外高興。

「親愛的爸爸！」她對他微笑，他注意到她眼底閃爍著某種東西。

「有什麼事情嗎？」

她的雙眼游移到天花板的一角，臉上掛著微笑。她告訴他，她要離家了，她的眼光沒有離開過漆黑的角落。

一開始他幾乎聽不懂她在說什麼，他感覺到耳朵中的脈搏跳動，視線變得模糊不清。他閉上眼睛，可是腦中好像有火山，有隕石殞落，有物體爆炸。當火焰熄滅後，他的內心空無一物，只剩下一片寂靜荒蕪的景象。他張開眼睛。

他做了什麼？

他手中有一綹頭髮，髮的一端連著一片帶血的頭皮。伊莎貝爾站在那裡，背著房門，雙手在後。一邊漂亮的綠色眼睛充滿了血絲，一邊臉頰看起來發紅略腫。一道血自頭皮淌下，流到了眉毛，在眼睛的位置偏轉了方向。

他被自己的行為與她的樣子嚇壞了，他無聲轉身背對她，而她則離開了房間。

後來他呆坐了好幾個小時，把手中的赤褐色頭髮在手指上纏啊繞啊，越纏越緊，越繞越緊，直到頭髮深深陷入他的肌膚，直到頭髮纏結到無法鬆開的地步。最後，痛的感覺終於緩緩走完了從他手指到知覺之間的旅程，他哭了。

那天，查理不在家，直到半夜才回來。他發現伊莎貝爾的房裡沒人，於是在房子晃來晃去；第六感告訴他，不幸的事情已經降臨。找不著妹妹，他走去父親的書房。一眼看見那個臉色蒼白的男人，他就明白了一切。父親與兒子面面相覷，但他們並沒有因為同時失去了親人而父子連心。兩人無法彼此扶助。

查理在自己房間窗戶旁的椅子上坐著，坐了幾個小時，他的翦影映在月光照射出的四方形上。他一度打開抽屜，取出他從地方偷獵者手中敲詐而來的槍枝，他舉起槍對著太陽穴兩、三次。每一回地心引力都很快就讓槍枝回到了他的大腿上。

清晨四點鐘，他收起槍，改拿起他十年前從老嬤嬤針線箱中偷來的長針，這根針偷來之後一直都有用處。他拉起長褲管，將襪子往下推，在皮膚上扎出新的刺痕。他的雙肩搖晃，手卻穩穩的，在自己的脛骨上刻了一行字：伊莎貝爾。

在這時候，伊莎貝爾早已遠走。她返回房間幾分鐘後就離開，利用通往廚房的屋後樓梯下樓。在廚房，她給老嬤嬤一個怪異、大力的擁抱，與她平常的作風迥異。接著她由側門溜出去，穿過菜園，狂奔到石牆旁的菜園門口。老嬤嬤的視力已經衰退了好長一段時日，可是她逐漸養成一種習慣，用空氣的震動來判斷他人的移動；她覺得伊莎貝爾在關上菜園的門之前，曾經遲疑了一下，遲疑了瞬息的時間。

當喬治·安琪費爾德確定伊莎貝爾離開之後，他走進藏書閣，鎖上門。他拒絕進食，也不會客，現在只有教區牧師與醫生會來訪，兩人都收到了簡短的懺悔，他們得到的就是「告訴你的上帝，祂可以下地獄去了！」還有「讓受傷的動物安詳地死去，可以嗎！」

幾天後他們又來了，叫了園丁過來把房門打開。喬治·安琪費爾德死了。簡單的檢查就足以證實這男人是死於敗血症，病因是那綹深深嵌進他無名指肉裡的人髮。

查理沒有死，不過他不明白自己為何沒死。他在屋子內徘徊，在灰塵上踩出一長串的足跡，每天順著足跡走，從屋子的頂樓開始往下走。多年無人使用的閣樓臥室、僕人房、起居間、書房、藏書閣、琴房、客廳、廚房；不滿足、不止歇、不抱希望的搜尋。晚上他走到屋外，在莊園隨意漫遊，他的雙腳不屈不撓帶著他前進，前進，前進。他不斷用手指觸摸口袋裡老嬤嬤的針，他的指尖亂長著血淋淋的疙瘩。他想念伊莎貝爾。

查理一直過著這樣的生活，從九月開始、十月、十一月、十二月、一月，直到二月。然後在三月初，伊莎貝爾回來了。

聽見馬蹄與車輪接近房子的聲音時，查理人正在廚房跟蹤自己的腳印。他露出不悅的表情走向窗戶，他不想接見訪客。

一個熟悉的身影從馬車走下來，他的心靜止不動。

一瞬間，他衝到門口，步下階梯，停在馬車旁。*伊莎貝爾人在那裡！*

他緊盯著她。

伊莎貝爾笑了。「嘿，」她說，「這個給你。」她交給他一個用布裹著的沉重包袱。她把手伸進馬車後座，又拿出一樣東西來。「還有這個，」他順從地把東西塞在手臂下，「噯呀，在這世界上，我最想要的是一大杯白蘭地酒。」

查理嚇傻了，隨著伊莎貝爾走進屋內，步入書房。她直接走向酒櫃，拿出杯子與一只瓶子。她在杯中倒了一大杯酒，一口氣全都喝下，露出了她那白皙的前頸，接著，她再裝滿自己的杯子與第二只杯子，把第二只杯子拿給她的哥哥。他呆若木雞站著，啞口無言，雙手被包袱所占據。伊莎貝爾的笑聲又在他耳邊迴蕩，彷彿他耳邊就是一座龐大的教堂大鐘。他頭昏眼花，淚水湧上眼睛。「放下吧，」伊莎貝爾告訴他，「我們來舉杯。」他接過玻璃杯，吸進濃烈的酒精氣味，「敬未來！」他一口吞下白蘭地，陌生的灼痛感讓他咳嗽。

「你看都還沒有看過吧，看了嗎？」她問道。

他眉頭一皺。

「你瞧瞧，」伊莎貝爾轉向他剛放在書房書桌上的包袱，拉開柔軟的包布，然後往後站，讓他看得清楚。他緩緩轉頭一看，包袱裡是嬰兒，兩個嬰兒，一對雙胞胎。他眨眨眼睛，迷迷糊糊想到自己應該有點表示，但又不知道該說什麼或者做什麼才好。

「噢，查理，拜託你醒醒！」妹妹的手捉住他的手，一個衝動，她拖著他繞著房間跳起舞來，她一圈一圈拉著他旋轉，暈眩開始使他的頭腦清醒。他們停下來時，她雙手捧著他的臉對他說：「羅嵐死了，查理。現在只有你跟我，明白嗎？」

他點點頭。

「很好，那麼，爸在哪裡？」

他告訴她之後，她的情緒激動萬分。刺耳的叫聲使老嬤嬤從廚房跑出來，老嬤嬤把她帶回她以前房間的床上。伊莎貝爾終於平靜下來之後，老嬤嬤問道：「這兩個嬰兒，叫什麼名字啊？」

「馬曲。」伊莎貝爾回答。

老嬤嬤早就知道了。幾個月前，結婚的消息傳到她耳朵，接著傳來分娩的消息（其實她不必掰手指計算幾個月，但是她還是算了，並在算過之後噘起她的嘴）。幾個星期前，她得知羅嵐因肺炎去世，也知道老馬曲夫婦因為獨子之死而身心交瘁，而新婚媳婦表現出異常冷漠的反應，更令老馬曲夫婦憎惡。目前夫妻倆躲開了伊莎貝爾與她的孩子，一心只想哀悼。

「名字呢？」

「亞德琳與愛蜜琳。」伊莎貝爾疲倦地說。

「那你怎麼分辨她們？」

但這位還像個孩子似的寡婦已經睡著了。她躺在舊床上作夢，她已經遺忘了自己的越軌舉動，忘了她的丈夫，她又恢復了婚前的名字。等她在清晨醒來，她的婚姻宛如從未曾發生，在她眼中，嬰兒不是她的親生孩子，她身上完全沒有流著一滴母性的血液。對她來講，孩子只是屋子裡的精靈。

嬰兒也睡了。在廚房裡，老嬷嬷與園丁俯身挨近她們平滑、無血色的臉蛋，他們低聲交談。

「哪個是哪個啊？」他問。

「我不知道。」

他們各自站在老舊搖籃的一側觀望。兩對半月形的睫毛，兩張縮攏的嘴巴，兩顆毛茸茸的頭顱。接著，一個嬰兒的眼皮微微地震動，一隻眼睛半開半合。園丁與老嬷嬷屏住呼吸，可是眼睛又閉上，嬰兒又睡著了。

「那個可能是亞德琳。」老嬷嬷低聲說。她從抽屜拿了一條擦拭杯盤用的條紋抹布，剪了幾段細長的帶子下來，把細帶子編成兩截，紅色的綁在剛才晃動的嬰兒手腕上，白色的繞在沒有動靜的另一個嬰兒手腕上。

管家與園丁一人一隻手放在搖籃上，他們看著看著；最後老嬷嬷的臉龐流露著喜悅與柔情，她轉向園丁說話了。

「兩個嬰兒，說真的，挖土約翰呀，我們都這把年紀了！」

園丁的視線由嬰兒身上移開，他看到淚水模糊了她褐色的圓眼睛。他粗糙的手伸過搖籃上方，她指乾傻氣的眼淚，帶著微笑，將自己肥呼呼的小胖手放在他的手上。他感覺到她潮濕的淚水被壓在自己的手指上。

在他們緊握的雙手之下，在他們顫抖的目光交會之間，嬰兒熟睡於夢中。

ଓ ଓ ଓ

我謄寫完伊莎貝爾與查理的故事，時候已經晚了。天色已黑，房子裡毫無動靜。整個下午、傍晚還有晚上，我都彎腰在書桌前，故事自動在我耳邊重述，我的鉛筆遵循著故事的敘述，一行接著一行潦草地塗寫。我的紙頁密密麻麻記載了原文：來自溫特女士源源不斷的話語。有時候她的聲音、語調或動作似乎也是故事本身的一部分，我就把手往左邊一移，在左側空白處潦草地寫下注釋。

接著，我把最後一張紙推開，放下鉛筆，緊緊收縮發疼的手指然後又展開伸直。這幾個小時裡，溫特女士的聲音召喚出另一個世界，為我喚起了死者，我眼前只見到她的言語所製作出的木偶戲。等她的聲音在我腦中安靜下來時，她的模樣依舊存在，我想起那隻出現在她大腿上的灰貓，好像是魔術變出來的。牠在她的撫摩下安靜坐著，黃色的圓眼睛盯視著我。即使牠看見了我的鬼魂，看透了我的祕密，也絲毫不受煩擾，只是眨眨眼，繼續漠然地凝視。

「牠叫什麼名字？」我問。

「影子。」她心不在焉地回答。

我終於關燈上床，閉上眼睛。我依舊感覺到鉛筆在手指皮膚上印了一道溝的那塊肉，還有我的左肩上因寫字所造成的肌肉硬塊還沒鬆弛。雖然漆黑無光，雖然我眼睛閉上，我所看見的只有一張紙，一行行我親筆的筆跡，還有寬敞的空白頁邊。右邊的空白引起我的注意。沒有記號，如同紙張最初的樣子。那裡發出白色的光芒，刺痛了我的雙眼。那是我留下來記載自己意見、筆記與問題的欄位。

在黑暗中，我的手握著一枝幽靈鉛筆，一下一下扯動著，想要回應擴散在我睡意之中的問題。我很好奇查理身上的那個祕密刺紋，那個刻入他骨中，他妹妹名字的那個刻文能維持多久？還活著的時候，骨頭會自我修復嗎？或者會一直跟著他直到他死亡呢？在他的棺木中，在地底下，當他的肉體隨著骨骼腐爛消失，伊莎貝爾這個名字會在黑暗中顯露嗎？羅嵐・馬曲這個死去的丈夫，一轉眼就遭人忘卻……伊莎貝爾與查理，查理與伊莎貝爾。誰是雙胞胎的父親？在我的思考背後，浮現出溫特女士手心上的傷疤。那個代表「問號」的字母「Q」，烙印在人類的肉體上。

我在夢中寫下我的問題，頁邊的空白處好像擴張了。那張紙隨著光線而震動、隆起、吞沒了我，直到我驚恐又詫異地明白自己被紙張的紋理包圍，被故事白色的內部所淹沒。我整夜在溫特女士的故事中輕飄飄地游蕩，把景象分成一塊塊土地，測量土地的結構，在邊界上墊起腳尖，凝視邊界外的祕密。

我提早醒過來，醒得太早了，腦裡還有一節單調的旋律片段在摩擦作響。裘蒂絲還要一個多小時才會端著早餐來敲房門，於是我先沖了一杯熱可可，趁熱喝下，然後走出屋外。

溫特女士的花園像個謎。首先，它的規模氣勢驚人。我第一眼看去，以為幾何圖案花壇另一端的紫杉樹籬就是花園的外垣邊界了，結果卻只是分隔花園區域的內牆。而花園裡到處是這樣的隔牆，有的是山楂、女貞、紫葉歐洲山毛櫸排列而成的樹籬；有的是石牆，上面爬滿長春藤、冷冬鐵線蓮、蔓生玫瑰的禿枝；還有整齊嵌鑲或交織在柳樹之間的籬笆。

我沿著小徑，從一區漫步到另一區，卻無法推敲出花園的布局。看起來連續的樹籬，若從斜角看過去，有時卻露出一條斜行的通道；灌木叢容易使人走岔進入，一旦進去就幾乎走不出來；我本以為已經遠離的噴泉與雕像，又會再次出現眼前。我靜止不動，茫然環顧四週，同時搖搖頭。大自然讓自己變成一座迷宮，存心要阻擾我。

轉了個彎，我遇到從火車站開車載我過來那位不愛說話、留著鬍鬚的男人。「大家叫我莫理斯。」他勉為其難地自我介紹。

「你怎麼有法子不迷路呢？」我想知道，「有祕訣嗎？」

「需要時間。」他一面說，目光從沒離開他的工作，他跪在一塊徹底翻弄過的泥土前，正要填平這個地方，把植物根部附近的泥土壓緊。

我看得出來，莫理斯不歡迎我出現在花園裡。反正我不在乎，我天性也喜歡孤獨。從此之後只要遇到他，我就往反方向的小徑走。我認為他和我一樣，都是謹慎的人，因為有一兩次我從眼角瞥見了動靜，抬頭一看，莫理斯正從路口倒退或者迅速轉身離去。這樣一來，我們兩人都相安無事。花園這麼大，我們不用過度限制自己的行動，也能避開彼此。

那天稍晚我去見溫特女士，她告訴我更多安琪費爾德莊園發生的事情。

ૐ ૐ ૐ

老嬤嬤叫作唐恩太太，但是對孩子們而言，她一直是老嬤嬤，彷彿從開天闢地以來她就在這個家裡服務。這種情況相當少見，因為安琪費爾德莊園的員工來來去去，而且離去的人比新來的人還多。最後到了某一天，她就成了唯一的僕人，負責室內的工作。嚴格來說，她是女管家；實際上她什麼都得做：像個資淺女傭一般刷鍋子、打點爐火；需要煮飯的時候她就是廚子；上菜時候到了，她搖身變成司膳總管。在雙胞胎出生之前，她就已經開始衰退老化，聽覺不好，視力更差。儘管她不願意承認，但很多事情她已經無法打理了。

老嬤嬤知道該怎麼扶養小孩長大：定時吃飯，定時睡覺，定時洗澡。伊莎貝爾與查理的成長過程中，同時受到過度的縱容與過度的忽略，看見他們長大之後的模樣，她傷透了心。他們倆對於這對雙胞胎的忽視，正是她打破舊規矩的好機會，至少她是這麼期盼的。她的計畫是，在他們的眼前，在他們沒秩序的生活中，她要教養出兩個正常、普通的小女孩，一天飽餐三頓，傍晚六點上床，星期天上教堂。

但是，事情比她想的還要來得困難。

首先是打架的問題。亞德琳總是朝著妹妹狂奔，拳腳並落，猛扯她的頭髮，恣意揮拳。她一面追妹妹，一面揮動夾著赤熱煤炭的火鉗，逮住妹妹之後，再用微火燎燒她的頭髮。老嬤嬤真不知道該擔心哪件事情：是亞德琳連續無情的攻擊？還是愛蜜琳恆久無怨的忍受？儘管愛蜜琳懇求姊姊不要再折磨她了，她卻從來沒有反擊過一次，老是順從地垂下頭，等候如雨般的拳頭落在她的肩頭上，等著姊姊收手。老嬤嬤從沒看過愛蜜琳舉手反擊亞德琳。這對雙胞胎的善良，全部集中在愛蜜琳身上；兩姊妹的邪惡，全到了亞德琳那裡。就某種意義而言，老嬤嬤自己想清楚了：這是有道理的。

接下來，還有令人傷透腦筋的吃飯問題。在用餐時間，就是找不著小孩子的人影。妹妹愛蜜琳雖然特別愛吃，但是她對食物的喜愛並沒有自動轉化成規律的用餐習慣，一天三餐並不足以餵飽她，她餓的時候貪婪又任性。每天都要餓個十次、二十次、五十次，餓了就迫切索討食物，幾口食物吃下肚暫時澆熄了飢餓，飢餓感離去之後，食物又變成不關痛癢的東西。愛蜜琳隨身帶著一個裝滿麵包與葡萄乾的袋子，如同一個行動筵席，讓她隨時隨地想吃就吃上幾口，這樣才維持住圓潤的身材。她靠近餐桌的目的，只為了要裝滿袋子，裝滿袋子之後又閒晃到火爐旁懶洋洋地倚著，或是找個地方躺著。

姊姊完全不同。亞德琳像是用金屬線作成的，只有在膝蓋與手肘部位突出幾個硬結。她使用的燃料與其他人類不同，她不需要食物，從來沒人看過她吃東西。她就像一個永動輪，一組封閉的循環系統，藉著內部某種神奇根源所提供的精力維持生命。然而，輪子不可能永遠轉動，當老嬤嬤早上發現前天晚上原本有一片燻火腿的盤子空了，或是一條麵包和一條肉塊不見了，她就猜得出這些東西到哪裡去了。她嘆口氣，為何她教導的這兩個女孩，不像其他正常孩子一樣，會拿餐盤吃東西呢？

如果她年輕點，或者如果只有一個女孩，而不是兩個的話，她或許能把事情打理得更妥當。只是安琪費爾德家族的血液中帶著一組遺傳密碼，不管用多少營養食品或嚴格教養，都無法改寫的密碼。她不願意接受這個事實，她好長一段時間都不去想這件事，但到頭來她領悟了，這是一對奇怪的雙胞胎，毋庸置疑，她們就是怪，古怪到了她們心底深處。

就拿她們說話的方式為例吧。她從廚房窗戶往外看到她們，一對模糊身影的兩個嘴巴看起來喋喋不休在講話。她們靠近房子時，她可以聽見喊喊喳喳的講話片段，接著她們走進屋子裡，聲音沒了。「講清楚！」她命令她們。但是，她的耳朵越來越聾，而且她們羞怯靦腆；她們的閒聊只說給自己聽，不會讓旁人知道。挖土約翰告訴她說兩個女孩無法正常說話。「別傻了，」她回答，「如果她們要開口的話，沒人阻止得了。」

直到某個冬日，她才搞清楚狀況。那天外面在下雨，姊姊亞德琳勸誘愛蜜琳留在溫暖的屋裡，待在火爐旁。老嬤嬤平常活在一片朦朧中，但這一天，幸運地，她的視線意外地清晰，耳朵再次敏銳。她經過客廳，恰巧聽見她們零碎的聲響，於是停下腳步。聲音在她們兩人間來回飛行，就像是比賽中的網球；她們伴隨著那些聲音微笑、張口大笑，或者彼此交換邪惡的眼神；她們用拉長且尖銳的聲音朝上高喊，聲音突然落下則成了竊竊私語。旁人會以為那不過是普通孩子活潑、自由來去的嘮叨。但是她的心往下沉，她沒聽過那種語言，不是英語，也不是法語。喬治的太太瑪娣在世時講法語，查理和伊莎貝爾也用法語交談，老嬤嬤早就聽習慣法語了。約翰說得沒錯，她們無法正常說話。

她在門口呆住了。有時候就是這樣，瞭解了這件事，也等於開啟了理解其他事的一扇門。此時壁爐架上的鐘響了，玻璃下方的機械裝置派送一隻小鳥到籠子外頭，它呆板地振翅繞了一圈，又回去另一端的籠子裡。女孩子們聽見第一聲鐘鳴，抬頭看著時鐘，睜大眼睛注視著，小鳥費力地繞過鐘鈴的內側，翅膀上上下下，她們的眼睛眨也不眨。

她們的凝視並非特別冷漠、特別無人性，那只是小孩子看著無生命的移動物體的眼神。但是這個情況讓老嬤嬤的心涼到了谷底，因為那種眼神，完全就是她嘮叨、責罵、告誡她們的時候，她們回望著她的眼神。

她們不知道我是個活人，她心想。她們不知道除了自己以外，還有人活著。

她沒有判定她們是怪物，這要歸功於她的良善之心。她反倒是為她們難過了起來。

她們一定非常寂寞，寂寞萬分吧。

她轉身離開門口，拖著腳步離去。

從那天起，老嬤嬤修正了她的期許。規律用餐、定時洗澡、週日做禮拜、兩個有教養的正常孩子，這些夢想全丟到窗外去吧。她現在只有一個工作：讓女孩們安全無恙。

她的頭腦反覆思索，她認為自己知道她們為什麼會這樣。雙胞胎，總是在一塊，總是兩個人。如果在她們的世界裡，成雙成對是正常的，那麼其他人形單影隻，不是雙雙對對出現，在她們看起來，會像是什麼呢？老嬤嬤沉思：我們一定看起來像是有殘缺的。而且她想起了一個字，在當下似乎是一個奇怪的字眼，那個字眼的意思是「失去部分自己的人」——截肢者。我們對她們來說就是這個啊，截肢者。

正常？不，女孩子們不正常，永遠都不會正常起來了。不過，她安慰自己，事情就是這樣，雙胞胎是雙胞胎，也許她們的怪異只是天性。

當然，所有截肢者都嚮往圓滿的狀態。非雙胞胎的普通人追求他們的靈魂伴侶，結交情人，結婚。他們受到自己殘缺狀態的折磨，努力讓自己加入成雙成對的行列。老嬤嬤在這方面與其他人沒有兩樣，她有她的另外一半：挖土約翰。

他們倆人不是傳統觀念中的伴侶。他們沒有結婚，連情侶都稱不上。她比他大了十二至十五歲，雖不至於大到可以當他媽媽了，但是卻比他理想的妻子對象更年長。他們認識的時候，她已經到了不再期待婚姻的年紀，而他是個血氣方剛的男子，雖然期盼婚姻，但不知怎麼一直沒有成婚。此外，他一旦跟老嬤嬤一起工作，每天上午與她一起喝茶，每天晚上坐在廚房桌前吃她準備的食物，他便不再尋找年輕女子的陪伴。如果兩人有多一點點的妄想，他們或許可以跳脫自己心裡的束縛，認清自己的真感情：兩人都渴求著最深切、最敬重的情愛。在別的時空或文化環境下，他可能早就向她求婚了，而她也可能答應了。至少，我們能想像在某個週五的夜晚，吃完了魚與馬鈴薯泥之後，吃完了水果派與蛋奶凍之後，他可能牽起她的手，或者她牽起他的手，羞怯不語地帶著對方到床上。但是這種念頭從來沒有出現在他們的腦海中。就這樣，他們成了朋友，以年邁夫妻相互陪伴的方式，享受著另一種層次的熱情，也就是溫柔體貼的忠誠，但從來沒有享受過熱情。

他名叫挖土約翰，對他不熟的人叫他約翰・狄掘司。他的字寫得差，唸書的年紀一過（很早就過了，因為也沒幾年的光陰），他就把姓氏前面的發音刪除，以便節省時間。剩下的發音似乎更適合他：大家都說他的人、他的工作，比他的全名更簡潔、更精準。所以他簽名時乾脆就寫著約翰·掘司。對於孩子來說，他就成了挖土約翰。

他這個人色彩斑斕。藍色眼睛像是後面藏有太陽的藍色玻璃；白色頭髮從頭頂挺直冒出，就像植物朝著太陽生長；他費力挖土的時候，雙頰轉為粉紅。沒人能把土挖得像他一樣好，他有一套獨特的園藝工法，也就是用月亮的圓缺變化為基準：月圓的時候播種，然後用月亮的盈虧週期計算時間。在傍晚，他鑽研數據表，替每件事情核算出最佳時機。他的曾祖父就是用這套方法做事，他的祖父、父親也一樣。他們把知識傳承了下來。

挖土約翰的家族向來擔任安琪費爾德莊園的園丁。在以往莊園還雇著一位首席園丁、七名助手的年代，他的曾祖父有次把一扇窗戶下面的黃楊木籬笆連根剷除；為了惜物，曾祖父將砍下來的樹木削成好幾百個小枝幹，種進苗圃。等到這些小樹苗長到十吋長，再將它們栽種在庭院裡。有的小樹苗被他修剪成有稜有角的矮籬笆，其他的則任憑叢生，等到它們長得十分寬闊之後，他又拿起他的大剪刀，把它們剪成一個個球體造型。他看得出來有些應該剪成金字塔狀，有的可以剪出圓錐體，有的是大禮帽。在他為這些綠色素材塑型的過程中，這個有著粗糙大手的男人學習到了身為園藝花匠所需的耐心與細膩靈巧。他不設計動物，不設計人物造形；你在其他花園裡看見的孔雀、獅子、腳踏車上真人大小的人形，這些都不合他的心意。他喜歡的形狀是嚴格的幾何圖形，或者是難懂、笨拙的抽象形狀。

他晚年的時候，只看重一件事情，就是綠雕庭園。他急著完成每天的例行工作，只想要待在「他的」庭園裡，雙手在他修剪的形狀表面上滑動，一面想著從現在算起五十年、一百年之後，他的庭園就會成熟了。

他死後，他的大剪刀傳到了兒子手中，幾十年後又傳給了孫子。接著，等到這個孫子去世，接手的就是挖土約翰，他在三十英里外的一座大花園裡完成了學徒見習。雖然他只是一位資淺的園丁，但打從一開始，綠雕庭園就是他的責任。怎麼可能不是他的責任呢？他拿起大剪刀，木質把柄已經磨出他父親的手形了，他感覺到與自己的手指與溝紋相合。他自在了。

喬治·安琪費爾德喪妻之後那幾年，家裡雇員的數量持續減少，但是挖土約翰留下來了。園丁離去，沒有新人遞補，那時他還年輕，由於欠缺人手，他便成了首席園丁，也是唯一的園丁。他的工作量很重，他的雇主對庭園沒興趣，他的努力得不到肯定。世界上還有其他工作、其他花園，以他的能力，只要他去應徵就一定會被錄取；你只要看見他，就會信賴他的能力。然而他從未離開安琪費爾德莊園。他怎麼能離開呢？他每天在綠雕庭園工作，天光開始暗淡時，他就把大剪刀放回皮革護套中；他不必想起自己正在修整的樹木，正是他曾祖父栽種的，他也不需要去想到他的日常工作、行動與他家族前三代完全相同。因為他早就知道了，想都不必想，他的工作就是這麼自然，他像他的樹一樣，都在安琪費爾德莊園生了根。

所以，當他進入他的庭園，發現庭園遭人蹂躪的那一天，他心裡有什麼感想呢？紫杉樹的兩旁有深深的裂縫，樹心的褐色木頭都露出來了。蓬鬆的樹頂被斬斷，球狀的頂端倒在樹腳旁。完美平衡的金字塔已經歪向一邊，圓錐體遭人隨意劈砍，大禮帽被剁開，剩下了碎片。他眼睛動也不動，看著那些散落在草地上的枝葉，依舊青綠，依然鮮嫩，但它們正在緩緩枯萎，乾巴之後捲起來，它們的死期近了。

他震驚不已，一陣顫抖好像從他的心傳到了他的雙腳，傳入他腳底下的土地，他努力要搞清楚到底出了什麼事情。是從天而降的雷電，獨獨選中了他的庭園來毀壞嗎？但是，是什麼樣反常的暴風，會如此靜悄悄地襲擊呢？

不是。是人幹的。

他轉個彎，發現了證據：大剪刀被丟在露溼的草地上，刀葉展開，旁邊放著一把鋸子。

他沒有進屋吃中飯。老嬤嬤擔心地出來找他，到了綠雕庭園，驚嚇之餘她把手掩住嘴，接著她抓緊了圍裙，帶著另一種迫切的心情，繼續往前走。

找到他的時候，她把他從地面扶起。他沉沉靠在她身上，她溫柔呵護著他，帶他走到廚房，讓他坐下，泡了杯又甜又燙的茶給他。他張著眼睛，視而不見，眼前一片空白。她不發一言，把杯子拿到他的嘴邊，將燙嘴的液體一小口一小口斜倒入他的嘴中。他的眼神終於往她看過去，當她看到他眼底的失落，她覺得連自己的眼淚也要狂噴出來了。

「噢，挖土約翰！我能體會，我能體會。」

他的雙手抓住她的肩，他身體的搖晃也連帶晃動了她的身軀。

那天下午，雙胞胎不見人影，老嬤嬤也沒去找她們。她們傍晚才出現，約翰還是坐在椅子上，臉色蒼白，神態憔悴。他看見了她們，他的心中浮現出畏懼。她們怪異的綠色眼睛漠然地由他的臉上看過去，正如她們看著客廳時鐘的表情一樣。

老嬤嬤先為雙胞胎手上鋸子和大剪刀造成的傷口敷藥，然後才安頓她們上床睡覺。「約翰庫房裡的東西，」她咕噥，「你們別碰啊，那些東西很利，你們會受傷的。」

接著，雖然不指望雙胞胎會聽到，她還是說：「你們為什麼做這種事情？噢？為什麼做這種事情？你們傷透了他的心啊。」

她感覺到一隻小孩的手觸摸了她的手。「老嬤嬤難過。」有個女孩說。是妹妹愛蜜琳。

老嬤嬤吃了一驚，眨眨眼睛，把眼淚帶來的朦朧眨掉，然後目不轉睛。

孩子又開口了：「挖土約翰難過。」

「對，」老嬤嬤輕聲說，「我們難過。」

女孩笑了，笑中不帶惡意，不帶內疚；只是個滿意的微笑，滿足於自己注意到某件事，並且正確地將這件事指出來。她剛剛見到眼淚，但她不理解，現在她已經找出謎題的答案了，是難過的緣故。

老嬤嬤關上門，走下樓梯。這是一個突破性的進展，這是溝通，這是個開始；或許還不只這樣而已。女孩子們可能有一天會懂事嗎？

她打開廚房的門走進去，再度陪伴絕望中的約翰。

ꟾ ꟾ ꟾ

那天晚上我做了一個夢。

在溫特女士的花園中，我遇到了我妹妹。

她光芒四射，展開龐大的金色翅膀，好像要來擁抱我，我欣喜雀躍。可是當我接近她，我注意到她的眼睛瞎了，她看不見我。於是，我滿心絕望。

醒來後，我縮成一顆球狀，直到身上刺痛的熾熱退去。

☙ 眉樂樂與嬰兒車

溫特女士的房子孤立隔絕，屋裡的生活孤零清冷，我在那裡的第一個星期，聽到一輛車駛過屋前的碎石路，覺得非常意外。我從藏書室的窗戶往外偷看，見到一輛黑色大轎車的門打開，有個高個子的黑髮男子走進門廊，接著我聽見短促的門鈴聲響。

隔日我又看到他。我聽見輪胎在碎石上發出的細碎爆裂聲時，人正好在花園，距離屋前的門廊約有十呎。我站著不動，朝我的內心退避進去。如果警覺性夠，那麼來者是可以清楚看見我；如果來者沒預期會看到東西，通常就不會見到我。那個人果然沒有看到我。

他的表情陰鬱，低垂的眉頭在眼睛上投下一層陰影，臉上的五官沒什麼表情。他伸手從車子裡拿出手提箱，砰一聲關上車門，走上階梯按門鈴。

我聽見門打開的聲音，他和管家裘蒂絲兩人都沒說話，然後他就消失在屋子裡了。

那天稍晚，溫特女士告訴我眉樂樂與嬰兒推車的故事。

ᘓ ᘓ ᘓ

雙胞胎越來越大，她們探險的地點也離家越來越遠。沒多久，她們便熟悉了附近鄉間所有的農家與園子。她們對界線沒什麼概念，也不明白個人財產是什麼，因此隨心所欲，四處來去。她們開了柵欄不見得會關上，籬笆擋住去路時便攀爬過去；她們試著開廚房的門鎖，如果開得了——通常門都是開的，安琪費爾德村的人不太鎖門——她們就走進去，自己動手拿東西吃；要是睏了，便在樓上的床鋪睡上一個小時，離開時還拿走平底鍋與湯匙，好去驚嚇田裡的鳥兒。

附近人家因她們的舉動而苦惱，因為每次有人控訴雙胞胎的惡行，總會有其他人表示同一個時間在另一個遙遠的地方也看到了雙胞胎（至少是看見其中的一位），起碼村民堅信自己看見了。因此古老的鬼故事全都被想起來了。每棟老房子都有故事，每棟老房子都有鬼魂存在。而這兩個女孩子是雙胞胎這件事，本身就有點恐怖。人人都同意，她們不正常。或許由於她們的緣故，或是因為其他的理由，村民開始討厭接近這棟老房子，大人小孩都一樣，因為擔心可能會在那裡瞧見什麼異象。

不過，她們侵擾的舉動，終於使得村民們克服了對鬼故事的畏懼。婦女們變得憤怒不快，有幾次她們當場逮住了兩個女孩之後，便拉開嗓門高聲嚷嚷，臉孔因氣憤而扭曲變形，快速開合的嘴巴害得兩個女孩子嗤笑起來。婦女們不明白那兩個女孩子在笑什麼，她們不明白是自己嘴巴說話的速度和話語造成的混亂，把兩個女孩搞迷糊了；婦女們還以為女孩純粹是出於惡劣的個性而發笑，於是更加火大。雙胞胎在現場停留一段時間，看著村民發怒的壯觀場面，接著轉身就走開了。

等丈夫們從田裡返家，婦女們就抱怨說，一定要處理這件事情，於是丈夫們會說：「別忘了她們是大戶人家的小孩。」婦女回嘴說：「管他是誰家小孩，小孩子本來就不能像她們兩個那樣無法無天。這樣是不對的，這件事一定要處理。」丈夫則安靜坐在裝著馬鈴薯燉肉的盤子前搖搖頭，什麼事也不做。

直到有一天，發生了嬰兒推車的意外事件。

村子裡有個叫作玫樂・詹姆森的女人，是農夫弗來德・詹姆森的妻子，她與丈夫、公公婆婆住在一間農舍裡。這對夫妻新婚不久。她結婚之前的名字叫作玫樂・蕾，雙胞胎因此用自己的語言替她取了一個新名字，叫眉樂樂。這個名字很適合她，每天的工作結束後，她的丈夫從田裡回來，兩人坐在籬笆的陰涼處，他抽著菸。身材高大的丈夫，皮膚黝黑，有一雙大腳，老是用手臂環抱著她的腰，撓她癢癢，還往下吹她洋裝的前擺，逗弄她發笑。她努力憋著笑，也同樣逗弄他，但她自己實在很想笑，最後總是笑了。

她不笑的時候，只是個相貌平凡的婦人。她的髮色不明亮，顏色太深，稱不上是金髮；她的下巴大，眼睛小。但是她有那樣的笑容，笑聲如此動人，你只要聽見那笑聲，就好像雙眼透過了耳朵看見她。她一笑就變了個人，眼睛消失在她月亮狀豐腴的腮幫子上，突然之間，眼睛的消失讓你注意到了她的嘴巴。豐滿的櫻桃色嘴唇，潔白的牙齒，在安琪費爾德村沒有人的牙齒像她的那樣美麗，還有如小貓咪般的粉紅色小舌頭。她的笑聲是動人、蕩漾、無法抵擋的美妙聲音，從她的喉嚨咯咯發出，像是從地下溪流淌出的泉水，那是歡悅之聲。他因她的笑聲而娶了她。她一笑，他的聲音就柔軟下來，他把嘴唇貼在她的脖子上，喊著她的名字：玫樂，玫樂，一次接著一次。他的聲音在她皮膚上震動，令她發癢，於是她又笑了，不停地笑。

總而言之，玫樂在冬天生了個小娃娃，而雙胞胎則在園子與庭院裡逗留。春天剛到來，天氣剛變暖，有人見到她在院子裡，把小衣服拿出來掛在繩子上，她的身後是一輛黑色嬰兒車。沒人曉得嬰兒車打哪來的；通常一個村婦是不會擁有這樣的東西，那無疑是二手或三手貨，是這一家人為了表明家裡第一胎、長孫的重要性，用便宜價格買來的（但表面看來很貴重）。無論如何，玫樂彎腰拿起一件小內衣、一件無袖小襯衣，用木夾把衣服夾在晾衣繩上，口裡哼著歌，像是唱歌的鳥兒，而且她的歌曲好像是為了漂亮的黑色嬰兒車而唱的。嬰兒車雖然又龐大又黑漆漆的，但有著銀色的大輪子，給人十分輕巧、快速的感覺。

園子後方是田地，由一道籬笆加以分隔。眉樂樂並不知道，兩對綠色眼睛正從籬笆後方盯著嬰兒車。

有嬰兒就有許多衣服要換洗，眉樂樂是個勤勞慈愛的母親。她每天走到院子，拿出洗好的衣服，又把衣服收進去。當她在水槽清洗尿布與內衣時，會從廚房的窗戶往外看，留意在戶外陽光下的嬰兒車。她好像每隔五分鐘就會快步走到外面，調整一下兜帽，多塞一條毛毯，或者只是唱唱歌。

眉樂樂不是唯一熱愛嬰兒車的人。亞德琳與愛蜜琳也迷上嬰兒車了。

有一天，眉樂樂從屋後的門廊走出來，手臂下夾著一籃洗好的衣物，可是嬰兒推車不見了。她猝然停下腳步，張開嘴巴，雙手往上移至臉頰；衣籃翻滾到花圃上，裡面的衣服與襪子斜斜落在桂竹香上。眉樂樂從頭到尾也沒有去留意籬笆與刺藤，她的頭向左轉，向右轉，好像不能相信自己的眼睛，左邊，右邊，左邊，右邊，左邊，右邊，她內心的恐懼一直擴增，最後她發出一聲尖叫，一聲直達雲霄的高音，聲音差點沒把天空劃成兩半。

葛立芬先生從菜圃抬起頭來，走到鄰居家的籬笆旁。隔壁史托克斯老奶奶對著廚房水槽皺眉頭，走出她家的門廊。他們駭異地看著眉樂樂，懷疑這位常年含笑的鄰居婦女當真能發出這樣的尖叫，她狂亂地望著他們，說不出話來，彷彿她的喊叫用盡了一生語言的用量。

她終於說了出口：「我的寶寶不見了。」

此話一出口，他們立刻起身行動。葛立芬先生瞬間跳過了三道籬笆，捉住眉樂樂的手臂，帶著她拐個彎，走到她家前面。他說：「不見了？到哪裡去了？」史托克斯老奶奶從自己家的後廊消失，片刻之後，她的聲音出現在前院的空氣中，大喊來人。

接下來的騷動聲越來越大。「什麼事？發生了什麼事情？」

「抱走了！院子！在嬰兒推車裡！」

「你們兩個走那邊，其他的往那邊去。」

「那個誰啊，跑去叫他先生回來。」

屋子前面，議論紛紛，喧鬧嘈嘈。

屋子後面，安靜無聲。眉樂樂洗好的衣物在慵懶的陽光下來回擺動，葛立芬先生的鏟子平靜地放在犁好的土上。妹妹愛蜜琳欣喜若狂，不發一語，魯莽撫弄著嬰兒車銀色的輪輻，亞德琳一腳把她踢開，這樣才有辦法推動這東西。

她們把這東西取名叫作轟轟。

她們沿著房子後面拖著嬰兒車前進，這項任務比她們想像的還要難。首先，嬰兒車比外表看來還要沉重，而且她們是沿著崎嶇不平的地面推著它。田埂的邊緣略高，使得嬰兒車呈現傾斜狀態。她們本來可以讓四個輪子都在同一個水平面上，但是那裡才剛犁過的土質比較鬆軟，車輪會陷入泥塊。由於輪子上沾黏了薊草與黑莓，輪輻的轉動變慢了，一開始的二十碼路她們沒有停過，那真是個奇蹟。但是她們使出渾身解數要把嬰兒車推回家，使出全部的氣力，但是好像感覺不到絲毫的成果。為了拔掉車輪上的刺藤，她們的手指流血了，可是她們持續前進。愛蜜琳依舊對著推車低聲哼唱自己對它的喜愛，不時偷偷用手指撫摸並且親吻它。

她們終於走到了田地的盡頭，家已經在眼前了。但是她們沒有直接朝著家的方向前進，她們轉個彎，走向鹿苑的斜坡。她們還想玩。她們以無限的精力將嬰兒車推上了最長的斜坡頂端，把推車擺好位置。她們抱出嬰兒放在地上，接著，亞德琳一個使勁撐高自己，爬進了車子裡。她的下巴擱在膝蓋上，雙手握在兩旁，臉色蒼白。一見到她眼神所發出的訊號，愛蜜琳使出她最大的力氣，把嬰兒車往前一推。

一開始，車子的移動緩慢。地面崎嶇不平，這段坡度還不陡峭，但是緊跟著嬰兒車的速度加快，輪子一面轉動，黑色的車體一面在暮光中閃閃發光。越來越快，越來越快，最後輪輻模糊不清，接著甚至看不見了。坡面越來越斜，地面的凸起使得嬰兒車左右搖晃，好像要飛起來了。

「啊——！」

一聲叫喊充斥在空中。

嬰兒車向下猛衝，亞德琳的骨頭搖晃，她的感官無限刺激，她帶著愉悅放聲尖叫。

突然之間，發生的事情不用多說了。

一邊車輪撞上了泥土中凸出的岩石，金屬帶著尖銳刺耳的聲音擦過石頭，迸出火花。嬰兒車不再快速朝下坡前進，而是穿越了天空，雙輪朝上，朝著太陽飛去。推車在天空一片的湛藍上勾出一道寧靜的弧線，直到地面殘酷地隆起，奪回了推車，接著傳來東西砸裂的討厭聲音。亞德琳歡喜的心情已經在空中迴響過了，一切忽地平靜下來。

妹妹愛蜜琳跑下斜坡。朝天的輪子變了形，半邊扭了過來；另一個輪子還在轉動，慢慢轉動，所有的急迫都消失了。

一隻白皙的臂膀從垮陷的黑色車體中伸出，以奇怪的角度放在滿是亂石的地面上，手上染了紫色的刺藤汁液，還有薊造成的劃傷。

愛蜜琳跪下，在車體垮陷的凹處中，她只看見一片漆黑。

但是有個東西在移動，一對綠色眼睛望出來。

「轟轟！」她說，臉上掛著微笑。

遊戲結束，回家時間到了。

ℰ ℰ ℰ

除了說故事之外，我們會面的時候溫特女士的話不多。開始的那幾天，抵達藏書室時，我習慣會問：「你好嗎？」但是她只會回答：「病著呢。你好嗎？」語氣尖銳暴躁，好像我是個笨蛋才這麼問。我從來不回答她的問題，她也不期望我回答，因此我們的對話兩三下就結束了。我總是悄悄剛好在預定時間的一分鐘前進去，坐在火爐旁的椅子上，從袋子取出筆記本。接下來，毫無預警之下，她就從上次中斷的地方接下去。會面何時結束，並不是由時鐘控制，溫特女士有時會一路說到一場事件的結局，在合情合理的地方停止；她習慣在說出最後幾句話的時候，以確定、錯不了的口氣中止。接著一陣沉默，就像是一篇章節末了白色空頁那般的明顯。我會在本子上記下最後幾筆，蓋上本子，把東西收拾好，然後告退。有時候她會出乎意料突然住口，事件剛好才說到一半，有時候是句子說到一半，那麼我會抬起頭，看見她蒼白的臉龐上戴著一張壓抑情緒的緊繃面具。「有什麼要我幫忙的嗎？」我第一次看見她這個模樣的時候問道。但是她只是閉上眼睛，做手勢要我離開。

她講完了眉樂樂與嬰兒推車的故事之後，我把鉛筆與筆記本放進提袋裡，站起來說：「我要離開幾天。」

「不行。」她嚴峻地說。

「我恐怕一定要這樣。我本來只預期在這裡待上幾天，現在已經停留了一個多星期。要長住下來的話，我帶的東西不夠。」

「你要什麼，莫理斯都可以帶你到市區買。」

「我需要我的書……」

她用手指著她的書架。

我搖頭，「很抱歉，不過我真的需要離開。」

「李雅小姐，你以為我們時間很多。也許你有時間，但是我提醒你，我是個忙人，我不想要聽見任何你想離開的話。這件事情就到此為止吧。」

我咬住嘴唇，一時之間感覺受到了恐嚇，不過我鼓起精神，「記得我們的約定嗎？三個真相？我需要去調查。」

她猶疑了，「你不相信我？」

我不理會她的問題，「三件我可以查驗的事情，你承諾過我的。」

她忿忿地閉緊嘴唇，但是同意了。

「你可以在星期一離開，三天，不能再長了。莫理斯會載你到火車站。」

眉樂樂與嬰兒車的故事才寫到一半，我聽見有陣敲打房門的聲音。晚餐時間還沒到，所以我嚇了一跳；裘蒂絲以往從來沒有打斷過我的工作。

「你可以到客廳來一下嗎？」她問，「克里弗頓醫生來了，他想跟你說幾句話。」

我到客廳的時候，那名男子站起來，正是先前我看到開車抵達的那人。我不習慣與人握手，所以當他好像決定不要對我伸出手的時候，我反而很開心；但是，他不握手的這個決定，讓我們兩個找不到其他方法來開始交談。

「我知道你在寫溫特女士的傳記。」

「我不確定。」

「不確定？」

「如果她是在告訴我真相，那我是在替她寫傳記。不然的話，我只是個謄稿的人。」

「嗯，」他停頓一下，「有差別嗎？」

「對誰而言？」

「對你。」

我不知道。但是我知道他的問題太魯莽了，因此沒有作答。

「我想，你是溫特女士的醫生？」

「我是。」

「為什麼你要見我？」

「事實上，是溫特女士的意思，她要我跟你碰面。她希望我把她的健康狀況告訴你。」

「原來如此。」

他以清晰精確的思路開始解釋，簡短告訴我折磨她的病名為何、她承受的症狀、她疼痛的嚴重程度，以及一天當中藥物對疼痛控制最有效與最無效的時段。他提到了她承受的一些其他病狀，這些病狀本身嚴重到足以要她的命，只是另有一種疾病，可能會先讓她病故。他盡最大的努力解說病情的可能發展，還說為了防範未然，他必須管制藥劑的配量。要等到溫特女士真正需要的時候，才提高劑量。

「還有多久？」他解釋完畢後我問道。

「我沒辦法告訴你，換作別人，可能早已經死了。但溫特女士非常堅韌，而且自從你到這裡之後——」他突然住嘴，表情好像是不小心差點透露別人的私事。

「自從我到這裡之後？」

他看著我，好像不知道該不該說，接著他下了決心，「自從你到這裡之後，她好像稍微更能夠忍受病痛，她說這是說故事的麻醉效果。」

我不知道該如何解釋這點，我還來不及思考，醫生繼續說：「我知道你想離開——」

「所以她要你跟我說這些事情？」

「她只希望你瞭解，時間有限。」

「你可以告訴她，我明白了。」

我們的談話結束，他拉開門，當我經過他身邊要離開，他又再度對我開口，他忽然低聲說：「第十三個故事……？我不曉得……」

在他本來沒什麼表情的臉上，我逮到讀者心急如焚的切盼一閃而過。

「她沒有提到任何有關那個故事的事情，」我說，「即使她說了，我也沒有權利告訴你。」

他的眼神冷卻下來，一陣顫抖從嘴巴牽動至鼻翼。

「日安，李雅小姐。」

「日安，醫生。」

☙毛思禮醫生夫婦

我離開的前一天，溫特女士告訴我醫生與毛思禮夫人的故事。

ℰ ℰ ℰ

開了柵欄不關，闖入別人家裡閒逛是一回事；但把嬰兒車裡的嬰兒帶走則全然是另一回事。嬰兒被找到的時候，並沒有因為暫時失蹤而受到皮肉之傷，但重點是：事情已經失控了，必須採取行動。

村民認為不能直接去找查理商量這件事，他們知道那個家的大小事情都很詭異，他們也不太敢去那裡。到底是查理或伊莎貝爾或是鬼魂使得村民們保持距離？很難說。他們反而去找毛思禮醫生商量。毛思禮並不是那個無法即時趕到而導致伊莎貝爾的媽媽難產而死的那位醫生，毛思禮是一位新的醫生，在那時候已經在村裡服務了八、九年。

毛思禮醫生並不年輕，雖已邁入四十五、六歲的年紀，但讓人覺得他年輕、有朝氣。他不高，其實也不是十分健壯，可是他生氣蓬勃，精力充沛。以他的身高來說，他的雙腿修長，而且他習慣邁開大步快速走路，卻不顯得費力。他比任何人走得還要快，也已經漸漸習慣了自己對著空氣說話，轉身才發現同行夥伴在身後幾碼處急走追趕。這種體能的精力搭配了他心智的充分活動，你可以從他聲音中聽見他腦袋的動力，低沉卻快速；他能夠在適當時間對著適當的人，說出適當的話；你可以在他眼中察覺他的能力：深褐色的，亮晶晶的，如鳥眼一般，觀察力敏銳，心思專一，上方有兩道又濃又整齊的眉毛。

毛思禮有種本領，能將精力傳播給周遭的人。身為一位醫生，這也不算壞事。他才剛走到門口敲門，病人就開始覺得身體好轉。他們都喜愛他，他們說，他能帶給人鼓舞與刺激。對他而言，病人是生是死相當要緊，如果病人活下來的話——幾乎都是如此——他們活得健不健康更重要。

毛思禮醫生熱愛思索。他認為疾病是種謎題，除非解開謎底，否則他無法安心。他整夜苦思症狀之後，會一大早出現在病患家門口，只為了想多問一個問題，而病患已經對這類事情習以為常。一旦他做出診斷結果，接著就是找出解決的治療方法。想當然耳，他參閱了書籍，熟知所有常見的診療法，但是他的見解不凡，他不斷從各種角度來回答諸如喉嚨痛這樣的簡單問題，不斷尋找片鱗碎甲的知識，讓他不僅可以治好喉嚨痛，還能以嶄新的觀點來瞭解喉嚨痛的現象。他是個非常友善的醫生，積極、聰明又和藹，比一般人更好的人。不過，他和所有男人一樣，都有盲點。

村民代表團包括了嬰兒的父親、祖父與酒館老闆。一臉厭倦的老闆是個不喜歡自己被排除在任何事情以外的傢伙。毛思禮醫生歡迎這三個人，專心聆聽三人中的兩人重述故事。他們從柵欄開著沒關開始說起，接著提到了消失的平底鍋所引起的麻煩，然後幾分鐘過後，說到了故事的高潮：嬰兒車之嬰兒綁架案。

「她們越來越無法無天了。」年輕的弗來德·詹姆森最後說。

「控制不了。」年長的弗來德·詹姆森補充。

「那你的想法是什麼？」毛思禮醫生問了第三個男人；站在一旁的威伏瑞德·包納到目前為止

都悶不吭聲。

包納先生拿下帽子，徐徐吸了一口氣，發出了嗖嗖的聲音。「唔，我對醫學不通，不過在我看來，那些女孩子怪怪的。」他露出一個含義深遠的表情，然後為了確定他的訊息傳達成功，他敲敲自己光禿的頭顱，一下，兩下，三下。

三個男人全都凝重地看著鞋子。

「事情交給我吧，」醫生說，「我會跟那家人談談。」

於是男人們離開了，他們已經盡了全力，現在要留給醫生——村裡德高望重的人士——來處理了。

雖然他說過會與那家人談談，實際上，他卻是與自己的太太談。

「我不相信她們是存心要傷害人，」聽他說完故事之後，她說，「你知道女孩子的，比起洋娃娃，嬰兒好玩多了。她們不可能會傷害嬰兒的。雖然如此，還是有人得告訴她們不可以再做這種事情了。可憐的玫樂。」她的目光從針線活移開，轉頭看著自己的丈夫。

毛思禮夫人是個勾魂的女人，褐色的大眼睛，上面有優雅捲曲的長睫毛，深色的秀髮沒有一絲灰髮，簡單往後梳攏，真正的美人並不會因這種髮型而顯得醜陋。她走路的姿態有種豐滿女性的魅力。

醫生知道他的妻子美麗動人，但是他們已經結婚太久了，他沒了感覺。

「村裡的人認為那兩個女孩是弱智。」

「當然不是！」

「至少威伏瑞德．包納是這麼以為。」

她驚訝地搖搖頭，「他怕她們，因為她們是雙胞胎。可憐的威伏瑞德，舊時代的無知。謝天謝地，年輕一輩比較能夠理解。」

醫生是學科學的，儘管他明白，數據未必顯示一般雙胞胎會有智力異常的情況，但是除非他親眼看見，否則他不會先排除這個可能性。然而他的妻子——由於她的信仰禁止她假設其他人是邪惡的——理所當然認為謠言是毫無根據的閒言閒語。這點他並不感到驚訝。

「我相信你是對的。」他含糊地咕噥，這樣其實表示他認為她是錯的。他已經不敢寄望她會相信事實了；她成長的宗教環境裡，以為「真實」與「善良」是同一件事情。

「那麼你要怎麼辦？」她問他。

「去見那一家人啊。查理．安琪費爾德不喜歡與人來往，不過我去的話，他一定會見我。」

毛思禮夫人點點頭，這樣代表她反對丈夫的看法，不過他並不知情。「那雙胞胎的母親呢？你認識她嗎？」

「不深。」

醫生繼續默默思考，而毛思禮夫人繼續做她的針線活。過了十五分鐘之後，醫生說：「狄奧多娜，也許你應該去一趟。與其有個男性訪客上門，她們的母親也許更願意接見女性。你覺得如何？」

就這樣，三天後毛思禮夫人敲了莊園的前門，但沒人應門。她感到驚愕，皺起了眉頭，再怎麼說，她早就送來一張便條，告知莊園那邊說她要過來。她繞到房子後面，廚房的門大開，因此她快速敲了一下，就走進去了。裡面沒人。毛思禮夫人環視四周，桌上有三顆已經變成棕色的蘋果，果皮都起皺了，開始往內塌癟。一條黑色抹布放在疊滿髒盤子的水槽旁，窗戶髒到從屋子裡都快分不出日夜了。她秀麗白皙的鼻子用力聞，空氣把一切該知道的都告訴了她。她嘟起嘴，聳起肩膀，抓緊了咖啡色的提包，開始她的冒險。她走過每個房間尋找伊莎貝爾，一路上參觀了躲在各處的汙穢、骯髒、凌亂。

老嬤嬤無疑是盡力了，但是她爬樓梯有困難，視力又衰退，事情還沒動手，卻常常以為已經做過了。有時準備要打掃，後來又忘記了。而且，說真的，她知道沒有人真正在意，所以她把全部心思放在餵飽兩個女孩子之上。她們很幸運，這件工作她還做得來。這麼一來，屋子裡到處骯髒，灰塵遍佈，如果有張照片被撞得搖搖晃晃，那就會在那裡晃上十年。還有，有天查理在書房裡找不到字紙簍，他就把垃圾丟到地板上原先擺字紙簍的位置。他馬上想到，一年收拾一次，比一個星期收拾一次要來得輕鬆。

毛思禮夫人完全無法接受眼前的景象。她對著半開的窗簾皺眉頭，看著暗淡無光的銀器嘆氣，階梯上的平底鍋與走道、地板上到處散落的散頁樂譜讓她詫異地搖頭。在客廳中，她不自覺地彎腰撿起一張掉落（或者被丟棄）在地板上的紙牌，一張黑桃三；她環顧房間，想找其他的紙牌，她完全不知所措，整個房間凌亂不堪啊。她無奈看了一眼卡片的背面，注意到上面的灰塵。她是個戴白手套、天性講究的女人，恨不得能把卡片放下。只是要放哪裡呢？她因為焦慮而有好幾秒鐘動彈不得，內心交戰，好想結束她純淨的白手套與沾滿灰塵、隱約黏手的紙牌之間的接觸，卻又不甘心把紙牌隨便亂放。最後，她雙肩顫動了一下，將紙牌放在皮質扶手椅的扶手上。放下了心中的大石頭，她走出房間。

藏書閣看起來情況好多了。雖然也是塵埃四處，地毯破爛，書籍卻都在該在的位置，算是很不錯的。然而，正當她準備相信在這個汙穢雜亂的家庭中，還存有一點點整齊的氣氛，她就發現了一張臨時搭的床。這張床塞在一個黑暗的角落裡，位於兩組書架中間，由一條滿是跳蚤的毛毯與一個骯髒的枕頭組成。起先她還以為是貓咪的床。但是她又細看一眼，發現枕頭下露出了一截書角，她把書抽出來，是一本《簡愛》。

走出藏書閣，她進了琴房，見到了她已經見識過的同樣凌亂場景。家具的位置怪異，好像為了方便玩捉迷藏而排列。一張躺椅旋轉面向牆壁，一把椅子半掩於衣櫃後，而衣櫃則是由原本窗戶下方的位置拉過來的，因為衣櫃後面有一片寬長的地毯，上面的灰塵較稀薄，顯露的綠色較為清晰。鋼琴上面，一個花瓶裝著發黑的莖梗，花瓶四周整齊圍繞一圈如紙的花瓣，彷彿灰燼似的。毛思禮夫人伸手拾起一片花瓣，花瓣粉碎了，在她戴著白色手套的手指間留下了討厭的灰黃色汙跡。

毛思禮夫人好像是驟然坐到鋼琴椅子上。

醫生的妻子不是個壞女人，她對自己的重要性深信不疑，也相信上帝確實在注意她的一切所為，傾聽她的字字句句；她經常省察自己的行為，又太過度努力避免自己會因為這種聖潔的自省而產生驕傲。她盡力行善，也就是說，不管她做出什麼壞事，都是在自己不知情的情況下做的。

當她坐在那張鋼琴凳上，兩眼茫然直視，心裡在想著什麼呢？這些人連花瓶都沒有加滿水，難怪家裡的小孩行為不檢！問題的嚴重性彷彿忽然因這些枯萎的花朵而突顯。她明白了。她在失神的狀態下脫下了手套，將手指放在鋼琴的黑色和灰色琴鍵上。

迴蕩在房間裡的，是人類所能想像的最刺耳、最不像鋼琴的聲音。部分原因是鋼琴已經好多年無人理會，無人彈奏，無人調音；也因為另一個同樣刺耳的聲音立刻伴隨琴弦的震動而出，那個聲音像是某種咆哮、躁狂的尖叫，像是一隻貓被人用腳踩住了尾巴。

這聲音嚇得讓毛思禮夫人整個人從她自己的幻想曲當中回神過來。她聽見這陣號叫，胡疑地望著鋼琴，然後站起來，雙手蓋住臉頰。茫然之際她瞬間就發現這裡不是只有她一個人。

在那裡，躺椅那裡，冒出了一個瘦小的白色身影。

可憐的毛思禮夫人。

她來不及察覺那個穿著白衣的人影正揮動著一把小提琴，來不及發現小提琴迅速猛力地朝她的頭砸下。在她還來不及注意到任何舉動之前，小提琴已經劈上她的腦殼，她頭昏眼黑，跌倒在地，失去了知覺。

她雙臂大張，潔淨的白手帕還塞在錶帶內側。她看起來好像已經沒了呼吸。她輕輕往後倒在地上，地毯上揚起陣陣煙霧。

她在那裡躺了三十分鐘，直到老嬤嬤從農場撿了雞蛋回來，恰好往門內一瞥，注意到在她以前沒見過有深色物體的地方，出現了一個深色物體。

白色身影不見了。

ɛ ɛ ɛ

我把記憶謄寫成文字，溫特女士的聲音彷彿充滿在我的房間，正如那聲音充滿在藏書室一樣的真實。她說話的方式讓詞句銘刻在我記憶中，就像是留聲機錄音一般可靠。但是，當她說到「白色身影不見了」的那一刻，她停住了。所以當我思考其後所發生的事情，我也先停了下來，鉛筆在紙張上盤旋。

我整個人已經沉浸在故事中，因此我花了點時間，才將注意力從故事裡醫生夫人俯臥的身軀，轉移到說故事者的身上。我注意到說故事者的時候，我也慌了。溫特女士正常的蒼白臉色不見了，取而代之的是一種暗黃色，她的身體向來是挺直的，現在好像準備要去對抗某種隱形的攻擊。她嘴唇四周在顫抖，我猜想，她的雙唇快要無法穩穩抿住了，現在壓抑住的痛苦表情就要獲勝了。

我機警地由椅子站起來，卻不知該做什麼。

「溫特女士，」我無助地大喊，「你到底怎麼了？」

「我的那匹狼。」我猜我聽到她這麼說，她一面想說話，嘴唇卻在打顫。她閉起眼睛，好像很難調整呼吸。我正要跑去找裘蒂絲的時候，溫特女士又再次控制住自己，她胸膛的起伏速度放慢下來，臉上不再顫抖，可是依舊面如死灰。她張開眼睛看我。

「好點了……」她虛弱地說。

我慢慢坐回椅子。

「你剛才是不是說到了什麼狼。」我開口。

「對，那隻黑色的野獸，只要一逮到機會，隨時啃咬我的骨頭。大部分時候牠在角落、門後遊蕩，因為牠害怕這些東西，」她指指身旁桌上的白色藥片，「但是藥效不能持續永久，現在快到十二點了，藥效在消退了。牠正在嗅我的脖子。十二點半之前，牠一定會把牙爪戳進去。一點的時候我會吃藥，那麼牠就得回到牠的角落裡去。我們，牠跟我，永遠在留意著時鐘。牠每天都提早五分鐘襲擊我，但是我不能提早五分鐘服藥，我服藥的時間不能變。」

「不過醫生一定——」

「當然，每星期或者每隔十天，他就調整一次劑量，只是劑量永遠不夠重。他不想成為殺害我的那個人，你也知道；所以我的大限之日一來，一定是那頭惡狼把我吃了。」

她看著我，一臉就事論事的神態；接著，她的語氣變得溫和。

「藥在這裡，你看，還有一杯水。要是我願意，我可以自己結束疼痛，我隨時都可以。所以別為我難過，這條路是我選的，因為我有事情要做。」

我點點頭，「好的。」

「那麼，繼續吧，把工作完成，好嗎？我們講到哪裡呢？」

「醫生夫人，在琴房，有把小提琴。」

我們繼續工作。

ℰ ℰ ℰ

查理不習慣處理突發狀況。

他永遠有狀況，好多狀況。屋頂上的破洞，斷裂的窗格，在頂樓房間裡腐爛的鴿子，但是他不理會這些問題。也可能是因為他與世界隔離，所以就不用去注意問題的存在。如果某個房間滲水問題太嚴重，他就關閉這個房間，使用另一個房間，反正這房子也夠大。大家都懷疑，他遲緩的智能是否瞭解，世上每個人都會積極維護自己的房子。不過，對他來講「荒廢」就是自然的環境，他樂在其中，如魚得水。

儘管如此，但有個醫生夫人可能死在琴房裡，這個狀況他不能不處理。如果死的是我們家裡任何一個人的話……但那是個外人，這就另當別論了，必須處理一下。不過他不知道應該如何處理。當醫生夫人把雙手擱在陣陣作痛的頭上呻吟，他愁眉不展地盯著她；他或許很笨，但是他明白這代表什麼：災難即將降臨。

老嬤嬤讓挖土約翰去請醫生過來，醫生即時抵達。一時之間似乎不用擔心災難降臨了，因為我們發現醫生夫人的傷勢一點也不嚴重，連腦震盪也沒有。她拒絕喝下一小口白蘭地，但接受了茶。過了一會兒她就好了。「是個女的，」她說，「穿著白衣服的女的。」

「胡說，」老嬤嬤說，語氣既安慰又輕蔑，「屋子裡沒有穿白色衣服的女人。」

淚珠在毛思禮夫人褐色的眼睛中閃耀，但是她堅持己見。「沒錯，是個女的，身材嬌弱，在那裡啊，在躺椅上。她聽見鋼琴聲音，站起來，然後——」

「你有看清楚她嗎？」毛思禮醫生問。

「沒，只有一下子。」

「噯，所以說嘛，懂了嗎？不可能的事情，」老嬤嬤打斷她，聲音雖表示同情，但同時堅定不移，「沒有穿白衣服的女人；你一定是見鬼了。」

接著，我們首度聽見挖土約翰的聲音：「人家說這棟房子在鬧鬼啊。」

大夥看著遺棄在地上的破提琴，思忖著毛思禮夫人太陽穴上逐漸隆起的腫塊，可是大家還來不及討論鬧鬼的說法，伊莎貝爾就出現在門口。纖細苗條的她穿著一身淺檸檬黃的衣衫，隨手盤紮的頭髮凌亂不整，眼睛雖然美麗，眼神卻是粗野。

「你看見的就是她嗎？」醫生問他的妻子。

毛思禮夫人將伊莎貝爾與她心中的影像相比，白色與淡黃色之間相差多少色度？瘦弱與苗條之間的界線究竟何在？頭頂的一擊對人的記憶有多深的影響？她猶豫難決，接著，她見到了翠綠色的眼睛，於是在記憶中找到了確切的吻合處，她下了決定。

「對，就是這個人。」

老嬤嬤與挖土約翰不敢彼此交換眼神。

從那一刻起，醫生忘了他的妻子，開始關照伊莎貝爾。他仔細觀察她，親切和藹，詢問她一個又一個的問題，眼睛後面藏著擔憂。她不回答時，他也不慌不亂，若她花了心思回答，時而調皮，時而不耐，時而荒謬，他也小心聆聽，他記筆記時，還在一面點頭。他拿起她的手腕測量脈搏，發現了前臂內側的傷口與疤痕。

「這是她自己弄的嗎？」

老嬤嬤不情願地坦承，低聲說：「是。」醫生的嘴抿成一條擔憂的線。

「我可以跟你說幾句話嗎，先生？」他轉身面對查理問道。查理茫然看著他，醫生抓住他的手肘，「去藏書閣？」然後堅定地領著他離開了房間。

老嬤嬤與醫生夫人在客廳等候，假裝完全沒留意藏書閣傳來的聲響。她們聽見了微細的哼聲，不是兩個人發出的，而是一個人的聲音，冷靜又慎重。當這個聲音停止說話之後，我們聽到了一聲「不」，接著又是一聲「不！」那是查理提高的嗓音，跟著又聽到了醫生低沉的語氣。聲音消逝一段時間之後，我們聽見查理一次又一次的抗議，而後門打開了，醫生走出來，他的表情嚴肅不安。他的身後傳來絕望與力不從心的厲吼，可是醫生只是瑟縮著身體，順手將門帶上。

「我會跟精神病院聯絡好，」他告訴老嬤嬤，「交通問題交給我處理，兩點鐘行嗎？」

老嬤嬤不解地點點頭，醫生太太起身離開。

兩點鐘，來了三個男人，他們帶著伊莎貝爾走出屋外，坐上車道上的篷頂馬車。她像隻綿羊一樣服從，順從地在座位上坐好；馬匹緩緩步出車道朝著莊園大門前進，她連一次也沒有往外看。

兩個雙胞胎漠不關心，用腳在車道的碎石上畫圈圈。

站在台階上，查理看著篷頂馬車越變越小，流露出小孩子最喜歡的玩具被拿走後無法置信的表情：還不太相信、還不能相信這種事情當真發生了。

老嬤嬤與約翰站在大廳裡焦慮地看著他，等著他頓悟這項事實。

車子到了莊園大門，穿過了大門，消失蹤影。查理繼續盯著敞開的柵門三秒、四秒、五秒鐘，然後張開了口，一個寬廣的圓圈抽動、顫抖著，露出了他發抖的舌頭、肉乎乎的紅色喉嚨、一道道橫在漆黑凹處的唾沫。我們迷惑地看著，等候悽慘的聲音從裂開顫動的嘴巴裡冒出來，但是那個聲音還沒有準備要出來。它又花了幾秒鐘時間在他體內增強累積，直到他整個身體好像充滿了被抑制的聲音。他終於跪倒在台階上發出了吶喊，但吶喊聲並非我們一直期待著的轟鳴大吼，只是潮濕的鼻音。

女孩子們抬起頭，眼光離開腳畫出來的圓圈，然後又漠然回到圓圈圈的位置。挖土約翰緊閉雙唇，頭撇過去，走回庭園與他的工作。這裡沒有他可做的活兒。老嬤嬤走向查理，將手放在他肩膀上安慰他，想勸服他進屋去，但是他對她的話充耳不聞，只是像個受挫的小男生，擤著鼻子，發出吱吱聲。

於是那件事情就那樣結束了。

ஐ ஐ ஐ

就那樣結束了？溫特女士母親的消失，就用這句輕描淡寫的話劃上休止符。溫特女士顯然認為伊莎貝爾是個不怎麼樣的母親；實際上「母親」這兩個字好像不存在於她的詞彙中。這也許是可以理解的：就我所知，伊莎貝爾是世上最缺乏母性的女人。但是我有資格評斷他人與母親的關係嗎？

我闔起本子，把筆插入裝訂環中，然後站起來。

「我離開三天，」我提醒她，「星期四回來。」

我拋下她，讓她與她的惡狼獨處。

我把那天的筆記整理好，一打的鉛筆已經全鈍了，我有削鉛筆的重要任務在身。一枝接著一枝，我把鉛筆尖端插入削鉛筆機。假使轉動把手的動作慢，使力又平均的話，有時可以把環繞筆心的木材刨成一圈圈的，晃啊晃地，然後陡然一股腦全都直接落進字紙簍中。可是我今晚累了，刨皮也在自身重量的壓迫下，不停地斷裂。

我想著故事。我對老嬤嬤以及挖土約翰兩人產生了好感；查理與伊莎貝爾讓我緊張不安；醫生夫妻的動機是一番美意，我卻疑心他們介入這對雙胞胎的生活會讓事情不妙。

雙胞胎本身令我費疑猜。我瞭解其他人如何看待她倆：挖土約翰認為她們無法正常說話；老嬤嬤相信她們不曉得其他人的存在；村民以為她們的腦筋秀逗。我不明白的是——這不只是出於好奇的緣故——說故事的人是怎麼想的。在述說自己故事的過程中，溫特女士如同燈火照亮一切，但除了自己以外，她是敘事中心上的消失點，她提過「她們」，最近她用了「我們」；讓我困惑的是，「我」缺席了。

假如我問起她這件事，我知道她會說：「李雅小姐，我們有協議在先。」我已經問過她一兩個故事的細節問題，她偶爾會回答，若她不想回答的時候，她會提醒我們第一次會面的約定：「不欺瞞，不往前看，不提問題。」

有好一段長時間，我甘願保持好奇就好；然而，恰好在那個晚上，有件事讓我對其他事情多了一點瞭解。

當時我已經收拾好書桌，正準備動手打包行李，房門傳來了輕輕的叩門聲。我打開門，看見裘蒂絲站在走廊。

「溫特女士想知道，你是否有空能見她一會兒。」這是裘蒂絲禮貌性的譯文，我心裡很明白，原文是魯莽的「帶李雅小姐過來」。

我摺好上衣，下樓走去藏書室。

溫特女士坐在她的老位子上，爐火熾烈燃燒，除此之外，房間一片漆黑。

「你要我開燈嗎？」我站在門口問。

「不。」她的回答隱約傳進我的耳朵中，因此我順著走道走向她。百葉窗板是開著的，鑲滿星斗的黑夜映照在鏡子上。

走到溫特女士的身旁之後，我藉著爐火傳來的舞動光線，察覺到她焦躁不安。我安靜坐在我的位子上，爐火的溫暖緩和了我的心情，我凝視著映照在藏書室鏡面上的夜空。整整有十五分鐘之久，她沉思，而我等著。

然後她說話了。

「你看過在書房的狄更斯那張畫嗎？我記得是個叫作巴斯[20]的人畫的。我有張複製品，不知收在哪裡，我會找出來給你看。不管怎樣，那幅畫裡，狄更斯把椅子從書桌往後推開，閉著眼睛，留著鬍鬚的下巴靠在胸口，他在假寐。他穿著拖鞋，小說裡的角色像是雪茄煙霧在他頭頂上飄蕩；有些聚在書面的紙張上，有的已經飄到他的背後，或者朝下飄降，好像這些小說角色真的能用自己的雙腳在地板上行走。也許真的可以呢。在畫裡，既然他們的輪廓和作者的輪廓一樣堅實，那麼，為什麼他們不能和作者一樣真實呢？他們比畫裡書架上的書更真實，書架上的書是用幾乎感覺不到的線條描繪出來的，這裡一條，那裡一條，好幾個地方的線條逐漸消失成幽靈般的虛無。

「為什麼我現在想起那張畫呢？你一定不解吧。我清楚記得這幅畫的原因是，它好像就是我生活方式的圖像。我關上書房的門，不讓外人入內，帶著我想像的人物與世隔絕。將近六十年來，我竊聽著虛構的人的生活細節，自己卻沒有受到報應；我無恥地窺探別人的內心世界或浴室櫃。當他們寫情書、寫遺囑、寫懺悔錄的時候，我在他們肩膀上彎腰，注視著羽毛筆的移動。當情人談戀愛，殺人者犯下謀殺，孩子們扮家家酒，我也密切觀察。監獄與妓院的大門為我敞開，西班牙大型帆船與駱駝商隊帶我橫越海洋與沙漠。在我的要求下，千百年的歲月與五湖四海的空間都告消失。我暗地裡見識了當權者的罪行，見證了尋常百姓的崇高舉止。我彎身接近躺在床上的睡夢者，離他們這麼近，他們可能已經感受到我呼出的氣息落在他們臉上。我經歷了他們的夢境。

「有好多還沒成形的角色擠在我的書房裡，等待著被寫成文字。這些虛構的人物渴望一段人生，他們扯著我的衣袖哭喊：『下一個是我！繼續寫！輪到我了！』我必須加以揀選，一旦選好了，沒被選上的角色就會安靜十個月或者一年，等到我完成了手上的故事，喧囂又開始鼎沸。

「在這些寫作的時光中，有時我完成了一個章節，或寫完一個死亡事件之後暫停下來安靜沉思，或只是想找尋適切的字眼，我就會從紙頁上抬頭。我看見了群眾後面的一張臉，一張熟悉的臉，蒼

20　羅伯特・威廉・巴斯（Robert William Buss，一八〇四—一八七五年），英國人，終身為狄更斯的景仰者，描繪多幅作品讚揚狄更斯的小說。文中所提的作品為〈狄更斯的夢境〉（Dickens' Dream）。

白皮膚，紅色頭髮，從容凝望的綠色眼睛。我太清楚她是誰了，但是見到她的時候還是會吃驚，她每次都趁我不設防的時候逮到我，她張了嘴要跟我說話，但是這幾十年來，她太遙遠了，我聽不見她的聲音，而且每當我注意到她的存在，我就轉移視線假裝沒看見。我想，她沒有被我騙到。

「大家都好奇，為什麼我的創作力這麼旺盛。嗯，都是因為她。一本新書才剛完成，五分鐘後我就動筆寫下一本書，那是因為只要我從書桌上抬起眼睛，我就會跟她的眼睛交會。

「時光荏苒，書店書架上越來越多我的作品，連帶在我書房半空中飄蕩的一票角色也變少了。我每寫完一本書，嘈雜的聲音就變得安靜一點，我腦海中的喧囂降低了，想要爭取注意的臉龐減少了。然而，在群眾背後，在更貼近書本的位置上，她，綠眼睛的女孩，老是在那裡等候著。

「我最後一本書的定稿日子終究到來了。我寫下最後一句話，標上最後一個句號。我知道接下來馬上會發生什麼事，筆從我手中滑落，而我閉上眼睛。『所以，』我聽見她說，也許只是我自己在說，『現在只有你我兩人了。』

「我與她稍微爭執了一下，『沒有用的，』我告訴她，『那是好久好久以前的事了，我那時只是個孩子，我已經忘了。』然而，我只是敷衍搪塞。

「『但是我沒忘記，』她說，『記得當時……』

「實際上，我一見到無法避免的事情，我就明白了，我確實是記得的。」

空氣中微弱的顫動停止不動。我的凝望由星斗轉向溫特女士，她的綠色眼睛正盯著房間中的一點，彷彿就在這一刻，她的眼睛正看著滿頭紅銅色頭髮的綠眼睛孩子。

「那女孩是你。」

「我？」溫特女士的眼睛緩緩離開小幽魂，轉向我，「不是，她不是我。她是……」她猶疑著，「她是我的前身。好久好久以前，那孩子就已經不存在了，她的生命在失火的那個夜晚就結束了，好像她已經被燒死了。你現在眼前所見的人只是一具空殼。」

「但是你的職業……那些故事……」

「如果一個人只剩空殼，他就會捏造故事來填補空虛。」

我們悄悄坐著凝視爐火。有時候，溫特女士無意識地磨擦自己的手心。

「你寫朱爾．藍迪爾與愛德蒙．藍迪爾的那篇文章。」過了一段時間後，她開口。

我勉強轉向她。

「你為什麼選擇他倆作為主題？你一定有什麼特殊的興趣？個人的偏好？」

我搖搖頭，「沒有特別理由，沒有。」

接下來只有星斗的寂靜與爐火燃燒的爆裂聲。

時間鐵定過了有一小時，也許更久，火焰已經微弱，她第三次開口說話。

「瑪格麗特，」我相信這是她第一次叫我的名字，「你明天離開這裡之後……」

「噯？」

「你會回來，對吧？」

爐火搖曳，即將熄滅，在火光下不容易判讀她的表情，也分辨不出她的聲音，到底是因疲倦還是生病而顫抖。可是我能感覺到，除非我回答「是的，我當然會回來」，否則溫特女士心裡會不斷害怕。

隔天上午，莫理斯開車載我去火車站，我搭車南下。

年譜

除了在家、在書店外，還可以從哪裡展開我的調查呢？

我向來愛讀古早的年譜。從孩提時代開始，只要碰到無聊、焦慮、恐懼的時刻，我就走向書架找這種書，啪啦啪啦翻動這些記載著姓名、日期與註解的書卷。在封面與封底中間，幾句短到不能再短的殘忍字句描述著已經消逝的生命。這些書的世界裡，男人都是准男爵[21]、主教、國會議員；女人則是妻子與女兒。書中不會告訴你這些男人早餐喜歡吃豬腰子，也不會告訴你他們愛的是誰，或者夜晚蠟燭吹熄之後他們因恐懼在黑暗中看見的形影是什麼。完全沒有私人的訊息。那麼，在這些死者生平事蹟的零碎記載之中，到底是什麼事情深深打動了我呢？只因他們曾經為人，他們曾經活著，現在已經沒了生命。

閱讀這些年譜，讓我受到撩撥，是我的身體出現了動靜，不是心中起了漣漪；閱讀這些名單時，已經在另一個世界的我醒過來撫抱我。

我從沒向人解釋為什麼年譜對我來講意義重大，我甚至沒提過自己喜愛年譜。可是父親留意到我的偏好，只要這類厚書出現在拍賣會上，他一定會買。因此，英國所有的著名死人，從好幾個世代以前到現在，都在我們店裡三樓的書架上，平靜地度過來生。有我作陪。

我就在三樓，蜷伏窗下，翻開記載著人名的書。我找到了溫特女士的祖父，喬治．安琪費爾德。他不是准男爵，亦非國會議員，不是主教，然而他也被收入年譜之中。這個家族有貴族血統，曾經一度擁有封號，但是在幾個世代之前分了家：封號由一房繼承，錢財與地產由另一房接收。他是地產這一房的。年譜只登錄擁有封號的家族，但由於親屬關係夠親近，還是值得記上一筆，所以他出現在書裡面，姓安琪費爾德，名喬治；他的出生日期；住在牛津郡安琪費爾德莊園；娶了出生在法國理姆斯的瑪娣．莫里耶為妻；育有一子查理。我在往後幾年的年譜中追蹤他的消息，在十年之後，我找到了一條增修：育有一子查理，一女伊莎貝爾。又翻了幾頁，我找到了喬治．安琪費爾德忌日的確認證據；還有，在「馬曲，羅嵐」的條目下，我查到伊莎貝爾的婚姻記錄。

我大老遠跑到約克郡去聽溫特女士講故事，而故事一直就在家裡，在年譜中，在我床底下幾呎而已。想到這個，不禁令我發笑。我接著開始徹底思考這件事情。這些紙上線索證明了什麼？只能證明喬治、瑪娣與他們的子女查理和伊莎貝爾這一群人存在過，說不定溫特女士也像我一樣輕輕翻閱一本書，因此發現了這些人。各地圖書館裡都有這些年譜，願意的話任何人都可以瀏覽。她難道不會找出一組名字與日期，然後編了一個環繞著這些人的故事來自娛嗎？

因為有這種疑慮，我又想到另外一個問題。羅嵐．馬曲已經死了，伊莎貝爾的紙上線索也隨著他的死亡而終止。年譜的世界非常奇異，在真實世界中，家族像是樹木般開枝散葉，血緣因婚姻而

21 準男爵（baronet），英國最低階的世襲勳位。

交合，一代又一代傳承，造就一個更加寬闊的關係網絡。相反地，封號由一個男人傳給一個男人，年譜喜歡彰顯的就是這種狹窄的線性發展。在封號家系的左右有幾個弟弟、外甥、遠親，因為血緣夠親近，能夠落在年譜的照明幅度之中，這些男子原本有機會成為貴族或者准男爵的。還有，儘管沒有人明說，但只要有一連串適時發生的意外悲劇，這些男人仍然有機會晉身貴族。但是譜系經過了幾次的分家，那些名字就落到邊緣外了，墜入蒼穹之中。儘管有船難加上瘟疫加上地震，都還不足以恢復這些遠房堂兄弟的爵位。年譜確實有其不足之處。同樣的道理也應用在伊莎貝爾的記錄上。她是女人，她的孩子是女孩兒，她的先生（非貴族）去世了，她的父親（非貴族）去世了。年譜讓她跟她的孩子漫無目的地漂浮，她與孩子們墜入凡人的汪洋之中。凡人的生死與婚姻，跟他們的喜好、恐懼、早餐內容一樣，都是無足輕重的事，不足以為後代所記載。

但是查理是男的，年譜可以勉強將內容稍微擴大一點，把他收納進來，只不過年譜裡有關他的記載卻暗示了他這人不太重要，所以訊息空洞匱乏。他的名字是查理・安琪費爾德，也有他的生辰，住所是安琪費爾德莊園。他未婚。他尚存。以年譜而言，給他這種人這樣的資訊就夠了。

我拿出一本又一本的書，一次又一次找到同樣簡略的生平。每翻開一本新的年譜，我心裏就揣測不曉得是否會在這一年，年譜編纂者決定將他刪除。但是每年他都在，依舊是查理・安琪費爾德，依舊住在安琪費爾德莊園，依舊未婚。我又想起溫特女士告訴我查理與他妹妹的故事，我咬咬嘴唇，猜想他長久獨身意味著什麼。

接著，到了他大概五十歲的時候，我看見了驚人的資料。除了他的名字、出生日期、居住地之外，出現了一個奇怪的縮寫：ＬＤＤ，我以前沒注意過這個縮寫。

我查閱縮寫表。

ＬＤＤ：法定死亡。[22]

翻回查理那一條，我凝神注視良久，皺著眉頭，好像只要我用力看的話，紙張的紋理或者浮水印會洩漏出謎題的答案。

就在這一年，法律推定他死亡。據我所知，一個人失蹤一段時間後，家人可以因為繼承的理由，請求法院宣告他死亡。儘管沒有證據，沒有屍體，還是可以假設這人死了。我隱約記得一個人必須失蹤七年之久才能夠宣告死亡。失蹤的人有可能在這七年當中真的死了，也可能還活著，只是離開了、迷路了，或是跑去流浪了，遠離所有認識他們的人。在法律上死了，但不必然表示這個人真的死了。我好奇，怎樣的人生，才會以這種不明不白、證據不足的方式結束呢？法定死亡。

我闔上年譜，放回書架上的位置，下樓到店裡沖泡熱可可。

「你知不知道，要怎樣向法院聲請宣告某人死亡？」我一面把牛奶倒入進平底鍋，放在爐灶上加熱，一面大聲問父親。

「不太清楚，我倒可以想想。」父親回答。

接著他跑過來，遞給我一張有折角的客戶名片。「可以問問這個人，退休的法律教授，住在威爾斯，不過他每年暑假都過來這附近玩，沿著河邊散散步。人很客氣。寫封信給他，你順便問他一下，要不要我替他保留《自然法概論》。」

---

22 為原文legal decree of decease之縮寫。

喝完熱可可後，我又去翻閱年譜，看看還能找到什麼跟羅嵐．馬曲以及馬曲家族有關的資料。他的叔叔對藝術稍有涉獵，從藝術史區查詢這條線索的時候，我得知他的畫像作品（儘管現在公認是二流作品）曾經有短暫的時間相當受歡迎。莫提馬的《英國地方肖像畫》一書中收入了路易斯．安東尼．馬曲早期畫像的複製品，標題為「羅嵐，畫家之姪」。我看著這個還沒長大的男孩臉龐，想從他臉上尋找她女兒（現在已經是老婦人了）的五官特色，這種感覺真是奇特。我花了好幾分鐘細看他肉肉的五官、閃亮的金髮、頭部擺出的懶散姿勢。

然後我闔起書。我在浪費時間，就算花了一天一夜的時間，我知道自己也不可能找到他的雙胞胎蹤跡。

《班布里先鋒報》檔案室

隔天我搭火車前往班布里，要去《班布里先鋒報》。帶我去檔案室的是一名年輕的男子。對於不熟悉檔案文獻的人來說，「檔案室」這個詞聽起來相當可怕。但我已經有好幾年的假期都消磨在類似的地點，現在進入這個龐大又沒有對外窗戶的地窖裡，並不覺得新奇。

「在安琪費爾德莊園發生的房宅火災，」我簡短解釋，「大約六十年前。」

年輕人指給我看相關年分卷宗所放置的架子。

「我幫你搬箱子好嗎？」

「還有書評版，大約四十年前的，不過我不確定是哪一年。」

「書評版？我沒聽過《先鋒報》有過書評版。」他搬移梯子，檢索出另外幾箱，把它們堆在一張長桌子上的第一個箱子旁，放在一盞強光燈下。

「你要的都在這裡。」他爽快地說完就走了。留我獨自面對這些箱子。

我查到安琪費爾德莊園的大火可能是意外事件。當時的人家經常貯存燃料，而火勢因為貯存的燃料變得更加猛烈。屋裡除了屋主的兩位外甥女外，別無他人，外甥女雙雙脫險送醫。外界相信屋主本人身在國外（外界相信……我覺得奇怪。我計算了一下日期：失火六年後，才是死亡宣告的時間。）報導最後提到幾段這個莊園的建築特色，並指出當時莊園的屋況並不適合居住。

我抄下報導，瀏覽後面幾期的標題，看看有無後續報導，不過一無所獲。我把報紙收好，注意力轉移到其他的箱子上。

「告訴我真相。」四十年前有個年輕人穿著不合身的西裝，替《班布里先鋒報》採訪溫特女士。而她從沒忘記過他的話。

沒有採訪的記錄，甚至連可以稱得上為「書評版」的版面也沒有，藝文新聞零星出現在「你可能有興趣想讀……」這種標題欄位下。有位名叫作珍・金梭女士的評論家寫過幾個短評，兩度提到溫特女士。珍・金梭女士顯然讀過並喜歡溫特女士的小說，她的讚美之詞充滿熱情且下筆堪稱公允（不過金梭女士的文筆待改進），然而毫無疑問她從未見過作者，她也不是那個穿著褐色西裝的男人。

我摺好最後一份報紙，整齊地疊回箱子中。

穿褐色西裝的男子是虛構的，是誘我跳入圈套的手段，是漁夫用來吸引魚群上鉤的餌，這點不難理解。這樣說不定間接證實了喬治與瑪娣、查理與伊莎貝爾的存在，至少他們是真實的人；褐色西裝男子則是假的。

我戴上帽子，套上手套，離開《班布里先鋒報》報社，走到街道上。

我沿著冬天的街道，漫步尋找咖啡館。我想起了溫特女士先前寄給我的信，我想起了那個褐色西裝男子所說的話，想起了這些話曾經在房間裡的屋頂上迴響。褐色西裝男子是她虛構的人物，我早就該料到了，她是個編造故事的人，不是嗎？一個說故事的人，一個撒謊者，一個騙子。那句如此感動我心的懇求——告訴我真相，出自一個甚至不存在的人的口中。

我悵然若失，不知如何面對這份沮喪帶來的痛楚。

廢墟

我從班布里搭了公車。

「安琪費爾德村？」公車司機說，「沒有，公車不開到安琪費爾德。現在還沒有啦，觀光飯店蓋好之後，可能會有吧。」

「這麼說，那裡正在蓋飯店囉？」

「他們要拆掉一個老舊的廢墟，改建新潮的觀光飯店。以後可能就會有公車班次了，員工也要上下班嘛。現在你最好是在錢尼路上的『野兔與獵犬酒館』下車，然後走過去。我想大約是一哩路。」

安琪費爾德村沒什麼特別，只有一條路，上面的木頭路標直截了當寫著「大街」。我走過十來間兩兩並建的農舍，才出現零星的特徵：高大的紫杉、小孩的盪鞦韆、木長凳，但是每間住宅都像是同一個模子做出來的，都有整齊編織的茅草屋頂、白色的三角牆、保守拘謹的砌磚工法。

農舍的窗戶面向田野，田間由籬笆整齊分割，到處是樹樁。更遠處看得見綿羊與乳牛，接著是茂密的樹林，根據我的地圖，再過去是鹿苑。好像沒有路通往那裡，不過也沒關係，因為幾乎沒有人車往來。實際上，我絲毫看不到人類生命的徵象，直到我走過最後一棟農舍，來到一家郵局兼雜貨店。

兩個小孩穿著黃色雨衣，從店裡出來跑向馬路，母親還在後面的郵筒前。金髮的母親身軀嬌小，一面把郵票貼在信封上面，又怕塞在手臂下的報紙掉落。年齡較大的男孩把手舉高，將糖果包裝紙丟到路旁柱子上的垃圾箱。他走過去想拿妹妹的糖果紙，但她不肯，「我自己來！我自己來！」她掂起腳站著，把手往上舉，不管她哥哥，自己把包裝紙丟進垃圾箱，一陣微風又把包裝紙吹過馬路。

「我早跟你說啦！」

兩個孩子轉過身開始跑，接著看到了我，猛然停下來，兩排金黃色的瀏海噗地落在兩雙形狀相同的褐色眼睛前，兩張嘴露出同樣的訝異表情。他們不是雙胞胎，卻長得好像。我彎腰撿起包裝紙遞給他們。那個女孩想要收下，但她哥哥比較謹慎，伸手擋住她，同時喊著：「媽！」

金髮婦女從郵筒那裡看到了剛剛發生的事情，「沒關係，湯姆，讓她收下。」女孩從我手中接過紙，眼睛沒有看著我。「說謝謝。」媽媽喊道。孩子們照辦，語氣拘謹，接著轉身背對我，蹦蹦跳跳跑開。婦人這回抱起女兒靠近垃圾箱，她這麼一抱，又看見了我，見到我的相機，隱約露出她的好奇。在安琪費爾德村，我一定會引起注意。

她對我含蓄一笑。「散步愉快！」她說，然後轉身跟上孩子。孩子已經沿著街道，朝向農舍跑回家。

我看著他們離去。

兩個孩子跑著，一面朝對方猛撲急衝，兩人之間好像有條無形的細繩子綁著。他們不時轉換方向，突如其來改變速度，心有靈犀似的行動一致。他們簡直就是兩位舞者，隨著心裡同一首曲調起舞；他們是在同一陣微風裡飛舞的兩片葉子。這個情景既奇特又自然，我想要再多看看他們，卻害怕他們看見我在盯著他們，我只好逼著自己走開。

過了幾百碼，莊園大門映入眼簾。柵門關著，蜿蜒的長春藤盤亙在精巧的雙扉金屬門上，爬滿了整扇門，讓柵門緊密地與地面連成了一體。柵門上方是一道淺色的石拱，高聳於道路上，兩端延伸到兩棟有窗、無隔間的小型建築頂上。其中一道窗戶上貼了張紙，嗜讀的我無法抵抗，於是攀爬過又長又濕的草葉去閱讀裡面的內容。那是張鬧鬼的警告，上頭還殘留某家建設公司的彩色商標，商標下面是兩塊依稀可辨的慘灰色文字段落，還有一個顏色略深的簽名。紙上雖有寫過字的樣子，但內容已經被經年累月的日光曬得褪色了。

我心裡有了準備，可能要繞著圍牆走很遠才能找到入口。沒想到只走了幾步路就發現牆上有個小木柵欄，只用門閂扣住。我沒兩下就撥開進去了。

車道曾經鋪著砂礫，但是現在腳底下的卵石中交錯著光禿的地面與茂盛的青草。長長的車道蜿蜒，先經過一座用石頭、透明玻璃搭建的小禮拜堂，接著又盤旋朝著另一個方向前進，通向視線無法看穿的樹林與灌木。兩旁花木蔓生，各種灌木枝幹爭奪空間；灌木叢底下則是青草與雜草，各自找空隙蔓延。

我走向禮拜堂。它在維多利亞時代整修重建過，保有中古時期的樸素特質，小巧且勻稱，尖塔指著天國，然卻沒有刺穿天國的企圖。禮拜堂設立在車道轉彎的地方，我走近的時候，把眼光從禮拜堂的門前移開，朝著我身邊開展的遠景看出去。每走一步路，視線便越寬廣，直到最後，出現了安琪費爾德宅邸的蒼白石頭。我當場停下腳步，僵在那裡。

宅邸以怪異的角度矗立，訪客從車道進來的時候，迎面看見的是一個屋角，並且根本看不出來哪個屋面才是正面，彷彿這幢宅邸本來想要以正面迎接訪客，可是又在最後一刻無法按捺自己的衝動，轉過身去回頭瞭望鹿苑與露臺那邊的林地。結果訪客沒有受到微笑歡迎，反而遭到冷漠的對待。

宅邸外觀的其他特點更加怪異。它的建構不對稱，三棟大開間，每一棟都有四層樓高，突出於房子主體之外；房屋正面僅有的整齊感與和諧感，是由十二扇又高又寬的窗戶營造出來的。在房子的其他部分，窗戶參差不齊地排列著，兩兩不相似，沒有一扇窗戶與上下左右的鄰窗等高。四樓以上，有一道矮護牆想要以單一的拱抱，將林林總總的建築式樣連結在一起，但是到處都是突出的石頭、局部的隔間、怪異的窗戶，多到無法掌握。而這道矮護牆又突然消失，然後才出現在障礙物的另外一端。矮護牆上方是一道高低不平的屋緣線，由高塔、塔樓、一排排煙囪所形成，色澤金黃如蜂蜜。

廢墟？很多金黃色的石頭看起來又新又乾淨，好像剛開採出來的。當然，塔樓上精美的石雕看起來有點磨損，欄杆上的柱子四處崩落，但還是不能就這樣把這幢宅邸稱之為廢墟。瞧瞧它啊，後面有藍天，鳥兒繞著高塔飛翔，四處綠意，我一點也不懷疑這地方還是有人住的呢。

等到我戴上眼鏡，我才明白。

窗戶上沒有玻璃，窗框不是腐壞就是燒光。右手邊窗戶上的陰影其實是火燒的痕跡。同時，在房子上空飛翔的小鳥，並不是往建築後方撲去，反而是往房子裡面飛去。沒有屋頂。這不是一棟房子，只是一具空殼。

我摘下眼鏡，眼前景象恢復為伊莉莎白時期完整無缺的宅邸。如果天空漆成靛藍色，或者陰雲忽地遮掩月亮，這房子會讓人感到威脅嗎？也許，但是今天萬里無雲，眼前的這幅景象卻是純真無邪。

車道上有個柵欄，上面貼著告示：危險，勿入。我注意到柵欄上有個接合處，是兩段柵欄恰好嵌合的位置，我移動一片嵌板，溜進去，然後順手又拉上。

我避開冷漠的牆角，走向房子的正面。在第一與第二個開間中間有六級又寬又淺的台階，通往一個鑲框的雙扇門。台階的兩側是低矮的台座，台座上面聳立著兩隻巨貓，由某種深色、具光澤的石材雕刻而成。巨貓的身體結構起伏栩栩如生，我的手指滑過一隻貓時，簡直以為會摸到毛皮，沒想到被石頭的冷硬觸感嚇了一跳。

最深、最暗的火燒痕跡落在第三個開間的一樓窗戶上。我站在一塊掉落的厚重石材上，高度恰好可以看見裡面，但見到的景象卻讓我胸口湧起一陣強烈的不安。大家對於「房間」的想法都一樣，雖然我在書店樓上自己的臥室、小時候在父母家的臥室以及我在溫特女士家裡的臥室都有不同的特色，但這些房間仍然有某些相同的要素，也是無論何時何地，對任何人來講都相同的要素；就算是一個臨時的營區，頭頂上總也有東西來遮風避雨，有個空間讓人活動、進出，有點東西讓你區分「內」與「外」。可是這個房間裡，這些元素都沒有。

橫梁已經坍落，有幾根僅有一端落下，產生了切割空間的斜對角線。落下的橫梁崩塌在一堆堆石製品、木製品還有其他不曉得什麼東西的上面，而這些木、石等材質又堆得快到窗戶的高度了。好多隱僻的角落或凹陷處都有鳥巢，小鳥一定帶來了種子，落雪、雨水連同陽光一起湧入。不知什麼原因，在這樣一個嚴重傾頹的地方，卻有植物生長：我看到醉魚草冬天的褐色枝幹，長得細長的接骨木朝著有光線的地方延長，牆上亂爬的長春藤如同壁紙上的花紋。我伸長脖子往上看，像是朝一條漆黑的隧道看進去。四面高牆依舊完好，但是沒有屋頂，只看見四根粗大的橫梁，不規則地分隔了空間。在這些橫梁的前後左右，同樣的景象一次又一次出現。隧道的終點是光線。天空。

連鬼都無法在這裡生存。

很難想像，這裡曾經有過帳幔、傢俱、畫作，現在由太陽照明的地方曾經是由枝形吊燈來點亮。這個房間原本是什麼用途？客廳？琴房？餐廳？

我瞇著眼查看房間裡堆積如山的廢棄物。以前這裡曾是住家，現在只有一大堆無法辨識的雜亂物品。其中有個東西引起我的注意。我一開始以為那是梁木，但是它不夠粗，看起來好像是連在牆壁上的。我又看見一個，接著又一個。在這些木條上，相隔一定的距離就裝有接頭，彷彿別的木板片以前曾經以直角安裝在上面。事實上，在一個角落上，有組木條上的其他片塊依然存在。

我瞭解了！我的脊椎也因此感到刺痛。

我以為是梁木的東西，竟然是書架的隔板！這一團混亂的廢墟，原來竟是一間藏書閣。

我立刻手腳併用，爬過了已無玻璃的窗戶。

我小心翼翼，踩下每一步之前都先測試腳下穩不穩。我搜尋著角落和黑暗的裂縫，但是沒有看到書。我並不預期會見到書，在這種條件之下，書籍絕不可能倖存。可是我還是忍不住要看看。

我花了幾分鐘專心拍照，拍了沒有玻璃的窗框、原本用來承托書籍的橫板、嵌在高大門框上的厚重橡木門。

我想拍一張清楚的石頭大壁爐的照片。我靜止不動，上半身彎著，人略往一旁傾斜；我吞嚥一口口水，注意到自己的心跳稍微加快了。我是不是聽見什麼聲音了？還是感覺到有什麼？我腳底下碎石的深處，是不是有東西移動了？沒有，沒事。我依然小心挑選我的路徑，走向房間邊邊磚牆上一個能穿過去的大洞。

我進入了大廳，這裡有我剛從外面看到的高大雙扉門。石質階梯經歷祝融之後並沒有受損，還是朝上寬廣延伸，手把與護欄現在披覆著長春藤。階梯的結實線條清楚可見：一道優雅的曲線擴展到底座，成了一個貝殼形狀的螺旋，有幾分像是雅緻、顛倒的標點「，」。

階梯通往一道迴廊，它曾經與入門大廳的全寬等長。階梯的一端只剩鋸齒狀的地板邊緣與通往下方石板地的斜面，另外一邊幾乎是完整的，殘留的扶手沿著迴廊，接著又順著一個通道建造。有片天花板雖然沾了汙痕，不過仍舊完好；還有一片地板；甚至還有門。這裡似乎逃過了整體的毀壞，看起來像是可以住人的地方。

我拍了幾張照片。接著，我移動身體重量之前，先試試腳底下沒踩過的木板，謹慎地往通道走去。

我轉動第一個門的門把，門後只有塌掉的地板、樹枝、藍天。沒有牆壁、沒有天花板、沒有地板，只有新鮮的戶外空氣。

我把門拉上，沿著迴廊徐徐移動，提醒自己別因為這個地方的危險而失去勇氣。我持續注意著雙腳，走到第二道門，轉動門把打開門。

有動靜！

我妹妹！

我差一點就朝著她跨出一步。

差一點。

然後我明白了。那是一面鏡子，鏡面上沾染了塵土而模糊，又因為看起來如墨水的深色汙漬而失去了光澤。

我低頭看著我剛才差點就要踏上去的地方，沒有地板，二十呎落差底下只有堅硬的石板。

我已經知道剛才看見的是什麼，但我的心依然狂亂。我又抬起眼睛，她還在那裡，在老舊的鏡框裡，她是個蒼白面容的流浪兒，有著陰鬱的眼睛，朦朧含糊的身軀在顫抖。

她見到我了。她站在那裡，渴望地朝著我舉起手，彷彿我只要向前一步就能握住她的手。而這不就是與她會合最簡單、最後的方法嗎？

我站在那裡看著她等待我。究竟站了多久？

「不行，」我低聲說，但是她的手臂依然召喚著我，「對不起。」她的手臂緩緩放下。

然後她拿起相機，拍了一張我的照片。

我為她感到難過。透過鏡子所拍的照片效果非常差。我拍過所以知道。

我站著，手放在第三道門的把手上。溫特女士曾經說過無三不成禮。但我已經不想知道她的故事了，她這幢屋內會下雨、還有著唬人鏡子的危險房子，我已經沒興趣了。

我要走了。本想先去拍幾張禮拜堂的照片，後來連那個也省了。我想回到村裡的雜貨店，打電話叫計程車去車站，然後回家。

我馬上就要走了。在這當下，我想先這樣停著，頭靠在門上，手放在門把上，管他門後會有什麼，我等著淚水止流，等我的心自行平靜。

我等著。

然後，在我的手指下面，第三道門的把手開始自行轉動。

☙友善的巨人

我用跑的。

我跳過地板上的坑洞，一次跨越三級階梯往下走，一個沒踩穩，衝向扶手，然後又撐住自己。我抓到一把常春藤，絆到了腳，救了自己一命，再次東倒西歪向前進。去藏書閣？不是，是另一邊。通過一道拱門，接骨木與醉魚草的枝葉勾住我的衣服，我的腳在毀壞建築的碎石上亂爬，好幾次險些跌跤。
終於，我還是跌倒在地，嘴巴不由自主大喊一聲。
「天哪！天哪！我嚇到你了嗎？天啊。」
我轉身往拱門那裡看出去。
在廊台上方的不是我意想中的骷髏或妖怪，而是個巨人。他平穩地走下樓梯，優美地走過來。他踩過地板上的碎石站到我的身旁，臉上露出焦慮萬分的表情。
「噢，我的老天啊。」
他肯定有六呎四或六呎半，身形高大，寬到連他四周的房子都好像縮小了。
「我不是故意的。我只是想說，因為你在這那裡待了一段時間，而且……不過不要緊了，因為重要的是……親愛的，你有沒有受傷？」
我覺得自己縮小得像個小孩。可是，這男子雖然體形高大，卻也有孩童般的特質。他胖嘟嘟的，沒有皺紋，有張天真的圓臉；頭頂上方禿了，周圍正好繞著一圈淺銀色的捲髮。他的眼睛與眼鏡框一樣是圓的，眼神友善，露出澄澈的藍。
我看起來一定很茫然，臉色蒼白。他跪在我身旁，抓起我的手腕。
「哎呀，哎呀，你這一跤跌得好嚴重。要是我剛……我剛剛不應該……脈搏有點快。嗯。」
我的小腿刺痛，於是伸手探進長褲膝蓋的破洞，伸出來時，手指沾了血。
「天啊，噢，天啊。是腿，是嗎？有沒有斷？你可以動動腳嗎？」我勉強扭動腳，那男人臉上顯露出他的寬心。

「謝天謝地，我絕對不會原諒自己的。好，你留在這裡，然後我……我只要拿……我馬上回來。」接著他人就走了。他的腳步優雅，踩在木片的鋸齒狀邊緣，然後快速跳上階梯。他的上半身沉著地前進，好像與腳下繁複的步伐沒有關聯。

我深呼吸，等候著他。

「我已經把水壺放上去煮了。」他回來時說。他拿著一個中規中矩的急救箱，上面有紅十字圖案。他拿出一罐消毒藥水與紗布。

「我一直說，有一天會有人在那個破房子裡受傷的，我已經備著這個工具箱好幾年了，有備無患，啊？天啊，天啊！」當他把刺痛的貼墊黏在我受傷的小腿上，他自己也痛苦地畏縮著身軀，「勇敢點，好嗎？」

「這裡有電嗎？」我問。

「電？這裡可是廢墟呢。」他看著我，顯得很驚訝，好像我摔成了腦震盪，神智不清了。

「我只是想到你說你把水壺放上去煮。」

「噢，我懂了！不是那樣！我有個野營用的火爐。我以前有個膳魔師牌的熱水瓶，不過，」他鼻子朝天扭轉，「從熱水瓶倒出來的茶不太像樣，對吧？嗨，痛得很厲害嗎？」

「有一點點痛。」

「你好勇敢。那一跤真是嚴重。喝茶吧。加檸檬跟糖好嗎？抱歉沒有牛奶。沒有電冰箱。」

「我想加檸檬。」

「好。嗯，我讓你舒服一點。雨已經停了，到外面喝茶好嗎？」他走到房子正面那個巨大、老舊的雙扉門，拉開門閂把門轉開。門發出的咯吱聲沒有想像中那麼大。我準備要站起來。

「別動！」

那個巨人輕快地朝我走回來，彎腰把我抱起來。我覺得自己被舉到半空中，安穩地被帶到屋外。他讓我側身坐在一個小時前我欣賞過的石雕黑貓背上。

「在這裡等著，我回來的時候就有好喝的茶！」他返回屋子裡。他寬闊的背沿著樓梯往上滑行，沒入迴廊的入口，接著消失在第三個房間。

「舒服嗎？」

我點點頭。

「好極了，」他笑得好像真的是好極了，「那麼，讓我們來自我介紹吧。我姓樂弗，全名是奧瑞利思．亞方思．樂弗。請叫我奧瑞利思。」他看著我。

「我叫瑪格麗特．李雅。」

「瑪格麗特，」他眉開眼笑，「很好，太好了。那麼，來吃東西吧。」

他在大黑貓的兩隻耳朵中間攤開一張餐巾，一個巾角一個巾角地攤開。餐巾中間是一塊黏稠的深色蛋糕，好大一塊。我咬了一口，這種寒冷的日子裡正需要這樣的蛋糕：又甜又辛辣的薑味蛋糕。這個我剛認識的男子將茶過濾，倒入精緻的瓷杯中。他遞給我一碗方糖，然後從胸前口袋取出一個藍絲絨的囊包，絲絨裡躺著一隻銀色的湯匙，柄上裝飾著一個天使造型的瘦長A字。我拿起湯匙，攪拌我的茶，然後還給他。

我吃喝之際，招待我的男人坐在第二隻貓上，在他寬廣的腰身下，石貓意外呈現出小貓咪的柔順模樣。他安靜地吃著，動作乾淨，表情認真。他也看著我吃，好像在擔心我是否喜歡這蛋糕。

「真好吃，」我說，「應該是自己家裡做的吧？」

兩隻貓間隔約十呎，我們必須稍微提高音量才能交談，也因此我們的對話就增加了一點戲劇的做作，好像在演戲似的。我們也的確有觀眾，雨後的光線中，樹林的邊緣正有隻鹿動也不動，好奇地打量我們；牠沒眨眼睛，留神四周，鼻孔抽動。牠發現我注意到牠的時候，也沒有奔跑的打算，反而決定要留下來，並不害怕。

我的同伴在餐巾上擦拭手指，然後甩甩餐巾，對折又對折。「你喜歡囉？是樂弗太太教我做的，我從小就一直做這款蛋糕。樂弗太太的廚藝傑出，真是很傑出的女性。當然她已經不在了，活到很大歲數才走，儘管我們一直希望她別走，不過那是不可能的。」

「我瞭解。」但我不確定我是否真的瞭解。樂弗太太是他的妻子嗎？可是他又說他從小就一直按照她的食譜做蛋糕。難道他是在說他媽？他怎麼會喊自己的母親樂弗太太呢？不過有兩件事情是確定的：他愛她，而她已經去世了。「我好遺憾。」我說。

他帶著難過的表情接受了我的弔慰，接著又展開笑顏。「不過，這就是紀念她最好的方式了，對不對？我是說做蛋糕。」

「當然。多久以前發生的？她走的時候？」

他想了想：「差不多二十年了，可是感覺好像不只二十年，或者不到二十年，看你要怎麼想這件事情。」

我點點頭，還是不明白。

我們無言地坐了一陣子。我朝著鹿苑看過去，樹林邊聚集了更多的鹿隻，牠們隨著陽光橫越長滿草的鹿苑。我腿上的刺痛已經消失，感覺好多了。

「告訴我……」我剛認識的朋友開口說話，我察覺到他必須鼓起勇氣才能提出他的問題，「你有母親嗎？」

我吃了一驚，我平常不太受人注意，幾乎沒人問過我私人的問題。

「你介意嗎？原諒我這麼問，不過——我要怎麼說呢？家人這種事情，是……是……不過要是你選擇不回答——對不起。」

「沒關係的，」我慢慢地說，「我不介意。」我是真的不介意。也許是因為我剛剛碰到了這一連串震驚事件，也許是因為這個奇異場景的影響吧，我覺得不管我在這裡對這男人說了什麼私事，都不會在這個世界上流傳，都會永遠與他一同留在此地，不會帶來後果。所以我回答：「有，我有母親。」

「有個母親！多麼……噢，多麼……」他的眼睛浮現奇異的強烈表情，不知是悲傷或渴望。「還有什麼比有母親更讓人開心的事情！」他喊道。這聲呼喊顯然是在請求我再多說一點有關母親的事。

「所以，你沒有母親？」我問。

奧瑞利思的臉立刻扭曲。「真傷心。我一直渴望有的，或者有一個父親，好完成我的心願，就算是擁有兄弟姊妹也好，一個真正屬於我的人。小時候，我曾經假裝過，我編造了一整個家族，好幾個世代的家人！你聽了會笑的！」他說話的時候，臉上沒有什麼讓我發笑的表情，「不過，真正的母親……一個真實、你知道的母親……當然，人人都有母親，是不是？我明白的。問題在於知不知道母親是誰，而我一直希望有一天……不過，這也不是完全不可能的事情，對吧？所以我從來沒有放棄過希望。」

「噢。」

「這是非常悲慘的事情，」他聳聳肩膀，想表現出無所謂的樣子，但是卻沒有成功，「我居然會想要有個母親。」

「樂弗先生——」

「請叫我奧瑞利思就好。」

「奧瑞利思，你要明白，就算有母親在身邊，事情也不會像你想像的那麼愉快呀。」

「啊？」我的話似乎擁有他意料之外的威力，他仔細瞧著我，「口角？」

「不完全是這樣。」

他皺起眉頭，「誤會？」

我搖搖頭。

「更嚴重？」他目瞪口呆，他看著天空，望著森林，尋找可能的問題，最後他在我的眼睛中尋找。

「祕密。」我告訴他。

「祕密！」他的眼睛張得渾圓，不解地搖搖頭，不曉得我在講什麼。「原諒我，」他最後說，「我不知道該怎麼幫你，我對於家人的事情知道的不多。我的愚昧比海洋還要寬廣。祕密的事情，我為你感到難過，我相信你的感覺是對的。」

他的眼神因同情而溫暖，他交給我一條摺疊整齊的白手帕。

「對不起，」我說，「一定是延後發作的驚嚇。」

「希望如此。」

等我擦乾了眼淚，他轉頭望著鹿苑。天空慢慢變暗，我順著他的凝視看見了一道白色閃光：是一隻鹿輕巧地躍進樹林尋找掩蔽時，淺色毛皮所映出的光芒。

「我感覺到門把在動的時候，」我告訴他，「我以為你是鬼，或者是骷髏。」

「一具骷髏！我！一具骷髏！」他咯咯笑起來，非常高興，整個身體好像因高興而搖擺。

「結果你居然是個巨人。」

「沒錯！巨人，」他擦擦眼睛，笑意消失，「你知道這裡鬧鬼？大家是這麼傳的。」

*我知道，我差點說出口，我見到她了。*不過，他指的當然不是我見到的鬼魂。「你有看過那個鬼嗎？」

「沒有，」他嘆氣道，「連個鬼影子都沒見到。」

我們沉默地坐著一會兒，各自思忖心中的鬼魂。

「天氣變冷了。」我發覺到。

「腳覺得沒事嗎？」

「我想沒事，」我從貓背上滑下來，將重心壓在腳上試試看，「沒錯，現在已經好多了。」

「太好了，太好了。」

我們在逐漸黯淡的光線中低聲交談。

「誰是樂弗太太啊？」

「收養我的女士，她給我她的姓，給我她的食譜，給我一切，說真的。」

我點點頭。

然後我拿起相機。「我該走了。我想在陽光完全消失之前，拍幾張禮拜堂的照片。非常感謝你請我喝茶。」

「再幾分鐘我也要走了。瑪格麗特，很高興夠認識你。你會再來嗎？」

「你不是真的住在這裡吧？」我懷疑地問。

他笑了，他的笑臉又黯淡又滿是甜意，就像剛才的蛋糕。

「老天保佑，不是的。我在那邊有個房子，」他朝著樹林方向一比，「我只是下午經常到這裡來，為了，嗯，就說為了來這裡沉思，好嗎？」

「他們馬上就要拆除這裡了，我想你知道這件事情吧？」

「我知道，」他心不在焉地撫著貓，「真是太可惜了，不是嗎？我會懷念這裡的。事實上，我聽見你聲音的時候，以為你跟那些人是一夥的，來勘測還是什麼的。不過，你不是。」

「不是，我不是來勘測的。我正在寫一本書，跟以前住在這裡的某個人有關。」

「安琪費爾德家的那幾個女兒？」

「對。」

奧瑞利思深思地點點頭，「是雙胞胎，你知道的，真是難以想像！」他的眼神飄向遠方。

「瑪格麗特，你以後會再來這裡嗎？」當我拿起提袋時，他問我。

「我會回來。」

他的手伸進口袋，掏出一張名片。奧瑞利思．樂弗，承包婚喪喜慶的傳統英式餐宴。他指著地址與電話，「你下次來的時候，一定要打電話給我。你一定要來我的小屋，我會好好為你泡壺茶。」

我們分開前，奧瑞利思握起我的手，很自然地按照傳統的舊式風俗輕拍，然後他魁偉的骨架優雅地沿著階梯寬廣的曲線滑行，隨手把厚重的門關上。

我慢慢沿著車道走向禮拜堂，心裡滿是這個剛才認識並結交為友的陌生人的影子。與陌生人為友不是我的為人。走過教堂門口的時候，我仔細思考，也許我才是陌生人。下午的奇遇，到底是我的想像，還是說自從認識溫特女士之後，我已經變了個人呢？

☙墓

時間拖得太久，光線不夠，不可能拍照了。因此我拿出筆記本，記錄我在墓地中的發現。安琪費爾德村是個古老的聚落，不過人口很少，墳墓不多。我找到了挖土約翰，墓碑上寫著奉召安返主的花園；還找到一名婦人瑪莎．唐恩，我主的忠實僕人，墓碑日期與我猜想的老嬤嬤生卒年月十分相近。我在筆記本上抄下名字、日期及碑文。有一個墳墓上擺著一束鮮豔橘色的菊花，我走近瞧瞧，想知道這位如此受人懷念的墓主是誰，上面寫著瓊恩．瑪莉．樂弗，永記在心。

儘管我留心查看，卻找不到安琪費爾德這個名字。不過我也不用傷腦筋，住在大宅邸的人當然不會埋在普通墳地裡，他們的墓碑一定更雄偉，上面雕刻著肖像，大理石板上刻著冗長的生平，而且墓碑是放在裡面，在聖堂裡。

禮拜堂陰沉沉的，年代久遠的窗戶——只是狹窄的淡綠色玻璃，龕在拱形的厚石框上——讓陰森的光線流瀉入內，微弱地照射在蒼白的石拱與石柱上，照射在黑色屋頂木與平滑磨亮的教堂座椅之間。眼睛適應裡面的光線後，我凝視著小聖堂裡的紀念碑石與紀念碑。幾個世紀以來，安琪費爾德家族的墓誌銘都在這裡，一行又一行饒舌的頌詞，奢侈地刻在昂貴的大理石上。改天我大概會回來細讀這些歷史久遠的刻文；不過今天我只要找幾個名字。

喬治．安琪費爾德逝世之後，這個家族的饒舌多話就畫下了句點。查理與伊莎貝爾似乎不會為了後代的紀念，而花上絲毫時間概述父親的一生。他的墓碑上簡單寫著：脫離世俗的哀傷，與主同在。伊莎貝爾在世間扮演的角色，則是用最老套的字眼總結：鍾愛的母親與妹妹，前往佳美之地。不過，我還是把碑文抄在筆記本上，並且很快地算了算，死時比我還年輕！她雖然不像她先生那麼悲劇性地早逝，仍然不是壽終正寢的年紀。

我差點就漏掉了查理的墓碑。我看過聖堂每個墓石之後，正準備要放棄的時候，我的眼睛終於勉強辨識到一塊深色小墓石。墓石這麼小，這麼暗，彷彿是故意不想讓人看見似的，或者，至少不會引人注目。上面雕刻的字母沒有貼金箔，因此字母的輪廓不太分明，無法以眼睛辨識，於是我伸手觸摸刻文，像盲人辨識點字，用我的指尖一個字一個字地辨別。

已前往晦暗的夜。

我們從此永隔。

沒有日期。

我忽然感到一陣寒意，我好奇到底是誰選擇了這些詞彙？是薇妲．溫特嗎？這些字眼背後是怎樣的心境？對我來說，措詞似乎還可以做別的解釋。那是喪失親人的悲痛嗎？或者是生還者以勝利的姿態對這個沒用的人告別呢？

離開禮拜堂，我緩步從鋪著砂礫的車道走到莊園大門，我覺得有人在我背後輕悄悄、飄飄然地監視我。奧瑞利思已經離開了，會是誰呢？是安琪費爾德家的鬼魂？是宅邸被火灼傷的眼？有可能只是一隻鹿，隱身於林木的陰暗處看著我。

「太可惜了，」那天晚上我父親在書店說，「你不能在家待久一點。」

「我現在已經在家了。」我抗議道，一面裝傻。但是我知道他講的是我母親，事實上，我無法忍受她那種空洞的愉快氣氛，也不能忍受她把屋子弄成那種樸實的無色狀態。我住在陰影中，與我的悲傷為友；然而，在我母親的房子裡，我知道她不歡迎我的憂傷。倘若她的女兒令人愉快又喜歡說話，而且活潑的個性能幫她排除她自己的恐懼，她會愛女兒的。事實上，她懼怕我的沉默寡言，我寧可離她遠遠的。「我沒時間，」我解釋，「溫特女士希望加快工作的腳步，況且現在離聖誕節只剩幾個星期了。我到時候會再回來。」

「對，」他說，「聖誕節快到了。」

他看來既難過又擔心，我知道是我造成的，而我很遺憾自己無法改變這個狀況。

「我先借幾本書，帶回溫特女士那裡，我在索引卡片上有標註。」

「沒關係的，不成問題。」

ꕥ ꕥ ꕥ

那天夜裡，有個東西壓著我的床邊，使我從睡夢中驚醒，瘦削的骨頭透過床單壓著我的肌肉。是她！終於來找我了！

我能做的只有睜開眼睛看她，但是恐懼讓我無法睜眼。她長得什麼樣子？像我嗎？又高又瘦，帶著深色眼睛？還是（我最怕的就是這個）她從墳墓裡直接蹦出來找我？我就要與自己相會了，多麼可怕的事情，與自己會合，要到哪裡去呢？

恐懼消散。

我醒過來了。

毛毯上擠壓我的力量消失了，那只是睡夢中虛構出的事情。我不知道我是鬆了一口氣，還是希望落了空。

我起床整理行李，在冬季拂曉的蒼涼中，前往火車站搭第一班北上列車。

過程

Middles

☙海瑟特的到來

我離開約克郡的時候，十一月天的氣息越來越濃烈；等我回去的時候，十一月快結束了，日子正往十二月直行。

十二月分害我頭疼，減縮我本來就很小的胃口，令我無法從閱讀上得到滿足，使我晚上睡不著，躺在十二月潮濕冷颼的漆黑之中醒著。我體內有個時鐘，自十二月一日開始滴答滴答走，計算著日期、小時與分鐘，倒數計時到某一天，也就是我生命開始又結束的週年紀念：我的生日。我不喜歡十二月。

今年這種不祥的預感，因為氣候的緣故更加強烈。陰沉的天色在房子上空徘徊鎮壓，讓我們籠罩在無止境的朦朧幽光中。我回去的時候，發現裘蒂絲急匆匆地在一間又一間的房間裡走來走去，把客房裡沒有使用的桌燈、落地燈與檯燈重新安置在藏書室、客廳、我的房間裡，驅走潛伏在每個角落、每張椅子下、窗簾褶層與墊襯中的陰暗。

溫特女士沒有過問我不在時的事情，也沒有告訴我任何有關她病情的發展。然而，我只不過離開幾天，她身體的衰退卻明顯可見。喀什米爾羊毛披肩看來鬆垮垮的，環繞她瘦弱的骨架；在她手指上的紅寶石與祖母綠戒指好像突然變大了，她的雙手好細好瘦。我離開前頭髮分線上已然可見的白線加寬了，朝著兩旁的頭髮發展，又將金屬般的髮色稀釋成較淺的橘色。儘管她的身體虛弱，但她似乎充滿了某種力量、某種精力，壓制著她的疾病與年邁，讓她強而有力。我一現身在房間，才剛坐下拿出筆記本，她已經開始講話，從她上次停止的地方開始接續故事，好像故事已經在她身上滿溢，不能再多等一刻了。

伊莎貝爾走了之後，村裡的人覺得應該為孩子們做點事。她們十三歲了，但還需要人照顧，需要女性的感化。是不是應該送她們到學校裡去？只是哪個學校肯接受像她們這樣的小孩呢？村民們發現學校這條路走不通，他們決定要聘請一位家庭女教師。

他們找到了一位家庭教師，叫作海瑟特．貝洛。名字不太好聽，人也不怎麼漂亮。

毛思禮醫生出面安排一切。查理緊抱著自己的憂傷，幾乎沒注意周遭發生的事情，而挖土約翰與老嬤嬤只是家僕，無人徵詢他們的意見。醫生找了安琪費爾德家的家庭律師羅麥克斯先生商量，他們兩人加上銀行經理的協助，把一切安排妥當。事情就這麼辦了。

我們無可奈何，只能順從安排，全都知道未來會有事情發生，各自懷著交雜的情緒。老嬤嬤的想法充滿了矛盾。她出於本能，對於這位將踏入宅邸的陌生人抱著懷疑的態度，這份懷疑裡還夾雜著恐懼，怕被人發現能力不足，因為她已經管家很多年了，清楚自己的侷限在哪裡。她又懷抱期盼，希望新來的人會徐徐灌輸孩子們紀律的觀念，讓這個家庭恢復正常與秩序。事實上，她強烈渴望過著安穩又秩序井然的家居生活。家庭教師還沒來，她就開始發號施令，好像我們是那種會聽話的孩子。不用說，我們才不會理她。

挖土約翰的想法比較一貫，他從頭到尾懷抱著敵意。他不像老嬤嬤一直在幻想情況會變得怎樣怎樣，他以冷酷、沉默來否決她心中已經生根的樂觀。「假如她是適當的那個人……」她總是這麼說，或者「說不定事情會變好……」他凝視廚房窗戶外，不願說話。醫生提議要他駕著篷頂馬車到車站迎接家庭教師的時候，他粗魯地回答：「我沒那個閒功夫，走半個郡的路去接那個該死的女老師。」醫生只好親自接送。自從發生了綠雕庭園的破壞事件之後，約翰就不一樣了，而家裡即將出現新的改變，更讓他經常一個人獨坐好幾個小時，鬱鬱不樂地思考著自己的不確定感，還有他對未來的擔憂。有了這個新來的人，意味著在這個已經多年無人嚴格看管與傾聽的家庭裡，將出現一雙新的眼睛，新的耳朵。習慣固守祕密的挖土約翰預見了麻煩的降臨。

我們每個人都有擔心的理由，也就是說，除了查理之外，每個人都感到畏懼。家庭教師抵達的那天，只有查理表現得跟平常無異。他關起門來不見蹤影，我們只能從搖搖晃晃的屋子裡傳出的雷鳴響聲，或者嘩啦嘩啦的聲音來得知他的行蹤。這些聲音我們早就習慣，甚至幾乎不去注意了。他為了伊莎貝爾通宵不眠，早就不知人間歲月，一個家庭教師的到來，對他是沒有意義的。

那天上午，我們在房子二樓前廳的一間房裡鬼混，這個房間可以說是間臥室，如果看得見垃圾堆底下那張床的話。妹妹愛蜜琳正以指甲慢慢磨斷窗簾繡圖的銀色繡花線，等她順利鬆開了一條線，她就偷偷把線頭放進口袋，準備等下藏到她床底下那堆零碎收集品裡。但是她的注意力被打斷了，有人來了，不管她知不知道那代表什麼，她已經感覺到瀰漫屋內的期待心情。

第一個聽見篷頂馬車聲音的是愛蜜琳。我們從窗戶看見那個新來的人下了車，輕快地把手掌拍兩下，拂平裙子上的縐摺，同時張望四周。她看看前門，看看左邊，看看右邊，接著看看上面，我趕快躲開。也許她以為我們只是光線造成的錯覺，或是微風吹進破窗掀動了窗簾。不管她看到什麼，都不可能看到我們。

但是我們見到她了。我們從愛蜜琳在窗簾上弄出的新破洞盯著她。我們不知道該怎麼想。海瑟特不高不矮，不胖不瘦，頭髮不是黃的也不是褐色，皮膚跟頭髮一樣顏色，外套、鞋子、洋裝、帽子，全都是不明顯的色調。她臉龐上的五官沒有特色，我們依然盯著她，盯著她直到眼睛發疼。她平凡的小臉蛋上每個毛孔都在發光，衣服與頭髮也發亮，行李裡有東西射出光熱，她整個人的周遭籠罩在一圈光輝之中。她像盞燈，某種原因讓她顯得非常不一樣。

我們不知道是什麼原因，我們從沒想過這樣的事情。

我們後來明白了。

海瑟特這個人是乾淨的，全身上下用力擦洗過，以肥皂清潔過、沖過，擦亮了，磨光了。

她對安琪費爾德莊園會有什麼感覺，想也知道。

她走進屋內約十五分鐘後，她要老嬤嬤叫我們下去，但我們不理不睬，等著看會發生什麼事。我們等著，等啊等，什麼事也沒發生。那是她第一次讓我們措手不及，當時要是我們早知道就好了。如果她不來找我們的話，那我們一切的躲藏技巧都派不上用場。我們在房間裡閒蕩，越來越無聊，於是儘管我們不願意，但是好奇心在心裡滋長，讓我們苦惱。我們開始留意樓下的聲響：挖土約翰的聲音，家具拖動的聲響，幾聲砰砰與敲打聲。然後，靜謐無聲。午餐時間，大人呼喊我們，我們沒有過去。六點時，老嬤嬤又再次叫我們：「孩子們，過來跟你們的新家庭教師一起吃晚餐。」我們繼續留在房間裡。沒有人過來，我們開始意識到新來的人是個要對付的狠角色。

稍後是一家子準備上床休息的聲音，樓梯上有腳步聲，老嬤嬤說：「小姐，希望你會舒服自在。」

接著是女家庭教師柔中帶剛的聲音說：「我一定會的，唐恩太太。謝謝你，麻煩你了。」

「貝洛小姐，關於女孩子們——」

「你別擔心她們，唐恩太太，她們沒事的。晚安。」

老嬤嬤謹慎地拖著腳下樓，之後鴉雀無聲。

夜幕落下，房子不見動靜，只有我們的聲音。老嬤嬤教導我們晚間是睡眠時間的努力已經失敗，就如同她所有的教訓一樣。我們不怕黑夜。我們在家庭教師的房門外傾聽，除了木板下面一隻老鼠微弱的刮擦聲之外，什麼也沒聽見。因此，我們繼續下樓，往食物儲藏間走去。

門鎖了。打從我們出生以來，那個門從來沒有鎖過，但是今晚鎖頭卻露出了剛上過油的痕跡。愛蜜琳耐心又茫然地等著門自己打開，就像她一向的等候作風，深信馬上就有麵包、奶油與果醬供她取用。

別擔心，老嬤嬤的圍裙口袋，就是放鑰匙的地方，鑰匙向來放在那裡：一圈生鏽、不能使用的鑰匙，全是這個宅邸上上下下的門、鎖、廚櫃的鑰匙。要胡亂試過幾回，才知道哪隻鑰匙是哪個鎖的。

口袋是空的。

愛蜜琳動了一下，恍恍惚惚地納悶怎麼要等這麼久。

家庭教師想要當一個真正的挑戰對手，但我們不會輕易讓她成功。我們偏要到外面去，村裡總有一間農舍可以弄到點心。

廚房的門把轉動了又停止。怎麼用力拉扯，怎麼抖動，就是打不開門。門用掛鎖鎖上了。

客廳的破窗已經用木板釘牢，餐廳的百葉窗板緊閉，只剩下另一個機會，我們走向大廳雄偉的雙扉門。愛蜜琳困惑地放輕腳步跟在後面，她餓了。這些門窗到底怎麼了？還要多久她才能把肚子填滿食物呢？一道月光映入，將大廳窗戶的有色玻璃染成了藍色，照亮了那個沉重又搆不著的巨大門閂。門閂已經上了潤滑油，滑入雙扉門上方的位置裡。

我們被鎖住了。

愛蜜琳說話了。「好吃的，好吃的。」她說。她餓了。愛蜜琳餓的時候，就必須立刻吃東西，就這麼簡單。但我們被困住了。愛蜜琳可憐的小腦袋瓜花了好長一段時間，終於瞭解到她無法獲得她渴望的食物。她的眼睛出現了迷惑的眼神，她張嘴痛哭。

她的哭喊聲沿著石階往上走，拐進了左邊的迴廊，又沿著另一段階梯往上攀升，溜進了新來的家庭教師臥室門底下。

另外一個聲響隨即出現，並不是老嬤嬤魯莽地拖著腳走路的聲音，而是海瑟特．貝洛輕快有節奏的步伐，輕盈又從容的卡嗒卡嗒卡嗒聲，走下一排階梯，沿著迴廊走到了廊台。

她還沒從廊台冒出來，我先趕快躲進長窗簾的褶層中。當時已經半夜了，她站在樓梯上方，小巧結實的身軀不胖也不瘦，架在一雙健壯的腿上，整個人的最上方是一張冷靜果斷的面容。她穿著藍色的睡衣，腰帶緊綁，頭髮梳理整齊，全世界的人看了都會以為她是坐著睡覺，準備迎接黎明。她的頭髮不濃密，黏貼在頭上，臉頰又圓又腫，鼻子又大又扁。她的相貌平庸，也可說是難看啦；但是海瑟特的平庸長相和其他的醜女不一樣：她能吸引人的目光。

愛蜜琳站在階梯底端，因為飢餓而啜泣，然而就在海瑟特得意洋洋出現的那一瞬間，她停止了哭泣，好像是得到了安慰。她目不轉睛，好像有座高高堆了蛋糕的糕點架出現在她的面前。

「真高興見到你，」海瑟特一面說，一面走下階梯，「好，你是誰呢？亞德琳還是愛蜜琳？」

愛蜜琳張著嘴沒說話。

「沒關係，」家庭教師說，「你想要吃晚餐嗎？還有你姊妹在哪裡啊？她也想吃東西嗎？」

「好吃的。」愛蜜琳說。我不知道她說那句話是因為「晚餐」兩個字，還是因為海瑟特的魔力。

海瑟特四周看看，尋找另一個雙胞胎。窗簾在她眼中只是窗簾，她粗略地看了一眼之後，全副注意力便轉移到愛蜜琳的身上。「跟我來。」她笑著說。她從藍色的口袋中拿出一把鑰匙，鑰匙是乾淨的銀藍色，擦拭得亮晶晶的，在藍色的光線下閃啊閃啊。

計謀成功。「亮亮。」愛蜜琳表示。愛蜜琳不明白鑰匙是什麼，也不曉得鑰匙能變出什麼魔法，她隨著鑰匙——海瑟特拿著鑰匙——往屋後走，穿過冰冷的迴廊走進廚房。

我在窗簾的褶層中，憤怒取代了飢餓帶來的痛苦。海瑟特跟她的鑰匙！愛蜜琳！就像是嬰兒推車事件重演。是因為愛，才會這樣。

那是第一天晚上，也是海瑟特的勝利。

我們純樸的家庭教師，並沒有變得像房子一樣骯髒，相反地，是她改變了房子。本來家裡只有幾道乾澀又蒙塵的光線，能夠勉強穿透汙穢的窗戶與厚重的窗簾，照進屋子裡，但這幾道光線彷彿老是照射在海瑟特的身上，她把光線召集到她身旁，然後朝著晦暗處反射回去。這些光線與她接觸後，恢復了光芒與活力，微光逐漸從海瑟特身上向外擴展到房子裡。第一天，只有她自己的房間受到了影響。她把窗簾拿下來丟進一桶肥皂水裡清洗，再將窗簾用木夾固定在晾衣繩上，陽光與和風喚醒了窗簾上以前不受注意的粉紅玫瑰、黃玫瑰圖案。窗簾還在外面晾著，她就用報紙及醋清潔玻璃，讓陽光穿透。當光線亮到讓她能夠看見自己在做什麼的時候，她把房間從地板到天花板用力擦洗。到了黃昏，她已經在四面牆壁之間創造了一個潔淨的小天堂。而那只是個起點。

她利用肥皂與漂白劑，憑藉著幹勁與決心，把衛生帶進了房子裡。世世代代以來，住在這個屋子裡的人活得糊里糊塗，視而不見，只忙著照顧自己卑鄙的欲念，其他什麼都不理會。海瑟特的到來如同春季大掃除。過去三十年間，房子裡的生活步調是由緩慢飄動的灰塵來測量，灰塵在偶爾出現的微弱陽光中慢慢飄。現在海瑟特的一雙小腳丈量出了分與秒，雞毛撢子強而有力嗖一聲揮動，塵埃一掃而空。

出現在清潔之後的是秩序，最先改變的是房子。我們新來的家庭教師把屋子徹徹底底巡視一趟，從一樓走到頂樓，在每一層樓都發出嘖嘖聲，緊蹙起眉頭。每個廚櫃或壁龕都難逃她的注意，她拿著鉛筆與筆記本，仔細檢查每個房間，記錄下潮濕的斑點與咯咯作響的窗戶，檢驗房門與地板是否嘎吱嘎吱作響，在老舊的鎖頭上試試看老舊的鑰匙，並且用籤條標示清楚。她隨手將房間鎖上，雖然這只不過是第一趟「察看」，也就是大翻修之前的準備階段，然而她改變了每個她進去過的房間：她把角落上堆放的毛毯摺好，整齊地放在椅子上；撿起一本書夾在腋下，準備待會放回藏書閣；拉直一片窗簾。所有的動作迅速而確實，又完全沒有絲毫的倉促感。彷彿她只要用目光環顧房間，房間裡的黑暗就會遠去，混亂就會開始羞愧地自我整理，鬼魂則敲打撤退的信號。就這樣，每個房間都「海瑟特化」了。

不過，閣樓讓她當場停下腳步，她的下巴快掉了，看著屋頂的破洞震驚不已。然而，即使是面對這樣的混亂，她也不屈不撓。她鎮定下來，緊咬雙唇，以更有朝氣的精力在紙上潦草塗寫。隔天來了一名建築工人，我們早就在村子裡認識他了：一個不慌不忙的傢伙，步伐不徐不急。講話的時候，他拉長母音的發音，好讓下一個子音出現之前，嘴巴可以休息一下。他手上同時有六、七個工程在做，但很少真正完成任何一個。他的時間都浪費在抽香菸上，要不然就是認命地搖頭審視手頭的工作。他以一貫無精打采的態度爬上我們的樓梯，但是他與海瑟特相處五分鐘之後，我們就聽見他的鎯頭聲音不絕於耳。她讓他動起來了。

過沒幾天，我們就三餐定時，上床、起床的時間也訂出來了。又過了幾天，我們的鞋子分為室內穿的乾淨鞋子和戶外穿的乾淨靴子。還有，絲綢洋裝洗乾淨、補好，改成合身的大小，妥善吊好，準備以後在盛裝場合穿著。日常穿的新衣服也出現了，由深藍與綠色的棉綢做成，上面有白色的腰帶與衣領。

在新的飲食起居制度之下，愛蜜琳茁壯生長。營養豐盛的餐點定時推出，在嚴密的監督下，她還可以把玩海瑟特閃亮亮的鑰匙。她甚至培養出對洗澡的熱愛。一開始她不肯洗澡，海瑟特與老嬤嬤脫下她的衣服，把她放進浴缸裡，她又喊又踢。後來見到鏡子裡的自己，見到自己乾乾淨淨的樣子，頭髮整齊地紮成辮子，上面綁著綠色的蝴蝶結，她咧開嘴笑了，又陷入另一場她個人的狂喜之中，她好喜歡自己閃閃發光。愛蜜琳只要在海瑟特面前，就偷偷研究她的臉，費心尋覓著一朵微笑。只要海瑟特一笑（海瑟特常笑的），愛蜜琳就會高興地凝視著她的臉龐。不久以後，愛蜜琳也學會了以微笑回應海瑟特。

家中其他成員的精神也越來越旺盛。醫生察看了老嬤嬤的眼睛，然後把老嬤嬤送去給專科醫生診治（她沿路抱怨）。等她回來時，視力恢復了。她見到這個家庭嶄新的整齊狀態，也覺得歡天喜地。以前那段灰色的歲月離她遠去，她恢復了飽滿的精神，與海瑟特合作打造美好的新生活。挖土約翰愁眉苦臉地遵守海瑟特的規定，陰鬱的眼睛總是堅決地避開她那雙能看穿萬事的機伶眼神。雖然如此，他也不能否定她的活力為這個家帶來了正面影響。他沒跟任何人說，自己就拿起大剪刀，在蓄意破壞事件之後首度走進綠雕庭園。在庭園裡面，他和大自然一同努力，去修復往昔遭受破壞的樹木。

查理受到的影響比較間接。他不管她，這樣對兩人來講也好。她只想把自己的工作做好，而她的工作就是我們，我們的心智、我們的身體、我們的靈魂，沒錯。可是我們的監護人並不在她的管轄範圍之內，所以她不去打擾他。她不想當故事裡的簡愛，他也不會成為羅徹斯特先生。他面對著她的活力，只好撤退到三樓以前的育嬰房，躲在一扇緊鎖的門後，與他的記憶在汙穢中一同潰爛。對他而言，「海瑟特效應」只限於他飲食的改善，以及有人用更堅決的作風管理他的財務，因為他的財務在老嬤嬤誠實但漏洞百出的管理下，一直被無恥的商人侵吞。家裡的改變所帶來的好處他都沒有注意到，就算他注意到了，恐怕也不在意。

不過，海瑟特的確控制住孩子們，不讓她們出現在他面前。要是他有想過這點，他就應該心存感激。在海瑟特的管理下，家裡不會有氣沖沖的鄰居跑來抱怨雙胞胎的惡行；他不需要跑到廚房吃老嬤嬤做的三明治。尤其重要的，他不必離開，一分鐘也不必離開他與伊莎貝爾一同居住的幻想國土，他可以和伊莎貝爾單獨在一塊，永遠在一塊。他失去了家裡的領土，卻得到了自由。他從不聽海瑟特說話，他從沒注意看她，他連一次也沒有想起過她。她讓人稱心滿意。

海瑟特全勝。這姑娘或許長得像一粒馬鈴薯，但是一旦她出手，什麼事都辦得到。

ʚ ʚ ʚ

溫特女士停下來，眼睛盯著房間的角落。她過去的故事在那裡主動向她呈現，比當下還真實，比我這個現場的人還要更真實。悲傷與苦惱在她的嘴角與眼睛忽隱忽現。我發現，其實只有一條非常細微薄弱的線條，把她和她自己的過去連結起來；我非常不願意破壞這個細微的連結，但又迫切希望她繼續說故事，不要停頓。

一直停頓著。

「那你呢？」我輕聲地提出問題，「你怎麼想？」

「我？」她面無表情地眨眨眼，「噢，我喜歡她，問題就在這裡。」

「問題？」

她又眨眨眼，在椅子上坐立難安，眼神機警起來，看著我。她切斷了那條線縷。

「我想今天講這些就夠了。你可以離開了。」

☙生命之盒

聽完了海瑟特的故事，我隨即回到我例行的工作程序。上午我聽了溫特女士說了她的故事，現在謄寫的時候，幾乎不需要參考我寫的筆記。回到房間之後，我備妥一大疊紙、十二枝鉛筆，還有值得信賴的削鉛筆機，把記下的故事抄寫在紙上。文字從鉛筆尖流到紙上，溫特女士的聲音猶如在耳；稍後，當我大聲朗讀寫好的文字，我覺得自己的臉正在自動重組成她的表情。我的左手起起落落，模仿她強而有力的手勢，而右手如同殘廢一樣放在膝頭上。文字在我腦中轉變成畫面，海瑟特，乾淨又整齊，散發著銀色的微光，全身上下散射的光圈不停擴增，先是圍住了她的房間，接著是房子，然後是裡面住的人。老嬤嬤本來遲緩地生活在黑暗中，後來變得目光犀利，生氣勃勃。還有愛蜜琳，在海瑟特閃耀光環的迷惑下，讓自己從一個汙穢、營養不良的懶散孩子，變成愛乾淨、溫柔、胖嘟嘟的小女孩。海瑟特的光芒甚至投射到綠雕庭園裡，照耀到紫杉荒蕪的枝幹，重新生長出清新鮮綠的新枝。當然還有查理，他在這光圈外的漆黑中笨拙移動，只聞其聲，不見其人。還有挖土約翰，名字怪里怪氣的園丁，他在光圈的邊緣擔憂，不甘願被拖引到光芒中央。還有亞德琳，那個神祕、心思黑邪的亞德琳。

每次寫傳記的時候，我都會整理一盒索引卡，我稱之為生命之盒，上面寫著傳主生命中所有重要人物的資料，包括姓名、職業、日期、居住地和其他相關的訊息。我從來沒有完全想清楚該怎麼看待這個生命之盒。依照我的心情，我有時覺得它們是取悅死者的紀念物（「瞧！」我想像他們透過玻璃蓋凝視我的時候是這麼說，「她把我們寫在她的卡片上面！想想看，我們已經死了兩百年啦！」）；或者，有時玻璃蓋看起來變得很暗，或者我覺得寫作不順利，獨自一人卡在玻璃蓋的外面，那麼索引卡就像是硬紙做成的墓碑，毫無生氣又冷冰冰，盒子本身則像是墓地一樣死沉。溫特女士的生命史裡面，角色人數非常少，我拿著索引卡洗牌的時候，稀疏、脆薄的索引卡讓我有點氣餒。我一直在聽故事，但是就資料而言，還是不太夠。

我拿了張空白的卡片開始寫字。

海瑟特・貝洛

女家庭教師

安琪費爾德莊園

生年：？

卒年：？

我停下來思考，用手指算了算。兩個女孩子當時只有十三歲，而且海瑟特年紀也不大，卻擁有那全副的膽量。她年紀不可能太大。有三十嗎？要是她只有二十五歲呢？只比女孩子們大個十二歲……有可能嗎？我不知道。溫特女士是七十來歲的垂死之人，但是，那不必然表示一個比她年長的人已經去世了。這樣的機會有多大？

只有一件事要辦。

我在卡片上加了另一條筆記，同時劃上線。

找出她。

是不是因為我想要找出海瑟特，所以那天晚上才夢見她？

一個相貌平凡的身影，穿著睡衣，腰帶整齊繫好，站在廊台上，搖晃著頭，對著殘留有火痕的牆壁、凹凸不平的破裂地板、沿石階蜿蜒而上的長春藤抿嘴。在這一片混亂中，挨近她身旁的事物是多麼光亮，多麼平滑啊。我走近她，像是飛蛾受到她的亮光吸引。可是等我進到她那魔幻吸引之內，什麼都沒有發生，我依然處於漆黑之中。海瑟特伶俐的目光四處探看，敏銳觀察一切事物，然後把視線停留在我身後的人影上，那是我的孿生妹妹，至少我在夢中是這麼認為的。然而，她的眼睛越過我，視而不見。

我清醒過來，身旁有一層熟悉的熱氣，我回想夢裡的影像，想探究我恐懼的源頭。海瑟特本身不可怕，她的眼神平滑地移轉，經過我的臉龐，看穿我的面孔，這點沒有讓我膽怯。我之所以在床上發抖，並不是因為*我在夢中看見的景象*，而是因為*我在夢中的角色*。海瑟特沒有看見我，那一定是因為我是個鬼；假如我是鬼的話，那麼我一定已經死了。不會有其他的解釋了。

我走進浴室沖走恐懼。我不敢看鏡子，只好看著水中的雙手，但是這個畫面更讓我毛骨悚然。這雙手存在這裡的同時，我知道它們也在另一端存在，而它們在另一端是死的。而看見這雙手的眼睛，我的眼睛，在那另一處也是死的。至於我的心，想著這些念頭的心，不也是死的嗎？一陣恐懼占據了我，我是怎樣奇異的人呢？這是什麼樣可惡的造物者，會讓一個人在出生前就分裂存在於兩個身體上，接著殺死其中一個呢？留下來的我，又算是什麼呢？在白天，我被流放在活人的世界裡半死半活；在黑夜，我的靈魂在無人紀念的虛無地帶，努力想接近它的孿生靈魂。

我點燃爐火，泡了熱可可，然後裹在睡袍與毛毯中寫信給父親。書店好不好，母親好不好，他好不好；還有，我想找某人，該怎麼找？現實世界裡有私家偵探的存在嗎？還是只是故事裡才有？我把我知道的海瑟特告訴他，憑著這麼一丁點的訊息，可以展開搜查活動嗎？有沒有私家偵探肯接手呢？如果沒有，還有誰可以做呢？

我重讀一次信，內容輕快聰慧，完全沒有透露出我的恐懼。天快亮了，我不再顫抖了。再過不久，裘蒂絲就要端著早餐到來。

☙ 躲在紫杉後的小眼睛

只要家庭教師全力以赴，什麼事情她都辦得到。

一開始看來是這樣。

但是一段時間過去之後，真正的問題開始浮現。首先是她與老嬤嬤的爭吵。家庭教師整理清掃過房間，並且隨手上鎖之後，她發現房門又被打開了，因此覺得惱怒。她把老嬤嬤叫過來。「房間沒有在用的時候，」她問，「為什麼要把門打開？這樣子的話，女孩子們會隨便跑進去，把原本整齊的地方弄成一團亂。這樣豈不是會增加你我額外的負擔嗎？」

老嬤嬤沒有表示異議，海瑟特非常滿意。但是一個星期過後，又來了，她發現應當鎖上的門卻敞開著，於是皺著眉頭又找了老嬤嬤過來。這次她不會接受含糊的承諾，決定要把事情講清楚。

「空氣的關係，」老嬤嬤解釋，「房子裡面沒有空氣流動，會變得太潮濕。」

海瑟特用簡明的措辭，給老嬤嬤上了一堂有關氣流與濕氣的扼要課程，然後打發她走開，並且確信這回問題已經解決了。

一個星期之後，她又注意到門沒上鎖。這回她沒有叫老嬤嬤過來，卻是開始思考這件事，鎖門的問題比表面所見的還要嚴重。她決定要觀察老嬤嬤，暗地觀察找出背後的問題。

第二個問題是挖土約翰。她知道挖土約翰對她存有疑慮，但她並不生氣。她在這個家裡是個陌生人，她必須證明她在這裡是為了大家好，不是來製造麻煩的。她相信總有一天她會贏得他的認可。儘管他好像習慣了她的存在，但他的疑心卻沒有這麼容易消退，而且他的疑心後來激化成其他的東西。那天她為了某件稀鬆平常的事找他討論，她在我們的庭院裡看見（她堅稱自己有看見）一個應當在學校上課的村裡小孩。「那小孩是誰？」她想知道，「孩子的父母是誰？」

「跟我無關。」約翰告訴她，無禮的態度讓她措手不及。

「我不是說跟你有關，」她冷靜地回答，「不過那個孩子應該在學校裡上課，我相信你也同意我的看法。只要你跟我講那孩子是誰，我會去跟他父母、學校老師談談。」

挖土約翰聳聳肩，準備離開。但她才不會被這種敷衍的態度打發，她飛奔繞過他，站在他的面前，重複她的要求。誰規定她不能這樣做？她的請求完全合理，而且她請求的方式客客氣氣，這男人能有什麼理由回絕她？

但是他回絕了，「村裡的孩子不會過來這邊。」這是他唯一的回答。

「那個孩子跑過來了。」她繼續堅持。

「他們怕這裡，躲得遠遠的。」

「太荒謬了。他們為什麼怕這裡？那孩子戴著寬邊的帽子，穿著一條男裝長褲，褲管改短。外表很容易辨認的，你一定知道是誰。」

「我沒見過這樣的孩子。」約翰輕蔑地回答，而且又要走開。

海瑟特非常固執，「你一定見過他。」

「小姐，需要某種心智才能看見不存在的東西。我呢，我是個實際的人，見不到的東西我就見不到。如果我是你的話，小姐，我也會這麼做。日安。」

說完話他就離開了，這次海瑟特沒有擋住他的去路，只是站著，不解地搖頭，一面納悶究竟是什麼原因讓他昏了頭。安琪費爾德莊園看來是個充滿謎題的宅邸。儘管如此，她最喜愛的就是運用腦力，她要弄清事情的真相。

海瑟特具有非凡的洞察力與智慧。不過，她不曉得自己在對抗什麼東西，所以她的洞察力與智慧也這樣被抵銷了。比方說吧，她有個習慣，她會暫時離開雙胞胎，讓她們自己玩自己的，她則在別的地方處理自己的事情。一開始，她先密切監管雙胞胎，評估她們的情緒，估量她們的疲勞程度、用餐時間的間隔、她們體力與休息的模式。如果她的分析結果顯示雙胞胎會安靜一個小時，自己在屋裡面晃蕩，她就會任由她們無人看顧。有次在這種情況下，她心裡打著其他主意：醫生已經到了門口，她想要跟他說幾句不尋常的話，幾句祕密的話。

愚蠢的海瑟特，有孩子在的地方就守不住祕密。

她在前門迎接他，「天氣不錯，我們到庭院走走好嗎？」

他們動身往綠雕庭園走去，沒有發現已經被人跟蹤了。

「你創造了奇蹟啊，貝洛小姐，」醫生先開口，「愛蜜琳換了個人似的。」

「沒有。」海瑟特說。

「有，我跟你保證，這已經超過我的期待了，我非常欽佩。」

海瑟特低下頭，把身體轉開一點。他以為她這樣是代表害羞，因此一言不發，以為他的誇讚讓她不知所措。在家庭教師恢復鎮靜的期間，幸好有新修剪過的紫杉讓他欣賞；也幸好他專心欣賞著紫杉樹的幾何線條，否則他可能無意發現到她扭曲的表情，從而察覺他自己其實誤會她的意思了。

她那聲「沒有」代表著抗議，絕不是醫生誤認的嬌柔傻笑。那句抗議是直接了當地陳述一項事實。愛蜜琳當然變了，有海瑟特在，她怎麼可能不改變呢？這才不是奇蹟的關係。這也才是她那聲「沒有」的真正意思。

然而，醫生評語中的高傲態度並沒有讓她驚訝。在當時的環境中，人們不可能在女家庭教師身上尋找天才的徵兆。不過，我依舊認為她是失望的；她以為醫生是安琪費爾德村裡可能會瞭解她的人，然而他並不瞭解她。

她轉身面對醫生，發現他背對著她。他站著，雙手放在口袋裡，拉直肩線，朝上看著紫杉與天空交際之處。他整齊的頭髮漸漸灰白，頭頂上方有個直徑一吋半、正圓形的粉紅色頭皮。

「約翰正在修補雙胞胎以前造成的破壞。」海瑟特說。

「為什麼她們要破壞？」

「愛蜜琳這邊的問題很容易回答，是亞德琳慫恿她做的。至於為什麼亞德琳會這樣做，就是個更難解的問題。我懷疑她曉不曉得自己在幹什麼。大部分的時候，她的行為好像是被無意識的衝動支配著。不管怎樣，那次破壞害得約翰消沉了很久，他的家族已經照顧這個庭院好幾代了。」

「冷酷無情，這些小孩做出的事情真不像話。」

她又做了個鬼臉，醫生沒有看見，顯然他對小孩子知道的不多。「的確是冷酷無情，不過小孩子總有可能做出殘暴的行為，只是我們不願意承認他們天性是這樣。」

兩人慢慢走到樹雕之間，一面欣賞紫杉，一面談論海瑟特的工作。有個小間諜跟著他們，藏在一株又一株的紫杉樹保護之中，遠遠躲在安全的距離外，卻又一直保持在聽力可及的範圍內。他們往左走，往右走，有時候轉身往回；這是場角度遊戲，一段精巧的舞蹈。

「貝洛小姐，我想，你在愛蜜琳身上努力所獲得的成效，應該很滿意吧？」

「是，再照顧她一年左右，我相信愛蜜琳就可以永久擺脫蠻橫的習性，永遠轉變為一個甜美的女孩，知道怎樣展現出最好的一面。她不算聰明，但我依然相信有一天她會與她姊姊分開，過著滿意的生活。也許她還會結婚，天下的男人都不想在妻子身上找到智慧。況且，愛蜜琳溫柔可人。」

「很好，很好。」

「亞德琳的話，就完全是另外一回事了。」

他們停下腳步，站在一個枝葉茂盛的方尖塔樹雕旁，樹雕側邊有道朝上的劈斬痕跡。家庭教師凝視裡面的褐色樹枝，觸碰一根新發的嫩枝，上頭青綠色的葉子從古老的木幹向陽生長。她嘆了一口氣。

「亞德琳讓我百思不解，毛思禮醫生。我想請教你在醫學方面的見地。」

醫生謙恭地略為欠身，「我一定幫忙，你為什麼煩惱？」

「我從來沒有見過這麼讓人不解的孩子，」她停頓一下，「原諒我的慢吞吞，但是我在她身上注意到的奇異行為，無法以三言兩語說明。」

「那麼你慢慢說，我不趕時間。」

醫生指指一張低矮的長椅，椅子後面是一道拱門，由一片黃楊木塑型出來的，有著精巧的花飾；拱門的形狀，像是精美床架上常見的床頭板。他們坐定，發現自己正對著庭園中最大的幾何圖案。「你瞧，十二面體。」

海瑟特沒理會他的評語，開始解釋起來。

「亞德琳這孩子充滿敵意，性好挑釁。我出現在這個家裡，讓她感到憤怒，她抵抗我努力建立的秩序。她用餐不定時，幾乎要等到餓壞了才願意進食，每次卻只吃一兩口。她得被人強逼才肯洗澡，而且她雖然瘦弱，還是要兩個人的力氣才能把她壓進洗澡水裡。我盡量對她表現親切，只換得她的冷眼相對。她似乎沒辦法表露人類的正常情感。我坦白告訴你吧，毛思禮醫生，我一直懷疑她是否具有感情，能夠讓她展現正常的人性。」

「她聰明嗎？」

「她詭計多端，狡猾刁鑽。不過，除了她自己想要、渴望、有興趣的事物以外，其他事情都不能激起她的興致。」

「上課呢？」

「你也明白，要教導像這樣的女孩子，上課的內容必須與一般孩子不同。我不教算數，不教拉丁文，不教地理。儘管如此，為了維持秩序與日常生活規律，她們還是得一天兩次、一次上兩個小時的課。我用說故事的方法教育她們。」

「她能理解這些課程嗎？」

「要是我知道就好了！她非常粗野，毛思禮醫生，要用欺騙的方式才能讓她待在房間裡，有時我必須請約翰強押她過來。她用盡一切方法抵抗，不斷揮動手臂，或者緊繃整個身體。要把她拖進房子裡，真不容易；要讓她坐在書桌前面，幾乎是不可能的，有時候約翰不得已，只好讓她賴在地板上。上課的時候她也不看我，也不聽我說話，反而是躲在自己的內心世界裡。」

醫生仔細聆聽，點點頭。「這個案例不容易解決，她的行為讓你更焦慮，你擔心你在她身上努力的結果，可能不如她妹妹那麼成功。然而，」他露出迷人的笑容，「貝洛小姐，如果我還搞不懂你為什麼要替她操心，那請你原諒我；其實呢，她的行為與心理狀態，你說明起來比很多醫科學生還要更清楚，更有條理呢。」

她平視著他，「我還沒有講到令我困擾的事情。」

「噢。」

「要對付亞德琳這種孩子，過去已經發展出很多有效的教學法，我自己也有些獨門祕方覺得可以適用，也準備斷然施行，但是……」

海瑟特吞吞吐吐，醫生這次夠聰明了，等她說下去。她再度開口的時候，說得非常慢，而且字字斟酌。

「亞德琳好像包圍在一層薄霧裡面，這層薄霧不但讓她與他人隔離，而且也與她的本性隔離。有時候這層霧比較稀薄，有時候這層薄霧會消散，於是亞德琳會出現另一副樣貌。接著薄霧重返，她又變回老樣子了。」

海瑟特看著醫生，觀察他的反應。他眉頭深鎖，眉頭上髮線後退的地方，露出平滑紅嫩的頭皮。

「最近，她表現得怎麼樣？」

「外表上看不太出來。有好幾個星期我都沒有察覺到這情況，等到發現這種情況出現，我又等了一段時間，等到確定了才來找你談。」

「我明白。」

「一開始是她的呼吸，她的呼吸有時候會改變，我也知道她雖然假裝是躲在自己的世界裡，但是她其實有在聽我說話。還有她的手——」

「她的手？」

「通常她的手臂一直是展開的，而且很緊繃，就像這樣，」海瑟特示範給醫生看，「但是，有時候她的手很放鬆，就像這樣，」她把手指肌肉放鬆，變得柔軟，「可能是她與故事接觸，引發了興趣，就鬆懈了防備，所以會放鬆肌肉，不再表現出藐視和排斥。我輔導過很多難以相處的孩子，毛思禮醫生，我有很多專業知識，根據我的觀察，我可以說，儘管困難重重，她逐漸受到感化而改變。」

醫生沒有立即回答，反而仔細思忖；海瑟特似乎很滿意他的專注。

「這些徵兆的出現有沒有什麼模式？」
「到現在為止我不太確定……不過……」
他偏著頭，鼓勵她說下去。
「或者沒什麼大不了，但是有的小說……」
「小說？」
「比方說《簡愛》，我花了幾天的時間，把這個故事濃縮起來講給她們聽，我注意到她真的改變了；還有狄更斯的小說也會產生同樣的效果。歷史故事和寓言就沒有效果。」
醫生皺眉，「一直都是這樣嗎？只要一朗讀《簡愛》，就一定可以引發你剛剛描述的變化嗎？」
「沒有，難就難在這裡。」
「嗯，那你打算怎麼辦？」
「有些教學方法可以控制住像亞德琳這種自私、抵抗性頑強的孩子，現在施加嚴格的管教，可以讓她未來免於牢獄之災。但是這種管教方式，加上嚴格的生活作息，並且不讓她受到太多刺激，很容易傷害到——」
「傷害到我們透過薄霧缺口看見的那個孩子？」
「確實如此。事實上，對那個孩子來說，這是最糟的狀況。」
「這樣的話，那個孩子，那個薄霧中的少女，你覺得她以後會怎樣？」
「還言之過早。現在只能說，我不希望她受到忽略。誰知道她會變成什麼樣子呢？」
他們坐著沒講話，凝視著對面枝葉茂密的幾何圖形，盤算海瑟特提出的問題。同時，他們不知道的是，那個問題本身現在正穩穩藏身在樹雕中，從樹枝的縫隙中盯著他們瞧。

最後醫生開口：「我不知道有哪種醫學病狀，會造成近似你所描述的那種心理作用。不過，也許是我個人的無知，」他等著她提出反對，但是她沒說話，「哦，哦，最實際的做法是，讓我給那孩子做一次徹底的檢查，確定她的整體健康狀態，包括身心兩方面。一開始先這樣。」

「我就是這樣想，」海瑟特回答，「那麼，」她在口袋裡翻找，「這是我的筆記。你可以讀到我的觀察和敘述，連同一些初步的分析。也許你替她做完健康檢查過後，可以多停留半個小時，把你初步的看法告訴我，我們來決定下一個適當的步驟。」

他略帶訝異望著她，她已經超越了家庭教師的身分，言談間猶如是與他平起平坐的專家！

海瑟特也發現了自己表現失當。

她心裡起了疑慮。她能退卻嗎？還來得及嗎？她下定決心，一不做，二不休。「這不是十二面體，」她俏皮地告訴他，「是四面體。」

醫生從長椅上站起來，往樹雕走去。一，二，三，四……一面數，他的嘴唇在蠕動。

我心跳快停了。他會繞過樹木，繼續清點樹雕的平面與角錐形狀嗎？他會被我絆倒嗎？

但是他數到六就停了，他知道她是對的。

接下來有一瞬間，氣氛很怪，兩人只是看著對方。他的表情變化不定，這女人是誰？憑什麼她用這樣的態度跟他說話？她不過是個矮胖、臉龐像馬鈴薯的鄉下家庭老師，不是嗎？

她看著他也沒講話，他臉上閃爍不定的表情變化讓她怔住了。

世界的軸心好像偏斜掉了，他們尷尬地把視線由彼此臉上移開。

「健康檢查。」海瑟特先開口。

「星期三下午，好嗎？」醫生建議。

「就星期三下午。」

世界的軸心回到原本正常的角度。

他們回頭朝屋子走，在小徑轉彎之處，醫生告退。

在紫杉後面，小間諜疑惑地咬著手指。

☙五個音符

疲倦像一條材質粗糙的面紗，摩擦著我的雙眼，我的注意力薄如紙張。我已經工作了整個白天和大半個晚上，可是我現在不敢上床睡覺。

是我的注意力在跟我惡作劇嗎？我聽見一段旋律，唔，不成調的旋律，只是五個沒有意義的音符。我打開窗戶，沒錯，絕對有聲音從花園傳過來。

文字我會解讀，只要給我一段撕下來或殘破的文章片段，我便能推敲出必然的前後文。就算不能推敲出前因後果，至少我可以把可能的答案範圍限縮到最小。但是音樂不是我的強項。這五個音符是某首搖籃曲的開頭嗎？還是漸漸變弱的哀歌尾聲呢？分辨不出來。這些音符沒有頭尾當依據，又沒有位在旋律中的適當位置，不管它們是怎麼串在一塊的，總是有不太穩的感覺。每當第一個音符響起，接下來一定是短暫的焦慮瞬間，因為它想要確定同伴們是否還存在，它不知道同伴們是否已經飄流而逝、永不再來、隨風吹散。後面幾個音符的情況也一樣。而第五個音符呢，它也沒有堅定的感覺，只是覺得彷彿這組音符是胡亂湊出來的，它們之間的連繫非常薄弱，這種薄弱的連繫遲早會斷裂，曲調也告消失，最後這個空洞的片段也會永遠消逝，如同冬季樹上最後的葉子，消散在空中。

我用意識呼喊這些音符出來演奏，但它們卻頑強不出聲；當我沒在想它們的時候，它們又從不知名的地方傳來。晚上我沉迷在工作中，有時發現這些音符已經在我心底重複了一段時間。或者當我在床上，在夢境與清醒之間飄流，我也能聽見它們在遠處對我唱著模糊、無意義的歌曲。

但是，我現在確實聽見了。一開始只有單一的音符，其他夥伴的聲音被敲打窗戶的雨水聲淹沒。沒事，我告訴自己，準備回去睡覺。接下來，在暴風雨的短暫歇息片刻，三個音符從水中浮升。

三更半夜，夜色漆黑，唯有藉著雨聲我才能想像花園的景象：敲擊樂是窗戶上的雨，雜亂無章的清柔啼哭是初落草地的雨，涓涓流動聲則是雨水沿著檐槽流到排水溝。滴——滴——滴，水葉滴雨由樹落到地面。在這些聲音之後、之下、之間——除非我發瘋或是作夢——傳來了五個音符，啦——啦——啦——啦——啦。

我套上靴子，穿了件外套，往外走進這一片黑暗中。

伸手不見五指。除了靴子在草地上發出的嘎吱聲，其他聲音都聽不見。接著，我清楚聽見一縷聲音，一個不成調的刺耳聲音，不是樂器，而是無調、難聽的人聲。

我追蹤著這些音符，慢慢前進，走走停停。我沿著狹長的花壇走下去，轉入有一片池塘的花園——至少我以為自己走到了那裡。接下來我弄錯了方向，跌跌撞撞走過我以為應該是條小徑的軟泥，最後我並沒有抵達我預期的紫杉樹那裡，反而身在一片及膝的灌木中，灌木的刺勾住了我的衣服。現在我已經放棄認路了，僅僅靠著耳朵分辨方向，靠著如亞里雅妮之線[1]般的音符指點迷津，穿越了我已經放棄辨識的迷宮。每隔一段不規律的時間，我就會聽見那個聲響；每次聽見的時候我就朝著聲音前進，直到寂靜阻擋我的去路，我才停下來，等待下一條線索。我在黑暗中踉蹌跟隨聲音，到底有多久呢？十五分鐘？半個小時？我只知道那段時間結束之後，我發現自己回到原本走出房子的那扇門前，我已經繞了——或者被人帶著走了——一整圈。

這是最後、最後的寂靜。音符已經消失，雨水取而代之，又開始滴落。

我沒有進屋，反而坐在長椅上，把頭撐在臂膀上，感到雨水輕拍我的背，我的頸，我的髮。

我開始感覺到，在花園到處追趕虛幻飄邈的東西，真是愚蠢的行為，我快要說服自己剛才聽到的只是想像的產物了，於是我把思緒轉向其他方向。我想到父親不曉得什麼時候會回信告訴我要怎麼尋找海瑟特；想到安琪費爾德莊園，我皺起眉頭：莊園拆除以後，奧瑞利思該怎麼辦呢？想到安琪費爾德莊園就讓我想起那個鬼，又讓我想起了我自己的鬼，想起我為她拍的照片，在一片白色朦朧中沒有顯現影像。我決定了，明天要打電話給我母親。但這個決定也沒什麼大不了，三更半夜的決定，說不準的。

接著，我的背脊發出警報。

有人在這裡，現在，在我旁邊。

我猛然跳起來，環看四周。

漆黑一片，什麼也看不見，看不見人。所有的東西，就連高聳的橡木，都被吞沒在漆黑中，世界縮小成一對眼睛，盯著我與我狂亂激切的心。

不是溫特女士。她不在這裡，不是現在。

那是誰？

我還沒碰到它之前我就有感覺了。那種觸碰在我身旁，來了又去。

是貓咪，牠名叫「影子」。

牠輕輕推我，用另一邊的臉頰磨蹭著我，喵喵一聲，有點吞吞吐吐地宣布牠的到來。我伸手撫摸牠，努力讓自己的心臟找回節律。貓咪嗚嗚地叫。

「你渾身溼透了，」我跟牠說，「來吧，小傻蛋，今晚不適合出門的。」

牠跟著我走進房間，我把頭髮用毛巾包住，牠自己舔乾身體，然後我們雙雙在床上睡著了。就這麼一次，我的夢境離我遠遠的，也許是小貓咪保護著我。

隔天天氣陰沉陰暗。結束例行的談話之後，我獨自到花園散步。時間剛過正午，光線幽暗，我想追查昨晚深夜我走過的路徑。一開始非常簡單：沿著狹長的花壇走下去，轉入有著池塘的花園，

1　亞里雅妮之線（Ariane's thread），源自於希臘神話故事。傳說中，雅典每年需進貢七對童男童女給囚禁在克里特島迷宮中的牛首怪物米諾陶（Minotaur）作為食物。有一年，雅典王子忒修斯（Theseus）自願前往迷宮，而克里特島公主亞里雅妮則對王子一見鍾情，因此給他一個線球，讓他拿著線頭走入迷宮，殺死怪物之後，得以循線返回。

但是之後我就迷了路，雖然記得我走過一片花圃的濕軟泥地，但是現在眼目所及每個花圃與花壇都整齊耙平，井然有序。不過我還是隨便猜了幾個可能性，隨機做了一兩個決定，大概走了一圈昨晚溜達的路線。

我找不到有什麼異常之處，除非把遇到莫理斯算進去。就這麼一次，他主動開口跟我說話。他跪在一塊翻鬆的土前，手上做著清理、鋪平、放正等工作。他感覺到我走到他身後的草地上，於是抬眼一看。「該死的狐狸。」他咆哮說，然後回頭繼續工作。

我回到屋子裡，開始謄寫我上午會談的筆記。

實驗

健康檢查的那天，毛思禮醫生出現了。查理如往常一樣沒有出面招呼客人，海瑟特以她一貫的方式告知查理醫生要來（一封留在他房間外面托盤上的信），查理沒有回應，於是她認為他對這件事沒有興趣。她的想法非常正確。

病人心情乖戾，卻沒有反抗。她任人把她帶進來做檢查，任憑他人對她又戳又刺。她不肯張嘴吐舌，但是至少當醫生把手指伸進她嘴裡，分開她的上下顎往裡頭仔細查看的時候，她沒有咬他。她的目光沒有看著他，也不看他的器具，彷彿他和他的檢查動作都不存在。不管怎麼誘導她，她一個字也不說。

毛思禮醫生發現這位病患體重過輕，身上有蝨子，除此之外，各方面的健康狀態良好。她的精神狀態比較難定論。這孩子是否如挖土約翰所暗示的心智不足呢？或者這個女孩的偏差行為是因為親代的忽視與缺乏教養所造成的呢？這是老嬤嬤的觀點，至少在公開場合裡，她總是傾向寬恕這對雙胞胎。

而醫生在檢查這個粗野的女孩時，心中的意見不只有這些。前個夜晚，他在自家中叼著菸斗，手擱在壁爐上，嘴裡念念有詞地分析這個病例（他喜歡讓他的妻子聽他說話，這樣可以訓練他的口才更加流利），列舉他聽聞的惡劣行為：從村民的農舍偷東西，破壞綠雕庭園，動輒施加暴力在愛蜜琳身上，喜歡玩火柴。他一直在思索可能的解釋，而後他妻子溫柔的聲音打斷了他：「你該不會以為她基本上就是個壞孩子吧？」

突然被人插嘴，讓他一時驚訝地無法回答。

「只是個聯想啦。」她說，同時揮揮手，似乎剛才自己講的話不算數。她的語氣雖然溫和，但重點是她竟敢開口，光是這樣就足以讓她的話聽起來尖銳。

接下來還有海瑟特。

「你一定要記住，」海瑟特告訴過他，「這孩子沒有父母的照顧，又沒有其他權威的引導，這孩子迄今的成長過程都是依賴孿生經驗的影響。在她的意識中，妹妹就是恆久的定點，因此她整個的世界觀，是由姊妹兩人的關係來塑造的。」

當然，她說的很對。他不知道她是從哪本書看來的觀點，但是她一定仔細研讀過了，因為她非常精準地將觀點詳盡闡述。他聽著她古怪、音量不大的聲音，留下了極深的印象。儘管她的聲音帶有顯著的女性高音，但聲音裡竟有高度的男性權威感，而且她的表達能力很強。她有個有趣的習慣，在說明意見的時候，或是在解釋她讀過的權威理論時，都用很慎重的語言表達。同時，她在句子結束的地方停下來呼吸的時候，會很快看他一眼，讓他知道他是否可以接話，或者她還要繼續說下去；第一次，他覺得她的那個眼神讓他困窘，不過後來他就認為非常有趣了。

「我還要多做點研究才行，」檢查完畢後他們聚在一起討論時，他告訴海瑟特，「我一定會詳盡察明她身為孿生子的重要性。」

海瑟特點點頭，「我是這樣想的，」她說，「在許多方面，你可把雙胞胎看成是同一組個性分給了兩個人。一般健康的人會感覺到多種不同的情緒，表現出各式不同的舉動，這對雙胞胎，你可以這麼說吧，是把情緒與行為一分為二，各自取了一組。一個粗野，有肢體暴力傾向；另一個慵懶溫馴。一個喜歡清潔；另一個渴望骯髒。一個食欲無窮，另一個可以讓自己挨餓幾天。如果這種對立性——我們等下可以討論她們是否出於自覺而產生這種對立性——是亞德琳認同感的關鍵因素的話，那麼她在內心故意壓抑自己與愛蜜琳相像的個性和舉止，也就不足為奇了，不是嗎？」這個問題不必回答，她並沒有暗示醫生可以說話，反而慎重吸了一口氣繼續講下去，「所以，想想看薄霧中少女的特質。她願意聆聽故事，能夠理解，能夠受到人類語言所感動，而這種語言並不是那兩個雙胞胎所使用的語言，這樣顯示了她願意與他人互動。然而，在這兩個雙胞胎中，是哪一個比較具有與他人互動的傾向？是愛蜜琳！因此亞德琳一定壓抑了她這部分的人性。」

海瑟特把臉轉向醫生，示意現在輪到他講話了。

「你的想法很有意思，」他小心翼翼地回答，「我早就應該從反過來這一面來思考，換作你也會這樣。一對雙胞胎，是否相異之處多於相同之處？」

「但我們由觀察得知，這個個案並非如此。」她伶俐地反駁。

「嗯。」

她沒有說話，反而任由他仔細思考。他凝視著牆，陷入沉思，而她焦慮的目光朝著他看，想要從他的臉上推測出他對她的理論有什麼反應。接下來，他準備要發表他的看法了。

「雖然你的想法很有意思，」他露出一個支持的微笑，免得自己講出來的話會令她氣餒，「我不記得曾經在任何專業書籍中，讀過雙胞胎之間的這種性格區別。」

她不理會他的微笑，平視著他，「專業書籍裡面沒有寫。就算是在哪裡發表過的話，也應該是在羅森的見解中。不過他的書裡沒有寫。」

「你讀過羅森的文章？」

「當然。我先確定參考文獻，才針對主題進行判斷。」

「哦。」

「哈渥關於那對祕魯雙胞胎兄弟的研究中，有段論述很有啟發性，可惜他沒有推出完整的結論。」

「我記得你說的案例……」他搶先說道，「噢！我知道其中的關聯了！嗯，我在想，不曉得伯拉聖比個案研究有沒有什麼相關的地方？」

「我還沒看到完整的報告內容，你可以借我嗎？」

事情就這麼展開了。

海瑟特的敏銳觀察讓醫生極為感動，他把伯拉聖比個案研究報告借給了她。她歸還論文時，附了一張紙，上面是簡明扼要的筆記與問題。在同個時間，他找到了其他幾本專書和論文——補齊了他自己有關雙胞胎的藏書——以及近期出版的文章、其他領域專家正在進行中的研究、國外研究案例等等。一、兩個星期之後他發現，如果先把這些資料交給海瑟特看，那就可以節省自己的時間，自己只要研讀她整理出來的簡潔又有見地的摘要即可。兩人研讀了所有的資料後，他們重新開始觀察自己的個案，又彙編了筆記：他的是醫學論點，她的由心理學出發；在她手稿的空白處，他親手寫下又詳實又豐富的註釋，她又針對他的註釋記下更多的註解，有時候另外附上一張紙，寫著她個人的有力論述。

兩人讀書、思考、書寫、碰面、討論，直到他們讀完了一切與雙胞胎有關的知識。可是有一件事情，他們還是不知道，而這就是問題所在。

「儘管有人做過這麼多的努力，」有天晚上醫生在藏書閣說，「儘管有這麼多的論文，我們還是找不出答案。」他激動地用手撥梳頭髮。他本來告訴妻子他會在七點半之前回家，但是現在要遲到了。「是不是因為愛蜜琳的緣故，所以亞德琳才壓抑自己個性裡『薄霧中的少女』？我想這個問題，在人類既有的知識裡面，是找不到答案的。」他嘆著氣把鉛筆往書桌上一丟，有幾分惱怒，幾分認命。

「你說對了，答案確實不在人類知識範圍內。」她的語氣聽來暴躁，但是你也應該體諒：他竟然花了四個星期之久，才推斷出她一開始就可以給他的結論。但一開始他卻不肯聽。

他轉向她。

「只有一個方法找出答案。」她小聲說。

他揚起一邊眉毛。

「依照我的經驗與觀察，我相信這是一個好機會，能進行一個極具原創性的研究計畫。當然，我只不過是個家庭教師，恐怕無法說服學術期刊出版我所提交的論文。他們只要看一眼我的資格背景，就會認定我不過是個傻妞，斗膽進行超乎我能力的研究。」她聳聳肩膀，垂下眼睛。「也許他們是對的，我是個傻妞。不管怎麼樣，」她又狡猾地往上看一眼，「對一個有適當背景與知識的男人來說，我相信這一定是個內容豐富的研究題材。」

醫生一開始的表情是訝異，接著他的眼睛差點熱淚盈眶。原創性的研究！這主意一點也不荒唐。他這才想到，這幾個月他讀了這麼多，他肯定是全國醫生當中，唸過最多有關雙胞胎主題資料的人了！還有誰能跟他比呢？更重要的是，還有誰的眼前就有個理想的研究個案呢？原創性的研究！有什麼道理拒絕呢？

她先讓他沉溺於自滿中，幾分鐘後她發現她的建議已經在他心裡生根，於是她說：「當然囉，要是你需要助手的話，我樂意盡力幫忙。」

「你人真好，」他點頭，「你一直在指導這些女孩們……實際的經驗……無價寶……無價之寶啊。」

他離開莊園，駕乘著一朵雲彩輕飄飄回到家裡，沒注意到自己的晚餐冷了，也沒注意到妻子惱火了。

海瑟特收拾好書桌上的紙張，離開了房間。她流暢的腳步聲與穩當的關門聲當中，帶著稱心如意的意味。

藏書閣好像空無一人；其實不然。

平躺在書架上，有個女孩正咬著指甲在思忖。

原創性的研究。

因為愛蜜琳的緣故，所以亞德琳才壓抑自己個性裡那個薄霧中的少女。

接下來會發生什麼事情，不必是天才也想得到。

他們在夜裡動手。

他們把愛蜜琳從床上抬起來的時候，她並沒有受到驚動。她一定感覺自己在海瑟特的臂彎中很有安全感。也許，當她被人抱出房間，沿著迴廊走的時候，她在睡夢中聞出了海瑟特身上熟悉的肥皂味道。不管是什麼理由，那天晚上她完全不知道外面在進行什麼事。要等到好幾個小時之後，她才會清醒過來。

亞德琳這方面就有點困難。她又機警又狡猾，妹妹一被抱走，她立刻醒過來衝到門前，卻發現房門已經被快手快腳的海瑟特鎖上了。一瞬間她就明白了一切，感受到了一切。分離。她沒有尖叫，她沒有在門上用拳頭猛敲猛打，她沒有用指甲在門鎖上又挖又摳。所有的鬥志都已經離她而去，她渾身無力倒在地上，倚著門，氣餒地垮成一小團，就在那裡待了整晚。光禿禿的木板頂著她的骨頭，但她不覺得痛。爐火沒有點燃，她的睡衣單薄，她也不覺得冷。她無知無覺，心灰意懶。

當他們隔天上午來找她，她聽不見鑰匙開鎖的聲音；門打開的時候，擋在門後的她被推開，她也沒有反應。她的眼睛無神，皮膚無血色，她好冰冷。要不是她的雙唇持續抽動，無聲重複著大概是「愛蜜琳，愛蜜琳，愛蜜琳」的話，她看起來就像一具屍體。

海瑟特抱起亞德琳，一點也不吃力。這孩子十四歲了，還是個皮包骨。她所有的力氣都是靠意志力來維持，意志力一旦消失，她就脆弱不堪。他們把她抱下樓梯，就像是把羽毛枕頭晾起來那麼容易。

挖土約翰駕車，一言不發，他同意或不同意都不重要，海瑟特已經做了決定。

他們告訴亞德琳說要帶她去看愛蜜琳。其實也不必費心編這個謊言了，亞德琳不會反抗，她迷茫無知，心不在焉，他們可以把亞德琳帶到任何地方。沒有了妹妹，她什麼也不是，誰也不是，只是一個正要被帶到醫生家的人形軀殼。他們把她留在醫生家裡。

場景回到家裡。他們把愛蜜琳從海瑟特的房裡移回到她自己的床上，沒有驚醒她。她又睡了一個小時，等她睜開眼睛，才發現姊姊不見了，略感驚訝。天色越來越亮，她的驚訝越來越深。到了下午，驚訝轉成為焦慮。她找遍全家上下，搜尋了花園，在村裡的樹林中一直走到她敢去的最遠處。

午茶時間，海瑟特發現她站在路口，直盯著一個方向，要是她朝著那個方向走下去的話，她會一路走到醫生家門口，但她不敢順著這方向走下去。海瑟特的手放在愛蜜琳的肩膀上，將她拉近自己，帶她回房子裡。愛蜜琳不時停下腳步，猶豫不決，想轉身回頭，但是海瑟特抓著她的手，堅定地帶著她往房子的方向前進。愛蜜琳跟隨著，腳步順從卻迷惑。喝完茶之後，她站在窗戶旁邊往外看。光線漸漸變暗，她越來越害怕，最後等到海瑟特鎖上了門，開始準備把愛蜜琳送上床睡覺的時候，她才幾乎要發狂。

她哭了整個晚上，孤單的嗚咽好像會永遠持續下去。亞德琳是立刻就崩潰了，但愛蜜琳花了可怕的二十四小時才全面爆發出來。等到黎明拂曉，她安靜下來，她已經流淚與顫抖到了失去感覺的地步。

雙胞胎的分離，跟普通的分離不一樣。試想，逃過地震的人，甦醒過來之後，發現世界完全變了，地平線不在原本的位置，太陽已經改了顏色，你所熟知的環境全都不在了；而你，你還在世，但這又和活著不一樣。難怪這類災變的生還者常希望自己隨著其他人一同死去。

ℰ ℰ ℰ

溫特女士坐著，發楞到出神了。她著名的紅銅色染髮已經褪色成柔和的杏黃色，她不再使用噴霧髮膠，那些堅挺的髮圈、髮捲已經被柔軟、不成形狀的亂髮取代。但她的表情依然堅毅，身軀僵硬撐直，好像要對抗只有她自己能感受到的刺骨寒風。她的目光慢慢轉向我的眼睛。

「你身體好嗎？」她問，「裘蒂絲說你沒吃什麼東西。」

「我一直都是那樣。」

「你臉色好蒼白。」

「大概有點累吧。」

我們提早結束。我想我們兩人都不想繼續工作。

我再見到溫特女士的時候，她似乎變了個人，委靡地閉著眼，花了比平常更長的時間才召喚出往日舊事，述說起往事。她一面整理思緒，我看著她，留意到她不戴假睫毛了，只是抹上慣用的紫色眼影，畫了彎曲的黑線。意外地，她沒戴假睫毛的時候，臉龐看起來居然像個孩子，剛玩過媽媽的化妝箱。

ꕥ ꕥ ꕥ

事情跟海瑟特與醫生料想的不同。他們以為亞德琳會怒氣沖沖、拳打腳踢，愛蜜琳會因為自己對海瑟特的依戀，而不太計較姊姊的失蹤。簡單說，他們預期兩個女孩還是以往的樣子，只是以前一直在一起，現在則分開了。沒想到雙胞胎頹然變成一對全無生氣的破布娃娃，使他們好訝異。

雙胞胎並非完全沒有生氣，血液還是在她們血管中循環，只是很緩慢，很遲鈍。舀到嘴邊的湯汁她們也會吞，一個是由老嬤嬤餵，另一個由醫生夫人灌，可是吞嚥只是反射動作，她們沒有胃口。在白天，她們的眼睛張著，視若無睹；在夜裡，儘管眼睛閉著，卻沒有得到睡眠的安寧。她們分離，她們伶仃，她們活在地獄邊緣，她們彷如截肢者，只不過失去的不是肢體，而是那靈魂。

這兩位科學家是否對自己起了疑心？他們是否停下動作思量自己做得對不對？雙胞胎懶散又無意識的這個樣子，會不會在他們完美的研究計畫上投下陰影呢？你要知道，他們並不是故意要這麼殘忍，他們只不過是愚昧罷了。他們的知識、野心與自欺的盲目，讓他們走上了歧途。

醫生測試，海瑟特觀察，兩人每日碰面對照筆記，討論一開始他們樂觀稱之為「進展」的情況。在醫生的書桌前，或在安琪費爾德莊園的藏書閣內，他們一同坐著，低頭研究記錄著兩個女孩生活細節的報告：行為、飲食、睡眠。他們苦思雙胞胎為何食欲不振、終日嗜睡（或不能稱是真睡的睡眠）；他們提出臆想來解釋雙胞胎的改變。實驗不如預期那麼順利，事實上，一開始就是場災難，但是兩個科學家不願意去想他們是否正在傷害雙胞胎，寧可相信他們可以攜手創造奇蹟。

幾十年來，醫生首次與一個具有科學頭腦且有條有理的人工作，這份新鮮感給他帶來莫大的滿足。他驚訝於他的女門徒竟然能夠前一分鐘才剛領會了一項新原理，下一分鐘就以專業的創見與眼光來應用。沒過多久，他就認定她的身分不只是女門徒，而是位階平等的工作夥伴了。而海瑟特則興奮地發現，自己的智能終於獲得了充分的鼓勵與挑戰。他們每天的聚會結束後，她都會因為興奮與愉悅而顯得容光煥發。我們怎麼能期待他們會瞭解，這件為他們帶來天大益處的事情，竟然會對他們照料的孩子產生深刻的傷害呢？有時夜闌人靜，兩人各自孤獨坐著寫完當天的筆記，他們也許會分別抬起眼睛，看著角落椅子上那個眼神呆滯、一動也不動的孩子，心中浮現一抹懷疑。也許此時他們會瞭解。也許。但就算他們真的瞭解，他們也沒有記錄在自己的筆記中，沒有向對方提起。

這兩人越來越依賴這個合作計畫，因此他們並沒有察覺這項偉大的研究計畫其實一丁點兒進展也沒有。愛蜜琳與亞德琳只差沒被逼瘋了，但是「薄霧中的少女」還是不見人影。研究沒結果，但兩位科學家不氣餒。他們繼續工作，製作表格與曲線圖，提出觀察，設計複雜的實驗來測試雙胞胎；每次失敗時便安慰自己，他們已經從檢驗的範圍中排除了某個可能性。然後繼續下一個大計畫。

醫生夫人與老嬤嬤也捲進來了，但是沒有密切參與。她們只負責照顧女孩子的身體，用湯匙舀起湯汁送到各自負責的孩子嘴巴裡，一天三次。她們為孩子們更衣沐浴，幫她們洗衣梳髮。夫人和老嬤嬤各別有反對這項研究的理由，但兩人都沒明說。至於挖土約翰，他完全被排除在外，從沒有人問過他的意見，但他會在廚房對著老嬤嬤發表他的每日宣言：「不會有好下場的。我告訴你，一點用也沒有。」

終於，他們必須面臨放棄的那一刻到了：一切計畫都沒有結果，儘管絞盡了腦汁，已經想不出新的試驗方法了。恰恰好就在這時候，海瑟特在愛蜜琳身上察覺到進步的小小徵兆。愛蜜琳把頭轉向一扇窗戶，抓著一些閃亮亮的小玩意兒不肯放開，海瑟特在門外偷聽（順便一提，這種行為只要是以科學之名義進行，就不算是沒禮貌），聽到愛蜜琳用以前雙胞胎的語言對著自己低聲說話。

「她在安撫自己，」她告訴醫生，「她幻想姊姊存在。」

在醫生家裡，醫生開始每天讓亞德琳獨處幾個小時，然後在門外聆聽，手裡捧著記事本與筆。他什麼也沒聽見。

海瑟特與醫生勉勵自己，要用耐心面對亞德琳這種嚴重的情況，同時也因為愛蜜琳的進展自我嘉許一番。他們興奮地記下愛蜜琳胃口變好了，坐直身子了，開始主動走幾步路了。不久，她又開始跑到屋子與花園四處遊蕩，跟以前一樣沒有目的亂走。噢，沒錯，海瑟特與醫生都同意，目前實驗確實有些成果了！不過他們稱之為「進展」的，只不過是愛蜜琳又恢復到她在實驗進行前就已經有的行為了。這點他們有沒有想到？外人很難判斷。

其實愛蜜琳的狀況也不是一帆風順。有天她順著嗅覺，走到壁櫥前，裡面裝滿她姊姊以前穿的破爛衣衫。那天真是嚇壞人了，她把衣服拿出來，吸著陳舊的騷味，接著歡天喜地用那些破布來妝扮自己。更可怕的還在後頭。她穿成這付樣子，看著鏡子中的自己，竟然把自己的影像當成了姊姊，就這樣一頭對著鏡子撞過去。玻璃破碎的巨大聲音，連老嬤嬤都聽見了，跑過來看見愛蜜琳在鏡子旁哭泣，哭的不是為自己的疼痛，而是為了她那碎成幾片、正在淌血的可憐姊姊。

海瑟特把這些衣服全都拿走，叫約翰拿去燒了。為了謹慎起見，她吩咐老嬤嬤把所有鏡子轉向牆壁。愛蜜琳則搞不清狀況。不過再也沒有類似的意外事件發生了。

她不說話了。只有在關門以後獨自竊竊私語，總是說著以前的雙胞胎語言。再怎麼勸誘，愛蜜琳也不會對著老嬤嬤或海瑟特說出一個字。這點值得好好討論一下。海瑟特與醫生在藏書閣聚會商談良久，最後他們斷定暫時無須擔心，愛蜜琳能說話，時間到了她就會說話。目前固然有不講話、撞鏡子等令人沮喪的意外，但是科學實驗本來就有教人沮喪的地方嘛。況且她進步很多呢，喲，她不是健康到可以在戶外走走了嗎？還有，她最近已經不像以前花那麼多時間在路旁閒晃，站在不敢跨越的無形邊界上凝視醫生家的方向了。事情的進展與預期的一樣。

進展？其實他們剛開始實驗的時候，期望的結果不是這樣的。現在的情況，也與海瑟特剛到時在愛蜜琳身上產生的影響，相距甚遠。但目前他們只有這個進展，所以值得珍惜。也許他們私下鬆了一口氣，因為實驗真正成功的話，他們兩人就不能繼續相處在一起合作了。儘管他們不願意承認，但兩人都不希望停止見面。

他們永永遠遠不會自願結束這項實驗。不可能的。實驗要劃下句點的話，需要其他的事情發生，外來的事件，一件出人意表的事件。

ꕥ ꕥ ꕥ

「到底是什麼事？」

儘管我們該休息了，儘管她露出服藥時間接近時就會有的扭曲、灰白面色，儘管她不准我問問題，我還是忍不住問了。

她的身體雖然疼痛，還是充滿信心地往前傾，眼底閃過一道調皮的綠色光芒。

「你相信有鬼嗎，瑪格麗特？」

我相信有鬼嗎？我能說什麼？我點點頭。

溫特女士滿意地靠回椅背，我則出現了洩漏自己心思的表情。

「海瑟特不相信有鬼，因為不符合科學的精神，所以她不相信。那天她看見鬼的時候，她嚇死了。」

ꕥ ꕥ ꕥ

事情是這樣的。

一個晴朗的日子，海瑟特做完了她本分的工作，於是提早離開了房子，決定繞遠路走到醫生家。晴空燦爛，空氣清新，她覺得自己渾身上下充滿一種莫名的旺盛活力，想要藉著體力的勞動來消耗這份精力。

環繞田野的小路帶她走向一片緩坡，緩坡還算不上是個山丘，但可以提供良好的視野，觀察田野與周遭的景象。已經走到醫生家的半途了，她精神抖擻，大步前進，心跳加快，卻沒有一絲費力的感覺，她覺得自己簡直可以飛起來。就在這個時候，眼前的情景讓她僵住了。

遠處田地裡，愛蜜琳與亞德琳居然在一起玩耍！錯不了。兩頭長而濃密的紅髮，兩雙黑鞋子，一個孩子穿著老嬤嬤那天早上讓愛蜜琳披上的深藍府綢，另一個孩子穿著綠色的衣裳。

不可能！

不過不見得。海瑟特是相信科學的，她的眼睛看到了她們，因此她們一定存在，一定可以解釋。亞德琳從醫生家中逃出來啦，她遲緩的症狀突然消失了，就像當初突然出現一樣；亞德琳利用一扇敞開的窗戶，或是一串沒有人留意的鑰匙逃跑了，而醫生沒發現她已經康復了。對，正是如此。

現在該怎麼辦？跑到雙胞胎那裡是沒有用的，她必須跑過一大片空曠的田地才能接近她們，那她們一定會看見她，她還沒跑到一半，她們就會看見她，然後逃走。因此她往醫生家去。用跑的過去。

沒多久就到了醫生家，急促敲門。開門的是毛思禮太太，她因這急促的敲門聲而繃著臉不講話，但是海瑟特心裡有更要緊的事情，完全沒想到該向醫生夫人致歉，她反而直接從夫人旁邊擠過，往診療室的門走去，連診療室的門都沒敲，就直接闖進去了。

醫生抬起頭，見到他的合作夥伴滿面通紅，嚇了一跳。她通常一絲不紊的頭髮從髮夾那裡零散飄揚。她氣喘吁吁想講話，但是卻講不出口。

「究竟怎麼回事？」他一面問一面站起來，繞過桌子走過去，雙手放在她的肩膀上。

「亞德琳！」她上氣不接下氣說，「你讓她跑出去了！」

醫生不明就裡，皺起了眉頭。他扳動海瑟特的肩膀讓她轉過身，直到她面朝房間的另一頭。亞德琳在那裡。

海瑟特轉回頭對醫生說：「但是，我才剛看見她啊！跟愛蜜琳在一起！在歐茲家田地過去的森林邊……」她的情緒開始激動，但心裡又有點懷疑，於是聲音逐漸轉小。

「冷靜一點，坐下，坐這裡，喝口水。」醫生說。

「她一定是跑出去過了，她怎麼可能跑出去又這麼快回來？」海瑟特想搞清楚狀況。

「這兩個小時她一直待在這間房間裡。早餐之後到現在，一直有人看著。」他直視海瑟特，她的緊張情緒感染了他。「是別的小孩吧，村裡的小孩。」他說道，一面盡力維持他作為醫生應有的冷靜態度。

「不是，」海瑟特搖搖頭，「就是亞德琳的衣服，亞德琳的頭髮。」

海瑟特轉身再次看看亞德琳，她的雙眼對周遭環境漠不關心，身上穿著的不是海瑟特剛剛看見的綠衣服，而是一件純藍色的衣服，頭髮沒有散開，辮子綁好。

海瑟特轉回去看著醫生，眼睛盡是迷惑；她的呼吸忽快忽慢，她所見到的情況完全找不到理性的解釋，不符合科學原則，但海瑟特又知道這個世界是完全、徹底依照科學原則在運轉。只有一個可能的解釋，「我一定是瘋了，」她低聲說，她的瞳孔放大，鼻孔顫抖，「我見到鬼了！」

她的淚珠盈眶。

醫生看見自己工作夥伴心亂如麻的模樣，心底產生了奇妙的感覺。身為科學家的他，欣賞的是海瑟特冷靜的頭腦與智慧；但身為男人的他，具有肉慾，此刻依照本能行事，摟住她的肩，給她一個激情擁抱，並且緊緊將嘴壓在她唇上，安撫她崩潰的情緒。

海瑟特沒有抗拒。

在科學的名義下，從門外監聽並不是壞行為；若講到研究自己的丈夫，醫生夫人可是敏銳的科學家。讓醫生與海瑟特怔住的這一吻，完全沒有讓毛思禮太太驚訝，她預期類似事情會發生已經有一段時間了。

她大力把門推開，在憤怒的凜然正氣之下衝入了診療室。

「立刻離開這房子，感謝你，」她對海瑟特說，「你可以請挖土約翰駕馬車來把孩子接走。」

接下來她對著她先生說：「等下再跟你算帳。」

實驗結束了，許多事情也隨之落幕。

約翰接走了亞德琳。他在醫生家中沒有見到醫生，也沒看見他太太，不過他從女傭那裡知道了早上發生的事。

回到家，他把亞德琳放回她以前房間的舊床上，讓門開著沒關上。

在樹林裡閒蕩的愛蜜琳抬起頭，嗅嗅空氣，轉身直接朝著家裡走。她從廚房的門進去，直接上樓梯，一次跳兩級，毫不遲疑大步邁向以前的房間。她隨手帶上門。

而海瑟特呢？沒人看見她返回安琪費爾德宅邸，沒人聽見她離開。老嬤嬤隔天上午敲她房門，才發現那整潔的小房間空著。海瑟特走了。

ꕤ ꕤ ꕤ

我從故事的魔法中跳開，回到溫特女士用玻璃與鏡子裝飾的藏書室。

「她去哪裡了？」我好奇。

溫特女士眉頭輕蹙瞧著我，「我不知道，這有關係嗎？」

「她一定是去了什麼地方啊。」

說故事的人斜眼看我，「李雅小姐，別在這些次要角色身上打轉，這不是他們的故事。這些角色來來去去，他們走了就永遠消失了。事情就是這樣。」

我把鉛筆插進筆記本的裝訂環，朝著房門口走去；可是當我走到門口，我掉過頭去。

「那麼，她是哪裡人？」

「拜託！她只是個家庭教師啊！她跟故事無關，我跟你說真的。」

「她一定有推薦人，有上一份工作，或者其他文件，上面有她家的地址。也許她是透過仲介找來的。」

溫特女士閉起眼睛，臉上出現痛苦的表情。「羅麥克斯先生，安琪費爾德家庭律師，我相信他知道所有的細節。我知道這些細節對你沒有幫助，這是我的故事，我當然知道。他的辦公室在班布里的市場街，我會請他回答你想問的問題。」

那天夜裡，我提筆寫信給羅麥克斯先生。

☙海瑟特離去後

隔日上午，裘蒂絲端著早餐托盤出現，我把寫給羅麥克斯先生的信交給她，她從圍裙口袋拿出一封信給我。我認出是父親的筆跡。

父親的家書總是帶給我安慰，這封也不例外。他祝我一切平安，問我工作有沒有進展。他讀了一本十九世紀丹麥小說，內容十分詭異，他卻陶醉其中，等我回家之後他會跟我聊這本書。在拍賣會上他偶然發現一札似乎無人想要的十八世紀書簡，想問我有沒有興趣。他怕我有興趣，已經先買下了。私家偵探？唔，也許認識，不過，研究家族系譜的人也能做這份工作，說不定做得更周全。他知道有個具備相關專業技能的人，而且提到這個他才想到，此人欠父親人情：他有時會來書店裡借年譜。假如我打算追查，以下是他的地址。信末與平時一樣，是出於善意卻枯燥的六個字：媽媽問候你好。

她真提到這句話嗎？我懷疑。父親說：今天下午我要寫信給瑪格麗特，於是她若無其事（或熱情親切？）說道：我問候她好。

不，我想像不出這種畫面。這句話一定是父親添加的，在她不知情的情況下寫的。他為何要這樣煞費苦心呢？為了討我開心？還是希望有一天母親真的會問候我好？他這樣吃力不討好想拉近我和母親的距離，到底是為了我？或者為了她？沒用的。我和母親彷彿兩團陸塊，緩慢又無情地漂離；作為搭橋者的父親則為了連繫我倆，始終努力搭築脆弱的橋梁。

有人寄了封信到書店給我，父親把信轉來。是父親先前向我推薦的法律教授所寄來的信。

親愛的李雅小姐，

我不知道伊凡·李雅居然有個女兒；現在既然知道了，我非常樂意與你為友，而且更樂意為你服務。法定死亡跟你想的一樣：人的行蹤經年累月不明，在死亡是唯一合理假設的情況下，法律推定該人已經身故。此種宣告的主要功能是讓失蹤人士的財產能轉移至繼承人的名下。

我已經著手進行必要的研究，同時查閱你關切的此案之相關文件。你提到的安琪費爾德先生顯然喜歡遁世幽居，他消失的時間與詳情看來是無人知曉。然而，有位羅麥克斯先生不辭辛勞，細心體貼地代表繼承人（兩位外甥女）完成了相關的法定程序。雖然一場火災讓宅邸變得不堪居住，莊園的價值多少因而減損，但是價值依然不斐，你可以從我提供的相關文件副本中得知詳情。

你會注意到，律師代表其中一位受益人簽署。當受益人由於某些理由〈比方生病或無行為能力等等〉無法處理自身事務之時，常常出現此種情況。

我特別注意到另外一位受益人的簽名。簽名幾乎無法辨識，不過我最後看懂了。我是不是無意撞見了當今最大的祕密之一呢？不過你或許已經知道了這祕密吧？這就是引發你對此案興趣的原因嗎？

別擔心！我做事謹慎周全！告訴你父親，《自然法概論》一書給我優惠折扣，那我就會守口如瓶的。

威廉·亨利·卡瓦樂得 謹上

我直接翻到卡瓦樂得教授整齊複製的文件最末尾，查理外甥女簽名的地方。正如他所說的，羅麥克斯先生替愛蜜琳簽了名，這代表她沒有被大火燒死。另外，第二行有我一直期待的名字：薇妲．溫特，名字後一行括弧裡的字寫著：原名亞德琳．馬曲。

證據。

薇妲．溫特就是亞德琳．馬曲。

她沒說謊。

我心頭還想著這件事情，邁步前往藏書室。溫特女士開始敘述海瑟特離開後的情況，我一邊聆聽，一邊在我的小簿子上潦草地寫字。

ꕥ ꕥ ꕥ

第一個晚上與次日白天，亞德琳與愛蜜琳留在房裡，躺在床上，彼此環抱，凝視著對方的眼睛。老嬤嬤與挖土約翰之間有個默契，把她們當作療養中的病患對待，況且就某個層面而言，她們確實是在療養，她們受了傷。她們躺在床上，鼻頭貼著鼻頭，看著對方，不說，不笑，連眨眼睛都同步。在那二十四個小時的馬拉松凝視之中，她們輸了血，修復了斷裂的連結。但是，就跟傷口癒合一樣，她們也留下了疤痕。

這段期間，老嬤嬤茫然不解海瑟特出了什麼事。約翰不願意破壞她對家庭教師的好感，悶不吭聲，但是他的緘默反而促使她大聲說出內心的疑惑：「我想她有跟醫生說她上哪兒去了，」她可憐地下了結論，「我看我去問醫生她什麼時候要回來。」

於是約翰不得不出聲了，他粗暴地說：「別問他了！什麼話都別問他。還有，醫生以後再也不會到這裡來了。」

老嬤嬤轉身走開，雙眉皺著。大家都吃錯藥了嗎？海瑟特為什麼走了？約翰幹嘛這麼火大？還有醫生，他以前一向是這個家裡最固定的常客，為什麼他以後不來了？事情的發展超出她的理解。最近她越來越感到生活不對勁，這種詭異感覺的持續時間越來越長。不止一次，她突然清醒過來，才發現好幾個小時已經過去了，而她卻一點記憶也沒有。其他人眼中合乎道理的事情，在她看來卻是說不通的。同時，只要她想問問題瞭解狀況，其他人眼底就出現一抹詭異、然後迅速粉飾的眼神。沒錯，奇怪的事情正在發生，海瑟特不告而別只是怪事的一部分。

雖然約翰對於老嬤嬤的不悅感到難過，但是海瑟特的離開讓他鬆了一口氣。家庭教師的離去好像使他放下心頭上的負擔，他更能自在地進到屋內，晚上與老嬤嬤在廚房的相處時間也多了。按照他的邏輯，失去海瑟特根本不算損失，實際上她只有在一件事情上改善了他的生活——她鼓勵他重新投入綠雕庭園的工作，而且她的鼓勵手法相當巧妙，萬分謹慎，也就是重組他的心思，最後他自己的心思會告訴他，從頭到尾是他自己的決定。海瑟特離開後，他把靴子從庫房帶進屋子，坐在爐灶旁邊擦亮，還把雙腳翹在桌上。現在沒人會阻止他這樣做了。

在育嬰房裡，查理的雷嗔電怒好像也離他而去，取而代之的是悲傷的疲倦。偶爾還可聽見他在地板上拖磨的緩慢腳步聲；偶爾，將耳朵貼在門上可聽見他以兩歲孩子般的疲憊嗚咽聲音在哭泣。有沒有可能，海瑟特使用某種強烈、神祕但相當科學的方式穿透了深鎖的房門，影響到了他，不讓最深沉的絕望靠近他呢？這也不是不可能。

海瑟特的離去不止影響了人，房子本身立刻起了反應。首先，寂靜回來了，屋內少了海瑟特快步上下樓梯、穿梭走廊間的腳步聲。接著，屋頂上工人重擊與敲打的聲響也中止了，修屋頂的工人發現海瑟特不在之後，理直氣壯懷疑他的請款單不會被查理看見，他會拿不到工資，於是收拾工具走了。只回來一趟搬走了他的梯子，就再也沒有出現過。

寂靜重返的第一天，房子又重新接續它長久、緩慢的衰敗計畫，好像從來沒被打斷過一樣。從小地方開始：灰塵從每個房間、每件物品的每條縫隙慢慢擴散出來；家具的表面開始累積塵埃；第一層薄薄的汙垢覆蓋在窗戶上。海瑟特的一切改造都是外觀上的，需要日日照顧才能維持。當老嬤嬤的清潔時間表先是搖擺，接著全盤失敗的時候，這個家庭恆久不變的真正本性又開始重申自己的主張。終於，又變回了撿起任何東西都會感覺到灰塵黏纏在手指上的老樣子。

家裡的物品以同樣的步調，很快就重回老樣子。首先是鑰匙到處流浪，一夜之間鎖匙孔、鑰匙環上的鑰匙不知不覺消失，接著聚集在一個鬆脫的地板下凹處，與塵埃相依。銀色的燭臺還保有海瑟特擦拭過的微光，卻自動從客廳的火爐壁台上跑進了愛蜜琳床下的藏寶處。書籍離開了藏書閣的書架，自動上樓，在角落裡、沙發下休息。窗簾主動開開關關，連家具都善加掌握這個無人照管的機會，自己四處旅行。一張沙發由靠牆的位置往前移動幾吋，一把椅子往左挪動兩呎。這些都證明了房子裡的鬼魂，已經重新主張了自己的權利。

一片翻修中的屋頂還沒整修好，又壞得更厲害了。修屋頂工人留下的洞，有些比他當初要補的洞還大。躺在閣樓的地板上就可以感覺到陽光灑落到臉上來。雨水則是不同的狀況，地板淋雨就鬆垮，接著水滲入了下面的房間。有些地方我知道別去踩，否則踏下去的話地板會往下陷，不久之後這塊地板大概會塌掉，我們就可以一眼看見下面的房間。這樣的話，下面那個房間的地板能撐多久呢？會不會垮掉讓我們看到藏書閣了呢？而藏書閣的地板又能撐多久呢？會不會有一天我們站在地窖抬頭一看，會看穿四層樓的房間，直通天空呢？

水，和上帝一樣，它的作為令人難以理解。水一旦進到房子裡，會迂迴地遵從地心引力的支配。在牆壁裡，在地板下，它會找到肉眼不見的祕密溝渠與水道；它朝著各個方向滲漏、淌流，在最不可能的地方浮出。房子到處都是用來吸收水分的布條，但是沒人把這些布條擰乾；到處都擺著鍋子與碗缽接水，但也沒人把滿溢的水倒掉。經常性的潮濕使牆壁的灰漿剝落，逐漸侵蝕。閣樓上四面的牆壁搖擺，一隻手就足以晃動它們，像搖晃一顆鬆開的牙齒。

在這樣的情況下，雙胞胎在幹嘛？

海瑟特與醫生加諸她們身上的，當然是一個嚴重的傷痕，事情永遠不會回到過去的狀態，雙胞胎將永遠共擁一個傷疤，分離的影響將永遠無法消除。然而，兩人對這個傷疤的感覺不同。亞德琳知道海瑟特與醫生進行的工作之後，隨即快速陷入神遊的狀態；幾乎就在她失去她雙胞胎妹妹的那一瞬間，她也失去了自我，對於妹妹離開她的那段時光一點記憶也沒有。就她來說，她失去雙胞胎妹妹與再次找回自己中間的黑暗期，可能是一年或者一秒鐘。這不重要，因為事情結束了，她已經再次重返她的生活。

對愛蜜琳而言，事情不同。妹妹愛蜜琳沒有「失憶」來協助她脫困，她受的折磨更久更深。剛分別的幾個星期，每秒鐘都是煎熬。她就像是麻藥問世之前的截肢病患，差點沒痛死，痛到發狂，自己的肉體竟可以感覺到如此劇痛卻又不至於死。不過，慢慢地，一個疼痛的細胞接著一個細胞開始癒合。終於，有一天她整個身體不再因痛而燃燒，只剩下她的心。接著，有一天連她的心都可以逐漸感受到悲傷以外的情緒。簡而言之，愛蜜琳適應了沒有姊姊的生活，她學會了單獨存在。

然而，她們重逢了，又重新生活在一起。但亞德琳沒有發現，愛蜜琳已經不再是以前那個雙胞胎妹妹了。

剛開始只有重逢的喜悅。她們兩人不可分開，一個人走，另一個就跟上。在綠雕庭園裡，她們繞著老樹轉圈圈兒，玩著捉迷藏的遊戲，重演她們剛剛體驗到的失落與再發現。亞德琳從不厭倦捉迷藏的遊戲，但愛蜜琳覺得這份新鮮感漸漸消退，以往潛藏的敵意不知不覺浮現了。愛蜜琳想要往這邊走，亞德琳想要走另外一邊，所以兩人會打架；就像以往一樣，退讓的總是愛蜜琳。但愛蜜琳內心已經產生了一個祕密的自我，而且這個祕密自我很不想退讓。

雖然愛蜜琳曾經喜歡過海瑟特，但她現在不懷念她。在實驗的過程中，她的愛慕已經消逝，她知道是海瑟特讓她與姊姊分離，而且海瑟特把心思都放在她的報告與科學的討論上，忽略了愛蜜琳。在那段期間裡，愛蜜琳發現自己處於前所未有的孤寂中，因此發展出一套讓自己從悲傷裡分散注意力的方法。她迷上了幾種娛樂與消遣，她也不會因為姊姊回來了，就放棄那些遊戲。

所以，姊妹倆團聚的第三天，愛蜜琳不想在綠雕庭園玩「你找我，我找你」遊戲，反而晃到了撞球間，她先前在那裡放了一副牌。她趴在撞球檯的鋪面中間，玩起她的遊戲，一種單人紙牌遊戲，也是最簡單、最孩子氣的那種。愛蜜琳每次都贏，因為她把遊戲設計成她不可能輸的規則，因此每一盤都讓她很快樂。

一盤遊戲玩到一半，她把頭偏到一旁。耳朵雖然聽不見，但她內心有個永遠與雙胞胎姊姊頻率調為一致的耳朵告訴她，姊姊在叫他。愛蜜琳不管，她在忙呢，晚點再去看姊姊吧，等她這一盤牌打完之後。

一個小時之後，亞德琳橫衝直撞進入撞球間，眼睛因為暴怒而緊瞇，愛蜜琳完全無法防衛自我。亞德琳連手帶腳爬上桌子，情緒激動，往愛蜜琳衝過去。

愛蜜琳完全沒有自衛，連舉起一根指頭也沒有；她也沒有哭，沒有發出一點聲響。被痛打的時候沒有，打完之後也沒有。

亞德琳的怒氣發洩殆盡，她站著看著妹妹。血水慢慢滲入綠色的檯面，紙牌散落四處，愛蜜琳捲成一個球狀，肩膀隨著呼吸猛然上上下下起伏。

亞德琳轉身走開。

愛蜜琳待在原地，待在桌上，幾小時後約翰才找到她。他帶她去找老嬤嬤，老嬤嬤洗淨她頭髮上的血漬，在眼睛上放了溼敷布，用金縷梅治療她的淤青。

「海瑟特還在的話，這種事情絕不會發生，」她發表意見，「我真希望我知道她什麼時候回來。」

「她不會回來了。」約翰說，盡量遏制自己的惱怒；他也不想看見孩子這副模樣啊。

「但我不懂嘛，她幹嘛就這樣走人，一句話也沒有。究竟發生了什麼事？應該是緊急事件吧，說不定是她家裡……」

約翰搖搖頭，老嬤嬤這麼堅持海瑟特會回來，這番話他已經聽了十來次了。全村子都知道她不會回來了。毛思禮家的僕人聽到了一切，還表示也目睹了事發經過，到目前為止村裡每個成人都知道了：相貌平凡的家庭教師與醫生的姦情。

關於海瑟特的「舉止」(這是村子裡婉轉表示品行不端的說法)，終於有一天，無可避免地傳進了老嬤嬤的耳朵中。起先她非常震驚，不願意接受她的海瑟特怎可能做出這樣的事情。但是當她怒氣沖沖回去告訴約翰的時候，約翰反倒是證實了這個八卦。他提醒老嬤嬤，那天他去醫生家接孩子，直接從女傭口中聽到這件事，而且就是案發的當天。就是因為發生了這麼不尋常的事情，海瑟特才會倉促出走，連辭職都來不及。

「她的家人，」老嬤嬤結結巴巴，「緊急事情……」

「那她有寫信解釋嗎？要是她打算要回來，她早就寫信了，不是嗎？她早就來解釋理由了。你有收到信嗎？」

老嬤嬤搖搖頭。

「嗯，那麼，」約翰無法壓抑聲音中的得意，下結論道，「她做了不該做的事情，所以她不會回來了，永遠離開了。你可以相信我說的。」

老嬤嬤的腦袋瓜裡不斷重複約翰的話，她不知道要相信什麼，世界已經變成了這麼教人困惑的地方。

唯一沒受到影響的是查理。改變當然是有的，以前海瑟特當家的時候，食物照三餐放在他的房門外，現在取而代之的是不定時出現的三明治、涼掉的蕃茄燉排骨、一碗凝結的炒蛋，要等老嬤嬤想起來的時候，食物才會在意外的時間出現。對查理來講，反正也沒差，他餓的時候如果有東西可以吃，他就會咬一口隔夜的排骨或一截乾麵包；如果沒東西他就不吃。他不會因為饑渴而心煩，他還有更強烈的饑渴要掛念，那是他生活的本質，是海瑟特的到來與離去都無法改變的。

然而，改變正在朝著查理衝過去。只是與海瑟特無關。

偶爾會有信寄到家裡，偶爾會有人拆信。就在挖土約翰說了海瑟特一直沒有來信那段話之後幾天，老嬤嬤不經意走到大廳，看見信箱下方的墊子上有一小疊信件埋在灰塵中。她把信拆開。

有一封是查理往來的銀行寄的：他有興趣參與投資嗎？

第二封是建築商所開立的屋頂修補工程請款明細。

第三封是海瑟特寄來的嗎？

不，第三封是精神病院寄的。伊莎貝爾死了。

老嬤嬤目不轉睛看著信。死了！伊莎貝爾！真的嗎？信上說，是流行性感冒病死的。

有人必須去告知查理，但老嬤嬤不敢面對查理聞訊之後可能做出的反應。她覺得最好先跟挖土約翰商量一下，於是把信放到一旁。然而，等到約翰坐在廚房桌前，她替他把杯子加滿了新沏的茶，老嬤嬤心裡早就把這封信忘得一乾二淨，那封來信正如老嬤嬤越來越常發生的失憶時刻一樣，它們存在過，被感知過，但還來不及記錄便被遺忘了。幾天後她拿著一盤烤焦的土司與燻肉走過大廳，完全不記得那些信的內容，在無意識的情況下把這些信連同食物放在托盤上。

接下來幾天，除了灰塵越來越厚，汙垢依舊累積在窗格上，客廳裡的紙牌距離存放它們的盒子越來越遠，好像什麼事也沒發生。要忘記曾經有個海瑟特，真是越來越簡單了。

挖土約翰首先意識到，日子這麼沉寂，一定有事發生了。

他這人是做戶外工作的，不理家務事，但是他知道杯子要洗過才能再用，他甚至知道裝過生肉的盤子不能直接拿來裝熟食。他曉得老嬤嬤做家事的糊塗方式，他一點也不傻。所以，只要看到一疊疊髒盤子與杯子越堆越高，他就會認真洗好杯盤。他穿著橡膠長靴，戴著帽子站在水槽前面，這種景象是非常奇怪的；他的雙手能靈巧地處理赤陶花盆與柔弱的植物，但拿著桌巾與瓷器的樣子卻如此笨拙。他還注意到，杯盤的數量逐漸減少，馬上就不夠用了。失蹤的杯皿哪裡去了呢？他立刻想起，老嬤嬤有時為查理少爺端個盤子上樓去，他曾經見過她把空盤子拿回廚房嗎？沒有。

他走上樓，在上鎖的房門外，杯盤排成長長的一列。查理沒動過的食物，讓嗡嗡作響的蒼蠅有一頓豐盛大餐，另外還有股濃烈難聞的味道。老嬤嬤把食物留在這裡，卻沒有注意到前幾天的食物還沒動過。這種情形已經持續多少天了呢？他算算杯盤的數目，皺起眉頭，就在那時候，他明白了。

他沒有敲門。敲門有用嗎？他回去他的庫房扛了一根堅固到可以當成破城槌的木條。木條撞擊橡木的聲音、金屬鉸鏈從木頭扯開的咯吱聲與巨大碎裂聲，足以把我們都吸引到門前，連老嬤嬤也來了。

撞垮的門開了，半扇門脫離了鉸鏈，我們聽見蒼蠅嗡嗡聲響。一股令人作嘔的穢氣衝出，愛蜜琳與老嬤嬤吃驚地退了幾步。連約翰也把手放在嘴上，臉色整整白了一個色度。「別過來。」他下令。我跟在他後面。

這裡以前是育嬰房，我們小心走過地板上腐爛中的食物殘渣，所經之處，一大群一大群的蒼蠅受了驚嚇飛起來。查理活得簡直像頭畜生。黴菌覆蓋的髒盤子擱在地上、壁爐架上、椅子上、桌上。臥室的門微敞，約翰手上還抓著破城槌，小心翼翼輕輕推開門，一隻老鼠受驚從我們的腳下倉皇逃離。畫面令人毛骨悚然，裡面是更多的蒼蠅，更多腐爛的食物，還有更噁的：那男人病了。一堆停著蒼蠅的乾枯嘔吐物在地上的地毯上結成硬塊。床旁的桌上堆積著染血的手帕，還放著老嬤嬤以前縫補用的針。

床空著，只有皺巴巴、沾染了血汙與人類穢物的髒床單。

我們沒有說話，我們盡量別呼吸；必須呼吸的時候，我們就用嘴巴吸氣。噁心的汙濁空氣吸進喉嚨，令我們反胃。到目前為止，我們還沒有見識到最噁心的部分。還有一個房間。約翰必須狠下心腸，才能打開通往廁所的門。廁所門還沒全開，我們就感受到了裡面的恐怖。那陣恐怖還沒擱淺在我的鼻孔之前，我的皮膚好像就已經聞到了，我全身上下大冒冷汗。馬桶非常噁心，蓋子是蓋上的，但是卻無法徹底控制住它原本應當藏匿、卻任其溢出的屎尿。這還沒什麼，因為在浴缸中——約翰陡然往後退一步，要不是我自己同時也往後退兩步，他就踩到我了——在浴缸中殘留著深色的體液，那惡臭讓約翰與我往門口衝，掉頭踩過老鼠屎跟蒼蠅，衝到走廊，衝下樓，衝出大門。

我想吐。在綠色的草地上，我吐出的那堆黃色嘔吐物看起來新鮮又乾淨又香甜。

「沒事。」約翰說，他那隻還在顫抖的手拍拍我的背。

老嬤嬤拖著腳步跑過草地匆忙跟上來，往我們走過來，一臉疑惑。我們能告訴她什麼呢？我們發現了查理的血，我們發現了查理的糞便，查理的尿液，查理的嘔吐物。但是查理他人呢？

「他不在那裡，」我們告訴她，「他走了。」

ꝺ ꝺ ꝺ

我回到我的房間，思索著這故事。故事裡有好多地方令人難以理解。查理失蹤了，固然是個不錯的情節轉折。這故事讓我想起年譜，還有那費疑猜的縮寫：ＬＤＤ。但是，還有個另外讓人好奇的地方。她知道我注意到了嗎？我表面不動聲色，但是我已經注意到了。今天，溫特女士說了「我」。

ꝺ ꝺ ꝺ

在房間裡，我在火腿三明治旁邊的托盤上，看到了一個棕色大信封。

律師羅麥克斯先生回覆了我的信。除了他簡短卻親切的措辭，還有幾份文件的影本：海瑟特合約的影本——我瞄一眼就放到一旁；住在拿波里的布雷克女士寫的推薦函，用肯定語氣描述了海瑟特的才能；還有，最有意思的是，一封接受工作機會的信，由不可思議的求職者親筆所寫。

親愛的毛思禮醫生，

謝謝您好心為我爭取到的工作機會。

我樂意按照您的建議，於四月十九日開始安琪費爾德莊園的工作。

我蒐集到的資料顯示，火車只開到班布里。您或許可告知，從該處前往安琪費爾德村最便利的方法。我會在十點半抵達班布里車站。

海瑟特．貝洛 敬上

海瑟特剛毅的大寫字母帶有頑強意味，字母的傾斜透露出一致性，在字母g跟y中的彎曲顯示出流暢的風格。字母大小適中：小得足以節省墨水與紙張，又大得足以清楚明白。沒有裝飾，沒有複雜的纏繞、荷邊裝飾或是花飾。拼字的美感出自書寫者對於每個字母的控制，整齊、平衡而符合比例。這是真正勻稱的筆跡，這是海瑟特本人所寫的字。

右上方的角落上有個倫敦的地址。

太好了，我心想，我可以找到你了。

我伸手拿紙，在開始謄寫之前，我想先寫封信給父親推薦的系譜專家。這封信比較長：我得自我介紹，因為他並不知道我父親居然有個女兒；我必須稍微提一下他借用年譜的事情，好讓我能心安理得占用他的時間；我必須列舉我所知道的海瑟特的每一件事情：拿波里、倫敦、安琪費爾德莊園。但是我這封信函的要點很簡單——找到她。

☙ 查理離開後

我跟溫特女士的律師通信，她並沒有提出意見。不過我確信她知道這件事，我也確信我向律師要求的文件，若沒有她的允許，才不可能送到我的手上。我納悶她會不會認為我這種行為是作弊的手法，是她最討厭的「故事情節跳躍而不集中」。不過，那天我收到了羅麥克斯先生的信，並且向系譜專家送出協助的請求，她對這些事一個字也沒提，僅是從上次她停下來的地方繼續開始講故事，好像什麼也沒發生一樣。

ಌ ಌ ಌ

查理是我們失去的第二個人。要是把伊莎貝爾也算上去，他就是第三個，只是實際上我們早在兩年前就已經失去她了，所以她不算。

查理的失蹤對於約翰的影響比較大，海瑟特則還好。查理雖然一直隱避行蹤、行為古怪、與外界隔絕，但他畢竟是這個家的主人啊。每年有四次，在讓人催促了第六、第七次之後，他就會在一張紙上亂劃他的簽名，而後銀行會發放存款，讓一家人繼續慢條斯理過日子。但是他現在走了，這個家會變成怎麼樣呢？怎麼做才能拿到錢呢？

約翰過了幾天噩夢般的日子，他堅持要將育嬰房清理乾淨，「不然的話，我們全都會生病。」清潔過程中如果他忍受不住那種氣味，他就坐在外面的階梯上，像是溺水剛被救上岸的人，大力呼吸乾淨的空氣。晚上他洗澡的時間很長，用掉一整塊肥皂，把皮膚用力擦到露出了粉紅色。連鼻孔裡面都用肥皂清洗了。

約翰還開始負責做飯。我們注意到，老嬤嬤常會把飯做到一半就失了神，蔬菜在平底鍋裡煮成了軟糊又燒焦，房子裡永遠有食物的焦炭味。有天我們看見約翰在廚房裡，我們熟悉他的那雙髒手，那雙髒手本來是用來拔馬鈴薯的，現在卻在水中沖洗黃皮的蔬菜，剝掉蔬菜的外皮，讓爐灶上的鍋蓋發出煮開後的咯咯聲。我們吃到了新鮮的肉和魚，搭配大量的蔬菜，喝著濃郁的熱茶。老嬤嬤坐在廚房角落的椅子上，顯然不知道廚房的工作原本是她的本分。碗盤洗好，夜幕落下，他們倆坐在廚房桌邊談話。他擔心的事情都還在：他們怎麼辦？怎麼活下去？我們所有人後來會怎樣呢？

「別擔心，他會出來露面的。」老嬤嬤說。

露面？約翰嘆了口氣搖搖頭，他早就聽過這句話了。「他不在了，老嬤嬤，他走了，你已經忘了嗎？」

「走了！」她搖搖頭笑了，好像他說了個笑話。

在她首次得知查理離去的那瞬間，真相短暫掠過她的意識，但是卻找不到可以安頓的地方。她神志中的通道、走廊、樓梯間已經損壞，本來連結著她的思考，現在卻拆散了她的思考。她拾起思緒的一端，順著它穿過牆壁上的洞孔，溜進腳底下開放的隧道，含糊又有些不解地停下來：是不是有什麼事……？是不是已經……？她想到查理關在育嬰室裡，正因著摯愛但不幸去世的妹妹而憂愁發狂，她便墜入時間的陷阱，前面一件事還沒想清楚，她就聯想起查理的父親痛失親人，關在藏書閣中哀悼他死去的妻子。

「我知道要怎麼把他從裡面弄出來，」她眨了個眼，「我把嬰兒抱過去給他，這樣就好了。我現在順便去看看嬰兒還好嗎。」

約翰沒有向她解釋伊莎貝爾已經死了，因為這樣只會引起她的悲痛和驚心，讓她想要追問過程與原因。「精神病院？」她會震驚地大呼，「怎麼沒有人告訴我伊莎貝爾小姐在精神病院？想想看那女孩可憐的父親啊！他這麼疼她！這會讓他痛不欲生啊。」而且，這樣會讓她在往事的破碎走廊上，繼續失神好幾個小時，為了多年以前的災難傷悲，彷彿是昨天才發生的，可是她卻不留意今天的悲傷。約翰已經體會過她這種反應十來次，沒有勇氣再次體驗了。

老嬤嬤慢慢從椅子上站起來，一隻腳費力跨到另一隻腳前，拖著腳步出去看嬰兒。在她遺忘的歲月中，嬰兒已經長大、成婚、生了雙胞胎，然後死了。約翰沒有阻擋她，她連樓梯都還沒有走到，就會忘了自己要去哪裡。在她身後，他把頭擱在手中嘆氣。

怎麼辦？查理的事情，老嬤嬤的問題，這一切該怎麼辦？這個問題盤踞在約翰的心裡。一個禮拜過去了，育嬰房弄乾淨了，他深思了幾個夜晚，想出一個勉強算是計畫的計畫了。沒有收到查理的消息，沒有人看見他離去，家裡以外沒有人知道他走了。由於他隱士般的習性，也不可能有人會發現他的缺席。約翰也不知道是否該把查理的失蹤通知哪個人，是醫生嗎？律師嗎？他反覆思考這問題，每次得到的答案都是否定的。如果有人決定要離家，他當然有權利這麼做，而且不需要告知傭人他的下落。約翰看不出來告訴醫生會有什麼好處，醫生先前介入這家庭的行為只帶來了災難，至於律師嘛……

想到這點，約翰自言自語說出心裡的想法，越說越慢，越說越複雜。因為若是查理不回來，誰來批准銀行的提款呢？他隱約知道，如果查理長時間失蹤下去，律師就會出面了，但是仍然……約翰當然不願意。在安琪費爾德莊園，他們已經與外界隔絕生活多年了，海瑟特曾經是進入他們世界的外人，看看結果發生什麼事！此外，他天生就不信任律師，約翰對於羅麥克斯先生沒有特別的指控，但這傢伙每次出現都是一付親切明理的模樣。約翰覺得，自己沒辦法把家裡的困境吐露給律師這種靠著干預他人私事賺錢的人。還有還有，如果查理的失蹤變成公開的事實，就像大家都知道他的特立獨行，那麼律師還會願意在查理的銀行文件上簽字，好讓約翰與老嬤嬤有錢處理家裡的柴米油鹽嗎？才不會呢！約翰對於律師這行的理解讓他知道事情不會這麼簡單。約翰皺著眉頭，想像羅麥克斯走進房子裡，打開一扇扇的門，翻箱倒櫃，眼睛看著家裡每個陰暗的角落，還有家裡多年來藏匿的陰暗。這件事情會沒完沒了。

律師只要來家裡一趟，就會發現老嬤嬤不對勁，他會堅持要醫生來看診，於是發生在伊莎貝爾身上的事情就會同樣發生在老嬤嬤身上，她會被帶走。這樣怎麼可能算有好處呢？

不算。他們才剛擺脫了一個外人，現在不是邀請另一個外人進來的時候，私下處理掉比較安全。這也就是說，他打算讓事情保持現在的狀態。

目前沒有緊急情況。幾個星期前才提過款，所以他們手上還有點錢；海瑟特走的時候也沒有領走薪水，所以只要她沒有寫信來索討薪水，只要沒有突發狀況，就還有現金可用。吃的幾乎不用花錢買：園子裡的蔬果足以供養整支軍隊，樹林裡到處有松雞跟雉雞。如果有緊急狀況，有災難出現（約翰快要想不清楚了——他們這段日子經歷的不算是災難嗎？接下來還可能會發生更糟糕的事嗎？不曉得什麼原因，他認為會有更糟的事情發生），那麼他也知道有個人會願意以一兩先令，交換幾箱地窖裡久已無人聞問的紅酒。

「我們這段時間沒問題的，」有天晚上他在廚房裡抽著菸告訴老嬤嬤，「小心的話，可能可以撐過四個月。接下來怎麼辦就不知道了，我們得想想。」

這段對話只是自我安慰而已，他已經不期盼老嬤嬤口中會出現明確的答案了。但是多年來他已經養成了跟她說話的習慣，無法輕易戒除，所以他繼續坐在廚房桌子對面，和她分享他的想法、夢想、憂慮。假如她有回應（其實只是幾句漂流中的隨意閒聊），他就會苦思她的看法，努力找出她的回答與自己的問題之間有沒有關聯。但是她腦中錯綜複雜的想法讓他無法理解，她前一個字到後一個字之間的線頭，早已經在黑暗中溜走。

他從菜園持續採收土產。他料理餐點，在老嬤嬤的盤子上切開肉片，一小口一小口用叉子餵進她嘴中。他把她一杯杯冷掉的茶倒掉，重新準備新鮮熱茶。他雖不是木匠，但是他在腐爛的木板上釘上新的木片，讓幾個主要的房間裡再也不必用平底鍋接漏水；並且站在閣樓，看著天花板的洞搔搔頭。「那邊一定要處理處理。」他的口氣堅決。但現在雨下得不多，也沒下雪，這份工作可以拖延。還有很多其他的事情要做，他清洗床單與衣服，肥皂殘留的薄片讓衣服乾了之後變得硬硬的，黏黏的。他把兔子去皮，給雉雞拔毛，然後烤熟。他洗碗盤，清理水槽。他知道該做哪些事，他已經看過老嬤嬤做這些事情上百回了。

偶爾他才花上半個小時在綠雕庭園，但是已經無法從中得到樂趣。他老是擔憂他不在的時候家裡可能會發生什麼事，使得自己在庭園裡的愉悅蒙上了陰影。此外，他已經沒時間妥善整理花園了，到了最後，庭院中他唯一照料的是菜園，其餘的就不管了。

我們習慣了新的生活方式之後，就可以從中尋得些許慰藉。酒窖成了家庭經濟的重要來源，而且不引人注意。隨著時間過去，我們的生活模式好像可以一直這樣下去了。說真的，如果查理就這樣一直不在家，我們的生活會更舒適。他不見了，不回來，不知死活，對任何人都沒有傷害。

因此我把我知道的祕密藏在心中。

在樹林中，有間茅舍已經快一百年沒人用了，荊棘蔓生，蕁麻圍繞，那是查理與伊莎貝爾以前常去的地方。伊莎貝爾被帶去精神病院後，查理依然常到那裡去；我知道，因為我看過他在那裡嗚咽哭泣，用那隻老舊的針在自己的骨頭上刻寫情書。

應該是在那裡。他失蹤後，我又去了那裡一趟。刺藤與突出的植物遮蔽了入口，在香甜又腐敗的氣味中，我擠了進去。就在那裡，在那昏暗之處，我找到他了。他陷落在角落，槍在身旁，半邊臉炸開了。儘管有蛆，我還是能認出另外半邊臉。是查理沒錯。

我退出門口，不在乎蕁麻跟荊棘，迫不及待要離開看得見他的地方，但是他的影像伴隨著我。我再怎麼跑，似乎也不能擺脫他那隻空洞的獨眼對我的凝視。

在哪裡才會得到安慰？

我知道有間房子，一間在樹林中的樸素小屋子，我以前在那邊偷過幾次食物。我去了那裡，躲在窗戶旁，讓呼吸恢復平穩，回到正常的人生。我停止喘氣之後，站起來往裡面瞧，見到一位婦人坐在椅子上編織。儘管她不知道我在外面，但她的存在讓我平靜下來，就像童話故事中善良的祖母。我看著她，以此潔淨我的眼睛，直到查理屍體的影像淡去，我的心跳才回復正常。

我走回安琪費爾德莊園。可是我沒有說。我們現在的生活比較好。還有，不管怎樣，這對他一點差別也沒有，不是嗎？

他是我的第一個鬼魂。

ꕥ ꕥ ꕥ

我覺得醫生的車子好像永遠都停在溫特女士家的車道上。我剛到約克郡時，他每隔三天來一次，接著每兩天來一趟，接著天天都來，現在他每天來這裡兩趟。我看著溫特女士，明白了一個事實，她病了，生命垂危。儘管如此，當她向我述說她的故事時，似乎是運用著一股不受年紀、病痛影響的力量源泉。為了解釋這種矛盾的現象，我告訴自己，是醫生忠誠的照顧鼓舞著她。

然而，在我眼睛看不見的地方，她肯定是非常衰弱，否則要怎麼解釋裘蒂絲有天早上毫無預期的宣布呢？她意外地告訴我溫特女士身體不舒服，不能見我，可能會有一兩天無法與我面談；既然在這裡無事可做，我不妨休個短暫的假。

「休假？上次我要離開查資料，她還大驚小怪呢，我以為她最不願意看見的就是我跑去休假。而且，離聖誕節只剩幾個星期了！」

裘蒂絲的臉漲紅了，但她並沒有提供進一步的消息。一定是有哪裡不對勁了，她們要我走開，別在這裡礙事。

「需要我幫忙為你整理箱子嗎？」她釋出善意，略帶歉意笑著；她明白我已經知道她在隱瞞事情。

「我自己可以打包。」惱怒讓我的態度變得唐突。

「今天莫理斯休假，可是克里弗頓醫生會開車帶你到車站。」

可憐的裘蒂絲，她討厭說謊，又不擅長找藉口。

「溫特女士呢？我想很快跟她講一兩句話，在我走之前。」

「溫特女士？恐怕她——」

「不願見我？」

「不能見你，」她臉上洋溢著說了真話之後鬆一口氣的表情，她的聲音中響起了真誠，「相信我，李雅小姐，她不能見你。」

不管裘蒂絲知道什麼內情，克里弗頓醫生也知道。

「你父親的書店靠近劍橋哪裡？」他問道。他還想知道「他有沒有從事醫學史書籍的買賣」之類的訊息。我簡單回答他，因為我更關切自己的問題。過了一段時間，他就不再跟我閒話家常了。等我們的車子開進哈洛格特，因為溫特女士使人為之氣餒的緘默，車裡的氣氛更加低沉了。

再訪安琪費爾德莊園

前一天在火車上，我已經設想過等下會見到活力四射的場景與騷動的嘈雜：吶喊的指令、打著旗號傳達訊息的手臂、轟轟作響又移動緩慢的起重機、石頭砸在石頭上的爆裂聲。事實不然。我抵達莊園大門，往工地一瞧，一切無聲平靜。

什麼也看不見。空中懸浮的雲靄遮蔽了前方，即便是小徑也模糊難辨。我的腳一會兒走在小徑上，一會兒又不見了。我仰頭盲目前進，按照我上次來訪的記憶，依據溫特女士的描述，探查小徑的位置。

我記憶中的地圖是正確的；我在預計該走到庭院的時候，就走到了庭院。紫杉陰暗的形體矗立著，像是一組色澤朦朧的舞台佈景，而且它們襯著空白的背景，立體感也消失，成了兩片平面；紫衫的最上方是精巧的球體形狀，飄浮在雲朵一般的薄霧中，就像是輕飄飄的大禮帽，而底下原本該支撐它們的樹幹，卻消退在下方的白茫中。六十年的歲月過去了，它們蔓生無度，原貌已失。來訪者現在很容易便以為，花圃的幾何圖形線條僅僅是因為薄霧而變淡了，只要薄霧消散，庭院就會顯露原本的精緻景觀，還有完美的排列；周遭不是施工中的工地，不是廢墟，而是完好的大宅邸。

五十年的光陰如空氣中懸浮的水氣一樣脆弱，即將被冬陽的第一道光芒蒸發。

我把手腕抬起靠近臉龐，查看手錶。我約好了要和奧瑞利思碰面，但在濃霧中我要怎麼找到他呢？即使他在觸手可及的距離內經過，我也可能還在一旁瞎摸索，看不見他。

我呼喊：「喂！」然後一個男聲傳回來。

「喂！」

分不出他是遠是近，「你在哪裡？」

我想像奧瑞利思往雲霧裡注視，尋找明顯的標誌。

「我在一棵樹旁邊。」他的話語隱約不清。

「我也是，」我喊回去，「你的樹跟我的樹可能不一樣，你聽起來太遙遠了。」

「可是你聽起來頗近的。」

「是嗎？那你待著別動，繼續講話，我來找你！」

「你說的對！好主意！讓我想想要講什麼。這樣講話好難啊，其他時候就簡單了……今天天氣真差，沒見過像這樣陰沉的天氣。」

就這樣，奧瑞利思一面大聲說出內心的想法，我一面腳踏雲霧，追隨空氣中他飄渺的聲音。

這時我看到了，有個影子從我身邊悄悄走過。在潮濕的光線中，那個人影蒼白又黯然。我知道那絕不是奧瑞利思，我突然意識到我的心跳，我伸出手，懷著恐懼又抱著希望。那身影閃過我，一溜煙不見了。

「奧瑞利思？」我聽出自己聲音中的緊張不安。

「噯？」

「你還在那裡嗎？」

「我當然在。」

他的聲音從反方向傳來。我剛看見的是什麼？不是奧瑞利思，一定是霧的關係。我若是再等下去，可能還會見到其他的東西。我站著不動，注視著水漾的空氣，等待那身影再度出現。

「啊哈！你在這裡！」我身後響起一陣響聲。是奧瑞利思。我轉身面對他，他戴著手套的手緊抓住我的肩膀。「天哪，瑪格麗特，你的臉色怎麼這麼蒼白，任誰都會以為你見鬼了！」

我們一同走在庭院中。穿著大衣的奧瑞利思看起來比他實際更高大粗獷。我穿著灰濛濛的雨衣在他身旁，覺得自己好脆弱。

「你的書寫得怎麼樣了？」

「現階段還只是在做筆記，訪談溫特女士。還有做調查。」

「今天是來做調查的，對不對？」

「對。」

「你想知道什麼？」

「我只想拍幾張照片，但我想天氣這麼差，大概沒辦法。」

「一個小時之內，就可以看清楚周圍環境了，霧不會停留太久。」

我們走到通道的前面，兩旁排列的松樹朝通道中央生長，幾乎連成了一片樹籬。

「奧瑞利思，你為什麼來這裡？」

我們朝著小路的盡頭緩步走去，接著到了一處空無一物，只有霧氣的地方。我們走到一座比奧瑞利思還高兩倍的紫杉樹牆，沿著樹牆而行。我注意到草地裡與樹葉上閃耀著光芒：太陽已經出來了。空氣中的濕氣開始蒸散，能見度每分鐘都在增加。我們的紫杉樹牆帶領我們沿著一塊空地繞了一整圈，回到進來的同一個通道。

我的問題好像已經在時間的流動中消逝，我甚至不確定我到底問了沒有。此時奧瑞利思卻回答了：「我在這裡出生的呀。」

我突然停下腳步，奧瑞利思還在繼續往前走，沒有注意到他的話對我產生多大的衝擊。我半走半跑趕上他。

「奧瑞利思！」我抓住他大衣的袖子，「真的嗎？你真的在這裡出生的？」

「對。」

「什麼時候？」

他露出怪異又悲傷的笑容，「在我生日那天。」

我不加考慮，繼續問：「對，但是那是什麼時候？」

「大概是一月的某天，有可能是二月，甚至可能是十二月底。大約六十年前。很遺憾我只知道這些。」

我眉頭深鎖，想起他之前告訴過我樂弗太太與他從小沒有母親的事。但是，到底是在怎樣的情況下，一個收養的孩子竟然會對自己出生的環境知道得這麼少，少到連自己的生日都不清楚呢？

「奧瑞利思，你的意思是，你是棄嬰？」

「對，就是這個字眼，棄嬰。」

我啞口無言。

「我想，人總會習慣這種事情。」他說。我好難過，他竟然用自己的失落來安慰我。

「你真的習慣了嗎？」

他凝視著我，表情古怪，不知道該向我透露多少。「沒有，其實沒有。」他說。

我們帶著殘障者般的緩慢腳步繼續散步。霧快要散盡了，綠雕迷人的造型已經失去了魅力，它們現在看來像蓬亂的灌木叢與籬笆。

「那麼，樂弗太太是——」我開口。

「撿到我的人，沒錯。」

「而你的父母親……」

「不知是誰。」

「但是你卻知道你在這裡出生？在這棟宅邸裡？」

奧瑞利思雙手硬塞到口袋底，他的肩膀僵硬。「我也不指望別人明白，我沒有證據。但是我真的知道。」他很快瞄了我一眼，我用眼神鼓勵他繼續說下去。

「有時候你就是知道某種事情，關於你自己的事情，在你有記憶之前的事情。我不知道該怎麼解釋。」

我點點頭，然後奧瑞利思繼續說。

「我被撿到的那天晚上，這裡發生一場大火。這是我九歲的時候，樂弗太太告訴我的。她認為應該告訴我，因為當她發現我的時候，我的衣服上面還有煙味。後來我到這裡看過一次，從此以後我一直回來這裡。後來我在地方報紙的資料庫查過這條新聞。總而言之——」

他的語氣聽起來好像不在乎，但顯然他就是在述說一件極度重要的事情；這是他最珍惜的故事，但裝扮在漫不經心底下，好掩飾它的重要性；這樣，萬一聽到這個故事的人沒什麼反應，他才不會太難過。

「反正，一到這裡我就知道了。這裡是我的家，我告訴自己，我出生的地方。這點毫無疑問，我知道。」

說完最後幾個字，奧瑞利思無意中讓本來的那份不在乎悄悄溜走，讓另一絲熱情漸漸綻露。他清清喉嚨：「我也不指望有人會相信，這件事情我沒有證據，只是日期上的巧合，還有樂弗太太隱約記得聞到煙味。還有，我自己的堅定信念。」

「我相信。」我說。

奧瑞利思咬著唇，小心翼翼地斜眼看我。

他吐露了祕密，加上剛才這一層雲霧，讓我們兩人意外踏進一個互相親近熟悉的境地，連我自己也快要把心底從沒告訴人的話說出來了。成篇的言語飛進我腦中，自動組織成句子，一長串的句子，焦急地要從舌頭飛出，好像它們已經為了此刻籌備了好多年。

「我相信你，」我再重複一次，舌頭上滿是想講的話，「我一直也有那種感覺，知道自己絕不可能瞭解的事情，在我有記憶之前的事情。」

同時間，又出現了！我眼角看見一個迅速的飄移動作，剎那間出現又消失。

「奧瑞利思，你看見了嗎？」

他順著我的凝視往樹雕金字塔與樹雕的後方觀察，「看見什麼？沒有啊，什麼都沒看見。」

已經不見了，要不然就是根本沒有出現過。

我轉身面向奧瑞利思，卻已經沒了勇氣，揭開祕密的時機過去了。

「你知道自己的生日嗎？」奧瑞利思問道。

「知道，我知道自己的生日。」

我以前沒說出口的話，現在又退回到這些年來儲藏它們的地方。

「我記下來，好嗎？」他爽朗地說，「我可以送你一張卡片。」

我裝出一個微笑，「其實我生日快到了。」

奧瑞利思打開一本藍色小筆記本。

「十九號。」我告訴他，他用鉛筆記下。鉛筆在他龐大的手中看起來小得像一枝牙籤。

☙樂弗太太打襪跟

下雨了，我們拉上帽兜，急忙走進禮拜堂躲雨。我們在入口處抖掉外套上的雨滴，然後走進去。我們坐在靠近祭壇的長椅上，我往上盯望著灰白的拱形天花板，直到自己感覺頭暈眼花。

「告訴我你被撿到的故事，」我說，「你知道什麼？」

「我只知道樂弗太太告訴我的事情，」他回答，「我可以把那個故事告訴你；還有屬於我的繼承物。」

「你有東西可以繼承？」

「對，不是值錢的東西，不是大家講到繼承通常所指的意思，不過沒差……其實我待會兒可以拿給你看看。」

「太好了。」

「對……因為我在想啊，九點吃蛋糕，離早餐還太近了，是不是？」他臉上露出一個勉強的做作表情，後來他臉整個亮起來了，「所以我想邀請瑪格麗特回家吃午前茶點，蛋糕跟咖啡，你覺得這個計畫怎樣？你可以吃得飽飽的，同時我給你看看我繼承的東西。其實沒幾樣啦。」

我接受了邀約。

奧瑞利思從口袋拿出眼鏡，漫不經心用手帕擦起眼鏡。

「這個——嗯——」他慢慢地深深吸了一口氣，慢慢地吐氣，「根據我所聽到的，樂弗太太還有她的故事。」

他的表情變得漠然，這是每個說故事的人都會有的前兆。他本人逐漸消逝無蹤，讓路給故事本身的聲音。接下來是他朗誦的故事，就從第一句話開始，在他的聲音裡，我聽到樂弗太太在說話，故事的記憶把她從墳墓中召喚出現。

她的故事，還有奧瑞利思的故事，還有，也許吧，愛蜜琳的故事。

那夜一片漆黑，暴風雨正在醞釀。風在樹梢呼嘯，雨水大到差點把窗子打破了。我坐在火爐旁這張椅子上打毛線，想編灰色的短襪，編到第二隻了，我剛好在收襪跟。唔，我打了個寒顫，不是因為我冷哦，你要知道，那天下午我才從庫房搬了好多木柴堆著，而且我才剛放了一條短圓木到爐火裡。我不冷，一點也不冷。不過我想，今晚好可怕啊，我慶幸自己不是在這樣一個夜晚裡離家困在外面的可憐蟲。可是一想到這種可憐的傢伙，讓我打了個顫抖。

屋子寂靜無聲，偶爾只聽到爐火爆裂一響，織針的卡嗒卡嗒聲，還有我的嘆氣。我在嘆息嗎？嗯，對啊，我在嘆息；因為我不開心。我掉進回憶裡去了，對一個五十歲的婦人來說，這是個壞習慣。我有一盆溫暖的爐火，頭頂有片屋頂，肚子吃得飽飽的。但是我知足嗎？不。我就這樣坐著，在灰色短襪上頭嘆息，而雨水持續落下。過了一會兒，我站起來從食物櫃拿了一片梅糕，梅糕已經發酵了，滿是果酒的香氣。我好開心啊。可是等我回到位子上，拿起我編的東西時，我的心情變得大壞。你知道為什麼嗎？因為那隻短襪我竟然打了兩次襪跟！

我這下煩躁起來了，真的讓我心裡不安，因為我做編織工作是很細心的，不像我妹妹凱蒂那麼粗心，也不像我可憐的老母親垂死前那樣老眼昏花。我這一輩子只犯過兩次這種錯誤。

我第一次多打一個襪跟的時候，還是個年輕姑娘。有個和煦的午後，我坐在敞開的窗戶旁，享受整個花園中盛開花朵的味道。那時我在編織的是一隻藍色的短襪，織給……嗯，給一個年輕人，我的情人。我才不告訴你他的名字；沒有必要。噯，我一直在做白日夢，傻啊，白色的衣裳，白色的蛋糕，好多類似這種的傻念頭。突然間，我朝下一看，發現自己打了兩個襪跟，非常明顯，一段襪子的側邊，一個腳跟，再一段襪子的側邊，接著又是一個腳跟。我哈哈大笑，沒關係，解開之後重做，容易得很。

凱蒂從花園小路跑過來的時候，我已經把織針抽出來了。「她怎麼了？」我心裡一驚。她的臉色發青，她從窗戶看見我的那一刻，她停止不動。那時我就明白了，出事的不是她，是我。她張大嘴，但是連我的名字也喊不出來，她在流淚，接著她大聲說了。

出事了！他——我的情人——跟著弟弟出門，追趕松雞一類的，追到不該去的地方，被人看見了。他們嚇了一跳想逃走，他弟弟丹尼先跑到旋轉柵門跳了出去，我的情人，他太匆忙了，獵槍卡在旋轉柵門上，他應該慢慢來的，不要著急，他聽見腳步聲追過來，嚇得半死，把獵槍使勁一拉。我不用詳細說了，是不是？你可以猜到後面發生什麼事情。

我解開我編的短襪，為了編織短襪所打的一個又一個、一排又一排的結，我全解開了，這很簡單的，只要把織針抽出來，輕輕一扯，所有的結就這麼解開了，一個接一個，一排接一排。我解開多餘的襪跟，然後繼續把其他的部分也解開。襪統、第一個襪跟、腳側。你一拉毛線，所有的線圈自動散開，然後再也沒有東西可以散開了，只有我腿上一堆捲曲的藍色毛線。

編一隻短襪用不了多少時間，解開短襪的時間更短。

我好像後來把藍色毛線繞成一個球，做成其他東西。不過我不記得了。

我第二次犯錯編了兩個襪跟的時候，我年紀已經大了。凱蒂跟我一起坐在這個爐邊，前一年她先生死了，她搬來跟我一起住也快滿一年了。我認為，她現在心情比較好，常會微笑，對事情有了興致，聽見他的名字不會眼眶含淚。我們坐在這裡，我在編織，編一雙給凱蒂睡覺用的舒服短襪，用最柔軟的小羊毛線，粉紅色的，搭配她的睡衣顏色，而她大腿上放著一本書。可是她沒有在看書，因為她說：「瓊恩啊，你打了兩個襪跟。」

我拿起我編的東西，她說的沒錯。「唉，我做壞了。」我說。

她說，如果那是她自己編的，她一點也不會覺得意外。她每次都打兩次襪跟，要不然就是根本忘記要打襪跟。有好幾次她幫她先生打毛襪的時候沒打襪跟，只有襪統跟足尖。我們笑了，可是她說她很驚訝，這麼心不在焉，不像是我。

嗯，我說，我以前犯過這種錯誤，只有一次。我提醒她我剛才告訴你的故事，我情人的故事。我說完之後，開始修改錯誤，小心解開第二個襪跟。我需要專心一點才能修改錯誤，而且光線漸漸消退。嗯，我說了我的故事，她什麼話都沒有說，我想她還在想她丈夫吧。你知道的，我講的遺憾故事是好多好多年前發生的，相比之下，她的憾事最近才發生。

光線不夠了，我今晚打不完毛襪的足尖部位了，所以我把東西放到一旁，抬起頭。「凱蒂？」我說，「凱蒂？」沒有回應。有那麼一瞬間，我以為她睡著了，但是她沒有。

她在那裡，這麼安詳寧靜，臉上掛著一抹微笑，好像她樂於和他重逢，與丈夫重聚。當我在黑暗中看著那隻毛襪，喋喋不休說著我往日故事的時候，她已經到他身邊去了。

所以說，那夜一片漆黑，我又發現自己打了兩個襪跟的時候，我當然感到不安。第一次我打了兩個襪跟，結果失去了我的男人；第二次，我失去了妹妹。現在是第三次了，我已經沒有人可以失去了，現在只剩下我自己。

我看著短襪，灰色的毛線。很顯然，這次是衝著我來的。

沒關係啦，我告訴自己，有誰會想念我呢？我的離開不會為任何人帶來痛苦，那是一種福分啊。畢竟，我至少過完了這一生，不像我的情人。我也想起凱蒂臉上的表情，那個快樂寧靜的表情。我想，應該不會太悲慘吧。

我打算要解開多出的襪跟。你可能不理解這樣做有什麼意義。好吧，我不希望被人發現的時候，身上還有這個打錯的襪子。「糊塗的老女人，」我可以想像人家會說，「腿上還放著她編的東西，你猜怎麼著？她打了兩次襪跟啊。」我不想讓人家這麼說，因此解開了第二個襪跟。我一邊動手，心裡一邊做好了赴死的準備。

也不知道那樣坐了多久，最後門外有個聲響傳到我耳中。一陣哭喊，好像是什麼迷路的小動物。我深陷在我自己的思緒中，沒有期待會有東西出現在我的人生盡頭，因此一開始我還沒有留意。後來又聽見了，那個聲音好像在呼喊我，因為這裡是個人跡罕至的地方，除了我以外還有誰會聽見呢？我想也許是貓咪吧，找不到媽媽之類的。我已經準備要去見我的造物者了，但這隻小貓全身濕淋淋的影像再度讓我分心。於是我心想，總不能因為我要死了，就不讓上帝的一個創造物得到溫暖與飽足吧。而且我也可以告訴你，如果當下身旁有個活生生的小動物陪伴我也很好。所以我走到門口。

結果我發現什麼？

藏在門廊躲雨的，是個娃娃啊！用帆布包著，像小貓咪發出低低的哭泣聲。可憐的小東西，你又冷又濕又餓，我幾乎不敢相信自己的眼睛，我彎下身抱起你，而你一見到我就不哭了。

我沒有在門外逗留，你需要吃東西，還有乾衣物。所以我沒有在門廊停留太久，只是很快看一眼，沒有東西，一個人影也沒有，只有風在樹林間沙沙作響吹啊吹，還有，好奇怪，安琪費爾德莊園那裡有煙霧冒出，消散在天空中。

我把你摟進懷中，走進屋子，關上了門。

之前我曾經兩次在短襪上打了兩個襪跟，結果召來死亡。第三次，抵達門口的是生命。這個事情告誡我，別對巧合有過多的詮釋。反正，在那之後我沒有時間考慮死亡這件事了。

我要考慮的是你。

於是我們從此過著快樂的日子。

ཽ ཽ ཽ

奧瑞利思吞了一下口水，他的聲音變得嘶啞低沉，嘴中流瀉的話語像是咒文。那些話他從小就聽了千百遍，長大之後又在他心裡重複了幾十年。

故事說完，我們沉默坐著，凝視著祭壇。外面的雨還在下，從容不迫。奧瑞利思在我身邊像一座雕像，但我猜想他的思緒根本不平靜。

我可以說的話很多，可是我一句也沒說。我只等他按照自己的時間重新回神過來。然後他又說話了。

「重點是，這不是我的故事，對不對？我是說，我當然在故事裡面，但是整個故事不是我的，這個故事是樂弗太太的，她想嫁的男人，她的妹妹凱蒂，她的編織，她的烘焙，全都是她的故事。只是剛好在她以為故事要結束的時候，我出現了，讓故事有了個新的開始。

「但這樣也不會讓這個故事變成我的故事，對不對？因為她開門之前，在那天晚上她聽見聲音之前……之前……」

他停止下來，呼吸急促，做了一個切斷句子的手勢，然後又開始說：「因為要是有人撿到一個嬰兒，像那樣在雨中孤伶伶的，這表示在那之前，為了使上面這件事情發生，必然……」

他又用手做了一個狂亂擦抹的動作，眼光狂野掃視禮拜堂天花板，好像這樣就會找到他所需要的動詞，讓他確定他想說的話：「若是樂弗太太撿到我，只可能表示在那之前，還有別人，另外一個人，一個做母親的一定——」

就是那裡，那個動詞。

他的臉因絕望而僵硬，激動的手勢做到一半，然後停止在一個姿勢上，讓人聯想到懇求或祈禱。有的時候，人類的表情與身體可以精確萬分表露出內心的渴望，就像有句話說，你可以像書本一樣閱讀這些人。我閱讀著奧瑞利思。

別拋棄我。

我伸出手摸摸他的手心，雕像重新有了生命。

「別再等雨停吧，」我低聲說，「雨要下一整天的。我的照片可以晚點拍。我們走吧。」

「好，」他說，嗓音中帶點沙啞，「我們最好走吧。」

繼承物

「直走一哩半，」他指著樹林說，「走馬路要更久。」

我們穿過鹿苑，接近樹林的時候聽見了聲響，是個女人的聲音，那個聲音在雨中浮游，沿著砂礫車道傳到她的孩子們那兒，傳過了鹿苑，傳到我們這裡來了。「我跟你說過，湯姆，濕漉漉的，雨這麼大，他們不能工作的。」孩子們看見停止不動的起重機與重機械，失望地停下腳步，他們的防水帽蓋在金髮上，使我分不清誰是誰。那個女人走到孩子身旁，一家人緊緊擠在一塊，好像是雨衣們開了一場短暫的會議。

這一家人動人的靜止畫面，讓奧瑞利思著迷。

「我以前見過他們，」我說，「你知道他們是誰嗎？」

「這一家人住在大街上，有邊鍬韆的那戶人家。凱倫照顧這裡的鹿隻。」

「這裡還能打獵？」

「沒有，她只有照顧鹿群而已。他們一家都很親切。」

他的目光羨慕地跟著他們的身影，然後搖搖頭打斷自己的凝神。「樂弗太太對我非常好，」他說，「我愛她。這些其他的事情——」他做出一個算了的動作，轉身朝向樹林，「走吧，我們回家吧。」

穿著雨衣的一家人掉頭朝著莊園大門走去，顯然也決定回家了。

我和奧瑞利思籠罩在沉默的友情中穿過樹林。

樹林裡沒有樹葉遮擋光線，雨中的枝幹顏色變得更深，往潮濕隱晦的天際延伸。奧瑞利思伸出手臂推開低矮的枝幹，樹枝上凝結的水珠加上天空掉落的雨滴，一同灑在我們身上。我們遇到一棵坍塌的樹木，於是彎下腰來注視樹洞裡累積的一潭漆黑雨水，雨水已經把樹皮浸泡得軟糊糊的了。

接下來，「我家。」奧瑞利思宣布。

他的家是間石頭小農舍，建造的重點在於堅固，而非美觀。不過它那簡單牢靠的外觀仍然很迷人。奧瑞利思帶我繞過屋旁，這房子有一百年還是兩百年的歷史了呢？很難說。這種房子，就算經歷百年光陰也不會有太大變化，但是房子後面有間寬廣的加蓋物，幾乎和原來的房子主體一樣大，拿來當作廚房。

「我的避難所。」他說，同時帶我進去。

一座龐大的不鏽鋼烤箱，刷白的牆壁，兩個大冰箱——這是專業廚師使用的專業廚房。

奧瑞利思幫我拉出椅子，我坐在書架旁的小桌子前。書架上面擺滿了食譜，法文的，英文的，義大利文的。其中有本放在桌上，跟其他的位置不同。那是一本肥厚的筆記本，用咖啡色的紙包著，書角因為歲月而鈍損。咖啡色的外包裝因為多年來在沾滿奶油的手指觸碰下，已經變得透明了。有人在正面用英文寫了「食譜」兩個字，是老派、學校教的大寫字母拼法寫成的。後來有另一個比較新的字跡，把舊式拼字上多出來的字母刪掉了。

「我可以看嗎？」我問。

「當然可以。」

我翻開筆記本內頁，維多利亞海綿蛋糕，乾棗胡桃糕，烤餅，薑糖餅乾，起司甜派，果醬塔，水果蛋糕……一頁頁翻下去，拼字與筆法越來越進步。

奧瑞利思轉動烤箱上面的刻度，在房內輕巧地走動，準備他要的材料。等到一切材料都在他伸手可及之處，他看也沒看，先拿了個篩網，然後是刀子。他在自己廚房中作業的方式，就像是司機在自己的車裡切換排檔，平穩地伸出一隻手，不仰賴他人，完全知道要做什麼，而他的視線從來沒有離開面前固定不動的定點——所有材料都混合在當中的大碗。他篩麵粉，把奶油切成小塊，刮下橘子皮屑，動作跟呼吸一樣自然。

「看到那個廚櫃嗎？」他說，「你左邊那個？你可以打開嗎？」

我以為他需要什麼器具，於是開了廚櫃的門。

「有一個掛在栓子上的袋子，在裡面。」

那個袋子是一個樣式奇怪的破舊小背包，兩側沒有用線縫合，卻是往內用搭鉤紮牢，還有一條又長又寬的皮背帶，固定在兩邊已生鏽的扣子上，大概是讓人斜背在身上用的。皮革乾裂了，原本是卡其色的帆布現在只剩歲月的色彩。

「這是什麼？」我問。

他的眼睛離開大碗，看我一眼。

「我被找到時，裝著我的袋子。」

他回過頭去混合材料。

*他被找到時，裝著他的袋子？*我的目光緩緩從小背包移到奧瑞利思身上。就算是彎著腰揉麵團，他的身高也超過六呎。我記得第一次看見他的時候，我以為他是故事書中的巨人。現在那個背帶甚至無法繞過他的腰身，然而六十年前，他小到可以裝進裡面去。想到時間的力量，讓我頭昏目眩，於是又坐下來。許久許久以前，是誰把這個嬰兒放到背包裡呢？是誰將背包的帆布裹在他身上防禦寒風，又扣緊搭鉤，把背帶掛在身上，穿過了黑夜，找到樂弗太太的房子呢？我的手指在她曾經摸過的地方移動。帆布，搭鉤，背帶，想要尋找她的痕跡。但願這背包可以回應我的碰觸而透露線索，不管是盲人點字法、隱形的墨水或其他密碼都好。可惜背包沒辦法。

「讓人很心痛，對不對？」奧瑞利思說。

我聽見他迅速將某樣東西放進烤箱，關上箱門，然後感覺他站到我的身後，從我的肩膀後探過頭來看。

「你打開背包——我手上有麵粉。」

我解開搭鉤，打開層層的帆布。裡面是一個圓形平底，中間躺著一團紙與碎布。

「我繼承的東西。」他說。

這些東西看起來像一堆該丟棄的垃圾，準備要掃進垃圾箱，但是他帶著小男孩凝視寶藏的熱情望著它們。「這些東西就是我的故事，」他說，「這些東西告訴我：我是誰。問題是該怎麼解讀。」他的迷惘既深切又認命，「我這輩子都想要拼湊出我的故事，我不斷思考，希望可以找到貫穿的思緒……讓我慢慢瞭解故事。拿那個來說吧——」

那是一塊布，亞麻布，原本是白色的，現在已經泛黃了。我把布塊解開攤平，布上面繡著星星與花朵交織的圖案，也是白色的；上面有四個精緻的珍珠色釦子，原本是嬰兒的衣服或者女用睡袍。奧瑞利思沾滿麵粉的寬大手指在這小片衣服上徘徊，他想要摸，卻不想讓它上面沾上麵粉。窄小的衣袖現在只能容納他一隻手指。

「這是我當時穿的衣服。」奧瑞利思解釋。

「非常老了。」

「我想是跟我一樣老。」

「甚至，比你還老。」

「真的嗎？」

「你看看這裡的針腳，還有這裡的。這些地方修改過好多次了。還有，這個釦子不一樣，在你之前，還有其他的嬰兒穿過這衣服。」

他的眼睛迅速離開這一小塊亞麻布，轉移到我的臉上，然後又回到布塊上，非常渴望讀出更多訊息。

「還有這個。」他指著一張紙，是從一本書上撕下來的，上面布滿了縐痕。用手接過紙後，我開始朗讀。

「……一開始不明白他的意圖；但是當我見到他拿起書舉著，站著做出要扔出去的架式，我本能往旁一閃，驚慌大喊——」

奧瑞利思接著句子繼續讀下去，他沒有看著紙張朗讀，而是憑著記憶背誦：「——不過卻不夠快。書拋過來，打中了我，結果我倒下，頭撞上了門，劃出了一道傷。」

我當然知道這是哪一本書，我怎麼可能不知道這本書，天曉得我已經讀了多少次了？「《簡愛》。」

我驚訝地說。

「你知道這本書？對，是《簡愛》，我在圖書館問過，是夏綠蒂什麼什麼寫的，她好像有好幾個姊妹。」

「你讀過《簡愛》嗎？」

「我開始讀了。故事是講一個小女孩，沒了家人，所以她的舅媽收留她。我以為那本書會讓我發現什麼事情。卑鄙的女人，那個舅媽，一點也不像樂弗太太。這頁上面是講到她一個表哥拿書砸她。但是後來她去唸書，一間很爛的學校，很爛的食物，但是她真的交到了一個朋友，」他一面回想著他看過的書，一面笑著，「後來那個朋友死了，」他的臉沉下來，「後來，我就沒興趣了，沒有讀完，也看不出來故事有什麼關聯性。」他聳聳肩膀，忽略自己的迷惑。「你讀過《簡愛》嗎？後來她怎麼了？有和我相關的地方嗎？」

「她愛上了自己的雇主。他的妻子是個瘋子，住在房子裡面，但是沒人知道。雇主的妻子想把房子燒掉，簡愛就離開了。等簡愛回來的時候，妻子已經死了，雇主瞎了，簡愛嫁給他。」

「噢，」他想要想清楚，他的前額出現了皺紋，然而他放棄了，「沒有道理，對不對？一開始也許有，沒有母親的女孩，但是之後……我希望有人能告訴我這究竟是什麼意思，我希望有人可以直接告訴我真相。」

他又想到撕下的書頁，「也許重要的不是書，也許就是這張紙本身，也許有些祕密的意義。你看看這裡。」

在他童年食譜筆記的封底內頁，有個小男孩的大筆跡寫滿了一段段、一排排緊貼的數字與字母。「我以前一直認為這是一組密碼，」他解釋道，「我想過要破解它。我試過每一個字的第一個字母，每一行的第一個字母、或是第二個。然後我想用字母取代另一個字母。」他指出他各式各樣的努力，眼神狂熱，好像他還有機會可能看見以前沒有留意到的事情。

我知道這是沒有用的。

「那這個呢？」我拿起下一個物品，同時身體不禁一震。顯然那以前是根羽毛，現在卻是個噁心、骯髒的東西。上面的毛油乾枯，羽毛已經沿著破裂的羽幹分離成僵硬的褐色穗花。

奧瑞利思聳聳肩膀，因為找不到答案而搖頭。我鬆了一口氣，放下羽毛。

接著還有一樣東西。「那麼這個……」奧瑞利思的話沒有說完。那是一張碎紙片，隨便撕下的紙片，上面褪色的墨痕以前可能是一個字。我仔細看著。

「我以為，」奧瑞利思結結巴巴，「嗯，樂弗太太以為，我們兩個都以為，實際上，」他帶著期盼看著我，「那一定是我的名字。」

我盯著墨痕。

他用手比了比，「被雨水淋濕了，但是這裡，就是這裡，」他帶我走到窗邊，用動作示意我拿起碎紙片對著光，「一開始有個像是A的，然後有個S，就在這裡，快到結尾的地方。當然啦，過了這些年了，褪色了一些；你要專心看，但是你看得到，對不對？」

「看不到嗎？」

我模稜兩可地動動頭，不是點頭，也不是搖頭。

「你看！當你知道要找什麼的時候，就會看得很清楚，對不對？」

我繼續留意，但是眼睛裡卻沒有他能看見的幽靈字母。

「就這樣，」他說，「所以樂弗太太選中了奧瑞利思這個名字。不過我也可能叫作奧爾方思，我想。」

他自嘲了一下，既難過又憂慮，然後轉身。「另外一樣東西是湯匙。但是你已經看過了。」他用手伸進胸前的口袋，掏出我們第一次碰面他拿出來的銀色湯匙，那次我們坐在安琪費爾德宅邸階梯兩側的石雕巨貓上，吃著薑糖蛋糕。

「那個背包本身，」我好奇問，「這是個什麼背包啊？」

「只是一個袋子。」他含糊地說。他把袋子湊到臉前，姿態秀氣地嗅聞。「以前聞起來有煙味，現在已經聞不到了，」他把背包遞給我，我的鼻子朝著背包彎下去，「有沒有？已經消失了。」

奧瑞利思打開烤箱門，拿出一盤淺金色的烤餅，放著等它涼。他接著把茶壺裝滿水，準備好一個托盤，還有杯子、茶盤，糖罐，牛奶壺、小碟子。

「你拿著這個。」他把托盤遞給我。他打開一扇門，門後模模糊糊看得到客廳、老舊舒適的椅子、繡花的靠墊。「別客氣，自己來。我馬上把其他的拿進去，」他背向我，洗手的時候低著頭，「我把這些東西收好之後，就過去陪你。」

我走進樂弗太太的客廳，坐在火爐旁的椅子上，讓他去把他繼承的東西，這些無價、難解的物品安穩地收好。

ɛ ɛ ɛ

我離開奧瑞利思家的時候，心裡還有什麼東西在搔弄著。是奧瑞利思剛才說的話嗎？對。某種共鳴或連結正隱約地懇求我的注意，但是卻被其他的故事沖散了。沒關係，它會回來找我。

樹林中有片空地，空地後的地勢往下陡斜，上面散布著灌木叢，再接下去的地方又變得平坦起來，又有了樹木。就因為這樣的地形，意外提供了一個眺望宅邸的好位置。我從奧瑞利思的農舍往回走時，就停在這片空地上。

景色淒涼。宅邸——或說殘垣——陰森詭異，只是灰色天空上的一塊灰色汙跡。左側的上層樓層已經完全消失了，地面樓層尚在，深色的石材與通往門前的台階勾勒出門框的形狀，門本身則不在了。今天不是個適合風吹雨淋的日子，我看著拆了一半的房子，身子正在發抖。連石貓都已遺棄了這個地方，像鹿隻一樣，牠們自行離去躲雨了。建築物的右側大體上還完整，不過，依據起重機的位置來判斷，接下來就要拆除這裡了。真有必要動用那些機械嗎？我不由得想著，這些牆垣看起來在雨中就要瓦解了，那些還直立的石頭看來蒼白、脆弱。要是我站在那裡再久一點，似乎就會從我眼前消失。

我的相機掛在脖子上，我把它舉到眼睛前。在這片濕氣中，有可能補抓到宅邸逐漸消失的外觀嗎？我懷疑，不過願意試試看。

我在調整長鏡頭的時候，發現鏡頭外有東西在微微移動。不是我的鬼魂。是那些孩子們回來了，他們在草地上發現一個東西，興奮地彎腰接近它。是什麼？刺蝟？蛇？我也想知道，我微調焦距，好看得更清楚點。

其中一個孩子伸手到長長的草裡，從裡頭舉起他們發現的東西。是頂建築工人的黃帽子。他笑逐顏開，把防水帽往後推開（這下我看出來是個男孩），然後把帽子戴在頭上。他像個士兵般挺立，抬頭挺胸，手貼在身體兩側，一臉專注而嚴肅，盡量不讓這頂太大的帽子從頭上滑落。正當他擺著這姿勢的時候，出現了一個小奇蹟，有道陽光從雲層的缺口鑽出，落在男孩身上，在他最自豪的時刻照亮了他。我卡嗒按下快門，拍下了我想要的照片：戴著帽子的男孩，左肩旁有個「禁止進入」的黃色標誌；他右邊的背景是宅邸，一團灰色陰沉的廢墟。

陽光消失，我的視線也離開孩子，把軟片捲好，相機藏回乾燥的地方。我再度往孩子那裡看的時候，他們已經走到車道上了。他的左手牽著她的右手，接近莊園大門的時候，他們拉著手一圈一圈旋轉，一樣大的步伐，一樣強的重量，各自成為彼此的平衡力量。雨衣的衣擺在他們身後呈喇叭形展開，他們的腳步掠過地面，看似好像就要昇到半空中飛起來。

☙《簡愛》與熔爐

回到約克郡，沒人向我解釋為何要把我趕走幾天。裘蒂絲勉強擠出微笑招呼我，灰白的日光已悄悄爬到她皮膚下，在她眼底堆積出陰影。她把我起居室的窗簾多拉開幾吋，讓窗戶露出來，但是昏暗的情形還是一樣。「討厭的天氣。」她感嘆道，我想她好像束手無策了。

雖然才幾天而已，卻感覺彷彿已經過了一段無止盡的時間。天氣老是昏暗的，不像白天，低壓氣候的減色效果讓我們明白，時間不夠了。有天上午，溫特女士來遲了，同樣也是臉色慘白。我不知道她眼底的陰鬱，是來自近日的疼痛，還是其他的緣故。

「我提議，我們碰面的時間可以多點彈性。」她坐下來之後說。

「當然好。」從我跟醫生的談話中得知，她在夜晚很不舒服，我已經可以判定她止痛藥的藥效是正在消散，或者藥效還沒有完全發揮作用。因此我們約好，我每天上午九點不必主動出現，只要等候通知就好。

一開始，敲門聲大概出現在九點到十點之間，接著越來越晚。醫生更換她的藥量之後，她開始一大早就喚我過去；但是我們每次會談的時間變短了。接著我們改為一天訪談兩次或三次，時間不定。如果她覺得身體不錯，找我過去的時候就會仔細、詳盡地說故事。有時她在痛苦的時候找我過去，在這樣的情況下與其說她想要我陪她，不如說她需要藉著說故事來產生麻醉作用。

晚間九點，會面結束，這個時刻變成光陰中另一個慰藉。我聽她說故事，寫下她的故事，睡時夢見故事情節；醒時故事則是我思緒的固定背景。我整個人就像活在一本書裡，甚至不需要從書裡出來吃飯，因為我可以坐在書桌前讀我的手稿，吃著裘蒂絲拿進來的餐點。麥片粥代表時間是上午；湯與沙拉意味著午餐時間；牛排與腰子肉是晚餐。我記得我曾面對一盤炒蛋思索良久，這到底表示是什麼時間？任何時間都有可能。我吃了幾口就把盤子推開。

在這個漫長又沒有變化的時間流逝過程中，發生幾件值得注意的插曲，我把這些插曲另外記下來。這裡值得提一提這些事件。

以下是其中一個。

我人在藏書室尋找《簡愛》，結果找到了一整個書架的各種版本。這一定是愛書人才會有的收藏：便宜又沒有二手價值的當代版本；市面上極少出現的無價珍本；在這兩種極端間的各種價格版本。我要找的是一本十九到二十世紀之交印行、普通卻特定的版本。我瀏覽時，裘蒂絲帶著溫特女士進來，將她安頓在爐火旁她的椅子上。

裘蒂絲走了之後，溫特女士問：「你在找什麼？」

「《簡愛》。」

「你喜歡《簡愛》嗎？」她問。

「非常喜歡。你喜歡嗎？」

「喜歡。」

她身體在發抖。

「要不要我幫你加爐火？」

她垂下眼，好像感覺到一陣痛楚。「我想可以吧。」

一旦爐火再次熾烈起來，她說：「你有空嗎，瑪格麗特？坐下。」

沉默片刻，她說了以下這段話。

「請想像有一條輸送帶，巨大的輸送帶，帶子的尾端是個龐大的熔爐，而在輸送帶上面放著書，你喜歡的每本書，世界上印行過的每本書，全都在上面排好。《簡愛》、《維萊特》[2]、《白衣女郎》。」

「《米德鎮的春天》[3]。」我補充。

「謝謝，《米德鎮的春天》。然後想像有個控制桿上有兩個標籤：『開』、『關』。現在控制桿是關的，旁邊有個人，他的手放在控制桿上，準備打開控制桿。但是你有能力阻止他，你手上有把槍，只要扣扳機就好了。你會不會這樣做？」

「不會，這樣好無聊。」

「他打開控制桿，輸送帶開始移動了。」

---

2 《維萊特》（*Villette*），夏綠蒂·勃朗特著，描述露西在虛構小鎮維萊特的女子學校任教的故事。

3 《米德鎮的春天》（*Middlemarch*），喬治·艾略特（George Eliot）著，講述布魯克家族與溫奇家族在鎮上的故事。

「這樣太極端了，這只是個假設。」

「一開始是《雪莉》[4]從輸送帶盡頭往下掉進火爐。」

「我不喜歡這種遊戲。」

「然後喬治・桑[5]開始在火焰中焚燒。」

我嘆口氣，閉上眼睛。

「《咆哮山莊》接近火爐了，要不要把它給燒了？」

我忍不住了，我看見書籍平穩地往熔爐口前進，我整個人縮成一團了。

「隨便你。它進去了。《簡愛》也一樣嗎？」

《簡愛》。我突然口乾舌燥。

「你只要開槍殺了他，我不會說出去的，永遠沒有人知道，」她在等待，「它們已經快掉下去了，先是最早印行的幾本，上面還有好多好多本《簡愛》快被燒了，你做決定的時間不多了。」

我緊張地用拇指搓揉中指指甲。

「它們掉下去的速度更快了。」

她的眼光沒有離開過我。

「世界上一半的《簡愛》消失了。想想看，瑪格麗特，《簡愛》馬上就會永遠消失，想清楚啊。」

溫特女士眨眨眼。

「三分之二沒了。只不過是一個人！瑪格麗特，只不過是一個渺小不重要的人物。」

我的眼睛猛眨。

「還有時間，但是不多了。別忘記，這個人把書燒了，他還值得活著嗎？」

眨眼，眨眼。

「最後機會。」

眨眼，眨眼，眨眼。

《簡愛》再也不存在了。

「瑪格麗特！」溫特女士講話時，臉龐因為痛苦而扭曲，她的左手敲打著椅子的扶手。即便是右手，受過傷的右手，也在大腿上抽搐。

之後，當我寫下這段插曲的時候，我認為那是我曾經見過最自然、最不造作的溫特女士。這只是個遊戲，但她投注的感情程度讓人驚訝。

而我自己的感覺呢？羞愧。因為我說了謊。我愛書勝於愛人，我珍惜《簡愛》遠勝過於一個把手放在控制桿上的陌生人。不用說，莎士比亞全部的作品當然比一個人的生命更有價值。但我跟溫特女士不同，我怯於說出這些話。

離開之前，我回到《簡愛》的書架上，拿出一本我想要的版本，年代合格，紙質合格，字體合格。在我的房間裡，我一直翻到我要找的那一頁。

4 《雪莉》（*Shirley*），夏綠蒂·勃朗特著，描繪雪莉與卡洛琳在工業革命時代的情誼與生活。

5 喬治·桑（George Sand，一八〇四—一八七六年），法國作家，本名阿曼蒂娜—露西—奧羅爾·杜（Amantine-Lucile-Aurore Dupin），著有《魔沼》（*La Mare au diable*）、《安蒂亞娜》（*Indiana*）等作。

「……一開始不明白他的意圖，但是當我見到他拿起書舉著，站著做出要扔出去的架式，我本能往旁一閃，驚慌大喊——不過卻不夠快。書拋過來，打中了我，結果我倒下，頭撞上了門，劃出了一道傷。」

這本書完好無缺，沒有一頁缺漏。奧瑞利思手上的那頁並不是從這本書上撕下來的。當然不可能是這本書吧？如果他的那一頁是從安琪費爾德莊園來的，如果是的話，那麼，那本書早就跟著房子和其他東西一塊燒光了。

我坐著沒動，有好一段時間光想著《簡愛》，想著一間藏書室、一座熔爐、一場大火；不管我怎麼組合、重整，都找不出任何道理。

這段期間，另一件我記得的插曲是照片事件。有天早上，一個小包裹出現在我的早餐托盤上，父親窄長的筆跡寫著我的名字作為收件人，裡面是我拍的安琪費爾德莊園的照片。我先前把底片寄給他，他替我拿去沖洗。我第一天拍的照片裡，有幾張還算清楚：刺藤生長在藏書閣殘壁中、長春藤在石階上朝天延伸。我翻到那個我遇上自己鬼魂的臥室照片時，手停了一下；在老舊的壁爐上，只有閃光燈反射的強光。不過我還是將這張照片從整疊中取出來，塞在我的筆記本封底下保存好。

其他的照片是我第二次去時拍的，那天氣候不適合攝影。大多數照片只是一片晦暗、難解的構圖。我記得的是銀白色的灰色陰影、如薄紗面罩移動的薄霧、我在空氣與水珠臨界變化點上的氣息。但是這些畫面並沒有被我的相機捕捉到，相機也無法在連續不斷的灰撲撲、陰鬱汙跡的障礙物當中，分辨出石頭、牆壁、樹、樹林。看了十來張這樣的照片之後，我就不看了，把這疊照片塞在羊毛衫口袋裡，下樓到藏書室去。

我們面談到了差不多一半的時候，我察覺到房裡一片安靜。我那時正沉浸在幻想裡，像往常一樣整個人陶醉在她童年的孿生世界裡，重播她在我記憶裡的聲音，突然察覺她語調起了變化，我知道她其實是在跟我說話，但是我想不起那些話。

「什麼？」我說。

「你的口袋，」她重複，「你口袋裡有東西。」

「噢……幾張照片而已……」我正處於一段故事與個人生命的中間地帶，還沒回神過來，我含糊地說下去。「在安琪費爾德莊園拍的。」我說。

我清醒過來時，照片已經在她的手中。

一開始，她一張張細看，透過眼鏡，盡力睜大眼睛去分辨模糊的影像。她只看見一張張難以理解的圖片，於是輕輕吐出一聲薇妲·溫特專有的嘆息，這種嘆息意味她的期望已經得到充分的滿足，她的嘴巴緊閉成一條吹毛求疵的線條。她用完好的那隻手隨手輕彈那一疊照片，她不再期待會發現任何有趣的地方了，每張照片都快速看一眼，一張接一張，把看過的照片拋到身旁的桌子上。

照片以規律的節奏落在桌上，使我著迷。照片在桌面上雜亂地散開，噗通噗通落在一張又一張上面，又從彼此滑溜的表面上滑下，伴隨著像是「沒用、沒用、沒用」的聲音。

接著，這個節奏停下來了。溫特女士因專注而坐姿僵硬，她拿起一張照片，蹙著眉頭細看。她見到鬼了，我心想。然後，過了好一段時間，她假裝沒有發現我在注視她，把照片塞回到剩下那十來張的後面，把其餘的看完，就跟剛才一樣，繼續把照片逐張往下拋。等到引起她注意的那張照片又出現了，她幾乎一眼也沒瞧，就扔到其他照片中。「我是分辨不出來你拍的是安琪費爾德莊園啦，不過如果你說是的話……」她冷冷地說。接下來她以明顯故意的動作，拿起整疊照片像是要還給我，卻把它們扔在地上。

「是我的手不聽使喚，請原諒。」她喃喃說。我彎下腰拾起照片，我才沒上當。

然後，她又從剛剛停下來的地方繼續講故事。

稍後我又大略看了一次照片。儘管照片掉在地上亂了順序，要找到那張讓她震撼的照片並不難。在一疊模糊灰濛的影像中，真的只有一張與眾不同。我坐在床邊看著那張照片，清楚記得拍攝的那一刻。稀薄的霧氣與溫暖的陽光剛好在適當時機結合，讓一束光線落在一個男孩身上，他生硬地在相機前擺出姿勢，仰起下巴，打直後背，眼睛洩漏出他知道那頂黃色硬帽隨時會從他頭上滑下來。

為什麼這張照片會對她產生這麼大的衝擊呢？我細看照片的背景，宅邸已經拆了一半，成為那孩子右肩上一抹灰色的殘跡。更接近他的地方，唯一能看見的只有安全柵欄的護柵與「請勿進入」標示牌的一角。

是這個男孩讓她感到興趣嗎？

我苦思半小時，沒找到更好的解釋，最後還是把它收起來。這張照片讓我困惑，我將它連同那張我自己鬼魂的照片，塞進我的筆記本封底內側。

除了照片中的男孩、《簡愛》與熔爐遊戲，其他就沒什麼插曲能夠穿透故事本身的偽裝了；除非把貓咪也算進去。牠注意到我不尋常的工作時間，不管晝夜隨時會來抓我的門，想要討點關愛，吃光我餐盤上的蛋屑或魚丁。牠喜歡坐在我成疊的紙上看著我寫字。我可以在那疊紙前坐著塗塗寫寫幾個小時，在溫特女士故事中的晦暗迷宮中流浪。不管我自己多麼出神忘我，卻始終有被人監視的感覺；而當我迷失在故事裡的時候，小貓咪用牠的注視把我從困惑混淆之中引領出來，照亮我的路，帶我回到我的房間、我的筆記、我的鉛筆、我的削鉛筆機。有幾天晚上牠甚至陪我睡在床上，我開始習慣不要拉上窗簾了，好讓牠醒來的時候可以坐在我的窗台上，看著人類眼睛在漆黑之中無法看見的事物。

全部的事情就是這樣了。除了這些細節以外，沒有其他的了。唯有無窮的幽光與這個故事。

崩塌

伊莎貝爾走了，海瑟特走了，查理走了。接下來，溫特女士告訴我更多失落的故事。

ꕥ ꕥ ꕥ

我在閣樓上，背靠在吱嘎吱嘎響的牆上。我往後一壓讓牆凹陷，然後放開。一次接著一次。我在試驗命運。我想知道，要是牆倒了會發生什麼事情？屋頂會坍落嗎？屋頂落下的重量會導致地板崩塌嗎？屋頂磚瓦、梁衍、石頭會像地震一樣穿過頭頂的天花板，落到床鋪、箱子上嗎？然後接著會怎樣？會留在那裡嗎？還是會墜落到哪裡？我搖啊搖，奚落牆壁，挑逗它坍塌，但是牆壁沒有坍塌。即是處於脅迫之下，這片已經死去的牆還能保持直立，真令人驚訝。

之後，有天半夜我突然驚醒，耳朵聽見噹啷噹啷的巨大聲響。聲音停止了，我還感覺到那個聲音在我鼓膜、胸腔迴響。我跳下床，跑到樓梯，愛蜜琳緊跟著我。

我們到了廊台的同時，睡在廚房的約翰也到了樓梯底下，我們全都目不轉睛。在大廳中間，老嬤嬤穿著睡袍站著，盯著上方。她腳下有塊龐大的石頭，在她頭上的天花板上有個不規則的洞。空氣裡充滿了飄浮的塵埃，塵埃在半空中起落，尚未決定要落到哪裡。灰泥、木板等的碎片依舊從上面的地板落下。還有像是老鼠潰逃的聲音，愛蜜琳不時因為板條、磚塊從上面的樓層掉下來，而驚嚇地跳起來。

石階冰冰涼涼，接著木材裂片及灰泥的碎塊砸到我的腳。我們這個破裂的家裡面，老嬤嬤站在碎石中央，緩緩飄落的塵埃在她四周打轉，她像鬼一樣站著。被塵埃染灰了頭髮，被塵埃染灰了臉與手，被塵埃染灰了縐巴巴的長睡袍。她一動也不動，站著往上看。我走近，與她一同凝視。我們盯著天花板上的洞，在那個洞上面，另一層天花板上有另外一個洞，接著還有另一層天花板上的另外一個洞。我們看見上層臥室的牡丹圖案壁紙，看見更上層的房間有長春藤棚架的圖案，還有閣樓小房間的灰白牆壁。在這一切之上，在我們頭頂上高高的地方，我們看見了屋頂上的洞，還有天空。天空裡沒有星星。

我牽著她的手。「來，」我說，「往上看是沒有用的。」

我帶著她離開，她像個小孩一樣跟隨著我。「我來安頓她上床休息。」我告訴約翰。

約翰面如死灰點點頭。「好。」他的聲音充滿了灰塵。他不忍心看到老嬤嬤這樣，他慢慢向著壞掉的天花板比了一個手勢，那是遭水流絆住、即將溺死之人的舉動，「那我來把這裡整理好。」

一個小時之後，老嬤嬤梳洗乾淨了，穿著新的睡衣，上床睡了。約翰還在那裡，就在原來的地方，望著她剛才所在的位置。

隔天上午，老嬤嬤沒有出現在廚房，我跑去叫她。我叫不醒她，她的靈魂已經從屋頂上的洞飄走。她死了。

「我們失去她了，」我在廚房告訴約翰，「她死了。」

他的表情沒有改變，盯著餐桌，宛如沒有聽見我說話。「對，」最後他說，用一種不期待被人聽見的聲音說，「對。」

我覺得一切都要結束了。我只有一個心願：像約翰一樣坐著，固定不動，茫然凝望，不做任何事情。但是時間沒有停滯，我還是可以感覺到心跳用秒為間隔在測量時間。我覺得肚子越來越餓，口越來越乾。我因為悲傷，覺得自己快要死了，但事實上我依然很可恥、也很可笑地活著，生命力旺盛到我簡直可以感覺到自己的頭髮、指甲在生長。

儘管我心裡有那些難以承受的壓力，我卻不能像約翰那樣自我放逐到痛苦中。海瑟特走了，查理走了，老嬤嬤走了；約翰也以他自己的方式離開了，不過我希望他會找到路回來。此刻，薄霧中的少女必須從幽暗中現身了，也該是停止玩耍、長大成人的時候了。

「那麼，我來把水壺放到爐上煮水，」我說，「泡杯茶。」

我的聲音不是我自己的聲音，是另一個女孩，一個明智、能幹、平凡、在我肌膚內占領我的女孩。她好像知道該做什麼。我並不意外。我不是花了半輩子的時間留意人類是怎麼過日子的嗎？留意海瑟特、老嬤嬤、村民的舉動？

我沒出聲，同一時間裡，我體內這個能幹的女孩燒開了水，取出適量的茶葉倒進去攪動。她把兩塊糖放進約翰的茶裡，我的茶裡是三塊。茶泡好之後，我喝了下去，又熱又甜的茶抵達我的胃，我終於停止了顫抖。

௸銀色花園

我還沒清醒，就已經感覺到事情有點不一樣。過了一下子，我還沒張開眼睛，我就知道是怎麼回事了。陽光出現了。

從月初開始就盤旋在我房間裡的陰影離開了；幽暗的角落與悲切的氣氛也走了。窗戶是一個蒼白的四角形，微弱閃耀的光線穿透窗戶，照亮了整個房間。我已經好久好久沒有見過陽光了，因此覺得心頭一陣歡喜，好像不只是一個夜晚結束了，而是整個冬季結束了。宛如春天已經到來了。

貓咪在窗台上專心凝視花園。牠聽見我走路的聲音，立刻跳下來，用爪子抓房門想出去。我穿上外套，我們一起躡手躡足下樓，經過廚房往花園去。

我一踏到屋外，就明白了我的錯誤。天還沒亮，太陽沒出來，在花園閃爍的是月光，它給葉片鑲了銀邊，也把花園裡雕像的輪廓勾畫出來了。我站著不動，望著月亮。月亮渾圓，朦朧地掛在一片無雲的天空中，眩惑的我可以站在這裡直到早晨。但是貓咪不耐地推擠我的腳踝，要我注意牠。

我彎身撫摸牠。我一碰到牠，牠就移動位置，在幾碼前方停下來，轉過頭來。

我翻起外套領口，把冰涼的手插入口袋，跟隨著牠。

一開始，牠領著我沿著狹長花壇的小路走去，紫杉樹籬在左邊閃爍著亮光；月光下的樹籬在右邊顯得幽暗。我們拐彎走進玫瑰園，修整過的灌木看來像一堆堆枯死的細枝；精巧栽植的黃楊木以伊莉莎白時代的迂迴樣式圍繞著灌木，在月光中繞進繞出，這裡露出一片銀白，那裡又是一片漆黑。我很想在這裡多停留一下，看著一截孤獨的藤葉旋轉，漂亮地斜托住月光；或是一株高大的橡樹乍然映入眼簾，清晰深印在蒼白的天空中。但是我不能停留。貓咪一直在我前面昂首闊步，牠的腳步平均，目標明確，尾巴像是導遊的雨傘高舉，意味著「這邊，跟我來」。在圍繞起來的花園內，牠跳上環繞著噴水池的矮牆，在圍牆邊上蹓躂了半圈，水中的月亮倒影像池底一枚閃閃發光的硬幣。牠走到這寒冬裡的花園拱形入口時，跳下來朝入口前進。

牠在拱門下暫停，聚精會神左瞧右看，似乎看見了什麼，然後朝著那東西一溜煙不見了。

我好奇起來，踮起腳走到牠剛才的位置站著，環顧四周。

若在適當的時節、適當的時刻觀賞冬天裡的英式花園，會發現它的色彩相當豐富。花園主要是依賴日光賜予它生命的活力，午夜的訪客必須更認真才能察覺它的美。光線太黯淡了，看不到在黑土上那一片低矮寬闊的黑藜蘆葉；時節還太早，見不到雪花蓮的鮮豔；天候太冷了，聞不到月桂釋放的清香。但是還有金縷梅，再過一陣子它的枝幹上就會裝飾著搖搖晃晃的黃橘色流蘇，不過現在主要迷人的地方是它的枝幹：纖細無葉，樹節精巧，以優雅的自制，憑著己意歪扭旋轉。

金縷梅底下的地面，居然是一個人縮成一團的側影。

我僵住了。

那個人影上下起伏，費力移動，吐出陣陣喘氣的呼吸與使勁的哼哈聲。

在這漫長、緩慢流逝的一秒鐘內，我在內心不斷思考，有個人影在黑夜裡出現在溫特女士的花園中，該怎麼解釋。有些事情我不必思考就能明白。首先，跪在那裡的不是莫理斯。雖然他是最可能出現在花園裡的人，但是我從頭到尾沒有懷疑那個人影就是他，這不是他那瘦而結實的身形，也不是他有節奏的動作。同樣，這個人影也不是裘蒂絲。裘蒂絲整齊沉穩，指甲乾淨，頂著完美的髮型，穿著光亮的鞋子，她會半夜在花園裡面亂扒？不可能的。我不用考慮這兩個人。

在那一秒鐘，我的心思在兩個想法之間來回了一百次。

是溫特女士。

不可能是溫特女士。

是溫特女士，因為那就是溫特女士。我看得出來，我可以感覺到，那是她，我知道是她。

不可能是她。溫特女士病到這麼虛弱，永遠坐在輪椅上，溫特女士病重到不能彎腰拔野草，更別說蜷伏在冰冷的地面上，以這樣狂亂的動作亂翻泥土。

不是溫特女士。

但是，不知道什麼緣故，我覺得就是溫特女士。

前面的那一秒鐘漫長困惑。這秒鐘——當它當真到來時——出乎意料地迅速。

那人影靜止不動……轉身……站起來……我認出她了。

溫特女士的眼睛，明亮、神祕的綠色。

但不是溫特女士的臉。

那張臉是由受損、斑駁的肉塊拼湊成的，上面交錯的裂縫，比歲月造成的皺紋更加深邃。高低不平的兩團臉頰肉，歪斜的雙唇：一片是完美的月彎，展現著以前的美麗；另一片是蒼白的扭曲肌肉。

愛蜜琳！溫特女士的雙胞胎妹妹！活著，在這屋子裡活著！

我的心亂騰騰，血液用力擊打著我的耳朵，我嚇得目瞪口呆。她眼睛眨也不眨盯著我瞧，我知道她不像我那麼驚嚇。儘管如此，她似乎與我同樣著了魔，兩人都動彈不得。

她先回過神來。情急之下她朝我舉起一隻漆黑、沾滿泥土的手，嘶啞的嗓音厲聲說出一連串沒意義的聲音。

我因為困惑而反應遲鈍；我還來不及結結巴巴說出她的名字，她就已經轉身往前傾，肩膀隆起，匆匆忙忙離去了。貓咪再度從陰暗處出現，冷靜地舒展肢體。牠沒理我，逕自去追趕她了，他們消失在拱門下。而我獨自一人。我，還有一片徹底攪扒過的泥土。

是狐狸挖動了泥土吧。

他們離開後，我或許能夠說服自己，剛剛這一切都是幻想，是夢遊，我在睡夢中夢見亞德琳的雙胞胎妹妹出現在我眼前，嘶喊出一個祕密，難以理解的訊息。但是我知道這是真的。儘管她已經不見了，我還是能聽見她離開時的歌聲，那個狂怒、無調性的五個音符片段。啦——啦——啦——啦——啦。

我站著傾聽，直到聲音完全消失。

然後，我發現我的手腳凍僵了，於是轉身走回房子。

☙語音符號

我好多年以前就學會了語音符號。我是從父親書店中一本語言學著作裡的一張圖表開始學起的。本來我沒有學習的動機，後來有個週末，除了那張圖表以外，我沒有什麼事可做，於是便迷戀上了表格中的符號與記號。上面有我熟悉的字母，也有陌生的字母。有大寫的N，但是跟小寫的n不一樣；有大寫的Y，但是跟小寫的y不一樣；其他的字母如n、d、s、z都帶著有趣的小尾巴和圈環；在h、i、u上面可以畫個十字，好像跟t是一樣的。我喜歡這些古怪奇異的混合字母。我在紙上寫滿了m，後來變成了j，還有搖搖欲停在o上面的v，這個符號像是馬戲團的小狗站在皮球上表演。我父親偶然發現了我那些寫滿符號的紙張，於是教導我符號與發音。我才知道，在國際通用的語音符號系統中，你可以利用接近數學算式的文字、很像密碼的文字，或是有點類似失傳語言的文字來書寫。

我需要這種失傳的語言，讓我可以和逝去的人溝通。我以前習慣一而再，再而三寫著一個特別的字——我妹妹的名字——作為護身符。我將這個字摺成精巧迷你的摺紙花樣，讓摺紙貼近我。冬天，它住在我的外套口袋裡；夏季，它在我襪子裡搔弄我的腳踝。在夜裡，我抓著它入眠。雖然我小心翼翼，還是難免搞丟這些小紙片。搞丟之後，我又做了新的一份，然後偶爾找到舊的。如果我母親想從我指間撬出一個護身符，我雖然知道她不可能讀得懂上面的字，我還是會把它吞到肚子裡，不讓她拿到。當我見到父親從抽屜底下發現摺疊好的灰舊紙張，並且打開的時候，我並沒有阻止他。但他讀到這個祕密名字的時候，他的臉好像要破碎了，他的眼睛抬起來看我的時候，盡是悲傷。

他本來想說話。他張開嘴巴要說話，但是我把手指舉到唇上，要他別作聲，我不會讓他說出她的名字來。把她隔絕在漆黑中的，難道不是他嗎？想忘記她、想阻止我接近她的人，難道不是他嗎？他現在沒有權利接近她。

我從他手指中搶過紙片，一言不發離開了房間。在三樓的窗座上，我把這個小紙片放在嘴裡，體會紙張乾燥的質感，然後嚥下去。整整有十年之久，我的父母用沉默埋葬了她，想要將她忘卻。那麼我也要以自己的沉默方式來保護她，並且記住她。

我學會了以十七種語言，說出發音不正確的「你好」、「再見」、「對不起」；我能把希臘字母順著背、倒著背（我這輩子從來沒有學過一個希臘字）。除了這些事情之外，我與書為伍的童年還殘留著另一個神祕但無用、偶爾才會想起的知識，那就是語音符號這東西。我的學習只是為了自娛，在那時候，學習的目的只是為了自己而已。現在，這麼多年過去了，我又沒有經常溫習語音符號，所以我從花園回來，拿筆想要記錄下愛蜜琳焦急低語所發出的絲絲聲、摩擦音、破裂音、顫音的時候，我得花上好一陣子時間。

試了三、四次之後，我坐在床上，看著我寫的那行曲線、符號、標記。這樣記正確嗎？我開始懷疑。我那時花了五分鐘才走回屋裡，我現在的記憶是否正確？我想起來的音標符號是否足以表達呢？若是我頭幾次錯誤的嘗試已經把我的記憶弄模糊了，又該怎麼辨呢？

我低聲唸出我寫在紙上的符號，再次低聲唸了一次，我的語氣緊迫，等候著我的記憶出現某種回應的聲音，告訴我說我寫對了。沒有結果。我寫下的只是誤聽，只記錄著我一知半解的複製。沒有用的。

我反而寫下了我的祕密名字，我的咒語，我的符咒，我的護身符。

這一招永遠無效，她從不出現，我依然是一人。

我把紙扭成一團扔了，踢進角落裡去。

梯子

「我的故事不會讓你覺得無聊吧，李雅小姐？」

隔天我忍受了一些類似這樣的閒話，因為我一面聽溫特女士的故事，一面忍不住打起呵欠，坐立不安，揉揉眼睛。

「對不起，我只是很累。」

「累！」她大嚷，「你看起來像是病得很嚴重！好好大吃一頓就會讓你恢復正常。你是怎麼了？」

我聳聳肩膀，「只是累，就這樣。」

她噘起嘴，嚴厲注視我，但是我沒再多說，於是她繼續未完的故事。

日子又過了六個月。我們的生活範圍剩下少數幾個房間：客廳、藏書室、約翰晚上睡覺的廚房。我們女孩子利用屋後的樓梯，從廚房通到一個看來安全的臥室。我們睡的床墊是從以前的房間拖過來的，床本身太重搬不動。既然家裡的成員數量大大減少，房子怎樣都覺得太大。我們還活著的幾個覺得，小一點的空間能提供安全感，整理起來也容易，讓我們比較自在。不管怎樣，我們不能忘記房子裡還有其他地方，它們像是垂死的肢臂，在關閉的門後慢慢潰爛。

愛蜜琳大部分時間都在自己創新紙牌遊戲。「陪我玩，噢，繼續嘛，一定要玩。」她會纏著人，我到頭來會讓步，陪她玩著難以理解、規則永遠在改變的遊戲。規則只有她懂，而且她永遠會贏，贏了便開心不已。她從來沒有失去對於肥皂與熱水的喜愛，每天花好幾個小時在我燒熱用來洗衣服、洗碗的水裡盡情享受。我不嫉妒她，只要我們兩人之中至少有一個人能夠開心，那就夠了。

我們把其他房間封堵起來之前，愛蜜琳搜遍了以前伊莎貝爾的櫥櫃，拿了衣服、香水瓶、鞋子，把這些東西放置在我們臨時安頓的臥室地上，像是睡在化妝箱裡面。愛蜜琳穿著這些衣裳，有些早在十多年前就退流行了；其他的衣服我猜想是屬於伊莎貝爾的母親，已經有了三、四十年的歷史。晚上，愛蜜琳有時穿著一身不太自然的衣服，用高度戲劇性的出場方式走進廚房娛樂我們。穿著洋裝的她看起來不只十五歲，很有女人味。我想起海瑟特與醫生在庭院裡的談話——我相信愛蜜琳有天會結婚。我還記得老嬤嬤曾經告訴我伊莎貝爾與野餐的事情——她是那種男人看了都想親近的女孩。於是我焦慮起來。然而她接著噗通一聲坐到椅子上，從她的絲質錢包中拿出紙牌，稚氣未脫地說：「跟我玩牌，來嘛。」我才放下半顆心，但還是設法不讓她穿著那身華麗的衣服離開屋子到外面去。

約翰本來無精打采，但他振奮起精神，做了很多意想不到的事情。他找了個男孩到庭院來幫忙。

「沒問題的，」他說，「只是老波克多的小孩，恩布洛司，他人很安靜，我不會讓他做太久的，把房子修好就請他走。」

我明白，那份工作是永遠無法完成的。

那個男孩來了。他比約翰高，肩膀寬闊。他們兩人手插在口袋裡站著，討論一天的工作，接著那個男孩開始工作。他挖土的方法謹慎又有耐心，鏟子在泥土上柔和但持續的聲響讓我心煩意亂。

「我們為何要請他？」我想知道，「他也是外人啊。」

但是，基於某個莫名的原因，約翰覺得這男孩不算是外人。也許因為他來自於約翰的世界，男人的世界，我所不知道的世界。

「這小夥子不錯，」約翰偶爾會回答我的問題，「他工作勤奮，不會過問太多，而且他話不多。」

「他也許沒有舌頭，但是他頭上有眼睛啊。」

約翰聳聳肩膀，目光不安，不敢正視著我。

「我不會一直都在這裡，」他終於說了，「現在的生活沒辦法一成不變。」他草草比了個模糊的手勢，把房子、裡面的人、我們在裡面的生活都包括在這一個手勢裡。「總有一天，事情必須改變。」

「改變？」

「你會長大，事情不會沒有變化，對不對？當孩子是一回事情，可是你長大之後……」

然而，我人已經走了。我不想要聽他說的是什麼。

愛蜜琳在臥室，把她珠寶箱中一條晚宴圍巾上的圓形小金屬片摘下。我在她身邊坐下。她專注於她的工作，連我進去的時候也沒有抬起頭來。她胖嘟嘟、錐形的手指無情地拔著一片圓形小金屬，拔到金屬片脫離，接著把它丟進箱子中。這個動作很費時間，但是換個角度看，整個世界所有的時間都是她的。她趴在圍巾上的時候，平靜的臉蛋沒有變化。她雙唇闔上，眼神既專心又夢幻，眼皮不時垂下遮蔽了綠色的虹膜，一旦眼皮碰觸到下眼瞼之後又隨即揚起，露出沒有改變的綠眼睛。

我真的看起來像她那樣嗎？我不知道。噢，我知道我的眼睛跟她的眼睛在鏡子裡面多麼相像。我還知道，因為我們脖子後面那頭紅色頭髮的重量，使得我們的側面經常會痙攣一下。我還知道，當我們罕見地手挽著手走在大街上的時候，村民們感受到的衝擊。不過，我和愛蜜琳外表還是有點不同，是不是？我沒辦法擺出她那種祥靜的專注神情，我的臉在挫折時候會扭曲變形，我會咬著唇，氣憤地把頭髮往後攏，讓它別礙事，我會不耐煩地大聲呼吸。我不像愛蜜琳那麼平靜，我會直接用牙齒咬下金色圓形小金屬片。

你不會離開我的，對吧？我想告訴她，因為我也不會離開你，我們會永遠留在這裡，一起。誰管挖土約翰說什麼。

「我們一起來玩吧？」

她繼續無聲做著手邊的事，好像沒聽見我說話。

「我們來玩結婚遊戲，你當新娘。來嘛，你穿……這件。」我從角落堆放的華麗衣服中拉出一條黃色薄紗的布料。「好像是面紗耶，你看。」她沒有抬起眼，連我把薄紗拋到她頭上的時候也沒抬起來。她只是用手把它揮開，免得擋住她的視線，然後又繼續拔她的金色圓形小金屬片。

我把注意力轉移到她的藏寶箱上。海瑟特的鑰匙還在裡面，依然閃亮著，不過大家現在都看得出來，愛蜜琳早已經忘記鑰匙的前任主人。裡面還有伊莎貝爾零零碎碎的珠寶、海瑟特給她的糖果彩紙、讓人心驚的綠色破瓶子碎片、一段鑲著金邊的緞帶——那原本是我的，多年以前老嬤嬤給我的。在這些廢棄物下面，海瑟特初抵那天她從窗簾抽出的銀色線頭也還在。在混亂的紅寶石、玻璃、舊物下面，隱約看見一件原本不屬於這裡的東西，一個皮革製品。我歪著頭想看清楚些。哎呀！難怪她想要這個！金色的印刻！「IAR」，什麼是「IAR」？我頭往另外一邊歪，看見了別的東西，一個小鎖，還有一把小鑰匙。難怪這東西會出現在愛蜜琳的藏寶箱中，金色的字體和一把鑰匙。我相信那一定是她的最珍貴的東西。我突然想到了。「IAR」！日記（DIARY）！

我伸出一隻手。

迅雷不及掩耳——她的表情可以騙倒人——愛蜜琳的手像老虎鉗落到我的手腕上，不讓我碰日記本。她依然沒有看著我，她以堅定的動作把我的手移開，把她箱子的蓋子放下。

她抓住我手腕的地方，出現了白色的壓痕。

「我要走了，」我試探地說，但我的聲音沒有什麼說服力，「我要離開了，把你丟在這裡。我要自己長大，自己生活。」

帶著滿腔的尊嚴與自憐，我站起來走出房間。

到了快傍晚時，她才到藏書閣的窗台找我。我早已拉起窗簾，躲在裡頭，可是她直接走到藏書閣，注意四周。我聽見她的腳步聲接近，她拉起窗簾的時候，我感覺到窗簾在動。我的前額貼著玻璃，看著掛在玻璃上的雨滴。風把雨滴吹得顫啊顫，雨滴不斷啟程走上它們曲曲折折的道路，沿路上吞沒其他的小水滴，走過之後還遺留下一道銀色的小痕跡。她走過來，把頭擱在我肩膀上。我生氣地聳肩甩開她，不想跟她說話。她抓起我的手，暗中套了個東西在我手指上。

我等她走後才查看。一個戒指。她給我一個戒指。

我把寶石往內轉到手掌心，然後讓戒指靠近窗戶。光線讓寶石有了生氣，是綠色的，跟我眼睛的顏色一樣是綠色的，也像愛蜜琳的眼睛。她給了我一個戒指。我把五指握攏，緊握拳頭，將寶石握在手心的中央。

ꔷ ꔷ ꔷ

約翰用水桶收集雨水，然後清空水桶；他削好蔬菜放到大鍋中；他到農場帶回了鮮奶及奶油。然而，每項工作結束之後，他振作起來的精力好像耗盡了。我常懷疑他有沒有力氣從桌上撐起瘦弱的身軀，展開下一個工作。

「我們到樹雕庭園去好嗎？」我問他，「你告訴我那裡有什麼要做的工作。」

他沒有回話。我想，他幾乎沒有聽見我在說話。接下來幾天我沒提這件事情，然後又問一次。然後再次問起。然後又再次問起。

最後他去了庫房，在那裡用他平穩的節奏，把修枝的大剪刀磨得銳利，然後我們把長梯搬下來扛到門外。「像這樣。」他伸手指出梯子上的安全栓給我看。他把梯子拉開，靠在堅固的庭院牆垣上。

我練習了幾次安全栓，接著往上攀了幾呎，又爬下來。「梯子靠在紫杉上的時候，感覺沒那麼穩，」他告訴我：「只要正確扣上安全栓，就夠安全了。你要去體會那感覺。」

接下來我們走到綠雕庭園，走近一座大小適中、亂枝叢生的紫杉樹雕。我剛要把梯子靠上去，他就喊道：「不行，不行。你這樣太沒有耐心了。」他緩緩繞著樹走了三圈，接著坐在地上點了根菸。我坐下，他也替我點了一根。「不要向著太陽剪，」他告訴我，「別對著自己的影子剪。」他吸了幾口菸。「小心雲。雲在飄來飄去的時候，別讓它們害得你把線條都剪歪了。你先找出視線中固定的線，例如屋頂或籬笆，當成定位點。還有，永遠不要倉卒下手，你觀察的時間要比修剪的時間長三倍，」說話時，他的目光一直都沒有離開那棵樹，我也沒有，「修整樹的前面，還要意識到後面的形狀；反過來也一樣。別只顧著用大剪刀猛剪，要用你整隻手臂去剪，整隻手，一直到肩膀。」

我們抽完香菸，用靴子前端踏滅菸屁股。

「還有，你現在從遠處看它是什麼樣子，等你靠近看的時候，要在腦中記住那個樣子。」

我準備好了。

他讓我把梯子靠在樹上三次，確定安全了我才拿著大剪刀爬上去。

我工作了三個小時。一開始，我對這個高度怕怕的，一直往下看，得強迫自己才能往上多爬一格階梯。每次我搬動梯子的位置，都要試好幾次才讓梯子固定住。不過，我漸漸熟悉了這個工作。我已經不再意識到我的高度，反而全神貫注在修剪樹的形狀。約翰站在一旁，多數時候不講話，偶爾會發表意見：注意你的影子！或者想想後面！不過，大多數時候他只是看著，抽著菸。直到我最後一次從梯子上下來，鬆開安全栓，收攏梯子，我才發現手臂痠痛得不得了，都是因為大剪刀的重量。但是我不以為意。

我站到適當的距離外檢視成果，繞著樹走了三圈，我的心噗通噗通跳。結果是很好。

約翰點點頭。「做得不錯，」他說，「你行的。」

我想去庫房拿梯子修剪那頂長禮帽，可是梯子不在那裡。我不喜歡的那個男孩在菜園，拿著長耙。我朝他走過去，繃著臉。「梯子呢？」這是我第一次對他說話。

他不在乎我的唐突，禮貌地回答我：「挖土約翰先生拿走了，他在屋子前面補屋頂。」

我拿了一根約翰留在庫房裡的香菸來抽，男孩眼巴巴看著香菸，我對他擺出刻薄的表情。之後我磨尖大剪刀，覺得好喜歡磨刀的工作，然後又好整以暇地把園藝小刀磨得尖尖亮亮。從頭到尾，我用石頭砥著刀葉磨刀發出了節奏，搭配著那個男孩的長耙在泥上上刷動的節奏。我看看太陽，心想再不動手修剪那株長禮帽，就來不及了。這時候我才去找約翰。

梯子躺在地上，兩隻梯角形成古怪的指針角度；應該將梯角扣住固定在六點鐘位置的金屬槽從上頭扭曲，側邊扶手上有個深深的切口，凸出來一大塊的碎片。梯子旁躺著約翰。我摸摸他的肩膀，他沒有反應，但他是溫暖的，因為太陽照射在他展開的四肢與染血的頭髮上。他往上直盯著晴朗的藍天，他眼睛的藍色卻不可思議地陰暗。

那個聰明的女孩棄我而去，突然間我只是我，一個愚昧的孩子，簡直什麼都不懂。

「我該怎麼辦？」我低聲說。

「我該怎麼辦？」我的聲音使自己驚恐。

我癱倒在地面上，緊緊抓住約翰的手，砂礫刺著我的太陽穴，我留意著分秒。藏書閣凸窗的陰影落在砂礫上，延伸到梯子上。陰影一條橫木接著一條橫木朝著我們爬上梯子，抵達了安全栓的位置。

安全栓。為什麼約翰沒有檢查安全栓呢？他一定有檢查？當然他會檢查。但是如果他的確檢查了，那麼怎麼會……為何……？

不堪多想。

一條橫木接著一條橫木，又一條橫木，凸窗的陰影越爬越靠近，爬到了約翰的絨褲，爬到他的綠色襯衫，接著是他的頭髮——他的頭髮怎麼變得這麼稀疏！為何我沒有好好照顧他呢？

這真的不堪多想。然而要我怎麼不去想？我注意到約翰頭髮上的斑白，也注意到當梯腳從他腳下傾斜滑開的那個關鍵時刻，在地上刻出的深溝。沒有其他的跡象。砂礫不是砂，不是雪，也不是剛挖掘的土，沙礫上不會留下腳印的。沒有痕跡顯示有人來過這裡，有人在梯子底閒晃，等到完成了目的之後，再冷靜地離去。砂礫所能告訴我的是，可能是個鬼幹的。

一切都是冰冷的，砂礫，約翰的手，我的心。

我站起來，頭也不回地離開約翰。我繞過房子走到菜園，那個男孩還在那裡，正要收起長耙與掃帚。他看見我接近時停下了動作盯著我。接著我停下了腳步——別昏倒！別昏倒！我告訴自己——他跑過來扶住我，我看著他，好像從好遠好遠的地方看著他。我沒有昏倒，還沒昏倒。當他靠過來時，我反而覺得身體裡有個聲音出現，那句話我沒有主動要說出口，卻自行從我卡住的喉嚨擠出來：「為什麼沒有人來幫幫我？」

他抓住我的手臂，我倒在他的身體上，他溫柔地扶我坐到草地上。「我來幫你，」他說，「我來。」

我對挖土約翰的死記憶猶新；溫特女士痛失親人的表情依然支配我的記憶，我差點沒看到在我房裡有封信等著我。

我等到故事抄寫完畢才打開信。信裡面沒有什麼重要的內容。

親愛的李雅小姐，

令尊多年來給予我的慷慨協助，但願我能表明自己多麼樂意能以如此簡單的方式，將他的恩惠回報給他的女兒。

我在英國的初步研究顯示，海瑟特・貝洛小姐結束了安琪費爾德莊園的雇用之後到哪裡去了，目前還沒有資料可循。我找到一些與她受雇前生活有關的文件，我整理完畢後，將在幾個星期內寄給你。

我的研究絕對還未結束。我尚未詳細研究她在義大利的事情。從早期發現的細節裡，說不定會出現一條新的調查線索。

別灰心！只要這位家庭教師能被人找到，就一定會被我找到。

艾曼紐・德瑞克 謹上

我把來信收到抽屜裡，接著穿上外套、戴上手套。

「來吧。」我跟小貓「影子」說。

牠跟著我下樓到屋外，我們沿著屋子旁的小徑步行。到處可見貼著牆壁生長的矮木，使得小徑隨時變換方向，在不知不覺中偏離了屋牆，偏離了房子，往迷宮般的花園過去。我沒有依循小徑的彎曲，而是繼續以直線前進，讓房子牆壁一直保持在我的左側，這意味著我要擠到一片不斷往兩旁延伸、密麻生長的灌木叢後面。它們多瘤的枝幹勾住我的腳踝，我必須用圍巾包圍住臉，才不會被刮到。貓咪陪我走到這裡，然後停下來，濃密的矮樹叢讓牠不知所措。

我繼續前進。接著看到了我一直在找的東西。有面窗戶，上面長滿了長春藤；這個窗戶和花園之間被這麼濃密的常青樹葉阻擋住，絕對不會有任何光線逃離，而讓人注意到。

剛好就在窗戶裡面，溫特女士的妹妹坐在一張桌子前，裘蒂絲在她對面，正一口一口把湯舀起來，送到她拼補過的雙唇裡。當湯匙還在碗與嘴的中間，裘蒂絲突然停下來，筆直朝我這方向看過來。她看不見我，長春藤太密了，她一定是感覺到我的凝視。她把注意力拉回她的工作上繼續動作，但是在她繼續之前，我注意到湯匙有點奇特。那是一把銀色的湯匙，把柄上裝飾著一個瘦長、設計成天使圖案的字母A。

我見過那樣的湯匙。字母A、天使、安琪費爾德，愛蜜琳的湯匙是這樣，奧瑞利思也有一隻。

我貼著牆，讓枝幹糾結著頭髮，勉強從灌木中掙扎出去。脫困後我拂開衣袖與肩膀上細碎斷裂的細芽與枯葉，貓咪看著我。

「回屋子去？」我提議。牠十分贊同。

德瑞克先生還無法替我找到海瑟特的下落。另一方面，我已經找到了愛蜜琳。

☙永恆的幽光

在書房，我謄寫文稿；在花園，我隨意漫步；在臥室，我撫摸貓咪，保持清醒以免噩夢來到。我在花園遇見愛蜜琳的那個月夜，現在對我而言好像一場夢，因為外面的天色總是這麼昏暗，無盡的幽光籠罩著我們。老嬤嬤死了，挖土約翰也死了，溫特女士的故事也漸漸變得更陰沉。是愛蜜琳——那個在花園出現的駭人身影——在梯子上動了手腳嗎？我只能等待，讓故事自己說出答案。同時，隨著十二月中旬越來越逼近，在我窗戶上徘徊的投影也越來越急切，她朝我靠攏，卻令我不安；她的距離讓我心碎，她的聲聲嘆氣在我心中激發出一股熟悉的感受，交雜著恐懼與渴望。

我比溫特女士提早抵達藏書室，哪管時間是早上、中午、傍晚，我都不知道了，現在都是一樣的了，然後站在窗旁等候。我那慘白的妹妹把手指挨近我的手指，她央求的眼神使我無法逃脫，她冰涼的氣息朦朧了玻璃。我只要打破玻璃，就可以與她相聚。

「你在看什麼？」溫特女士的聲音從身後傳來。

我慢慢轉過來。

「坐下，」她吼道，「裘蒂絲，爐火中再添一塊木頭，行嗎？拿點食物給這個姑娘吃。」

我坐下。

裘蒂絲送來熱可可與吐司。

溫特女士接著講故事時，我一小口一小口啜飲著熱可可。

ꗃ ꗃ ꗃ

「我會幫你。」他說。但他能做什麼呢？他只是個孩子。

我支開他，打發他去請毛思禮醫生過來。他不在的時候，我沏了滿滿一壺又濃又甜的茶，全部喝光。我快速盤算著眼前的問題，等茶壺見底的時候，我的眼睛已經徹底感覺不到淚水帶來的扎痛。該行動了。

男孩跟著醫生回來之前，我已經做好準備。一聽見他們的腳步接近房子，我便跳脫絕望，前去迎接他們。

「愛蜜琳，可憐的孩子！」醫生走近時驚呼，他張開的雙臂做出同情的姿勢，好像要擁抱我。

我往後退了一步，他停著不動。「愛蜜琳？」他的眼睛中搖曳著疑惑。亞德琳？不可能，不會的，那個名字還沒出口就消失了。「對不起。」他結結巴巴地說，依舊不知道我是誰。

我沒有幫他解決疑惑，反倒哭了起來。

那不是真心的眼淚。我真心的眼淚全部收著，但是你要相信我，我有好多淚啊。或許某個時候，今晚或明天，我也無法確知是什麼時候，我會一個人哭上幾個小時。為了約翰而哭，為了我自己哭。我會嚎啕大哭，尖聲釋放我的淚水，像我小時候那樣哭，那個時候，只有約翰能安撫我，用有著香菸與花圃味道的手輕撫我的頭髮。我會流出滾燙、醜陋的淚水，哭完之後（如果哭得完的話）我的眼睛會浮腫到變成有兩條紅邊的裂縫。

但是，那些是我的祕密眼淚，不是哭給這個男人看的。我讓他十分滿意的眼淚是假裝的，這些眼淚從我綠色的眼睛落下，像是鑽石從綠寶石上脫落。這招奏效了，如果你用綠色的眼眸迷惑一個男人，他會迷醉到根本沒有注意那雙眼裡有人正在監視他。

「我只怕約翰．狄掘司回天乏術了。」他從屍體旁站起來。

聽見約翰的本名，是件很古怪的事情。

「到底是怎麼發生的？」他往上看著約翰先前工作的欄杆位置，然後屈身靠近梯子，「保險栓壞了嗎？」

我冷漠地看著屍體——幾乎是冷漠地。「可能是滑下來吧？」我說出我的懷疑，「他是不是不小心滑下來的時候抓住梯子，結果梯子倒下來壓到他了呢？」

「沒有人看見他摔下來？」

「我們的房間在房子另外一邊，那位小夥子在菜園裡。」那個男孩站得略遠，視線避開屍體。

「嗯，我好像記得約翰沒有家人。」

「他一直都是一個人住。」

「我明白了。那你舅舅在哪裡？他怎麼沒過來見我？」

我不知道約翰先前有沒有跟這男孩說過我們的處境，但我必須隨機應變。

我帶著嗚咽的嗓音，告訴醫生舅舅已經出門了。

「出門了！」醫生蹙著眉。

那個男孩沒有反應。這麼說來，目前還沒有讓他驚訝的事情。他低頭站著，免得看見屍體。我認定這人是個娘娘腔，於是繼續說：「舅舅這幾天不會回來。」

「什麼時候才會回來？」

「噢！嗳呀，他究竟是什麼時候走的……？」我皺起眉頭，假裝往回推算日子。接著，我把目光停留在屍首上，用力顫抖我的膝蓋。

醫生和男孩雙雙跳到我旁邊，一人扶住我一邊的手肘。

「沒事，等下再說，親愛的，等下再說。」

他們帶我繞過房子，往廚房的門走去。

「我不知道要做什麼事！」轉過屋角的時候，我說。

「你想做什麼事？」

「葬禮。」

「你什麼都不用做，我來跟葬儀社的人聯絡，教區牧師會處理其他的事情。」

「可是錢怎麼辦呢？」

「你舅舅回來再付。順便問一下，他在哪啊？」

「如果他有事耽擱了呢？」

「你認為他可能會耽擱嗎？」

「他這人捉摸不定。」

「也對。」男孩打開廚房的門，醫生帶我進去，拉出一張椅子。我跌坐到椅子上。

「如果這樣的話，律師會來處理善後。還有，你姊妹呢？她知道發生什麼事情嗎？」

我眼睛眨也不眨，「她在睡覺。」

「也好，就讓她睡吧，好嗎？」

我點點頭。

「那麼，你們自己在這裡的時候，誰可以照顧你們？」

「照顧我們？」

「你們不能自己留在這裡……發生了這種事情，不可以的。你們管家逝世之後，你舅舅也沒有找人接替她，然後又馬上丟下你們出門，他做事太隨便了。一定要有人來。」

「真的需要嗎？」我淚珠盈眶，眼眸碧綠，並不是只有愛蜜琳會表現出女人韻味。

「這個——當然你——」

「上次有人來照顧我們——您一定記得我們的家庭教師，對不對？」而且我迅速擺出一個惡毒的神色。這個神色出現得太快了，連他自己也不確定是不是看見了這個惡毒神色。不過他還是臉紅了一下，把頭撇過去。等他再度看回來的時候，我的臉上只有溫柔婉約的綠寶石與鑽石了。

那個男孩清清喉嚨：「我祖母可以過來看看，先生，不會住在這裡，不過她可以每天過來幫忙一下。」

尷尬的毛思禮醫生考慮了一下。這是個解決的方法，況且他也急著找個脫身之道，找個台階下。「好吧，恩布洛司，我想這樣是不錯的安排，至少在短期間內很理想。而且你舅舅應該沒幾天就回來了，這樣的話，就像你說的，沒有必要再去……哦……去……」

「沒錯，」我平穩地從椅子上站起來，「那麼，您去找葬儀社商量，我去找教區牧師，」我伸出手，「謝謝您這麼快趕過來。」

那個男人完全手足無措，他在我的提示下站起來，用他的手指在我的手中短暫一碰。他的指頭滿是汗水。

他再度在我的臉上尋找我的名字。是亞德琳還愛蜜琳？愛蜜琳或亞德琳？他選擇了唯一的脫身之道：「很遺憾約翰出事了，我真心感到難過，馬曲小姐。」

「謝謝您，醫生。」我把笑容藏在淚水之後。

毛思禮醫生往外走的時候，對著那男孩點了個頭，然後順手帶上了門。

接著，該處理這個男孩了。

等到醫生走遠了，我打開門，請男孩出去。「還有，」他走到門檻的時候，我以一家之主的聲音說，「沒有必要請你祖母過來。」

他對我露出一個古怪的表情。就在這時，他看見了綠色的眼睛，還有眼睛裡面的女孩。

「這樣也好，」他說，漫不經心碰碰他的帽緣致意，「反正我沒有祖母。」

「我會幫你。」這是他說的話。但是他只是個孩子，然而他的確會駕駛雙輪馬車。

隔天，他載我們去班布里找律師，我坐在他旁邊，愛蜜琳在後座。在接待人員監視下等候了十五分鐘，我們才被請進羅麥克斯先生的辦公室。他看看愛蜜琳，然後看看我，接著說：「你們哪個是哪個，我就甭問了。」

「我們有麻煩了，」我說，「舅舅出走了，園丁出意外死了，不幸的意外。由於他沒有家人，一直都在我們家工作，我實在是認為我們家應該要支付葬禮的費用。只是我們手頭有點緊……」

他的眼光從我身上飄到愛蜜琳身上，然後又飄回來。

「請原諒我妹妹，她人不太舒服。」愛蜜琳確實看起來不正常。我隨她的意思，讓她穿了一身過氣的俗麗衣裳；而她的眼睛太美了，美到裡面沒有空間容納其他東西，例如智力。

「對。」羅麥克斯先生壓低聲音，口氣帶有幾分同情。

為了回應他的友善，我彎身靠近桌面，對他吐露祕密：「另外，我舅舅……唔，你跟他一直有往來，所以你知道的，是不是？他那方面有時候很難處理的，」我向他展現出我最坦承的眼神，「事實上，能夠換跟一位聰明人談談，真是令人開心極了！」

他心裡反覆思索他聽過的八卦，人家說雙胞胎其中一個不太正常。他心裡有了定論：唔，另外一個顯然精明能幹。

「彼此彼此，我也很開心。你是那個，嗯，抱歉，你們姓什麼，能再告訴我一次嗎？」

「你想知道的名字是馬曲。但是我們習慣了別人用我們母親的姓氏稱呼我們，安琪費爾德雙胞胎，村裡的人是這樣喊我們的。大家早忘了馬曲先生，我們更忘了，我們從沒見過他，這你也知道，況且我們跟他家人完全沒有來往。我常常想，我們登記的名字應該改過來比較妥當。」

「這很容易，當然，其實是很簡單的事情。」

「不過這件事改天再說，今天要處理的事情……」

「沒問題，讓我來替你解除葬禮的擔憂。我的理解是，你不知道你舅舅什麼時候回來？」

「也許需要一段時間，」我說。這句話其實不算謊話。

「不要緊。他會回來親自結算花費，如果他沒回來，我也會代墊花費，等他回家再處理。」

我把表情轉換成寬慰的神態，以符合他的期待。他還沉醉在替我解決困難的滿足感裡面，我則趁機連續提出了十幾個問題，詢問像我這樣一個女孩子，身上擔著像我妹妹這樣的責任，如果不幸永遠找不到監護人，那會變成什麼樣子。他用簡單幾句話向我解釋了整個情況，讓我清楚瞭解到我必須採取的手段，還有我什麼時候需要行動。「這些都不適用於你，你的處境不是這樣的！」他下了結論說。彷彿他在敘述這個教人擔憂的情況時，失去控制講太多了，現在希望把說過的話收回四分之三。「畢竟你舅舅馬上就會回到你們身邊了。」

「看老天的意思吧！」我眉開眼笑看著他。

我們走到門口，羅麥克斯先生這才想起最重要的問題。

「順便問一下，我想他沒有留下住址吧？」

「你也知道我舅舅的！」

「我是想過啦。不過，你知道他大概人在哪裡吧？」

我喜歡羅麥克斯先生，但必要的時候我還是會對他撒謊。像我這樣的女孩，說起謊輕鬆且自然。

「是……就是，我不知道。」

他嚴肅地看了我一眼。「既然你不知道他在哪裡……」他想起了他剛才為我解釋的法律義務。

「唔，我可以告訴你，他說過要去哪裡。」

羅麥克斯先生看著我，揚起眉毛。

「他說過要去祕魯。」

羅麥克斯先生的圓眼睛凸出，下巴往下掉。

「不過，當然囉，我們都知道這樣很荒唐，不是嗎？」我結束談話，「不可能在祕魯的，是不是？」

接著，我極力露出讓人放心、幹練、勇敢的笑容，隨手帶上門，讓羅麥克斯先生去為我操心。

ℰ ℰ ℰ

葬禮那天我還是沒有機會哭，每天都有好多事情要處理。先是教區牧師，接著是村民慎重前來，想知道花圈與花束怎麼安排。連毛思禮夫人都來了，她彬彬有禮卻態度冷漠，好像我也被海瑟特悖德的行為汙染了。「那個男孩的祖母，波克多太太，真是能幹，」我告訴她，「請務必謝謝你先生建議我們找她。」

葬禮的過程中，我懷疑波克多那傢伙一直在監視我，但我沒有當場逮到他在看我。

約翰的葬禮也不適合哭，那是最不可能哭的場合，因為我是安琪費爾德家的小姐，而他是誰呢？只是個園丁罷了。

追思禮拜做完了，教區牧師親切卻白費工夫詢問愛蜜琳是否願意常常去教會做禮拜，上帝會用大愛祝福祂的子民。在這個同時，我聽見羅麥克斯先生與毛思禮醫生在我後面、自以為我聽不見的地方講話。

「能幹的女孩，」律師對醫生說，「但我認為她不瞭解事情有多嚴重；你知道嗎？舅舅不曉得跑到哪裡去了。但是，我想，等她瞭解之後，我相信她能面對。錢方面的問題我已經安排好了，她本來擔心園丁的葬禮費用，又擔心其他事情。她天性的善良，與她頭頂上的智慧相配。」

「沒錯。」醫生虛弱地說。

「我一直有個印象——請注意，我不知道這印象哪來的——就是她們兩個……不太正常。但是我現在認識她們了，顯然只有其中一個有病。真是謝天謝地。你是她們的醫生，一定知道這是怎麼回事。」

醫生咕噥一聲，我沒有聽清楚。

「是什麼？」律師說，「你是說薄霧？」

沒聽見回答，律師於是又問了另一個問題：「不過，哪個是哪個啊？她們來找我的時候，我一直沒有找出答案。頭腦清楚的那個叫什麼名字？」

我挪動身體，剛好從眼角可以看見他們。醫生看著我，整場儀式當中他的眼睛一直露出相同的神情。那個被他關在家裡幾個月、心智遲鈍的孩子在哪裡？那個女孩子甚至沒辦法自己拿湯匙，也不會完整說出一個英文字，更別說能在葬禮指揮，詢問律師合理的問題了。我明白他為什麼困惑。

他的眼光從我身上移轉到愛蜜琳，又從愛蜜琳身上轉回到我身上。

「我想是亞德琳。」我看見他的嘴唇唸出這個名字。他所知的一切醫學理論與實驗，全都摔爛在他的腳底下，我笑了。

我接觸到他的目光，便向他們兩人舉起手，做出一個文雅的姿勢，感謝他們雖然跟約翰不熟，還是來參加他的葬禮；他們這樣做，是幫了我一個忙。律師是這樣認為的，醫生或許有不同的領悟。

ꕥ ꕥ ꕥ

之後，好幾個小時之後。

葬禮結束，我終於可以哭了。

只是我哭不出來。忍了太久，我的眼淚已經成了化石。

它們現在永永遠遠留在眼睛裡了。

☙石化的淚

「不好意思……」裘蒂絲開了口又閉上，緊抿著嘴，雙手顫動，跟平常的她完全不一樣，「醫生外出看診了，一個小時內趕不來。麻煩你……」

我繫好睡衣緊跟在後，裘蒂絲在前面半走半跑。我們上樓又下樓，轉進走廊又拐到迴廊，重新返回地面樓層，最後到了房子裡我從沒有來過的地方。我們來到幾個房間前，我認為這邊是溫特女士個人的套房。我們停在一扇緊閉的門前，裘蒂絲為難地看了我一眼，我完全理解她的焦慮。門後傳來深沉、不像人類發出的聲響，一聲聲痛苦的怒吼中夾雜著刺耳的喘氣。裘蒂絲打開門，我們走進去。

我嚇到了。難怪聲音這麼大！這裡跟其他房間不同，其他房間裝飾著太多的墊襯、簾幔，牆壁和掛毯都有吸音的效果；這裡卻是空蕩、全無陳設的小房間。牆壁是光禿禿的灰漿，地上只是簡單的木板。樸素的書架上塞著成疊的泛黃紙張，角落有一張窄床，上面鋪著樸實的白床罩。白棉布窗簾軟綿綿掛在窗格兩側，夜色灑落室內。在一張樣式簡單的書桌前，溫特女士垂著頭背對著我。原本她身上燃燒的豔橘與燦爛的深紫都消失了，她穿著白色的長袖連身睡裙，而且她在流淚。

空氣在她的聲帶上摩擦，發出刺耳又無調的聲響，以及野獸般駭人的嘎嘎痛哭呻吟。她的肩膀弓起又沉落，身軀顫抖，體內有股看不見的力道，正從她虛弱的脖子竄進頭部，順著她的手臂抵達她在桌面上猛烈搖晃的手。裘蒂絲趕緊在溫特女士的太陽穴下放了一個靠墊。激動的情緒完全宰制著溫特女士，她似乎不知道我們在這裡。

「我從沒見過她這樣。」裘蒂絲說。她用手指捂著嘴巴，聲調中的恐慌越來越明顯，她說：「我不知道怎麼辦。」

溫特女士咧開嘴，露出痛苦的怪樣子，無法承受強烈的傷痛，她的嘴扭曲成了古怪、醜陋的形狀。

「沒事的。」我對裘蒂絲說。我懂得這種創痛。我拉過一張椅子，坐在溫特女士旁邊。

「噓，噓，我瞭解的。」我用手臂搭在她的肩上，又握住她的雙手。我用自己的身軀圍繞她的身軀，垂下耳朵挨近她的頭，唸起咒語：「沒事的，會過去的。噓，孩子。你並不孤獨。」我搖動她，哄撫她，不斷低聲念頌那段有魔力的話。那不是我自己的話，而是我父親的話，我知道這段話有效，因為這段話對我相當有用。「噓，」我低聲說，「我瞭解，會過去的。」

來來回回的抽搐沒有停止，哭喊的痛楚也沒有減少，但是這些動作與聲音漸漸和緩下來。在每次發作的週期之間，她開始吸進幾口絕望、發抖的空氣。

「你不孤獨，我在你身邊。」

最後她安靜下來了。她頭顱的曲線壓進我的臉頰，一縷縷的髮絲碰觸我的唇，我的肋骨可以感覺到她輕微的呼吸與胸腔溫和的震動。她的雙手在我手中，非常冰冷。

「好啦，好啦，好好。」

我們安靜坐著，我把她的披肩拉高，調整位置，讓肩膀更加溫暖，並且搓揉她的手，讓手多少暖和一點。她的臉受了摧殘，眼皮腫脹到幾乎看不見東西了，嘴唇又痛又乾。她頭上剛才貼著書桌搖晃的地方出現了一個淤青。

「他是個好人，」我說，「好人，而且他愛你。」

她緩緩點點頭，嘴巴還在顫抖，她想要說什麼嗎？她的嘴唇又動了。

安全栓？這是她說的嗎？

「是不是你妹妹破壞了安全栓？」這個問題聽來冷酷，但在那當下，潮水般的淚水已經把所有的禮節席捲而去，直率的發問並不會給人失當的感覺。

我的問題引來她身上最後一陣痛楚。當她開口時，語氣非常明確。

「不是愛蜜琳。不是她，不是她。」

「那是誰？」

她緊閉雙眼，身體搖擺，頭部左右來回晃動。我在動物園的動物身上看過同樣的動作，當牠們被囚禁到發狂的時候就會這樣。我正要擔心她的創痛又會再度出現，卻想起我小時候父親是怎麼安撫我的。於是我摸摸她的頭髮，溫和地，輕柔地，直到她平靜下來，把頭靠在我的肩膀上。

她平靜之後，裘蒂絲把她安頓上床。她以困倦、孩童般的聲音要求我留下，所以我留下來，跪在她的床邊陪她，看著她入睡。偶爾一陣顫抖打擾了她的睡眠，恐懼的表情流露在她沉睡的臉龐上；這種情況發生時我就撫著她的頭髮，直到她的眼皮又回歸平靜。

多久以前，父親也是這樣安慰我？有件事從我的記憶深處冒出。我當時大約十二歲左右，事情發生在星期天，父親與我在河邊吃著三明治。那時候，有對雙胞胎出現了，兩個金髮的女孩跟著她們金髮的父母，來欣賞建築與享受日光。大家都注視著她們，她們對陌生人的注目一定習以為常，但我卻不習慣這種場面。我看著她們，心都要蹦出來了，就像是看著鏡子，看到了完整無缺憾的自己。我凝望著她們，多麼殷切，多麼渴望。她們一緊張，避開了我那貪婪凝視的眼神，伸手去牽父母的手。我看出她們的恐懼，而且有隻冷酷的手在我的胸腔擠壓，直到天黑。那天晚上在書店中，我坐在窗台上，漂流在睡眠與噩夢中；父親蹲在地上輕撫我的頭髮，喃喃道出他的咒文：「噓，會過去的，沒事的，你不孤單。」

後來，克里弗頓醫生來了。我轉身看見他在門口，我有種感覺，他可能已經在那裡好一陣子了。我走出房間，從他身邊經過，他的表情中有個我不知道怎麼解釋的東西。

水中密碼學

我回到自己的房間，雙腳與思緒的移動同樣緩慢。沒有一件事情說得通。為什麼挖土約翰會死？因為有人破壞了梯子上的安全栓。不可能是那男孩做的，溫特女士的說法提供了他的不在場證明：當約翰連同梯子從欄杆上摔下來，穿過空蕩的半空墜到地面上的時候，男孩正盯著她的香菸，連提出吸一口菸的要求都不敢。那麼一定是愛蜜琳囉，但是在故事中，完全沒有暗示過愛蜜琳會做出這種事，她是個不會傷人的孩子，連海瑟特都這麼說過。而溫特女士本身清白到不能再清白了。不，不是愛蜜琳。那麼是誰？伊莎貝爾死了，查理走了。

我回到房間，走進去站在窗戶旁。光線太暗看不見東西，窗戶上只有我自己的倒影，一個可以讓人看穿夜色的暗淡影子。「是誰？」我問那影子。

最後，我專心傾聽我腦海中那個輕柔反覆的聲音，我本來想忽略它。亞德琳。

不是，我說。

是，它說，亞德琳。

這是不可能的。因著挖土約翰的死而哀哭流淚，這麼鮮明的影像依舊在我心中。若是有人殺了一個人，是不可能像那樣為他哀痛的，是不是？不可能會有人謀殺一個他們深愛的人，然後流下那些眼淚吧？

但是我腦中的聲音敘說著我已經非常熟稔的故事，一個事件接著一個事件。在綠雕庭園的破壞行為，大剪刀每次一揮，都是朝著約翰心頭上的重擊。對愛蜜琳的攻擊舉動，扯頭髮，連續毆打，咬人。

把嬰兒車上的嬰兒抱下來，草率丟在路旁，不管他會不會死，也不在意會不會有人找到他。其中一個雙胞胎不太正常，村民是這麼說的。我回想起來，心生納悶。有可能這樣嗎？我剛才目睹的是內疚的眼淚嗎？自責的眼淚？我剛才抱在手臂中安撫的是個殺人犯嗎？這是溫特女士對世人隱藏這麼久遠的祕密嗎？我心底浮現一股惱人的猜疑，這就是溫特女士故事的重點嗎？她想讓我同情她，使她免於指控。原諒她？我打了個寒噤。

但是，至少我確定一件事，她是愛他的。怎麼可能不愛他呢？我還記得抱著她受痛、受折磨的身體時，感覺到只有斷裂的愛才能帶來如此深沉的絕望。我記得老嬤嬤死去之後，年幼的亞德琳伸手關切約翰的寂寞，她讓他指導她修整綠雕庭園，因此使他恢復了活力。

她曾經破壞過的綠雕。

噢，也許我還不太確定。

我的眼神在窗戶外的漆黑漫遊，她那精美的花園，這是她向挖土約翰表達的敬意嗎？是她為了她曾造成的破壞而表達的終身懺悔嗎？

我揉揉疲倦的眼，該上床了。但是我太累了，恐怕睡不著。如果我不努力控制思緒，那我的思緒一定會整晚打轉。我決定先洗個澡。

我等著浴缸裝滿水的時候，用眼神四處張望，想找點東西吸引我的注意力。梳妝台下有個露出半邊的紙團吸引了我。我攤平紙團，一排手寫的語音符號。

在浴室裡，水聲還在嘩啦嘩啦，我做了幾次短暫的嘗試，要從我那串符號中找出某種意義。我心底一直懸念著自己有沒有完全聽懂愛蜜琳的那句話，我想起月光下的花園，盤轉的金縷梅，還有那張怪誕、急切的臉龐，我又再次聽見愛蜜琳斷斷續續的聲音。不管我怎麼努力，就是沒辦法想起那聲音的發音。

我爬進浴缸，把紙片留在浴缸邊上。水溫暖了我的腳，我的腿，我的背，在我身上側邊有疤痕的地方，水溫明顯比較冷。我閉上眼睛，滑到水面下，耳朵，鼻子，眼睛，一直到頭頂。水在我耳中嗚叫，我的頭髮從髮根處飄起。

我坐起來吸氣，然後又立刻沉入水底。再吸氣，接著又到水中。

我腦中的思路正用一種鬆散、有如在水底的方式浮游。我非常明白雙胞胎使用的語言，知道這種溝通語言絕對不會完整發展；在愛蜜琳與亞德琳的例子中，雙胞胎語言可能是從英文或者法文發展出來的，也可能涵括了兩種語言的成分。

空氣。水。

她們採用了變形的語言，也許是在聲調，或者是母音部分加以變化。有時候會加入額外的破碎音節來偽裝，而不是用來傳達意義。

空氣。水。

一個謎題，一組祕密代號，一套密碼文字。這總不會像埃及象形文字或者邁錫尼線形文字B[6]那樣難解吧。該怎麼著手呢？先把每個音節分開，它可能是一個字，或者一個字的部分。把語調去除，代用不同的重音試試看。做實驗，把母音的聲音延長、縮短、消除抑揚。接著，這個音節在英文裡讓人聯想到什麼？在法文呢？還有，如果你把這個音節省略，改試試看左右兩邊的音節呢？這樣會出現很多可能的組合，幾千種吧。但也不是無窮大的數目。一台電腦就可以算出來。人腦也可以辦到，假如有一兩年的時間。

死人去地下。

什麼？我嚇得猛然挺直坐好。這一句話不知從哪兒對我冒出來，在我的胸腔中強烈敲打。太荒謬了，不可能的！

我一面發抖，一面伸手把浴缸邊上那張我匆匆寫下的字條拿來。我焦急地仔細查看，我的筆記，我的記號與符碼，我潦草難辨的文字與圓點，都不見了。它們泡在一灘水中，被淹沒了。

我努力再一次回想那些聲音，彷彿我剛剛在水底聽見它們。但它們已經從我的記憶中消失了，我只記得她焦慮專注的臉，還有她離去時所唱頌的那一串五個音符組成的調子。

*死人去地下。*一句現成的句子出現在我腦中，消失之後也沒有留下線索。這句話哪來的？我的腦子玩了什麼把戲，才從不知名的地方想到這句話？

我不相信這就是她告訴我的話。我相信嗎？

得了吧，理智點，我勸自己。

我伸手拿來肥皂，決心忘記我在水中想像出的那句話。

☙髮

在溫特女士的屋子裡，我從不看時鐘。要計算秒數，我有文字；分鐘則利用鉛筆所寫的行數，一行十一個字，一張紙二十三行，這是我最新的測時技術。在固定的休息時間，我停下來轉動削鉛筆機的把手，注意筆心周圍的鉛筆屑晃啊晃地掉落到字紙簍。這些休息時刻就是我的「時針」。

我把心思全放在我在聆聽、在書寫的故事，因而我對於其他事情少了欲望。我自己的生活本來就不怎麼精采，現在已經縮小到微不足道了。我白天的思考與夜晚的夢境裡面的人物，並不是我自己世界的人，反而來自溫特女士的世界。海瑟特與愛蜜琳，伊莎貝爾與查理，他們在我想像中四處遊蕩，我的思緒不斷飛往安琪費爾德莊園。

實際上我也樂意放棄自己的生活。如果全心投入溫特女士的故事，我就不必理會我個人的事情了。然而，人不可能就這樣捻熄自己。我裝傻也好，還是無法迴避十二月已經來臨的事實。在我內心底，在我睡眠中，在我激動如狂地用手寫滿字的紙張邊，我知道十二月已經在倒數了，我感覺到

6　邁錫尼線形文字B（Mycenaean Linear B），為希臘文第一套文字系統，使用於西元前第十四到第十二世紀之間。

週年紀念日在逐漸接近我。

溫特女士流淚那夜結束後，第二天我沒看見她。她躺在床上，只接見裘蒂絲及克里弗頓醫生。這樣也給了我方便，因為我自己也沒睡好。到了次日，她要求見我。我前往她樸實的小房間，見到她在床上。

她臉上的眼睛好似變得更大了，完全沒上妝。她的藥物也許正在發揮藥效，但是她的周遭似乎有種前所未有的安寧氣氛。她沒有對我笑，但是我進去的時候她抬起頭，眼神和藹。

「你今天不必用到筆記本與鉛筆，」她說，「我希望你今天幫我做別的事情。」

「什麼事情？」

裘蒂絲進來，在地板上攤開一張床單，接著從隔壁房間搬來溫特女士的椅子，抱起她坐進椅子裡。她把椅子搬到床單中間，調整角度，讓溫特女士看見窗外的景象。之後她把一條毛巾繞著溫特女士的肩膀塞好，將她茂密的紅銅色頭髮撥放在毛巾外。

她走之前交給我一把剪刀。「祝你好運。」她臉上有著微笑。

「要我做什麼啊？」我詢問溫特女士。

「當然是剪我的頭髮啊。」

「剪你的頭髮？」

「對，別露出那種表情，沒什麼大不了的。」

「可是我不知道怎麼剪啊。」

「只要拿著剪刀剪下去，」她嘆了口氣，「我不管你怎麼剪，我不在乎剪完後什麼樣子，只要把頭髮剪掉就好。」

「可是我——」

「拜託。」

我心不甘情不願地在她身後站好。她在床上休息了兩天，頭髮揪成一團橘色、金屬絲般糾結的線團，摸起來好乾燥，乾到我簡直以為會發出細碎的爆裂聲，滿頭都是砂礫般的小打結。

「我先把頭髮梳開。」

打結的地方很多，不過她一句責難的話也沒說。我覺得每次梳子一刷，她就縮一下。我放下梳子，直接把打結處剪掉會比較體貼。

我猶疑地下刀，在她背部一半的地方剪掉幾吋髮尾。刀葉乾淨俐落地截斷了頭髮，剪下的頭髮落在床單上。

「再短一點。」溫特女士和善地說。

「到這裡？」我碰碰她的肩膀。

「再短。」

我抓起一束頭髮，喀嚓一聲剪斷，惶恐不安。一條橘紅色的蛇在我腳旁滑行，溫特女士開口。

ஃ ஃ ஃ

我記得，葬禮過後幾天，我到海瑟特以前住的房間。沒什麼特殊的理由，只是站在那裡，站在窗戶旁茫然凝視。我的手指在窗簾上摸到一段略為突起的地方，那是她修補過的地方。海瑟特的針線功夫相當熟練，可是尾端有條小線頭脫落了。我在無聊、心不在焉的狀況下，反覆撥弄那塊修補的地方。我並沒有要拉扯它，真的沒有任何的打算……但是，突然間，它就這樣在我手指上鬆開了。那條線，整條線，因為曾經使用過而呈現出歪七扭八的形狀。窗簾上的破洞敞開，這麼一來，洞口會從邊緣處開始磨損。

約翰不喜歡海瑟特，她走了，他很開心。但是事實依舊：如果海瑟特在這裡，約翰就不會上屋頂；如果海瑟特在這裡，就沒有人會在安全栓上動手腳；如果海瑟特在這裡，那天就會和其他日子一樣，約翰會在庭園裡做著他的工作。等到午後凸窗的陰影投射在砂礫上，梯子就不會出現，不會有梯子的橫木，約翰也不會攤開四肢躺在地上，被地面的寒氣所包圍。那天會像其他的日子一樣開始，一樣結束。那天結束時，約翰會上床熟睡，連夢都不會夢見從天上掉下來。

如果海瑟特在的話。

我發現我完全無法忍受窗簾上開始磨損的破洞。

ℰ ℰ ℰ

溫特女士說話的時候，我還在喀嚓喀嚓剪著她的頭髮。剪到頭髮與耳垂對齊的時候，我停下來。她用一隻手舉到頭上，感覺頭髮的長度。

「再短一點。」她說。

我又拿起剪刀繼續剪。

ღ ღ ღ

那個男孩還是每天過來。他挖土、鋤草、播種、在植物上覆蓋保護層。我猜想他願意繼續過來，是因為我們還沒付他工錢。後來律師給我一點現金，「讓你維持到你舅舅回來。」我把錢付給這個男孩，他還是繼續出現。我從樓上的窗戶觀察他，不只一次，他朝我的方向抬起頭，而我則猛然跳出他的視線外。但是有一次他看見了我，看見之後揮揮手。我沒有向他揮手。

每天早上他都把蔬菜拿到廚房門口，有時連同一隻剝好皮的兔子或者一隻拔好毛的母雞；下午他過來收集削下來的果皮以製作堆肥。他常在廚房門口徘徊不去。我有付他工錢，所以他嘴上常叼根香菸。

約翰的香菸早就被我抽光了。男孩有菸抽，我卻沒有，我好煩哪。這件事情我一個字也沒提過。但是有一天，他肩膀倚在門框上，逮到我盯著他胸前口袋的香菸。

「跟你換一杯茶。」他說。

他走進廚房，坐在約翰的椅子上，雙肘擱在桌上。自從約翰去世以來，這是他第一次進來屋裡。我坐在角落老嬤嬤的老位子上。我們無言喝著自己的茶，同時吐出香菸煙霧，煙霧形成懶洋洋的雲朵與螺旋，朝著骯髒的天花板升起。我們抽完最後一口，在托盤上掐滅香菸，他一語不發站起來走出廚房，回去做工。隔天，當他帶著蔬菜來敲門，他直接走進來坐在約翰的椅子上，我還沒把水壺放到爐子上，就朝我拋來一根香菸。

我們從沒交談，但是我們有我們的習慣。

愛蜜琳不到中午不起床。下午，男孩在做工的時候，她偶爾會在屋外看著他。我為這件事情責備過她：「你是這個家的女兒，他是園丁。你也拜託一下，愛蜜琳！」但是沒用，她還是會對著她感興趣的人，露出遲鈍的微笑。我密切觀察這兩個人，留意到老嬤嬤以前告訴過我的，男人見了伊莎貝爾都會湧起碰觸她的慾望。這男孩雖然還沒露出想要碰愛蜜琳的跡象，不過他用和善的態度跟她說話，逗她笑。我用相當嚴肅的態度面對這件事情。

有時候，我從樓上的窗戶看見他們兩人在一塊。那天陽光燦爛，我看見她懶洋洋躺在草坪上，頭擱在手上，手肘撐著。這個姿勢展露了她腰際到臀部的曲線，他轉頭回應她說的話，並且看著她。而她翻身躺到地上，舉起手撥弄前額落下的一束頭髮。這個動作慵懶性感，我認為如果他當下真的碰了她，她也不會在意。

可是那個男孩只是把他的話說完，就轉身背對愛蜜琳，好像他沒有注意到她的性感，繼續做他的工。

第二天上午我們在廚房抽菸，我打破我們習慣的沉默。

「別碰愛蜜琳。」我告訴他。

他看起來很驚訝，「我沒碰過愛蜜琳。」

「很好，嗯，別去碰。」

我以為事情到此為止。我們兩人又抽了一口香菸，同時我準備要再度回到沉默中。沒想到他吐出煙霧之後開口：「我不想碰愛蜜琳。」

我聽見他的聲音，我聽見他那模糊難解的語調，我聽懂了他的意思。

我又抽了一口菸，瞧也沒瞧他一眼，徐徐吐出煙霧，還是沒瞧他一眼。

「她比你更友善。」他說。

我的菸連一半都還沒抽完，可是我把它捻熄，大步走到廚房門口，猛然拉開門。

他在門口停下來站在我身旁。我僵硬地站著，直視著他襯衫的釦子。

他吞口水的時候，喉結上上下下快速來回。他的聲音輕柔，「做人要友善，亞德琳。」

我惱火了，抬起眼睛正打算要痛罵他一頓，卻被他臉上的溫柔嚇到了，我一時間……迷惘了。

他趁機抬起手，要撫摸我的臉。

但是我動作更迅速，我舉起拳頭把他的手揮開。

我沒有傷到他，我不可能傷到他；可是他看起來迷惑而失望。

接著他走了。

從此之後，廚房空蕩蕩的。老嬤嬤走了，約翰走了，現在連那個男孩都走了。

「我會幫你。」他曾經說過。但那是不可能的，像他那樣的男孩，如何能夠幫我呢？哪有人能幫我呢？

ꕤ ꕤ ꕤ

床單上滿是橘紅色的頭髮。我踩在頭髮上，頭髮沾黏著我的鞋子。以前染過的頭髮都已經剪掉了；溫特女士頭皮上只剩一簇簇稀疏的純白髮色。

我把毛巾拿開，吹走她頸背上亂跑的頭髮碎屑。

「鏡子給我。」溫特女士說。

我把鏡子遞給她。頭髮剪短之後，她看起來像是有著灰白頭髮的孩子。

她盯著鏡子，眼睛遇上自己的眼睛，赤裸裸的、肅穆的眼睛，她看著自己好一段時間。然後，她將鏡面朝下，把鏡子放在桌上。

「正是我希望的樣子，謝謝你，瑪格麗特。」

我離開她。我一邊朝自己房間走回去，一邊想著那個男孩。我想著他與亞德琳，也想著他與愛蜜琳。接著我想起了奧瑞利思，他還是個小嬰兒的時候被人收養，穿著一件舊衣服，包裹在一個小背包中，連同一根從安琪費爾德莊園來的湯匙，以及一頁《簡愛》。我詳細思索這些細節，儘管經過了一番思考，卻沒有達到任何結論。

在這些難以理解的思緒中，我往其他方面一想，的確想通了一件事。我想起上次我在安琪費爾德莊園的時候，奧瑞利思告訴我的話：「我只希望有人告訴我真相。」而且我找到了這句話的回音：「告訴我真相。」穿著褐色西裝的大男生。所以這就解釋了為什麼《班布里先鋒報》裡，並沒有刊載他們年輕記者在約克郡的採訪報導了。他根本不是記者。從頭到尾，這人就是奧瑞利思。

☙雨與蛋糕

次日早上，一個聲音把我吵醒。今天，今天，今天，一個我自己擁有、反覆敲打的鐘。幽光已經穿透了我的靈魂，我覺得極度困倦。我的生日。我的忌日。

裘蒂絲把我父親寄來的卡片，連同早餐一起放在托盤上送來。卡片上有花卉圖案，還有他慣常、措辭含糊的祝賀，以及一段話。他祝我平安，他人很好。他有幾本書要給我，要不要寄過來呢？卡片上沒有母親的署名，是他代簽的。愛你的爸爸與媽媽。大錯特錯。我知道，他也知道。但是又能怎麼辦呢？

裘蒂絲來了。「溫特女士說，現在能不能……？」

我把卡片悄悄放在枕頭下，沒讓她看見。「沒問題。」我拿起我的鉛筆與筆記本。

「你最近睡得好不好？」溫特女士說，「你看起來有點蒼白，你吃的東西不夠多。」

「我很好。」我向她保證。其實我並不好。

整個上午，我掙扎在兩個世界相互參雜混淆的千絲萬縷當中。你知道那種感覺嗎？前一本書的羊皮紙還來不及在你看完之後闔上，下一本新書又開始了。你的衣服纖維上還卡著前一本書的想法、題材，甚至是角色，翻開新書的時候這些東西都還跟隨著你。嗯，我的感覺就像那樣。一整天我都很難專心，我個人生命的想法、記憶、感覺、無關緊要的片段，嚴重地摧毀了我的注意力。

溫特女士停止了故事：「你有在聽我說話嗎，李雅小姐？」

我猛然從自己的幻想中回神，笨拙地想找個藉口。我有在聽嗎？我不知道。我現在無法告訴她，她剛才在說什麼，不過我確定那些話全都記錄在我記憶的某個地方。但是，當她讓我突然回神的那一剎那，我正處在一種無人的境界，位於空間內的空間。當我們麻痹在一個白色地帶，當我們的注意力操弄著各樣把戲，忙著各樣事情的時候，旁人看來我們像是失神的樣子。我望著她長達一分鐘，無言以對，而她變得越來越煩躁。於是，我脫口而出心裡的想法。

「你有生過小孩嗎，溫特女士？」

「我的天啊，這是什麼問題。我當然沒有小孩。小姐，你瘋了嗎？」

「那麼，愛蜜琳呢？」

「我們有約定過的，對不對？不提問題？」接著，她臉色一變，身軀往前傾，仔細看著我，「你病了嗎？」

「沒有，我沒病。」

「算了，你現在的精神狀態，顯然不適合工作。」

這話是打發我走的意思。

回到房間後，我無聊、不安又苦惱地度過了一個小時。我坐在書桌前面，手拿著鉛筆卻沒有寫字；我覺得好冷，開了暖氣又覺得太熱，於是脫掉羊毛衫。我想泡個澡，但是沒有熱水。我泡了熱可可，多加了點糖，可是那個甜味又讓我想吐。看書嘛，有用嗎？藏書室的書架上頭排列著枯死的文字，沒有能幫我的東西。

雨滴開始落下，灑落在窗戶上，我的心跳起來。外面。對了，正是我需要的。而且不光只到花園去，我要逃離，立刻逃離，往沼澤那裡去。

大柵門是鎖著的，這我是知道的，而且我不想請莫理斯替我開門。我反倒穿過花園，朝著屋子的反方向走去，那裡的圍牆上有道門，門上爬滿了長春藤，已經好久沒有開啟過。我用雙手撥開枯葉，才能打開門閂。門往我的方向轉開，還要把更多的長春藤推到一旁，才能走到外面，把我弄得有點衣衫狼狽。

我一向以為自己喜歡下雨，但實際上我幾乎未曾體驗過雨。我喜愛的是城市中高雅的雨，落下的時候遇到建物或其他阻礙，都市的雨因此顯得溫柔可愛，城市裡上升的熱氣流使它暖和。在沼澤中，冷風增添了雨的憤怒，寒氣激怒了雨，這裡的雨是凶暴的。針刺般的雨水螫在我臉上，我身後一盆盆的雨水往我肩上沖。

生日快樂。

如果我人在書店，我走下樓梯時父親會從桌子底下拿出一包禮物。或許是一本書，也許是好幾本書，是過去這一年間他從拍賣會上買回來的。還有一張唱片或香水或一幅畫。他會趁著我去郵局、圖書館的某個安靜午後先包好。然後某天午餐時間就外出挑卡片，自己去。他在書桌上寫好卡片：愛你的爸爸與媽媽。全部都是一個人寫的。他還會去糕餅店買個蛋糕，然後藏在書店裡（我從來沒有發現他藏在哪裡，這是少數我沒有去找答案的祕密之一），又藏著一根蠟燭。每年的這一天，蠟燭就會點燃，讓我帶著用力擠出的幸福表情吹滅。接著吃蛋糕，喝茶，心情平復之後，安靜地讓食物消化，然後回到書店的編目工作上。

我知道，這件事對他來講多麼不容易。我長大了，現在過生日比我小時候簡單。以前在家裡慶祝生日好難，禮物藏在庫房裡，不是怕我發現，而是因為母親無法承受看見禮物。她紀念的方式，就是照例發作頭痛，所以我們不可能邀請別的小孩子到家裡來慶生，更不可能丟下她不管，開心出門去動物園或是公園玩。我的生日玩具一向是沒有聲音的，蛋糕永遠不是家裡烤的，吃不完的蛋糕必須先把外面的糖衣、蠟燭拿掉，才能裝在錫罐子裡放到隔天。

生日快樂？父親低聲對著我耳邊說「生日快樂」的時候很滑稽。我們安靜地玩著紙牌遊戲，贏家擺出歡欣的鬼臉，輸家做出痛苦的怪表情倒下，可是任何聲音——傳嘰嘰喳喳或是惱怒動氣——都不能到我們頭頂上的房間。在牌局之間，他上樓下樓，可憐的父親周旋在臥室的無言痛楚，以及樓下的祕密慶生之間，在樓梯間把表情由歡樂轉為同情，又從同情轉回歡樂。

生日不快樂。打從我出生那天起，悲傷就存在著。它像塵埃，在這個家裡下沉，覆蓋每個人，每樣事物；它隨著我們吸入的空氣入侵我們，用我們自己的苦楚籠罩我們。

天氣好冷，反而讓我能清楚思量這些記憶。

她為什麼不能愛我呢？為什麼對她而言，我妹妹的死亡比我的生命更重要呢？她因這件事情而責怪我嗎？也許她有權利這麼做，我現在活著，是因為我妹妹死了。母親每次見到我就想起了她的失落。

如果我們倆都死了，她會比較好過嗎？

我昏昏沉沉走著。一隻腳走在另一隻腳前面，一步一步又一步，我在催眠的狀態中，沒注意自己往哪裡走，也沒看方向，沒注意東西，跌跌撞撞前進。

接著，我無意間撞到了東西。

「瑪格麗特！瑪格麗特！」

我冷到無法承受驚嚇，冷得無法讓我的表情對著我面前的龐然大物有所反應。這個龐然大物裹在綠色雨衣中，雨衣大得像帳棚似的。它移動著，兩隻手放到我的肩膀上，搖晃我。

「瑪格麗特！」

是奧瑞利思。

「看看你！冷到臉色發青啊！快，跟我來。」他抓起我的手臂，迅速帶我離開。我在他後面，雙腳在地面上踉踉蹌蹌，直到我們走上一條路，到了一輛車旁。他匆匆把我塞進車中，門砰一聲關上，引擎嗡嗡作響，接著一陣暖流吹到我的腳踝及膝蓋。奧瑞利思打開一個魔膳師牌的保溫瓶，在馬克杯裡倒了一杯橘子茶。

「喝！」

我喝下去，茶又燙又甜。

「吃！」

我咬下他遞來的三明治。

在車內的溫暖中，我喝了熱茶，啃著雞肉三明治。但我覺得更加寒冷，牙齒開始打顫，不能自已地發抖。

「天啊！」奧瑞利思輕喊一聲，再給我一個精緻的三明治，「哎呀！」食物讓我稍微恢復意識，「奧瑞利思，你在這裡做什麼？」

「我來送你這個。」他伸手到後座，從座椅中間的缺口拿起一個蛋糕盒子。

他把盒子放在我的大腿上，滿臉燦爛的笑容，一面打開蓋子。裡面是個蛋糕。一個手工自製的蛋糕。蛋糕上彎彎曲曲的糖衣字母寫了一排字：生日快樂，瑪格麗特。

我冷到連眼淚都沒了。寒冷與蛋糕的結合反而讓我開始說話，我開始胡言亂語，像是冰河融化時吐出的物體。夜晚的歌聲，花園裡的眼睛，兩姊妹，一個嬰兒，一把湯匙。「她甚至知道房子，」奧瑞利思用紙巾擦乾我的頭髮，我模糊地說，「你的房子跟樂弗太太的房子。她從窗戶看進去，認為樂弗太太就像童話故事裡的祖母……你難道不明白這是什麼意思嗎？」

奧瑞利思搖搖頭，「但是她告訴我……」

「她騙你，奧瑞利思！你穿著褐色西裝來找她的時候，她說謊。她已經承認這件事情了。」

「老天保佑！」奧瑞利思驚呼一聲，「你怎麼知道我那套褐色西裝？我假扮成記者，你知道的。」另一方面，他已經聽懂我告訴他的事情了，「你是說，跟我的一樣的湯匙？而且她知道我們住的房子？」

「她是你的阿姨，奧瑞利思。愛蜜琳是你母親。」

奧瑞利思不再輕拍我的頭髮。他望著車窗外，面朝房子的方向。「我母親，」他喃喃說，「就在那裡。」

我點點頭。

又一陣寂靜，然後他轉向我，「瑪格麗特，帶我去看她。」

我好像清醒了，「問題是，奧瑞利思，她身體不好。」

「病了嗎？那你一定要帶我去她那裡，不要耽擱！」

「不是生病，」要怎麼解釋呢？「她在火災中受了傷，奧瑞利思。不光是她的臉，還有她的精神。」

他理解了這番話，把它加入了他深藏在心的失落與痛苦中。當他再次開口時，語氣中帶著嚴肅的堅定意志，「帶我去她那裡。」

是身體不適才造成我這樣回應嗎？還是因為今天是我的生日？是我自己沒有母親的緣故嗎？這些因素都可能跟我的回應有關，但是比這些因素意義更深切的，是奧瑞利思等我回答時的神情。我有一百零一個理由拒絕他，但是面對他這麼熱切的期盼，這些理由全都消失得無影無蹤。

我說好。

重逢

泡澡多少驅除了我的寒意，但是還無法完全減緩我眼睛的疼痛。我放棄在午後剩下來的時間裡趕進度的打算，上了床，把被子拉到我的耳朵上。我在被窩裡還是在發抖，小睡了一下，夢見奇異的景象。海瑟特、我父親、兩個雙胞胎、我母親，每個人都有另一個人的臉，每個人都是另外一個人喬裝的；就連我自己的臉也讓我混亂不清，因為它會轉移改變，有時候是我自己，有時候是別人。接著，奧瑞利思爽朗的面容出現在夢中：是他自己，永遠是他自己，只有他自己，而且他在笑，把幽靈都驅散了。黑暗如水淹吞了我，我沉沒到睡眠的深淵中。

我醒了，感覺頭在痛，四肢、關節、背部都在痛。有股疲倦把我往下壓，讓我思緒變慢。這股疲倦出現的原因，並不是精力耗盡或缺乏睡眠。夜已經深了。我睡過頭了嗎？我和奧瑞利思有約啊。這個念頭糾纏著我，只是過了好長一段時間，我才喚醒自己看手錶。我睡覺的時候，一陣朦朧的情緒在我內心形成。是驚恐？是鄉愁？是激動？這股情緒引發了期待，往事要回來了！我妹妹在我身邊，千真萬確，我看不見她，聞不到她，但是我的內耳始終調妥了頻率，只配合她的頻率，已經聽見了她的共鳴。這讓我渾身充滿了既憂鬱又睏倦的歡喜。

不要耽誤到奧瑞利思了。我妹妹會找到我，不管我在哪裡。她是我的雙胞胎妹妹呀。實際上，距離我和他約好在花園門口碰面的時間還有半小時。我沉重地把自己從床上拉下，又冷又疲倦，不想脫下睡衣再換衣服了，直接在上面套了一件厚襯衫和毛衣。我像個晚上出門看煙火的孩子，渾身包在衣服中，下了樓梯走到廚房。裘蒂絲為我留了一頓冷食，但是我沒有胃口，完全沒碰食物。我在廚房餐桌上坐了十分鐘，很想閉起眼睛又不敢，免得我向倦懶讓了步。這份疲倦懶散，正在邀請我的頭往硬桌面上碰呢。

還有五分鐘。我打開廚房的門，悄悄走進花園。

屋子裡一片漆黑，天上沒有星星，我在黑暗中蹣跚前進，偏離小徑的時候腳底的鬆軟泥土與樹葉枝幹的拂刷會警告我。一根不知打哪來的樹枝刮過我的臉龐，我本能閉起眼睛。我的腦海中有陣半痛苦、半滿足的共鳴，我完全明白，那是她的歌曲，我妹妹來了。

我到了碰面的地點，黑暗中有東西在移動，是他。我的手笨拙地撞上他，接著感覺手被人緊扣住。

「你還好吧？」

我聽見了問題，但那個聲音隱隱約約。

「你發燒了嗎？」

有人說話，奇怪的是這話沒有任何意義。

我想把那些愉快的共鳴告訴他，告訴他我妹妹要來了，說她現在隨時會在這裡跟我見面；我知道的，我身體側邊的疤痕散發出熱氣，是她散發出來的。但是她空白的聲音阻攔在我的身體和話語之間，我啞了口。

奧瑞利思放開我的手，取下一隻手套。我感覺到他的手掌放在我額頭上，今夜燥熱，他的手掌卻詭異地冰冷。「你應該待在床上。」他說。

我拉拉奧瑞利思的衣袖，軟弱地一拉，但是夠了。他跟著我走過花園，平穩如同一尊附有腳輪的雕像。

我不記得我有拿裘蒂絲的鑰匙，不過我一定有拿。我們一定是經過了幾道長迴廊，走向愛蜜琳的住處，但是那個過程也已經從我的記憶中消失了。我記得門，但是我記憶中的畫面是我們的手朝著門伸過去，門緩慢、自動打開了。我當然知道這樣不可能。我一定是打開了門鎖，但這一段的事實已經不見了，只留存下來門自動打開的影像。

那夜發生在愛蜜琳住處的事情，我的記憶是破碎的。時間的順序坍疊又重疊，事件彷彿一再以快速的連續動作重複。臉孔與表情陰森又可怕地逼近、放大。接著愛蜜琳與奧瑞利思出現了，同時在好遠好遠的地方有好小好小的牽線木偶。我自己呢，著了魔，又睏又冷，在整個過程中被一件不可抵擋的事情牽絆著：我的妹妹。

根據邏輯與理性的思索，我將記憶中原本是用不完整、隨機方式所記錄的畫面，如夢般的事件，重組成有意義的次序。

奧瑞利思和我走進愛蜜琳的住處。我們的腳步踩在厚地毯上，沒有聲響。我們經過一道又一道的門，最後到了一間房間，房間朝花園的窗戶敞開著。站在門口背對著我們的是一個白髮的身影，正在哼歌，啦——啦——啦——啦——啦。那段破碎的旋律，沒有開始，沒有結尾，自從我到這棟房子之後就縈繞在我的心頭，潛行到我的腦中，與我妹妹高頻率的共鳴競爭。在我身邊，奧瑞利思等著我向愛蜜琳通報我們來了，但是我講不出話。宇宙縮小成我腦中一聲無法忍受的哀鳴，時間延伸成永恆的一秒鐘。我說不出話，只能把手摀著耳朵，絕望地想停止那聲不和諧的音響。看見我的動作，說話的是奧瑞利思：「瑪格麗特！」

同時，愛蜜琳聽見了陌生的聲音，也轉過身。

她綠色的眼睛因為吃驚而顯露出痛苦。她殘缺的嘴扭曲成一個變形的O字型，但是她哼唱的聲音沒有停止，只是轉了方式，變成東倒西歪的一道刺耳哀叫，像一把刀插進我的腦裡。

在震驚中，奧瑞利思把眼光從我身上轉向她，那個女人是他母親，她殘破的臉龐讓他怔住了，她嘴中傳出的聲音像剪刀一樣剪開了空氣。

我瞎了，我盲了，看不見，也聽不著。等我的感官回復的時候，愛蜜琳趴在地上，慟哭已經減弱成抽噎，奧瑞利思在她身邊跪著，她的手在他身上摸索，我不知道她想要緊緊抱住他還是推開他，但是他把她的手放在自己的手上，並且握住她的手。

手牽手，血親連血親。

他是一根悲痛的巨石柱。

在我的腦中，仍舊受到一陣白晃晃的噪音折磨。

妹妹——妹妹——

世界往後移退，我自己獨自處於噪音的極度痛苦中。

我記不清楚了。不過我知道接下來發生了什麼事。奧瑞利思聽見走廊上有腳步聲，於是他溫柔地把愛蜜琳放到地上。裘蒂絲發現自己手上沒有鑰匙，驚呼一聲，跑去找另一組鑰匙——大概是莫理斯的吧。此時奧瑞利思一個箭步衝出門，往花園走去，接著消失了。裘蒂絲終於進來了，她盯著地板上的愛蜜琳，發出一聲驚恐的呼叫，朝我走過來。

在那個當下，我一概不知。因為光亮擁抱我、纏住我、奪去了我的意識。

終於。

☙你我都有不為人知的故事

一股銳利的焦慮，如溫特女士的綠色眼神，把我從睡夢中扎醒。我在夢裡喊了誰的名字？誰替我換衣服、安頓我就寢？我肌膚上的記號，他們是怎麼解讀的？奧瑞利思後來怎麼了？還有，我把愛蜜琳怎麼了？我的意識開始慢慢從睡眠中浮現，而折磨我最強烈的，莫過於她那張發狂的臉了。

我醒來的時候甚至不知現在是何年何月，幾時幾分。裘蒂絲在旁邊，看見我有了動靜，立刻拿了杯水湊到我嘴上讓我喝。

在我有力量說話之前，睡意又征服了我。

第二次醒來的時候，我床邊是溫特女士。她的手裡捧著書，座椅和往常一樣被紫色靠墊撐得飽飽鼓鼓的。一簇簇蒼白的頭髮圍繞著她素顏的臉龐，使她看起來像個淘氣孩童，因為惡作劇而爬上女王的寶座。

溫特女士聽見我移動的聲音，於是停止閱讀，把頭抬起來。

「克里弗頓醫生剛來過了，你高燒得非常嚴重。」

我沒說話。

「我們不知道是你生日，」她繼續說，「所以沒寫卡片給你。我們這裡不太慶祝生日，可是我們還是替你從花園摘了幾枝月桂。」

花瓶中裝著深色枝幹，全無葉子，但是順著整條樹枝都是雅致的紫花，空氣中瀰漫使人陶醉的芳甜香氣。

「你怎麼知道是我的生日？」

「你告訴我們的，你睡著的時候講的。你什麼時候要把你自己的故事告訴我，瑪格麗特？」

「我？我沒有故事。」我說。

「當然有，每個人都有自己的一段故事。」

「我沒有。」我搖頭。我腦海中隱約迴響著我在睡夢中可能說過的囈語。

溫特女士把緞帶書籤夾在她讀到的那頁，然後闔上書。

「每個人都有自己的一段故事，就像每個人都有家人。你可能不知道他們是誰，可能已經失去了他們，但他們依然存在。你可能漂流異鄉，或者不想理他們，但是你不能說你沒有家人。故事也一樣。所以，」她的結論是，「每個人都有自己的一段故事。你什麼時候要把你的故事告訴我呢？」

「我不會說的。」

她歪著頭，等著我繼續說下去。

「我從沒把我的故事跟別人講。況且我好像沒什麼故事。我認為現在的情況也一樣。」

「我明白了，」她輕輕地說，彷彿真懂似的點點頭，「嗯，這當然是你的權利。」她攤開放在大腿上的手，注視著她受傷的手掌。「你高興的話，什麼都不用講也沒關係。但是，故事不能棲息在沉默中，故事需要語言。沒有語言，故事會逐漸蒼白、生病，然後死亡，接著變成鬼來纏擾你，」她的眼睛轉回到我身上，「相信我，瑪格麗特，我知道的。」

我睡了好久好久，不管什麼時候醒來，床邊一定有適合病人吃的食物，是裘蒂絲準備的。我吃了一兩口便不吃了。當裘蒂絲過來取走托盤的時候，看到我只吃了一點點，臉上掩不住失望，但她從來沒有明說。我沒有病，頭也不疼，沒有畏寒，沒有噁心，只有腦裡、心頭上沉重又無止境的消沉和自責。我把愛蜜琳怎麼了？奧瑞利思呢？在我清醒的時分，那天晚上發生的事折磨著我；罪惡感一路追著我進入夢鄉。

「愛蜜琳怎麼了？」我問裘蒂絲，「她好不好？」

她的回答拐彎抹角：我自己都病懨懨的，為什麼要擔心愛蜜琳小姐呢？愛蜜琳小姐已經病了好長一段時間，愛蜜琳小姐年紀大了。

她不願詳說，反而讓我知道了一切。那就是，愛蜜琳身體不好，都是我的錯。

至於奧瑞利思，我能做的只有寫信。我等身體恢復到能夠寫字，便請裘蒂絲將我的紙筆給我。接下來我撐在枕頭上，擬了一封信的草稿。不滿意。我又寫了一封，然後又一封。我從來沒有在寫作上碰到這樣的困難，我的床罩散滿了失敗的草稿，多到讓我失去了自信。最後我隨便挑了一張，抄了一份工整的複本。

親愛的奧瑞利思，

你沒事吧？

發生這種事，我非常抱歉，我的本意並不想傷害任何人。我太魯莽了，是不是？

我什麼時候還可以跟你見面呢？

我們還是朋友吧？

瑪格麗特

只好先這樣了。

克里弗頓醫生來了。他聽了我的心跳，問我很多問題。「睡不著？睡眠不規律？做噩夢？」

我點頭三次。

「我想是這樣的。」他把溫度計放在我舌頭下，接著站起來，大步走向窗戶。他背對著我問：「還有，你讀什麼書？」

嘴裡有溫度計，我無法回答。

「《咆哮山莊》，你讀過嗎？」

「嗯——嗯。」

「還有《簡愛》？」

「嗯。」

「《理性與感性》[7]？」

「嗯——嗯。」

他轉身，嚴肅地看著我，「那麼，我猜，這些書你讀過很多次了？」

我點點頭，而他眉頭深鎖。

「讀了又讀？讀了很多次？」

我再次點頭，他的眉頭鎖得更緊。

「從小時候就開始讀？」

7 《理性與感性》(*Sense and Sensibility*)，珍．奧斯汀著，講述個性迥異的姊妹艾蓮娜與瑪麗安的感情故事。

他的問題讓我困惑，但是他的眼神認真，迫使我再次點頭。

在他粗黑的眉毛下，他把眼睛瞇成兩條細縫。這個樣子讓我想到，說不定他的病人都是被他嚇好的，這樣才能擺脫他。

接著他彎腰靠近我，讀取溫度計上的讀數。

人在近處，長相看起來是很不一樣的。一道黝黑的眉毛依然是一道黝黑的眉毛，但你可以看見眉毛當中每一根單獨的毛髮，它們排列得多麼緊密啊。最後面幾根眉毛非常纖細，快要看不見了，而且偏離了太陽穴的方向，反而指向他耳朵的彎曲螺圈造型。在他皮膚的粗糙表面上，密密麻麻排列著鬍鬚孔。瞧，又出現了：鼻孔非常輕微的外擴動作，嘴邊非常輕微的抽動，幾乎看不見。我一直以為那是嚴肅的表情，是他看輕我的跡象。但是，從這麼近的距離看他的表情，我認為也許他並非討厭我。有沒有可能，我心想，克里弗頓醫生在偷偷嘲笑我？

他把溫度計從我嘴裡取出，環抱著手臂發表他的診斷。「你罹患一種折磨人的病，好發於具有浪漫想像的女性身上。症狀包括：昏厥、消沉、食欲不佳、精神不振。有時候，病情的發作可歸因於在冷颼颼的雨中漫步，卻沒有適當的防雨措施；另一個更深層的原因是，就是某種情緒的創傷。但是呢，你和你愛讀的小說女主角不同，你的生活環境不像幾個世紀以前那麼貧困，你沒有肺結核，沒有小兒麻痺症，沒有不衛生的生活環境。所以，你會活下去。」

他直視我的眼睛說：「你吃的太少了。」我也看著他，無法將視線滑開。

「我沒有胃口。」

「L'appetit vient en mangeant.」

「有吃就有胃口。」我把這句法文翻譯出來。
「完全正確。你的胃口會恢復，但是你得出去迎接它，你必須主動歡迎你的胃口回來。」
換我皺眉頭了。
「治療並不複雜：進食，休息，還有，拿著這個……」他在便條紙上很快寫了幾個字，撕下來放在我床頭的桌上，「只要幾天，你就會感覺到沒那麼虛弱與疲倦了。」他伸手拿起手提箱，收好紙跟筆。起身要離開時，他遲疑了。「我很想問你，你的那些夢……不過我猜你是不願意說的……」
我像石頭般冷冰冰看著他，「我不會說的。」
他的臉色沉下來，「我料想到了。」
他從門口向我行了個禮，然後走了。
我伸手拿來處方。他那強而有力的潦草筆跡寫著：亞瑟・柯南・道爾爵士，《夏洛克・福爾摩斯探案集》。每次十頁，一天兩次，當然，直到療程結束為止。

☙十二月天

遵照克里弗頓醫生的指示，我在床上躺了兩天，進食、睡覺、讀福爾摩斯。我必須承認，這個處方我服用過量了，狼吞虎嚥看完一個又一個故事。第二天晚上還沒結束，裘蒂絲又下去藏書室替我多拿了一本柯南・道爾的作品。我病垮之後，她忽然對我親切了起來，原因並不完全是因為她替我感到難過（她的確難過），而是現在愛蜜琳的存在已經不是祕密了，她可以讓她天生的憐憫心性主導我們之間的交流，不必維持著戒備了。

「那麼，有關第十三個故事，她有沒有提過什麼？」有天她滿懷希望地問我。

「一個字也沒有。她跟你說過嗎？」

她搖頭。「從沒說過，非常奇怪，不是嗎？她寫了這麼多的故事，其中最有名的故事竟然是那個根本不存在的故事。你想想看：如果她出版一本書，裡面連一個故事也沒有，還是會熱賣暢銷。」接著，她晃了一下頭清理思緒，並且換了一個口吻說：「那麼，你覺得克里弗頓醫生怎樣？」

克里弗頓醫生順道來查看我的病況，見到了我床頭的書，他的眼睛為之一亮，沒有說什麼，但是他的鼻孔在抽動。

第三天，我感覺跟新生兒一樣虛弱。我下了床，將窗簾拉開，讓清新明亮的光線湧進我的房間。在屋外，燦爛無雲的藍天從地平線的一頭延伸到另一頭；蔚藍的晴空下，花園結了霜而閃閃發光，彷彿在過去這陣子的陰天裡，太陽的光線一直在雲層後方累積能量，等到烏雲散盡，再也沒有東西阻擋，於是陽光一洩而下，立即讓我們浸淫在累積了十四天的亮光裡。我在燦爛光線中眨眨眼，感覺血管裡好像有一種叫作生命的東西，慢慢開始動了起來。

早餐前我先走到門外，緩緩跟著腳邊的影子繞過草地。腳底的地面凍硬，陽光在結冰的落葉上閃耀。草地的邊緣凝結成霜，留住我鞋底的印痕，但是我身邊的小貓「影子」彷如輕巧的鬼魂，不留任何痕跡。一開始，乾冷的空氣像把刀子架在我的脖子上，但它讓我漸漸恢復精神，我重新感受到歡樂。這幾分鐘就已經夠了，我的雙頰刺痛，手指凍成粉紅色，腳指在發疼。我欣然回到屋內，

「影子」跟著我。先是早餐，接著是藏書室的沙發，然後是熾烈的爐火，還有書。

我的心思沒有被溫特女士藏書室的寶藏所吸引，反而渴望聽到她講故事。從這點來看，我判斷自己身體康復了。我在樓上重新拿起了我那一疊紙張，我病垮之後它們便受到忽略。我把它們帶回溫暖的爐邊，在那裡把白晝最明亮的幾個小時用來閱讀，小貓「影子」陪在旁邊。我讀啊讀著，從頭開始再次細讀故事，提醒自己故事中的謎團、疑點、祕密，但是卻沒有得到啟示。讀到了末尾，我跟還沒開始閱讀之前一樣迷惘不解。有人在挖土約翰的梯子上動過手腳嗎？可是，是誰呢？海瑟特以為她見到鬼的時候，她看到了什麼？其中最難以理解的是，那個暴虐、懶散的亞德琳，只能與弱智的妹妹溝通，做得出破壞庭園那樣令人心痛的舉動，長大之後怎麼會變成溫特女士？怎麼會成為幾十本暢銷小說作者，嚴以律己的作家，更設計了一座精美的花園？

我把那疊紙推到一旁，輕輕撫摸「影子」。我凝視著爐火，渴望有個故事來安慰我，這個故事的每個環節都經過妥當的策劃，情節中的疑惑只是為了閱讀者的樂趣而創造，我只要摸一下剩下來的頁數，就可以估算距離結局還有多遠。我不知道還要多少頁的空間，才說得完亞德琳與愛蜜琳的故事，甚至不知道會不會有時間來完成這個故事。

我沉浸在我的筆記中，卻忍不住好奇怎麼這麼久沒見到溫特女士。每次我問起她，裘蒂絲的回答都一樣：她跟愛蜜琳小姐在一起。一直到傍晚，她才帶來溫特女士的口訊：我可以在晚餐前為她朗讀嗎？

當我來到她面前，我看見一本名叫《歐德莉夫人的祕密》的書，放在溫特女士身旁的桌上。我從書籤所在的位置翻開，接著開始朗讀。等到我停下來，意識到她想和我說話的時候，我才朗讀了一章。

「那天晚上究竟發生了什麼事情?」溫特女士問,「你病倒的那個晚上。」

我又緊張又高興,自己終於有機會解釋。「我早就知道愛蜜琳在這棟房子裡了,我常在晚上聽見她的聲音,也在花園裡遇過她,我找到她的居處。那天晚上我帶了一個人去見她,愛蜜琳嚇了一跳。我絕對不想嚇到她,但是她看見我們的時候,大吃了一驚,而且——」我的聲音卡在喉間。

「這不是你的錯,別讓自己愧疚。嚎啕大哭與精神崩潰,這些事情我跟裘蒂絲還有醫生,以前都見識過好多次了。如果說要歸咎於誰,那就是我,因為我沒有讓你早點知道她在這裡。我習慣於過度保護了。我真糊塗,沒早點告訴你,」她停了一下,「你要不要告訴我,你帶來的人是誰?」

「愛蜜琳生過孩子,」我說,「就是我帶來的那個人,也是那個穿著褐色西裝的男人。」說出了我知道的事情之後,原本我找不到答案的那個問題也忽然衝到我的嘴邊,彷彿我的坦承可以換回她的坦率回應。「愛蜜琳在花園裡找什麼?我在那裡看見她的時候,她正在挖東西。她常常這樣子。莫理斯說那是狐狸挖的洞。不過我知道那不是狐狸。」

溫特女士不發一語,鎮定從容。

「死人去地下,」我引述這句話,「這是她告訴我的。她認為地下埋著誰?她的孩子?海瑟特?她想在地底下找誰?」

溫特女士吐出一陣低語,雖然聲音微弱,但隨即喚醒了我的記憶,讓我想起愛蜜琳在花園裡對我說過的那段嘶啞話語。就是那句話!「就是這句話?」溫特女士補充說,「這就是她說的話?」

我點點頭。

「用雙胞胎的語言說的？」

我又點點頭。

溫特女士帶著興趣看著我，「你的表現非常好，瑪格麗特。比我預期的更好。問題是，這個故事的時序安排，已經有點脫離了控制。我們有點衝過頭了。」她停下來直視著自己的手掌，然後直視著我。「我說過，我會告訴你真相，瑪格麗特。我確實是要告訴你真相。但是，在我還沒告訴你真相之前，有件事情必須先發生，那件事情就要發生了，但是還沒發生。」

「是什麼事？」

我的問題還沒問完，她就搖搖頭。「我們先回到歐德莉夫人和她的祕密上面，好嗎？」

我又朗讀了差不多半個小時，但是我的心思並不在故事上，我感覺到溫特女士的注意力也在漫遊。晚餐時間到了，裘蒂絲過來輕敲房門，我闔起書放到一旁。這時，溫特女士突然說話了，彷彿我為她的朗讀沒有中斷，彷彿我們一直在朗讀。她說：「如果你不會太累的話，今天晚上要不要過來見見愛蜜琳呢？」

☙姊妹

到了約定的時間，我前往愛蜜琳的住處。這是我頭一回以訪客的身分去那裡。我還沒進到臥室，最先留意到的是一片重濁的寂靜。我停在門口，她們還沒有注意到我，我這才明白我聽見的其實是她們的低語聲。幾乎聽不見的聲音，氣息在聲帶上的摩擦引起了空氣的震盪，你還來不及聽見就已經消失的輕柔破裂聲音，你會誤以為是自己耳中血液脈搏跳動的悶沉聲響。每當我以為聲音已停止了，另一陣壓低的耳語像是飛蛾般落進我耳中，接著又振翅飛去。

我清清喉嚨。

「瑪格麗特。」溫特女士的輪椅放在她妹妹旁邊。她用手比了床邊的椅子，「謝謝你來看她。」

我看著愛蜜琳擱在枕頭上的臉龐。她的臉孔又紅又白，正是我上次看到的那種又紅又白的疤痕與灼傷。她的身形依舊豐滿，她的頭髮依然是一團糾結的白色混亂，她的眼光無精打采地在天花板上遊蕩，她好像對於我在她眼前出現顯得漠不關心。差別在哪裡？因為她不一樣了。她身上出現了某種改變，一種肉眼可以察覺的變化，但又太過於抽象而無法形容。不過她的力氣還在，她的一隻手伸到床罩外，用這隻手緊抓住溫特女士的手。

「你好嗎，愛蜜琳？」我緊張地問。

「她不舒服。」溫特女士說。

溫特女士最近也變了。不過，病痛在她身上產生蒸餾作用：它使她更加衰退，但也更加顯露出她的精華。每次我見到她，她好像都縮小了一點，更瘦，更虛，更透明。而她越衰弱，她核心裡那種鋼鐵般的堅強便展露越多。

儘管如此，愛蜜琳用她沉重有力的手所緊抓的，是一隻非常單薄、虛弱的手。

「你要我替她朗讀嗎？」我問。

「當然。」

我唸了一章。「她睡著了。」溫特女士低聲說。愛蜜琳的眼睛閉著，她的呼吸沉重又規律。她原本緊握住姊姊的手，現在已經鬆開了；而溫特女士則磨搓著手，讓它恢復知覺。她的手指上出現淤青。

溫特女士察覺了我眼光的方向，於是把雙手藏到披肩裡。「很抱歉這樣中斷了我們的工作，」她說，「愛蜜琳生病的時候，我必須先請你離開一陣子。現在我同樣要花時間陪伴她，我們的工作也就得延緩了。但是不會延遲太久的，而且聖誕節要到了，你會離開我們與家人團聚。等你放假後回來，我們再看看事情的狀況如何。我預料——」她停了一下子，「那個時候就可以回到工作上了。」

我一下子沒搞懂她的意思，那些話模稜兩可，但她的語氣洩漏了真正的意義。我的眼神急速轉換到愛蜜琳睡著的臉龐上。

「你是說……」

溫特女士嘆氣，「不要被她看來強壯的外表給騙了，她已經病了好久。這幾年我本來以為她會比我早離開，接著換我病了，我就沒那麼肯定了。現在呢，我們好像在比賽，看誰會先到達終點線。」所以這就是我們要等的。如果沒等到這件事，故事就無法結束。

我的喉嚨驟然乾渴，我的心像孩童的心那般驚恐。

快死了，愛蜜琳快死了。

「是我的錯嗎？」

「你的錯？怎麼會是你的錯？」溫特女士搖搖頭，「那天晚上的事情跟這個一點關係也沒有。」

她對我露出她一貫的敏銳表情。她對於我心裡的想法，明白得比我自己願意透露的更多。「不要為這件事心煩，瑪格麗特。我妹妹對你來講是個陌生人啊。你這麼傷心，該不會是因為你在憐憫我吧？告訴我，瑪格麗特，到底怎麼回事？」

其實她說錯了。我真的同情她，因為我相信我懂得溫特女士正在經歷的遭遇，她馬上就要加入我，成為截肢者了。雙胞胎失去了手足，靈魂只剩下一半，生死之間的幽明界線又狹窄又黑暗，失去手足的雙胞胎往往比其他人更靠近那道界線。儘管她時常發怒，乖戾固執，但我已經喜歡她了，我尤其喜歡她表現出的孩子氣模樣，那個孩子最近越來越頻繁出現。她剪短的頭髮，素顏的臉孔，去除了厚重寶石的虛弱雙手，使她一天比一天更像個孩子。在我心中，即將失去妹妹的是這個孩子，這就是溫特女士的悲傷與我的悲傷相符合的地方。她的戲碼即將在這裡上演，而我就是被同樣的戲碼塑造出現在的人生，差別在於我的戲碼發生在我有記憶之前的日子裡。

我看著愛蜜琳在枕頭上的臉，她即將跨越一個分水嶺，我和妹妹就是被這個分水嶺所隔開；她馬上就要跨越過去，不再屬於我們，而是成為另一個地方的新人。我心裡充滿著荒謬的意念，想在她的耳邊低語，請她轉告我妹妹，把我的訊息委託給這個可能會看見我妹妹的人。只是，要說什麼呢？

我感覺到溫特女士好奇的目光停留在我的臉上，我壓抑住自己的傻念頭。

「多久？」我問。

「幾天，也許一個星期，不會太久。」

那天夜晚，我陪著溫特女士熬夜到深更。隔天，我又來到愛蜜琳的床邊。我們坐著，大聲朗讀，或者沉默無語，只有克里弗頓醫生的探訪中斷了我們的守望。他好像認為我在場是非常自然的事，當他溫柔地講解愛蜜琳身體的衰退狀況時，對溫特女士和我兩人同樣投以嚴肅的微笑。有時候，他還陪我們坐一個小時左右，和我們一起分擔那種活在地獄邊緣的滋味。我朗讀的時候他也聽著，架上任意取本書，翻開任何一頁，我就從那裡開始，讀到哪算哪，甚至有時句子唸到一半就停止了。從《咆哮山莊》跳到《艾瑪》[8]，接著是《尤斯蒂斯鑽石》[9]，再下來是狄更斯的《艱難時代》[10]，然後轉成《白衣女郎》，都是零零星星的片段。不過不要緊，藝術的完整、組織和成就並沒有撫慰的力量。在另一方面，文字才是生命線，它們留下了低柔的韻律，完全不同於愛蜜琳緩慢的呼吸節奏。

這天快結束了，次日就是聖誕夜了，也是我離開的日子。我多少有些不捨，這棟屋子的寂靜，以及美麗花園裡的清幽，我在這個世界上所求的也就是這些了。書店以及父親變得渺小而遙遠，我的母親則一如往常的模糊。至於聖誕節……在我們家裡，這個節慶和我的生日相隔太近，所以我母親無法接受另一位母親的小孩的誕辰，她也不管那個小孩是多久以前出生的了。我想到父親，每年都會有新朋友寄來聖誕卡片，他把卡片打開，把那些看來不礙眼的聖誕老人、雪景、知更鳥圖案的卡片布置在壁爐上，聖母瑪利亞的圖畫則收起來。每年他都收著一堆祕密的卡片：寶石般色彩的圖案，上面那個母親充滿喜悅，望著她那健全、完美的獨生子，母子兩人間的親情，構成一個圓滿、

8《艾瑪》，珍・奧斯汀著，講述誓言不婚、樂意作媒的富家千金艾瑪・伍德豪斯的故事。

9《尤斯蒂斯鑽石》（*The Eustace Diamonds*），英國小說家安東尼・特洛勒普（Anthony Trollope）著，講述寡婦麗茲與她繼承的鑽石所引發的一系列風波。

10《艱難時代》（*Hard Times*）以工業城鎮科克敦作為故事舞台，批判教育功利主義將招致的惡果。

完整的圖畫，充滿著喜悅。每年這些畫面都淪落到垃圾桶裡去，那就是它們的命運。

我知道，如果我要留下，溫特女士也不會反對。她也許還高興這幾天有人作陪。但是我沒有問，我不敢問。我見到了愛蜜琳衰退的樣子，她越來越虛弱，我心頭上那隻手也掐得越來越緊，我的苦惱日漸加增，我知道終點不遠了。我也覺得自己膽小，可是聖誕節近了，我有了逃開的機會，我也掌握住這個機會。

傍晚，我回到房間收拾東西，然後走回愛蜜琳的住處向溫特女士道別。姊妹之間不再低聲細語，徘徊不去的昏暗更加沉重，比往日更寂靜。溫特女士膝蓋上有本書，倘若她本來是在看書的話，現在天色已黑，也看不見字了。她悲傷地看著妹妹的臉龐。愛蜜琳在床上躺著不動，被單隨著她的呼吸緩緩起伏，她的眼睛閉著，看來睡得很深沉。

「瑪格麗特。」溫特女士低聲說，一面指著一張椅子。她好像因為我的來到而開心。我們一起等待日光消散，聽著愛蜜琳呼吸的浪潮。

在我們之間，在病床上，愛蜜琳的氣息隆隆地吸吐，節奏平順且平靜，如海岸邊的浪潮聲般讓人寧靜。

溫特女士沒有說話，我也保持沉默，心裡想著不可能的情節：這位旅客即將出發邁向另一個世界，我想請她傳個信息給我妹妹。每一次呼氣，這個房間就充滿了更沉重、更持久的悲傷。

窗戶上，溫特女士的深色翦影開始移動。

「你應該把這個拿去。」她說。在黑暗中有個動靜讓我知道，她正把一個東西從床的上方交給我。我的手指摸到一個四方型的皮製品，上面有個金屬鎖。像書一類的東西。

「這是從愛蜜琳的藏寶箱拿出來的，我們不需要它了。你走吧，把它讀一讀，你回來之後我們再討論。」

我手裡拿著書，穿過房間走向門口，靠著走道上的家具辨識方向。在我身後是愛蜜琳隆隆吸吐的浪潮。

☙ 一本日記與一趟火車

海瑟特的日記殘缺，鑰匙不見了，扣栓嚴重生鏽，只要一摸，手指上就會留下橘色的汙跡。封面內側的膠水融化，黏住了前三頁，讓這幾張頁面黏在一起。每一頁上的最後一個字逐漸消失，變成帶著褐色的受潮汙漬，好像這本日記本曾經同時暴露在塵土與濕氣中。裡面有幾頁撕掉了，扯破的頁邊留著一列引人遐思的文字片段：abn、cr、ta、est。最嚴重的是，日記本可能一度泡在水中，它的紙頁出現波浪狀，闔上的時候，它呈喇叭狀向外張開，比原本的厚度還要厚。

浸漬為我帶來最大的難題。內頁很清楚是手寫的，也不是什麼古老的筆跡，而是海瑟特的筆跡。瞧，她堅牢的小寫字母上半邊，她均衡流暢的迴圈；看，她自在的斜線，她經濟實用的間隔。仔細一看，這些字卻是模糊褪色的。這條線是字母 l 還是字母 t？這道曲線是字母 a 還是字母 e？是不是個 s 呢？這一團線條結構要讀為 bet 還是 lost 呢？

要讀這本日記，是個相當大的挑戰。雖然我後來把日記內容謄寫出來了，可是那天我在火車上讀的時候，假期返鄉人潮擠到我無法使用紙與筆，我整個人縮在靠窗的座位上，把日記本貼近我的鼻子，鑽研裡面的內容，專心解讀。一開始，我勉強可以辨識出三分之一，接著我被她的思緒流動所引導，字母開始在中途迎接我，把豐富的真相透露給我當成獎勵，最後我能夠用接近閱讀的速度翻頁了。在那列火車上，在聖誕節的前一天，海瑟特甦醒了。

我在這裡不會重新敘述一遍我理解海瑟特日記的過程，那是個又片段又零碎的過程，你會沒耐心的。我要依照海瑟特本人的精神，排除混淆與凌亂，呈現出已經修補、整理、按照適當順序釐清的內容。我用肯定取代疑問，以清晰代換陰影，將補充替代缺文。這麼一來，我可能在她的記錄上偶爾增添一點她沒有寫過的字句。但是我保證，如果我犯了錯誤，那只是小細節；重要的部分我瞇眼細讀，確定理解了她的本意，確定到不能再確定之後，我才罷休。

以下不是整本日記的內容，僅提供編選過的段落。我編選的標準，首先是要與我的目的有直接關聯的，也就是要與溫特女士的故事相關的。其次，我想呈現海瑟特在安琪費爾德莊園生活的精確感想。

ჯ ჯ ჯ

從遠處看，安琪費爾德宅邸相當氣派，不過它的座向很差，窗戶的位置不對。接近之後我立刻就察覺到這房舍已經快荒廢了。石材風化嚴重，可能引發危險，窗框也腐朽了。同時，部分屋頂看來遭到風雨所損害。我會優先檢查閣樓房間的屋頂。

管家唐恩太太在門口迎接我，即使她想隱瞞，我也立即發現她的視力與聽力有障礙，以她的年紀來說並不意外，這也解釋了房子為什麼會這麼骯髒。我猜，她在這個家庭服務了一輩子，安琪費爾德家並不想把她趕走。我能認同他們的善心，但我無法理解為什麼沒有找更年輕、更強健的人手來協助她。

她把家裡的狀況告訴我。這些年來，這一家人與家僕員工一起生活，而村民都曉得，家僕的人數與以前比起來，已經銳減了。這個家的生活情形就是這樣。但為什麼會這樣，我還沒弄清楚，我確實知道的是，除了這一家人之外，只有唐恩太太與一個叫作約翰・狄掘司的園丁住在這裡。這裡有養鹿（不過打獵活動已經停止了），但是照顧鹿群的男人從來沒有在房子附近出現，他遵照律師的指示（就是聘僱我的那個律師）辦事，而律師表現得像是這裡的房地產經理人一樣，負責產業管理的事務，一般家庭經濟則是唐恩太太在管。我本來以為查理・安琪費爾德每個星期都會仔細查看帳冊與收據，不料唐恩太太卻笑著問，我是不是認為她的視力好到可以在帳冊上面編列數字。我不得不承認，這真是不成規矩啊。我並不是說唐恩太太不值得信賴，根據我所見到的，她的一切舉止顯示出她是個誠實、勤勉、負責的好女人，我希望更認識她之後，能夠把她的沉默寡言解釋為是她聽力不好的緣故。我在筆記上記著，該去向安琪費爾德先生說明，記帳清楚的話，只有好處沒有壞處。我還想，如果他太忙做不來的話，我可以自願接下這份工作。

想到這件事情，我想到也該去認識一下我的雇主了。可是唐恩太太告訴我，他整天躲在以前的育嬰房裡面不出門，我太驚訝了。經過我詳細詢問之後，我斷定他的心智異常。好可憐！世上還有什麼事，比起大腦的功能出問題更悲哀嗎？

唐恩太太送上茶（出於禮貌我假裝喝下，但稍後倒進水槽，因為我見了廚房的環境之後，對於茶杯的清潔度缺乏信心），並告訴我她的事。她八十多歲了，未婚，一輩子都住在這裡。我們的談話於是自然而然轉到了這一家子上頭。唐恩太太從雙胞胎的媽媽小時候就在這裡了，從小看著她們的媽媽長大，她證實了我已經明瞭的事：她們的母親最近因為心理疾病，被送進了精神病院，所以他們才聘了我來。她把她們媽媽為什麼會被關進病院的原因告訴了我，但是她的敘述相當歪曲混淆，我沒辦法判斷這個媽媽到底有沒有用小提琴攻擊醫生的太太。這也不重要，重要的是顯然他們有精神病的家族病史。坦白說吧，我確定這點之後，我的心跳加快了。身為一個家庭教師，叫我來指導那些大腦平順運轉的孩子，能有什麼滿足感呢？要教導幾個心智正常的孩子去進行有條有理的思考，能有什麼挑戰性呢？我不但已經準備好要接手這個宅邸的工作，更是我多年來渴求的一個機會。就在這裡，我可以檢驗我的教學方法是不是有價值的！

我問到小孩爸爸家的事情，馬曲先生雖然逝世了，孩子們從沒認識過他，但她們依然流著他的血液，天性受到他的影響。不過唐恩太太能夠告訴我的非常少，她反而說起一大堆她們媽媽和舅舅之間的事情，如果我聽得懂她的言外之意的話（我確定她希望我聽得懂），那麼這些事情中不曉得藏有多少令人不齒的細節……當然，她所暗示的事情根本不可能發生的，至少在英國不會發生這樣的事情，於是我懷疑她是不是有點想太多了。想像力有益健康，若沒有想像，很多科學發現就不可能出現。但若要有所成就，還需要用嚴肅的目標來控制想像力。任憑想像力自由發揮，容易導致愚蠢的行為。也許是年歲讓她的頭腦胡思亂想，因為她在其他方面似乎是個善良的人，不是那種隨便道人長短的八婆。不管怎麼說，我立刻將她提到的事情從我的記憶中摒除。

我在寫這篇日記的時候，聽見房間外面有聲響。女孩子們已經從躲藏的地方跑出來了，在房子裡到處悄悄走來走去。過去沒有人幫助她們，大家縱容她們恣意行事。我打算在這棟房子裡逐漸引進有秩序的生活作息、衛生習慣與教養，這樣會讓她們受益良多。我不會走到外面找她們，她們毫無疑問正在期待我出去，但是在這個階段，只要讓她們的計畫失敗，就達到我的目的了。

唐恩太太帶我查看一樓的房間。處處骯髒，表面全是厚厚的灰塵，窗簾破破爛爛。儘管她看不見這番景象，但是她認為這些是多年前雙胞胎祖父時代就有的，當時家中還有充裕的家僕人手。我看見一架可能無法修復的鋼琴，不過我會再想想看可以怎麼利用。還有一間藏書閣，只要抹去塵埃、看見裡面的東西時，也許會發現裡面充滿著知識。

其他的樓層由我自個兒勘查，因為我不想一次讓唐恩太太痛苦地爬太多層的樓梯。在二樓，我注意到拖著腳步的聲音，一陣低語，還有悶低的咯咯笑。我找到我負責的學生了。她們鎖著門，我轉動門把的時候，裡面一陣安靜無聲。我喊了一次她們的名字，接著就讓她們自己玩自己的，我走上三樓，不去找我的學生了。我要訓練她們來找我，這是基本的原則。

三樓的房間亂到不能再亂了。骯髒又汙穢，但是我上來時就預料到了。雨水從屋頂滲進來（我也想到會這樣了），蕈類長在腐爛中的地板上，這怎麼會是扶養小孩的環境呢！好幾片地板不見了，好像是故意搬開的。我一定要去見安琪費爾德先生，討論一下修理這些東西的事情。我應該指給他看，有人可能會跌到樓下的，或者至少會扭傷腳踝。所有的鉸鏈都需要上油潤滑，所有的門框都彎曲變了形。不管我走到哪裡，陪伴我的是門在鉸鏈上轉動的乾澀嘎吱聲、地板的咯吱聲，以及難以分辨打哪來、卻讓窗簾一直飄動的氣流。

我用最快的速度返回廚房，唐恩太太正在準備晚餐。我已經見識過樓上那堆噁心東西了，叫我用同樣噁心的鍋碗瓢盆煮食物來吃，我沒那種意願，所以加快手腳，清洗堆積如山的碗盤（先把水槽徹徹底底用力刷掉已經累積十年的汙漬），然後嚴密監視她的備餐過程。她盡了全力。

兩個女孩沒有下樓吃飯，我喊了一次就不再喊了。唐恩太太採用的是不斷呼喚與勸服的方式，但是我告訴自己，我自有一套教學方法，她必須要支持我。

醫生過來用餐。我已經相信一家之主不會出現。本來我以為醫生可能會因此覺得受到冒犯，但是他似乎覺得那很正常。如此一來就只有我們兩人用餐，唐恩太太全力以赴服侍我們用餐，但卻多次需要我的協助。

醫生聰明又文雅，真誠地希望看見雙胞胎有進步，他也是促成我前來安琪費爾德莊園的主要推手。他一五一十向我說明在這裡會面臨的困難，我擺出最禮貌的態度聆聽。任何一個家庭教師，只要經歷了我在這個家庭頭幾個小時所看見的景象之後，對於即將降臨的苦差事，都會有全盤、清楚的瞭解。但是，他是個男人，他不懂的是，聆聽別人向我解釋我早已經徹底理解的事情，是多麼煩人。他完全沒注意到我的坐立難安，以及我在回答當中的尖銳、不耐。我怕的就是他的精力、分析能力與他的觀察能力不相稱。我並不是要批評他說，他以為別人都比他笨，因為他是個聰明人；不，不是這樣，他是「山中無老虎，猴子稱大王」。他裝出一副相當謙遜的模樣，但是我可以輕易看穿他的偽裝，因為我也是以這樣的方式來掩飾自己。然而，我的計畫需要他的支持，縱使他有他的缺點，我會讓他慢慢變成我的同盟。

我見樓下吵鬧的聲音，想必女孩子們已經發現食品儲藏間鎖住了。她們會生氣、會氣餒，但我還能用什麼方式訓練她們在適當的時間用餐呢？沒有適當的用餐時間，怎麼能恢復紀律呢？

明天我要先從打掃下手。今天晚上我已經拿濕布擦拭過了家具表層，我很想要清潔地板，但是我告訴自己先不要。等我明天刷了牆壁，拆下汙七八糟的窗簾再說。所以今晚我就先睡在灰塵中了，明天我就會睡在一間明亮乾淨的房間裡，這會是個美好的開始，因為我打算要恢復這個家庭的整齊與紀律。要達到我的目標，首先要讓自己有個可以思考的乾淨空間。除非身在衛生整齊的環境，否則人是無法清楚思考、進步發展的。

४ ४ ४

最近我一直忙於整頓這個家，寫日記的時間非常少，但我一定要騰出時間，因為我必須靠著寫作來記錄、開發我的教學方法。

我已經從愛蜜琳身上得到滿意的進展。我在她身上所看見的，與其他性格偏差孩子身上所呈現的行為模式吻合。我認為她並不像別人說的那樣，是個心理嚴重失常的孩子；在我的感化下，她會變成一個愉快有禮的好孩子。她親切溫柔，堅強剛毅，已經學到了衛生的益處，吃飯有好胃口，和藹的呵哄與一些小零嘴就能夠讓她遵從指令。她很快會曉得，行善會有好報的，好報就是別人對你的尊重。接下來，我要減少行賄的次數。她不太可能聰明起來，但我也知道自己的限制在哪裡。無論我的力量有多大，我只能先開個頭。

我很滿意我在愛蜜琳身上得到的成果。

她姊姊的問題比較棘手。我見識過暴力行為，對於亞德琳的破壞舉動不會太震驚。然而，有件事情烙印在我心底：在其他小孩身上，破壞舉動通常伴隨著憤怒而出現，並不是主要的目的。我在其他教過的學生身上觀察過了，暴力行為常常是被怒氣所激發，在傾瀉憤怒的時候意外傷害到他人與事物。亞德琳的狀況並不符合這種典型。我親眼見過幾次，也聽過傳說，在這些事情中，亞德琳唯一的動機就是破壞；我也見識到她必須從自己身上激發、撩撥出某種狂怒，以便產生破壞的精力，因為她是個虛弱的小傢伙，皮包骨，吃得很少。唐恩太太告訴我有次在庭院發生的事故，亞德琳破壞了紫杉樹。如果這件事情是真的，那真是卑鄙無恥，庭院本來是非常漂亮的。庭院可以恢復原貌，但是約翰已經失去了對這份工作的熱情。不光是綠雕庭園而已，整個庭院都因為他不再投注關心而凋蔽。我會找出時機與方法讓他恢復自信，要是他樂意工作，花園又再次整齊劃一，那就會大大改善莊園的外觀與氣氛。

說到約翰與庭院讓我想到了，我得跟他談談那個小男孩的事情。今天下午我在上課的房間，剛好走近窗戶。那時下著雨，所以我想關上窗子，不讓濕氣進到屋內，窗戶內側的窗框已經在崩裂了。正因為我這麼貼近窗子，我的鼻子簡直就是壓到玻璃上了，所以才看見他。他就在那裡，一個小男孩，蹲在花壇上除草。他穿著一條男人的長褲，從腳踝處剪短，再用褲吊帶撐著，寬邊的帽子在他臉上投射出陰影。我無法判斷他的年紀，不過他一定已經十一、二歲了。我知道在農村鄉下，小孩子常常要參與園藝工作，或者下田裡耕作，我也贊成孩子提早學習職業技能，但我不想看見有小孩在上課時間不在學校裡。我要跟約翰講這件事情，要確定他理解，只要是在上課時間，這孩子就一定得在學校裡面。

不過，回到我的問題上：有關亞德琳對她妹妹的邪惡舉動這個問題，我以前就見識過了，亞德琳知道的話可能會很驚訝。手足間的忌妒與憤怒是常見的，在雙胞胎之間，競爭更為強烈。假以時日，我有辦法把侵略行為減少到最低，但是同時我也要持續保持警覺，才能防止亞德琳傷害妹妹。這樣做的話，又會減緩其他方面的進展，真是可惜啊。為什麼愛蜜琳容許自己被痛打（還讓亞德琳拉扯頭髮、用火鉗拿著熱騰騰的煤炭追趕她），這點我還不明白。她的體格是她姊姊的兩倍，她可以防衛自己。也許她不願傷害她姊姊，她有顆溫柔的心。

ஐ ஐ ஐ

前幾天，我對亞德琳的第一個評鑑是：這孩子或許不會跟她妹妹一樣，過著自主、正常的生活，但是我可以讓她有某種程度的平衡，某種程度的穩定，她的暴怒性情可利用嚴格的日常作息來控制住。我認為教導亞德琳要比教導她妹妹更費心，而且也不會得到感激。因為在世人眼中，這份成果看起來比較遜色。

但是她卻顯示出具有智慧的跡象，讓我嚇得趕快修正自己的想法。今天上午，她拖著腳步來到課房，但沒有表現出她心不甘情不願時最惡劣的態度。一到了位子上，她把頭擱在手臂上，就像我以前見過的那樣。我開始上課，講一個故事，把許多女孩子喜愛的《簡愛》加以改編。我當時專心注意愛蜜琳，盡我所能讓故事生動有趣，以便鼓勵她傾故事。我給女主角一種嗓音，舅媽另外一種嗓音，表姊又是另外一種。我邊說故事，邊加上配合角色情緒的動作與表情。愛蜜琳的眼光沒有離開過我，我很高興我的影響力。

我的眼角餘光偶然捕捉到一個動作。亞德琳把頭轉過來朝我這邊，她的頭還擱在手臂上，眼睛依然看起來是閉上的，但我確定她正在聽我說話。就算身體姿態的改變是沒有意義的（其實有意義：她以前總是背對著我），她維持姿勢的方式也有了改變。她睡覺的時候一般是垂著頭，倒在書桌上，像是動物失去知覺的狀態；今天，她整個身軀似乎在警戒狀態中，肩膀的姿勢有幾分緊繃。她好像正朝著故事使勁，但同時又想努力表現出漠不關心的睡眠樣態。

我不希望她發現我注意到任何事情，於是繼續表現得好像我只對著愛蜜琳朗讀。我繼續維持表情與聲音的活潑生動，同時留意亞德琳。而她不光是在聽，我看見她的眼皮在顫抖。我一直以為她的眼睛是閉上的，其實根本不是，她正從睫毛間的縫隙看我呢！

這個發展太有意思了，我認為這個發展會是我在此地研究項目的核心。

ઈ ઈ ઈ

接著，最意料不到的事情發生了。醫生的表情變了，是的，變了，就在我的眼前。那是一張臉龐突然變得清晰的一刻，那是五官的變化使人暈眩的一刻。雖然五官看起來跟以前一樣，但是它們正用意料之外、全新的角度來呈現自己。我想知道，在人類的心智裡，究竟是什麼促成了我們所熟知的臉孔去改變、晃動。我先排除視力的影響、光線等。我的結論是：這個變化，存在觀看者的心理。不管怎麼說，他臉部五官的突然移動與重新排列，讓我盯著他瞧了一段時間，我的舉動在他眼裡也一定很奇怪。等他的五官停止跳來動去，他的表情中也出現了奇怪的東西，是一種我無法、也不能想像的東西。我不喜歡我不能想像的事物。

我們彼此互看了幾秒鐘，兩人同樣尷尬。接著，他非常突兀地離開了。

ღ ღ ღ

我希望唐恩太太別把我的書搬來搬去。我得跟她說多少次她才明白，一本書要讀到最後才算是讀完了呢？還有，要是她堅持要把我的書拿走，為什麼不能放回藏書閣原來的位置上呢？把書放在樓梯上面有什麼意義呢？

ღ ღ ღ

我和園丁約翰進行了一段令人費解的對話。

他工作認真，他的綠雕庭園現在更美麗了，他的心情也好起來，慢慢也會在屋子裡幫忙。他在廚房裡和唐恩太太喝茶閒聊，有時候，我湊巧聽見他們壓低聲音談話，讓我覺得她並不像她外表那麼耳背。要不是因為她年紀大了，我說不定會以為他們倆在談戀愛呢。但那是不可能的，我也不知道他們有什麼祕密。為了這件事，我指摘過唐恩太太，我很不高興，因為她答應過我要支持我，我認為她出於自發認同我的作為。而且她告訴我，他們只是在談家務事，例如要殺的雞，該挖的馬鈴薯等等。「那為什麼要壓低聲音講話？」我堅持問道，她告訴我根本沒有壓低聲音，至少是沒有故意壓低。「如果我講話壓低聲音，你就聽不到我說的話了。」我說。她回答，因為我的聲音她比較不熟，約翰的聲音她比較熟，所以約翰講話壓低聲音，她可以聽懂，因為她已經聽他講話好多年了，而我的聲音她只聽了幾個月。

我已經完全忘記了他們在廚房裡壓低聲音這件事情了，直到約翰出現一些新的怪異舉動，我才想起來。前幾天早上，快到午餐之前，我在庭院裡面散步，又看見那個小男孩，在上課房間的窗戶下清除花圃雜草。我看了一眼手錶，又來了，現在是上學時間。那個男孩沒見到我，因為我被樹木遮住了。我觀察他，他根本沒有在工作，反而四肢慵懶地攤在草地上，專心注意他眼前草地上的什麼東西。他戴著先前那頂下垂的帽子，我朝著他走過去，打算要問出他的名字，教訓教訓他教育的重要性。但是他一見到我便跳起來，一手把帽子壓在頭上，拔腿便跑，跑得比我見過的任何人都快。他的恐慌足以說明他的罪狀，那個男孩清清楚楚知道他應該待在學校裡面。他跑開的時候，手上好像拿著一本書。

我去找約翰，把我的想法告訴他。我說，我不允許小孩子在上學時間幫他工作，為了賺取幾便士而打斷他們的教育，這樣是不對的。要是家長不同意，我會親自去找他們談。我告訴他，要是他迫切需要更多人力來幫忙庭院的工作，我會去找安琪費爾德先生，多聘個人來做。我先前就已經提過這個建議了，找其他的人來幫忙庭院與家務，但是約翰與唐恩太太都強烈反對，因此我當時認為，最好等到我對這裡更熟悉之後再說。

約翰的反應是搖頭，徹底否認這孩子的存在。我引用我親眼看見的事實證據來反駁他，他說那一定是恰好閒晃進來的村裡小孩，他說有時候會發生這種事情，還說他沒有責任去管那個碰巧出現在庭院的逃學孩子。於是我告訴他，我以前就見過這個小孩了，就是我剛到的那一天，那個小孩明顯是在工作。但他守口如瓶，只是反覆說他不知道什麼小孩的，還說任何人願意，都可以在他的庭院除草，這個小孩不存在。

我的口氣中流露出怒氣，告訴約翰說我要跟學校老師講這件事情，我會直接去跟家長說，把事情解決。他只是揮揮手，意思好像是他跟這件事情沒有關係，我想怎樣做就怎樣做（我當然會去做的）。我確信他知道這小男孩是誰，又驚訝他竟然不肯協助我幫助這個孩子。他的個性似乎不會出現蓄意阻撓的行為，但是，接著我想到，他自己從童年起就當了學徒，他認為從小當學徒這件事並沒有對他造成傷害。這些觀念一直頑固地留在鄉下地方啊。

ཆ ཆ ཆ

我全心全意判讀日記，模糊的字跡使我閱讀緩慢，我利用我的經驗、知識、想像力來賦予這些幽魂文字新的血肉。字跡好像沒有對我造成阻礙。相反地，那褪色的頁邊、模糊的字跡、難以辨認的字句似乎隨著文句跳動，生氣蓬勃。

我一面專心閱讀，腦中另一個區塊出現了一個完整的決定。火車開進我該下車的火車站，我的心意已定，我不回家了，我要去安琪費爾德莊園。

前往班布里的慢車上，聖誕佳節的旅客太多，沒有位子坐，而我從來不站著閱讀的。火車每次顛簸一下，同車乘客每次踉蹌一下，我就感覺到海瑟特日記本的四方形體貼著我的胸口。我只讀了半本，剩下一半可以日後再讀。

海瑟特，你發生了什麼事情呢？我心想，你究竟去了哪裡呢？

♁ 拆除過去

窗戶顯示他不在廚房。我走回農舍的正面敲門，沒有人回應。

他出遠門了？現在的確是一年之中大家出遠門的季節。但是，出門的話一定是到自己親人那裡去了，奧瑞利思沒有家人，他應該會留在附近。我後來才想起奧瑞利思不在家的理由：他可能出門去替別人的聖誕節聚會送蛋糕了。外燴廚師在聖誕節前夕還能去哪裡？我等會兒再過來。我把帶來的卡片投進信箱，起身穿過森林，前往安琪費爾德宅邸。

天氣寒冷，快下雪了。我腳底下的地面結霜僵硬，頭上的天空白得嚇人。我腳步輕快，把臉上的圍巾拉上去圍繞鼻子，立即便暖和起來了。

在空地上，我停下腳步。遠處工地那裡有不尋常的活動。我皺起眉頭，發生了什麼事情嗎？我的相機繞在脖子上，蓋在外套底下，我解開釦子的時候冷空氣鑽了進去。我用長鏡頭觀看。車道上有輛警車，建築工人的車輛與機器全都停擺，工人三三兩兩站成一圈。他們應該已經停工一小段時間了，因為他們不斷拍手、跺腳，讓自己保持溫暖。他們的帽子放在地上，或者懸吊在手肘上。有個男子拿出一包香菸分享。偶爾會有個工人對其他的人發表意見，但是沒有持續交談。我想辨別出他們臉上的表情。無聊？擔心？好奇？他們背對工地站著，朝向樹林與我的鏡頭，但是不時會有人轉過頭，瞥一眼身後的景象。

在這群男人的後面，搭了一座白色的帳棚，掩蓋住部分的工地。宅邸不見了，但是從馬車房、砂礫通道、禮拜堂的位置判斷，我猜帳棚的位置，就是原本藏書閣的位置。帳棚旁邊有個工人與一個我認為是工頭的人，正在與另外兩名男子交談。這兩個人一個穿著西裝和大衣，另一個穿著警察制服。正在說話的是工頭，講話速度很快，加上點頭、搖頭來補充解釋。可是穿著大衣的男人提問題時，他問的對象是工人；當工人回答的時候，所有三個男人都看著他。

他好像不覺得冷，說話的句子簡短，常常停下來好長一段時間。其他人都沒有開口，只是專心且耐心地看著他。他朝著機器的方向舉起一根手指，模仿機器鋸齒狀的爪子往地面一挖。最後，他聳聳肩膀，皺著眉頭，手在眼前揮了一下，好像要把他剛剛重新喚起的畫面從眼前清除。

白色帳棚的側面有面垂簾，另一個人從裡面走出來加入這一票人。他們簡短討論了一番，臉上沒有笑容，最後工頭走向他的下屬，跟他們說了幾句話。他們點點頭，好像他們被告知的事情與他們的期待完全相同，接著便開始撿起腳底下的帽子與魔膳師保溫瓶，朝著停在莊園柵門口的車子走去。穿制服的警察自己站到帳棚的入口，背對著垂簾，另一個警察陪同建築工人與工頭往警車去。

我緩緩放下相機，繼續凝視著白色帳棚。我知道那個地方，我自己親自去過，我記得那個荒蕪、被遺棄的藏書閣內的景象，崩塌的書架，墜落在地上的橫梁，我踉蹌走過焚燒過的木頭時，感到一陣毛骨悚然。

有具屍體一直在那個房間裡，埋藏在燒焦的書頁中，以書架當棺木。一座墳墓，被墜落的橫梁隱藏、保護了五十年。

我不得不想，我一直在找某個人，現在看來好像有人被找到了。這一點極具誘惑，讓我想要把兩件事情連接起來。可是，當時的海瑟特已經在一年之前就離開了，不是嗎？她怎麼會回來呢？接著，我突然想到一個念頭，這個念頭非常簡單，讓我認為很可能是真的。

如果海瑟特根本沒有離開過呢？

我走到樹林邊，看見兩個金髮小孩悻悻然從車道走過來。他們跌跌撞撞走著，建築工人沉重的車輛把地面壓出了彎曲的黑色溝渠，他們腳底下的地面凹凸不平。他們也沒有在看路，反倒是扭過頭，往他們過來的方向看。

先轉過頭來看到我的是那個女孩。她的腳步沒站穩，差點跌倒，於是停下來。她的哥哥看見我，因為知道一些內幕而變得自負起來，開口發言。

「你不能去那裡，警察說的。你必須離開。」

「我明白了。」

「他們搭了一個帳棚。」小女孩害羞地補充。

「我看到了。」我告訴她。

在莊園柵門的拱門下，他們的母親出現了。她有點喘不過氣，「你們倆還好吧？我在大街上看見警察車。」接著，她對我說：「發生了什麼事情啊？」

回答她的是小女孩：「警察搭了一個帳棚，不許人靠近。他們叫我們回家。」

金髮婦女往工地揚起眉毛，皺著眉，看著白色的帳棚。「是不是發生了……？」她沒有在孩子面前說完她的問題，但是我知道她的意思。

「我相信就是發生了那樣的事。」我說。我注意到她想把孩子們拉近身旁，以求安心，不過她僅僅調整了男孩子的圍巾，把女孩的頭髮從眼睛撥開。

「走吧，」她告訴孩子們，「不管怎樣，太冷了，不能待在外頭。我們回家去喝熱可可。」孩子們狂奔通過莊園柵門，急忙走上大街去。一條無形的繩索將他們繫在一塊，使他們繞著彼此搖擺，或者往前猛衝，同時又知道另外一半永遠會在身旁，就在繩索長度的距離內。

我看著他們，感覺身旁出現一種空缺，好恐怖。

他們的母親還沒走。「你也需要喝點熱可可，對不對？你臉色太蒼白了。」

我們跟在孩子後面。「我叫瑪格麗特，」我告訴她，「我是奧瑞利思．樂弗的朋友。」

她微笑，「我是凱倫，我照顧這裡的鹿群。」

「我知道，奧瑞利思告訴過我。」

在我們前面，小女孩朝著她的哥哥撲過去，他不想讓她抓到，於是改變方向，跑到馬路上。

「湯瑪士．恩布洛司．波克多！」媽媽大喊，「回到人行道上。」

這個名字讓我渾身振動了一下，「你剛說你兒子的名字叫作什麼？」

小男孩的母親不解地轉向我。

「剛剛好，很多年前，有個叫作波克多的男人在這裡工作。」

「是我父親，恩布洛司．波克多。」

我停下腳步，才能清楚思考，「恩布洛司．波克多……與挖土約翰一起工作的那個男孩……他是你父親？」

「挖土約翰？你是說約翰．狄掘司？對，他就是把我父親弄到莊園裡工作的人。可是那個時候我還沒出生呢。我出生的時候，我父親已經五十多歲了。」

我又開始慢慢往前走，「如果你不介意的話，我接受你剛才的熱可可邀約。同時，我有樣東西要讓你瞧瞧。」

我從海瑟特的日記中取出我充當書籤的照片。凱倫一看見就笑了。她兒子表情嚴肅，滿臉驕傲；頭盔下他的肩膀僵硬，背脊挺直。「我記得那天他回家，說他戴過一頂黃色的帽子。如果他能擁有這張照片，他會非常非常開心的。」

「你的雇主馬曲女士，她曾經見過湯姆嗎？」

「見過湯姆？當然沒有！有兩位，你知道的，兩位馬曲女士。我知道其中一個有點智力遲鈍，所以是另外一個在管理莊園，只是她有點隱居的個性。大火之後，她就再也沒有回來過安琪費爾德莊園。連我都沒有見過她呢，我們透過她的律師聯繫。」

凱倫站在爐灶前面，等著牛奶加熱。她後面的小窗戶看出去，可以見到園子。園子再過去就是一片田地，亞德琳與愛蜜琳就在這裡拖著眉樂樂的嬰兒推車，嬰兒還在車上。這年頭，歷經多年而沒什麼變化的地景，已經很少了。

我得小心點，不要說太多。進門的時候，我在書架上面瞥見了溫特女士的書，凱倫好像不知道那個安琪費爾德莊園的馬曲女士，就是溫特女士。

「我剛好在幫安琪費爾德家族做事，」我解釋，「我正在寫她們在這裡的童年故事。我把這裡的幾張照片給我的雇主看，我感覺到她好像認得他。」

「不可能認得，除非……」

她把那張照片再次細看，然後呼喊在隔壁房間的兒子，「湯姆？湯姆，壁爐架上那張照片拿過來，好嗎？銀色相框的那張。」

湯姆拿著一張照片進來，他的妹妹跟在後頭。

「你看，」凱倫對他說，「這位女士拍了一張你的照片。」

他看見自己的時候，臉上綻放出驚喜的微笑，「可以給我嗎？」

「可以。」我說。

「把你外公的照片讓瑪格麗特看看。」

他繞到我這邊的桌子，害羞地將裝框的照片拿出來給我。

那是一張老照片，畫面上是位年輕男子，勉強算個大人吧，十八歲，或許，也可能更年輕。他站在一條長凳旁，背景是修剪過的紫杉樹。我立即認出這個場景：綠雕庭園。少年已經把帽子拿下握在手中，在我的想像中，我看見了他做的動作：伸手取下帽子，另一隻手的前臂擦拭前額，他的頭略往後方傾斜，努力別在太陽下瞇起眼睛。他的襯衫袖子捲到手肘上，襯衫的頭一顆釦子開著，但是他長褲上的縐摺整整齊齊地壓平。為了拍照，他把厚重的工作靴清理乾淨了。

「當年發生火災的時候，他在那裡工作嗎？」

凱倫把裝熱可可的馬克杯放在桌上，孩子們過來坐著喝。「還沒發生火災，他就去當兵了。他離開安琪費爾德村好長一段時間。差不多十五年。」

這張照片年代久遠、畫質粗糙。我仔細查看那少年的臉，他與他的孫子長得好像，讓我震驚。他看來十分友善。

「他從來不談他早年的生活。他話很少，我很想知道一些事情，像是他為什那麼晚才結婚，他娶我母親的時候，已經快五十歲了。我忍不住要想，他的過去一定有什麼事情，也許是心碎過。可是你年紀還小的時候，你不會想要去問這些問題。然而，他在我長大之前……」她傷心地聳聳肩，「身為一個父親，他令人喜歡，很有耐心，和藹可親，什麼事情都幫我。現在我長大了，有時候卻覺得我其實並沒有真正認識過他。」

照片中還有一個細節吸引了我的目光。

「這是什麼？」我問道。

她彎過身子來看，「是袋子，用來提獵物的，主要是提雉雞。你可以在地上把袋子攤開平放，把雉雞放上去，然後包起來紮牢。我不知道照片裡面為什麼會出現這個袋子，他從來不打獵，這我很確定。」

「以前那兩個雙胞胎有需要的時候，他會帶隻兔子或者雉雞給她們。」我說。她父親早年生活的這個片段終於歸還給她了，使她看起來心情愉快。

我想到奧瑞利思和他的繼承物。裝他的袋子是一個獵物袋，裡面當然會有一根羽毛，那以前是用來提雞雞的。我又想到袋子裡的那張紙片，「一開始有個像是A的，」我記得奧瑞利思把藍色的汙跡舉高，對著窗戶說，「然後有個S，就在這裡，快到結尾的地方。當然啦，過了這些年了，褪色了一些；你要很用心才看得見，但是你看得到，對不對？」我當時看不見，但也許他真的看見了。假如紙片上不是他自己的名字，而是他父親的呢？恩布洛司。

我從凱倫家搭乘計程車前往律師位於班布里的辦公室。我之前跟他為了海瑟特的事情通過信，所以我知道地址。現在，又是海瑟特讓我前去找他。

接待小姐知道我沒有預約，不希望我打擾羅麥克斯先生，「今天是聖誕夜，你也知道的。」但是我堅持。「告訴他，我是瑪格麗特．李雅，是有關於安琪費爾德宅邸與馬曲女士的事情。」她帶著「這樣也沒用」的表情，把我的口信帶入辦公室。她走出來的時候，非常不情願地要我直接進去。

年輕的羅麥克斯先生一點也不年輕。雙胞胎出現在老羅麥克斯先生辦公室，需要錢替挖土約翰辦喪事的時候，老羅麥克斯當時的年紀大概跟他現在差不多。他握握我的手，眼中閃爍著好奇，嘴上掛著淺笑。我這才明白，對他而言，我和他是同謀。多年來只有他知道他客戶馬曲女士的另一個身分；他從他父親那裡繼承了祕密，還有這張櫻桃木桌子、檔案櫃、牆壁上的照片。現在，經過了這些年的保密，出現了另一個知道他知情的人。

「很高興看見你，李雅小姐。我可以幫你什麼忙嗎？」

「我從安琪費爾德莊園來的，從工地來的，警察在那裡。他們找到一具屍體。」

「噢，噢，天啊！」

「你認為，警察會想與溫特女士談談嗎？」

我一提起那個名字，他閃爍的眼睛就謹慎地留意房門，確定沒人偷聽我們的談話。

「他們一定會想跟地產的所有權人談談，這是例行公事。」

「我也這麼想，」我急忙說下去，「問題是她病了，你知道嗎？」

他點點頭。

「她妹妹也在垂死的邊緣。」

他嚴肅地點點頭，沒有打斷我的話。

「有鑑於她的身體衰弱，她妹妹的健康情形也不好，最好讓莊園發現屍體的這個消息，用比較委婉的方式讓她知道。不要讓陌生人告訴她，同時，消息傳到她耳中的時候，她不該單獨一人。」

「你的建議是？」

「我可以今天返回約克郡。如果我在一個小時內抵達火車站，我今天傍晚就可以到了。警察得透過你來聯絡她，對不對？」

「對。但是我可以把事情拖延幾個小時，讓你有充裕的時間抵達。我也可以開車載你到火車站，如果你願意的話。」

就在此時電話響了。他接起來的時候，我們交換了一個焦慮的眼神。

「骨骸？我明白……她是地產的主人，對……一個年邁的老人家，健康狀況不好……還有個妹妹，病得很嚴重……可能即將喪失親人……這樣會比較好……考慮到這狀況……我剛好知道有個人今天晚上就要親自前往……是，十分值得信賴……沒錯……的確是……一定，一定。」

他在便條簿上做了筆記，推到桌子對面給我。一個名字與一組電話號碼。

「他希望你到那裡的時候，打個電話給他，讓他知道夫人的情況怎樣。如果可以的話，他想跟她說話；如果不行的話，他可以等。那個遺骨好像不是新近的。好，你的火車是幾點？我們該走了。」

看著我陷入思考之中，這位不是十分年輕的羅麥克斯先生不發一語開著車。一股祕密的刺激似乎正在侵蝕他，最後，轉進火車站前的那條路之後，他再也無法克制自己了。「第十三個故事……」他說，「我認為沒有……？」

「要是我知道就好了，」我告訴他，「很抱歉。」

他做出一個失望的鬼臉。

火車站隱隱約約映入眼簾，我問了一個我關心的問題，「你是否認識奧瑞利思．樂弗？」

「那個外燴廚師！對，我認識他，他是個料理天才！」

「你認識他多久了？」

他想都沒想就回答：「其實我跟他是同學——」話說到一半，他的聲音裡出現了古怪的顫抖，好像他現在才瞭解到我這樣問的言外之意。我接下來提的問題，他一點也不感到意外。

「你是什麼時候知道馬曲女士就是溫特女士的？你接管你父親事業的時候嗎？」

他吞了口口水，「不是，」他眨眨眼睛，「更早。我還在唸書的時候，有天她到家裡來跟我父親碰面，家裡比辦公室隱密。他們有些事情要處理，雖然沒有講到機密的細節，但在他們談話的過程中，我才知道原來馬曲女士與溫特女士是同一個人。我沒有偷聽，或者說沒有故意偷聽。他們進來的時候，我正在餐桌下面玩，桌布垂下來，餐桌變得有點像帳棚，你知道我的意思。我也不想要突然冒出來讓我父親尷尬，所以就只有安靜等著。」

溫特女士是怎麼說的？家裡有小孩的話，就藏不住祕密。

我們在火車站前面停下來，年輕的羅麥克斯先生轉向我，「我跟奧瑞利思說了。他告訴我他是在大火那一夜被發現的，所以我就告訴他亞德琳・安琪費爾德小姐與薇妲・溫特女士是同一個人。很抱歉。」

「別擔心，不管怎樣，現在都不要緊了。我只是好奇而已。」

「她知道我告訴了奧瑞利思她是誰嗎？」

我想起溫特女士在一開始寄給我的那封信，想到奧瑞利思穿著褐色西裝追尋他的身分起源。「如果她猜到了，那也是幾十年前的事情。如果她真的知道，我想你可以推論她並不在意。」

他神情中的陰霾一掃而空。

「謝謝你送我一程。」

我趕緊去搭火車。

☙海瑟特的日記（續）

我從火車站打電話回書店，告訴父親我不回家。他顯得很失望。「你媽媽會很難過。」他說。

「會嗎？」

「她當然會。」

「我必須回去溫特女士那裡，我可能已經找到海瑟特了。」

「在哪裡？」

「他們在安琪費爾德莊園找到一具骨骸。」

「骨骸？」

「建築工人今天開挖藏書室的時候發現的骨骸。」

「天啊。」

「他們一定會跟溫特女士聯絡，問她這件事情。但是她妹妹快死了，我不能讓她一個人面對這些事情，她需要我。」

「我明白了。」他的口氣嚴肅。

「別告訴媽媽，」我提醒他，「溫特女士與她妹妹是雙胞胎。」

他沒作聲，接著他只說：「你小心，好嗎，瑪格麗特？」

十五分鐘後，我已經安坐到靠窗的位置，從口袋中拿出海瑟特的日記。

ꕥ ꕥ ꕥ

我應該要多多學習光學方面的知識。我和唐恩太太在客廳裡規劃下星期的菜單，我眼角瞥見鏡子裡有東西在移動。「愛蜜琳！」我大喊，心裡很不高興，因為她根本不應該縮在屋子裡，她應該在外面做運動，呼吸新鮮空氣。當然，我發現是我自己搞錯了，因為我只要往窗戶外一看，就會見到她人確實是在外面，還有她姊姊，兩人難得愉快地一起玩耍。我看見的東西——精確地說，那個誤導人的微光——一定是閃爍的陽光從窗戶進入室內，反射到鏡子上面。

後來我反省（反省！多麼滑稽呀），應該是「視覺心理」造成了我的誤解，另一個原因就是光學世界裡的神祕定律。我已經習慣看見雙胞胎突如其來地出現，有時候我以為她們在別處，結果卻在眼前跑來跑去，於是我產生了一個習慣，把我眼角餘光瞥見的動作，全都認定就是她們兩個人。因此，某道日光投射在鏡子上，便可能以極具說服力的方式，向我的大腦呈現出一個穿著白衣女孩的影像。為了防止這種誤解再度出現，我們必須教導自己，不要帶著先入為主的觀念去看待萬物，我們必須放棄習慣性的思考模式。這樣做，會帶來很多益處，包含心智的煥然一新，對事物產生全新的反應。科學這東西，在本質上具有獨特的能力，可以讓我們以新鮮的角度觀察幾百年來人類都以為理所當然的事情。不過在平常生活中，我們不能用這種態度過活。想想看，要是我們所經歷的每件事，都必須用新的角度去檢視，那要浪費多少的時間啊。不行，為了讓我們自己從世俗中解脫，我們必須把我們對這個世界的看法，交給大腦的低階區塊去處理一些假設的、推想的事務。只不過有時候它會搞混我們，讓我們把兩樣不同的事物混淆在一起，例如誤以為一道陽光是一個穿著白衣服的女孩。

唐恩太太的精神非常渙散。我擔心我和她討論的菜單規劃，她只能理解一點點。我們明天還要再把整個規劃談一次。

有關我在這裡的活動，還有醫生，我想出了一個計畫。

我仔細告訴他，我相信亞德琳出現某種精神異常的現象，是我以前沒有碰過、相關文獻沒有記載的精神異常現象。我提到我正在讀的雙胞胎論文，還有相關的發展問題。結果，我從他臉上看到了認同我的表情。我想他現在比較清楚我的能力與天分了。我提到一本他沒看過的書，把書裡面的論點與證據做成摘要向他報告。我指出了我在書裡看到的幾個重要矛盾處，同時暗示，如果是我來寫這本書，我會如何更改我的結論與建議。

我講完後醫生對著我笑，然後很快地說：「也許你應該自己寫本書。」我一直在尋找的機會，就這樣出現了。

我向他指出，我這本書的最理想個案，其實就在眼前，就在安琪費爾德莊園。我說我可以每天花幾個小時，把我的觀察寫下來，並設計一些實驗來驗證我的假設。我還簡單提到，這本書完成後，醫學界會對它產生極高的評價。然後我又故作惋惜地說，雖然我的經驗豐富，但我表面的資格不夠顯赫，不足以打動出版社；最後我向他承認，身為女人，我沒有百分之百的把握能完成這麼野心勃勃的計畫。一個男人，真希望有個男人，又聰明又有經驗，又靈敏又有科學頭腦，能夠利用我的經驗與我的個案研究。這個男人一定可以比我做得更好。

透過這種方式，我在他心中播下了一個種子。種子的結果不出我所料：我們要合作了。

ɛ ɛ ɛ

我擔心唐恩太太的健康狀況。我把門鎖上，她就把門打開；我拉開窗簾，她把窗簾拉上。還有，我的書本就是沒辦法停留在原本的位置上！她還想逃避責任，說都是因為這個屋子鬧鬼。剛好，就在她講鬧鬼那番話的那天，我讀到一半的書消失了，反而被一本亨利·詹姆斯[11]的短篇小說取代。不可能是唐恩太太掉包的，她本人大字都不識幾個，也沒有惡作劇的嗜好。顯然是雙胞胎之一做的。這件事情值得注意的是，裡面有個明顯的巧合，顯示這個惡作劇出自一個聰明人之手，顯然不是這兩個小孩能做的。本書的故事有點蠢，講的是一個家庭教師和兩個讓人提心吊膽小孩的故事。詹姆斯先生恐怕在書裡曝露了他的無知：他對於小孩所知甚少，對於家庭女教師則一無所知。[12]

ஐ ஐ ஐ

好，實驗開始了。

分離引起了痛苦。我也認為自己在她們身上加諸這樣的痛苦是非常殘忍的，但我知道實驗的益處。亞德琳會怎樣因應分離呢？獨立生活的經驗會對她產生最多的改變。明天我們要進行第一次討論，到時候我就知道了。

ஐ ஐ ஐ

我只能把時間花在研究上，但我還是想辦法又做了一件好事。今天我在郵局外面和學校老師聊天，我把那個逃學小孩的事情告訴她，又說如果那個孩子又無緣無故缺席，她應該來找我。她說，在收割的時節，小孩子都會跟著父母下田拿小鋤頭收割，課堂上只有一半的學生，她早就習慣了。但是我告訴她，現在不是收割的時節，而且那個小孩是在花園裡除草。她問我是哪個小孩，我覺得自己像傻瓜一樣，竟說不出來。而小孩子在教室裡也不戴帽子，所以我唯一所知的那頂獨特帽子，也就沒辦法用來辨識他的身分了。我會再找約翰問問，但我懷疑他還能講出什麼。

ꕥ ꕥ ꕥ

這陣子我都沒寫日記，每天忙著準備愛蜜琳的進展報告，寫完後夜已深了，累得連我自己的生活記錄都沒辦法寫了。但是我真的希望能記錄下這幾天、這幾個星期的情況，因為我和醫生正在進行這項非常重要的研究，我希望幾年後我走了，離開了這個地方，我還能回憶並且記得這裡的日子。也許我與醫生的努力會為我打開一扇門，通往相關領域的更進一步研究，因為我發現，科學和動腦的工作，比我以前做過的任何事情，更令我著迷、滿足。以今天早上做例子吧，毛思禮醫生和我針

11 亨利．詹姆斯（Henry James，一八四三—一九一六年），出生於美國紐約，後入籍英國，著有《一位女士的畫像》（*The Portrait of a Lady*）、《金缽記》（*The Golden Bowl*）等書。

12 此指亨利．詹姆斯一八九八年的歌德小說《碧廬冤孽》（*The Turn of the Screw*）。

對愛蜜琳使用代名詞這件事，進行了一段非常有意義的對話。她向我說話的意願越來越強烈，她的溝通能力每天都在進步，但是她在語言發展上卻有一個障礙，就是她堅持使用第一人稱複數。她會說：「我們要去樹林。」而我總是糾正她：「我要去樹林。」她就像是隻小鸚鵡，會跟著我重複說「我」，可是下一個句子她又說出「我們在庭院裡看見小貓咪」這樣的話。

醫生與我對於這項特質感到好奇，這個根深蒂固的第一人稱複數說話習慣，是源自她的雙胞胎語言嗎？這個習慣日後會自行更正嗎？還是說，她內心深處這個「雙生」的特性太強烈了，使得她的語言中產生了這種與姊姊密不可分的認同呢？我告訴醫生，很多心理失常的小孩都會編造出想像的朋友，我們於是討論這一點對我們研究的含義。有沒有可能，這個小孩對她雙胞胎姊姊的依賴這麼深切，分離導致了心理創傷，受傷的心靈因而創造出一個想像的雙胞胎，一個幻想出來的伴侶，來提供慰藉？我們沒有滿意的結論，但是告別的時候，我們很滿意，因為我們已經定位出日後研究的另一個領域——語言學。

ஐ ஐ ஐ

要照顧愛蜜琳，還有做研究，還要完成一般性家務，我發現自己睡得太少了。儘管我藉著均衡飲食與運動來維持體力，我還是出現了睡眠不足的症狀。我把東西放下之後卻忘了在哪裡，讓我好煩。還有，我晚上拿起書來讀，書籤的位置卻顯示我在前天夜裡一定是盲目亂翻，因為我對夾著書籤的那頁或者前一頁的內容完全沒有印象。這些小事與我長期的疲倦，就是我在享受我和醫生並肩努力研究的時候，所必須付的代價吧。

然而，這並不是我想要記的，我打算要記下我們的工作。我要記的，並不是我們的科學發現，因為那些發現都已經仔細記錄在我們的報告中了。我要寫的是我們思考的模式和我們對彼此的完全瞭解：我們能及時相互理解，使得我們兩個可以不用言語而工作。比方說，當我們兩人都忙著測定我們實驗對象的睡眠模式變化，他可能希望讓我注意到什麼事情吧，而他從不用開口，因為我可以感覺到他的眼光落在我身上，他的心在呼喚我，於是我把頭抬起來，不管他要指出什麼事情，我都準備好了。

無神論者可能認為這是純粹的巧合，或者懷疑我用想像力，把巧合放大成反覆出現的事件。但是，我已經明白，當兩個人緊密在一起聯手工作（兩個聰明的人，我必須這麼說），則這兩個人之間會發展出一種溝通聯繫方法，可以提高他們的工作效率。他們一直聯手從事一項工作，他們可以注意到，可以敏銳地感受到，彼此最輕微的動作，同時可以心心相印，正確解讀彼此的動作，就算眼睛沒有看到那個微小的動作也一樣。而且，這樣不會讓人從工作中分心，反而加強了工作效率，因為我們彼此瞭解的速度加快了。讓我補充一個簡單的例子，例子本身不重要，但是非常具有代表性。今天早上，我正在專心研究筆記，想要從醫生匆忙記下的筆記中，觀察出亞德琳的行為模式。我伸手拿筆，要在紙邊寫上注釋，我感覺到醫生的手掠過我的手，把我在找的筆遞到我手中。我抬起頭來想謝謝他，但是他還埋首在自己的報告中，完全沒有意識到剛才發生了什麼事。我們就是用這種方法協力工作，心和手總是相連結，總是提早知道對方的需要與想法。而且我們分開的時候（我們一天大多數時候都是分開的），我們還是想著計畫的細節，不然就是想著生命及科學更廣闊的觀察，這也顯示出我們是多麼適合這項合作計畫啊。

我愛睏了，儘管我想詳細記錄我和醫生一起寫研究論文的樂趣，但真的該睡覺了。

&

我快一個星期沒有寫日記了，我無意拿我常用的藉口來搪塞，但我的日記不見了。

我問過愛蜜琳，親切地、嚴肅地、誘之以巧克力、威脅要處罰（沒錯，我的教學方法已經失敗，但是坦白說，日記不見了乃是涉及一個人最私密的問題），但是她持續否認。她的否認始終如一，流露出真誠的態度，任何不知情的人早就相信她了。以我對她的瞭解，我認為這起盜竊事件是意外，很難在她整體的進步表現中找到合理的解釋。她不識字，對於其他人的思想與內在生活沒有興趣，除非它們會直接影響到她。但她為什麼想要偷日記呢？想必是那鎖頭的光澤誘惑了她吧，她向來喜歡會發光的東西，我也不想去干擾她的喜好，畢竟那種喜好通常是沒有害處的。但是我對她好失望。

單純考慮她一貫的否認以及她純樸自然的性格，我會推斷日記不是她偷的。不過，其他人不可能偷我的日記。

約翰？唐恩太太？假定僕人想要偷我的日記好了——我是一分鐘也不會相信的——但我卻記得清清楚楚，日記不見的時候，他們正在莊園其他地方忙著呢。為了查證，我把話題引到他們身上，約翰證實唐恩太太整個上午都在廚房（「而且在製造麻煩呢。」他告訴我）；她證實了約翰在馬車房修車（「和平常一樣吵吵嚷嚷。」）。不可能是他們偷的。

這麼一來，所有嫌疑犯排除之後，我不得不相信是愛蜜琳偷的。

我心裡一直覺得不安。我現在還能想像出她天真純潔的表情，她被我指控偷竊而沮喪憂傷。我不得不想，到底有沒有其他因素，我沒有考慮進來呢？如果從這個角度來看事情，我的心中更覺得不安，出現了不祥的預感：如果我的計畫到頭來失敗，那該怎麼辦？自從我到這裡服務之後，一直有種怪異的力量在和我作對！這個怪異的力量，不管我執行哪個計畫，都在不斷阻擾我，讓我灰心！我檢查、檢查再檢查我的思考，用我的邏輯反推每個階段，但我找不到瑕疵。然而，我依然發現自己身陷疑惑之中……到底有哪些事情，是我沒發現的？

我把上面那一段文字重新讀過一遍，我被自己語氣中的極端缺乏自信嚇到了。應該只是疲倦，才會讓我寫出這種東西吧。頭腦沒有得到充分休息，就容易想太多，好好睡一覺就能解決一切問題了。

此外，現在事情已經過去了。此時此刻，我就在失蹤的日記本上寫字。我把愛蜜琳鎖在她的房間四個小時，隔天鎖了六個小時，她就知道再過一天我會把她鎖起來八個小時。果然，次日我打開她的門鎖之後下樓，就發現我的日記本放在上課房間裡的書桌上。她一定是悄悄溜下樓把它放在那裡，我故意把我房門開著，也沒有注意到她經過藏書閣走到上課的房間去。不管怎樣，日記本回來了。現在不用懷疑了，對嗎？

我疲倦不堪，卻睡不著。我在晚上聽見腳步聲，但等我走到門口往走廊看，卻沒有人。

ೞ ೞ ೞ

我承認，這個小本子曾有兩天時間離開我的支配，一度讓我感到不安，現在依然讓我感到不安。我想到有另一個人讀過我的文字，就難受得不得了。我不由得想到，另外一個人會怎樣詮釋我寫下的文字呢。由於我只是寫給自己看，我完全明白我所寫的事情的真相，我的措辭也比較隨便，下筆快速；而他人對我的意思不太理解，因此會誤解我日記裡的表達方式。仔細想想我寫過的幾樣事情（醫生與鉛筆這些微不足道的事情，說真的幾乎不值得寫下），我知道對於一個陌生人來說，這些事情表面看起來與我真正的意思是有些出入的，我納悶自己是否應該撕掉這幾頁，把它們毀了。但是我又不想這樣做啊，因為這是我最想要保留的那幾頁。以後我老了，離開這裡了，我會一邊讀，一邊回想工作的快樂以及我們偉大計畫的挑戰。

為什麼這段因科學而建立的友誼，不能當成快樂的源頭呢？那一樣是符合科學精神的事情，不是嗎？

也許解決之道是徹底停止寫日記吧。因為我在寫日記的時候，就像現在我一行、一句、一字寫下來的時候，我感覺到有個幽靈讀者正伏在我肩上，看著我的筆，曲解我的文字，歪曲我的意思，讓我連獨處思考的時候都感到不自在。

如果要我拋棄自己熟悉的角度，改用虛偽的觀點來記錄自己的活動，那就是最惱人的事情了。

我以後不寫日記了。

收場

Endings

故事裡的鬼魂

我一面思考，一面把眼睛從海瑟特日記的最後一頁上抬起來。閱讀過程中我注意到幾件事情。現在讀完了，我就可以條理分明地仔細思索。

哦，我想到了。

噢。

接著，哎呀！

要怎麼描述我這個「找到了！」的過程呢？一開始是個意外的「假如這樣的話呢」，一個離奇的猜測，一個難以置信的念頭。這想法是這樣的：嗯，或許有一點點可能，不過有點不合理！首先——

我正準備要列舉出合情合理的論點來反駁我的猜測時，突然之間身體就動彈不得了。因為我的腦子運轉過頭了，我心裡已經接受了我的猜測。就在一瞬間，在這千變萬化、頭昏眼花的一瞬間，溫特女士告訴我的故事主動解構又再建。每個事件都相似，每項細節都相彷，然而卻是完全不同的故事。有種圖畫，如果你把它朝著一個方向，會出現一個年輕新娘；朝著另一個方向的話，會出現一個老太婆。現在情況就是這樣。就如同紙上看似雜亂的圓點，細看會察覺裡面有個茶壺、小丑的臉或是大教堂，全看你怎麼觀察。真相始終都在，而我現在才察覺到！

接下來是一個小時的漫長沉思。一次只想一個要素，採取所有不同的角度來查看。我回顧我已知的這一切，溫特女士告訴我的這一切，以及我發現的這一切，沒錯，我心想，然後又是一句沒錯。那個沒錯，還有那個，那個也沒錯。我得到的這些領悟，等於是把生命的氣息吹入故事裡面，故事開始呼吸了。故事一旦開始呼吸，也就開始填補漏洞，有缺口的邊自動變為平滑，空白之處自行填補，缺失的部分死而復活，謎題自己提出解釋，神祕事件不再神祕。

終於，經歷過這一切的故事敘述與故事編織，經歷過這一切的煙幕、特技鏡面、虛張聲勢之後，我懂了。

ꕥ ꕥ ꕥ

我知道，海瑟特看見鬼的那天，她看到的是什麼。

我知道，庭院裡那個小男孩的身分。

我知道，是誰拿小提琴攻擊了毛思禮夫人。

我知道，是誰謀害了挖土約翰。

我知道，愛蜜琳用手挖地，她想找的是誰。

線索全部歸位。我明白了為什麼姊姊在醫生家的時候，愛蜜琳會關在門後自言自語；我知道為什麼《簡愛》會在整個故事裡面不斷反覆出現，像是繡帷上的一條銀線。我明白了為什麼海瑟特的書籤會夾到其他的頁面，我明白為什麼《碧盧冤孽》會出現，也弄清楚為什麼日記會消失。我明白了挖土約翰為什麼願意教導那個曾經搗毀他庭院的女孩來照顧他的庭院。

我知道了薄霧中的少女，還有她如何、為何從霧裡走出來。我明白了亞德琳這個女孩，為什麼會消失得無影無蹤，讓溫特女士取代了她。

「我要告訴你一個雙胞胎的故事。」溫特女士曾經在我背後喊著，就在藏書室的第一個晚上，我轉身要走的時候。這句話與我個人的故事產生了意外的共鳴，這個共鳴把我與她的故事連繫在一起，無法抗拒。

很久很久以前，有兩個小女孩……

現在我知道得更清楚了。

就在第一天晚上，她已指出了正確的方向。只是我當時聽不懂。

「你相信有鬼嗎，李雅小姐？」她問過我，「我要告訴你一個鬼故事。」

而我卻告訴她：「改天吧。」

但是她已經告訴了我一個鬼故事。

很久很久以前，有兩個小女孩……

另一個說法是：很久很久以前，有三個小女孩。

很久很久以前，有棟鬧鬼的房子。

這個鬼跟別的鬼一樣，平常是看不到的，但也不是完全看不到。敞開的門給關上了，關上的門給打開了。鏡子上面有個動作一閃而過，讓你抬起頭。房間的窗戶緊閉，但是窗簾微微飄動。當書本自動從這個房間搬到另一個房間，當書籤神奇地從一頁換到另一頁，就是小鬼魂在搗蛋。是這個小鬼魂的手拿走了日記本，把它藏起來，她的手後來又把日記本放了回去。假若你拐進一條走廊，心裡產生那種奇怪的感覺，好像恰好差點見到一隻鞋子的腳跟消失在另一頭的轉角，那就是那個小鬼魂正在附近。你察覺到有人的目光落在你身上，產生一種背脊發涼的感覺，但仰起頭卻發現房間裡沒人，那你可以確定，小鬼魂正躲在虛無縹緲之間。

只要有眼睛、視力正常的人就可以察覺到她的存在。但是，沒人看得見她。

她輕聲出沒，躡足，赤腳，不發聲響。可是她能辨認這房子裡每一個人的腳步聲，知道每一塊吱嘎作響的地板和每一扇吱吱咯咯響的門。她熟悉房子裡的每個幽暗角落、每個隱蔽處、每條裂縫。她知道櫥櫃後面或架子之間的缺口，她知道沙發椅後方與椅子底下的狀況。對她來說，房子裡有一百零一個藏身處，而且她知道要怎樣在這裡移動而不被人看見。

伊莎貝爾與查理從沒見過這個鬼。以他們那種雜亂無章法的生活方式，鬼這種事情才不會困惑他們。物品的遺失、破損、誤置，在他們看來似乎屬於自然宇宙的定律。就算在陰影不該出現的地毯上出現了一個影子，他們也不會停下來思索，因為他們精神上和頭腦裡的陰影更多，自然會延伸出來。那個小鬼魂只是他們的眼角餘光，是他們頭腦後方沒人注意的謎團，是連繫於他們生命但他們自己卻不知情的永恆陰影。她像一隻老鼠在他們的食物儲藏間中收刮食餘，他們上床後她靠著他們爐火的餘溫取暖，只要任何人出現，她就消失到他們荒廢環境中的幽深處。

她是這棟房子的祕密。

正如所有的祕密一樣，她也有她的守護者。

雖然管家的視力衰退，但她能清楚看見這個小鬼魂，這也算好事一樁。靠著管家的合作，食物儲藏間才有足夠的殘羹剩飯和早餐麵包留下的碎屑，來供養這個小鬼魂。如果你以為這隻鬼魂是那種無形無影、輕飄飄的妖怪，那就錯了。她也有個肚子，當肚子空了，就要想辦法填飽。

但是，她生活所需的食糧是靠自己掙來的，因為她吃多少，她也付出多少。另一個可以看見鬼的人，你知道的，就是園丁，他樂於有幫手幫他。她戴著寬邊的帽子，穿著約翰老舊的褲子，從腳踝處剪短，用褲子吊帶吊著。她在花園的工作產生了成果。泥土裡的馬鈴薯在她照顧下成長，地面上果叢茂盛，低矮的葉子下結出一串串漿果，讓她的雙手摘取。她不只是對於水果與蔬菜有魔法，玫瑰花也在她的呵護下盛開。後來，她知道了黃楊木與紫杉想要化為幾何圖形的渴望，於是在她的召喚下，樹葉與樹幹長出了稜角與凸角，還有弧線跟精確的直線。

小鬼魂在庭院與廚房裡不需要躲藏，管家和園丁是她的保護者、守望人。他們把房子的狀況告訴她，教導她安全活下去的技巧，他們餵養她又照顧她。當有個陌生人帶著銳利的眼神，懷著驅除陰影的願望前來時，他們為她擔心。

最重要的是，他們愛她。

但她是從哪裡來的呢？她的故事是什麼？鬼魂不會隨意出現，鬼魂只會回到他們的家，而這個小鬼魂在這個房子裡，真的是舒服如自己家了。雖然她沒有名字，雖然她誰也不是，其實園丁和管家都知道她是誰。她的故事寫在她紅銅色的髮上，翠綠色的眼裡。

這裡是整個故事最讓人好奇的地方。這個鬼魂一定和住在房子裡的雙胞胎異常相似，不然，怎麼可能在那裡逗了這麼久，卻沒有引人懷疑呢？三個女孩同有垂在背後的凌亂紅銅色頭髮，三個女孩同有獨特的翠綠色眼睛。你不覺得奇怪嗎？雙胞胎的容貌和這個小鬼魂相似，而小鬼魂也有著與雙胞胎神似的長相。

「我出生的時候，」溫特女士曾經告訴我，「我只不過是次要的情節。」就這樣，她從伊莎貝爾參加野餐、遇上羅嵐、離家與他結婚、逃脫她哥哥邪惡、不倫之情的故事開始講起。查理受到了妹妹的忽略而暴跳如雷，轉而將他的怒氣、熱情、忌妒宣洩在其他女孩身上。伯爵的愛女或店老闆的女兒，銀行家或掃煙囪工人的女兒，對他而言，她們是誰並不重要。管她們甘願或者不甘願，當他想要自我放逐的時候，他就撲到她們身上。

伊莎貝爾在倫敦一家醫院生下了她的雙胞胎；她們媽媽的丈夫長什麼樣子，在兩個女孩兒身上完全看不到。紅銅色的頭髮像她們的舅舅，翠綠色的眼睛更像她們的舅舅。

次要的情節是這樣的：大約同一時間，在某個穀倉或者黯淡的農舍臥室，另一個女人生下了一個小孩。我猜想，她不是伯爵的女兒，也不是銀行家的女兒，因為有錢人自然會有處理麻煩的方法。她一定是什麼來路不明、普通且無能力的女人，她的孩子也是個女孩兒。紅銅色的頭髮，翠綠色的眼睛。

> 忿怒的產物，強暴的結果，查理的孩子。
> 很久很久以前，有座宅邸名叫安琪費爾德莊園。
> 很久很久以前，有對雙胞胎。
> 很久很久以前，安琪費爾德莊園來了一位表姊妹，更可能是個同父異母的姊妹。

坐在火車上，海瑟特的日記本放在我的大腿上。我想起了另一個私生子奧瑞利思，於是我對溫特女士的同情減低了，我的同情轉為怒氣。為什麼他會與他的母親分開呢？為什麼會被遺棄呢？為什麼任他自己在這世上自謀生計，對自己的故事不知情呢？

我也想到了白色的帳棚，以及帳棚底下那具骸骨。我現在知道了，那不是海瑟特。故事全都匯聚到失火的那夜。縱火，謀殺，棄嬰。

火車抵達哈洛格特，我走到月台上的時候，發現到積雪已經深到了腳踝。我好驚訝，我前一個小時都在盯著火車的窗子，卻絲毫沒有注意到窗外的景象。

我掌握了解謎的關鍵，所以我以為自己已經知道一切來龍去脈了。

我瞭解到安琪費爾德莊園不僅有雙胞胎，而是有三個女孩，所以我以為我已經抓到了整個故事的核心。

等我反覆思考，我才明白，除非我揭開大火那晚的真相，否則我一無所知。

☙骨骸

聖誕夜到了，天色已晚，大雪紛飛。前兩個計程車司機全都拒載，他們不想在這樣的夜裡載我到那麼遠的地方。第三個司機臉上沒什麼表情，或許是我熱切的懇求感動了他，他聳聳肩讓我上了車。「開開看吧。」他粗魯地警告我。

我們開出市區，大雪持續飄落，不斷聚積，一片雪花疊著一片，每吋土地、每道籬笆、每根大樹枝上都覆滿了白雪。穿越最後一個村落，經過最後一棟農舍，我們不知不覺開進了一片白茫茫的景象中，無法分辨道路與旁邊的地面。我縮在座位上，猜想司機隨時會掉頭折返。沒想到我清楚的指路說明，讓他相信我們真的是開在一條路上。我自己下車打開第一道柵門，接著我們來到了第二道門，也就是房子的大門。

「希望你找得到回去的路。」我說。

「我？我沒問題的，」他再次聳聳肩膀。

跟我預期的一樣，柵門鎖著。我不希望司機以為我是小偷，所以他在掉車頭的時候，我假裝在袋子裡面找鑰匙。等他走遠了之後，我才抓著柵門的欄條爬進去。

廚房門沒鎖。我脫下靴子，抖落外套上的雪，把外套掛起來。我穿過空無一人的廚房，我知道溫特女士在哪裡：愛蜜琳的住處。我滿腦的指摘，滿腔的疑問，不斷往自己的怒火上添加燃料。我這是為了奧瑞利思，也是為了那個曝屍安琪費爾德莊園藏書閣廢墟六十年的女人。雖然我內心是狂風暴雨，但我的前進卻不聲不響，地毯吸收了我狂怒的腳步。

我沒有敲門，一把推開門，直接走進去。

窗簾還是拉上的。溫特女士安靜坐在愛蜜琳的床邊。我的出現讓她嚇了一跳，她看著我，眼裡閃爍著異樣的神情。

「骨骸！」我斷聲說道，「他們在安琪費爾德莊園找到了骨骸！」

我目不轉睛，凝神傾聽，焦躁地等待她坦白招供。不管是用語言、表情還是動作都無所謂。如果她有所表示，我就看得出來。

只是，房間裡有件事，一直在吸引我的注意力，讓我分心。

「骨骸？」溫特女士臉色蒼白如紙，眼睛裡猶如汪洋，浩瀚足以淹沒我的狂怒。

「噢。」她喊了一聲。

噢。單一個音節，卻能蘊藏那麼深沉的共鳴。恐懼。絕望。悲傷。認命。解脫。一種灰暗、無法提供慰藉的解脫。還有悲痛，既深切又久遠。

接著，那件在房裡讓我不安，讓我分心的事物在我心裡不斷增強，到最後我心裡竟然容納不下其他事情了。到底是什麼東西？是跟骨骸無關的東西，是在我闖入之前就出現的東西。我在猶豫的那一瞬間，心頭亂糟糟。接下來，我剛剛視而不見的小細節全都湊在一塊了。房裡的氣氛，拉攏的窗簾，溫特女士眼中水漾的透明。原本她的鋼鐵堅毅，現在全不見了。

我的注意力集中在一件事情上：愛蜜琳緩緩的呼吸浪潮在哪裡呢？我的耳朵裡怎麼沒有聲音傳進來呢？

「不！她已經……」

我跪倒在床邊，眼睛動也不動。

「是的，」溫特女士柔聲說，「她走了。剛走。」

我凝望著愛蜜琳空洞的臉龐，看來一點改變也沒有。她的傷疤依舊怒沖沖地發紅，她的雙唇依舊歪斜，眼睛仍然碧綠。我摸摸她扭曲的手，她的肌膚還是溫暖的。她真的走了嗎？絕對地、不能逆轉地走了嗎？好像不應該這樣的。她沒有徹底拋下我們吧？想必她有留下什麼來安慰我們吧？沒有魔法，沒有神奇力量，沒有魔術可以帶她回來了嗎？我說的話她聽得見嗎？

她手中的暖意讓我相信她可以聽見我的話，她手中的暖意使我一切想說的話都來到了胸口，這些話語迫不及待要飛入愛蜜琳的耳中。

「幫我找我妹妹，愛蜜琳，幫我找她。告訴她我在等她，告訴她——」我的喉嚨太緊，無法讓所有的話通過；這些話一面上騰，一面噎著、衝撞著脫離我。「告訴她，我想念她！告訴她，我好寂寞！」我的話激切地從我雙唇主動說出，熱烈飛越我們之間的時空，追趕著愛蜜琳，「告訴她，我不能再等了！告訴她過來吧！」

但是，太遲了。分水嶺已經落下。看不見了，無法復原，無法安撫了。

我的話像是鳥群撞向一片玻璃。

「噢，我可憐的孩子。」我感覺到溫特女士的手摸著我的肩。我對著那些破碎殘缺的話語哭泣，她的手還輕輕放在我肩上。

我擦乾眼睛，心裡只剩下幾個字沒說。這幾個字失去了同伴，鬆散地發出咯咯、咯咯的聲音。

「她是我的雙胞胎妹妹，」我說，「她在這裡，你看。」

我把毛線衣一拉，將我的身軀對著光線展露。我的疤，半月形，蒼白的銀粉色，珍珠般質感的半透明。分隔的那條線。

「她本來在這裡，我們本來在這裡結合的，結果他們將我們分開。她就死了。沒有我，她也活不下去。」

我感覺到溫特女士手指上上下下，顫抖地沿著我皮膚上的半月形摸索，她溫柔的同情眼光也上下移動。

「問題是，我認為，沒有她，我也活不下去。」這最後幾個字說完之後，我也無須再說什麼了。

「孩子……」溫特女士看著我，她眼光中的憐憫將我托住。

我腦中一片空白，我的精神表面上看來非常平靜，但表層之下暗潮洶湧，我感覺到那陣暗潮的澎湃起伏。多年來有艘生鏽的沉船殘骸躺在暗潮最底下，裡面載著無數骸骨。現在它動了，我擾動了它，而它製造了亂流，從海床上揚起一大片一大片的沙，在深黑攪亂的水中，微粒的砂礫狂亂地旋轉。

溫特女士依然以她的綠色眼眸凝望著我。

接著，緩緩地，慢慢地，沙子再次下沉，海水恢復平靜，緩緩地，慢慢地。然後骨骸又重新回到生鏽的貨艙。

「你問過我的故事。」我說。

「你告訴我，你沒有故事。」

「現在你知道了，我的確有個故事。」

「我從來沒有懷疑過，」她露出一個憐惜、帶有遺憾的微笑，「我邀請你來這裡的時候，我想我已經猜到了你的故事。我讀過你有關藍迪爾兄弟的文章，那篇文章非常傑出。你知道那麼多有關手足親情的事，我認為你一定是圈內人才知道這些事。我越是閱讀你的文章，越是認為你應該有個雙胞胎姊妹。所以我才請你替我寫傳記。因為，雖然這麼多年來我是個編故事的人，但假如我打算欺瞞你，你一定會把我看穿。」

「我已經看穿了。」

她點點頭，平靜，難過，不詫異。「時候也該到了。你知道多少？」

「你告訴我的，你說你只不過是次要的情節。你告訴我伊莎貝爾與她生下雙胞胎的故事，而當時我沒有注意。次要的情節是查理與他的狂暴行為。你一再指引我朝著《簡愛》的方向，一本關於家庭裡面的『外人』的書，那個沒有母親的表妹。我不知道你母親是誰，也不知道你怎麼會離開她來到安琪費爾德莊園。」

她悲傷地搖頭，「可能知道答案的人，不管是誰，他們都死了，瑪格麗特。」

「你不記得？」

「我是個凡人，凡人無法記得自己的出生。等到我們有自我意識的時候，已經長得比較大了，但我們來到這個世界的那一刻，卻是很早很早以前發生的事情，彷彿是發生在時間的起源。我們像是戲院裡遲到的觀眾，努力趕上劇情進度，從後來的事件去推測開場的情況。我多次走到記憶的最邊緣，凝視邊界之外的混沌黑暗。但是，在記憶邊界徘徊的不只有記憶，還有各式各樣的幻象居住在那裡。一個寂寞孩子的噩夢，一個渴望故事的心所借用的童話故事，一個充滿想像力的小女孩急著要對難以說明的幻想提出解釋。不管我在遺忘的邊界上挖到什麼故事，我不會騙自己說那就是真相。」

「每個孩子都會替自己的誕生編織一套神話。」

「沒錯。我唯一確定的事情，是挖土約翰告訴我的。」

「他告訴你什麼？」

「說我像野草，出現在兩叢草莓之間。」

她把那個故事告訴我。

有人動過草莓叢。不是鳥，因為小鳥會啄食，留下吃剩的莓子。也不是雙胞胎，因為她們會把整株草莓踩爛，留下腳印。不是，而是個腳步輕盈的小偷，在這裡摘一顆莓子，在那裡取一顆莓子，手腳俐落，沒有弄亂東西。若是別的園丁，連注意都不會注意到。同一天，約翰在庭院水龍頭下注意到一灘積水，水龍頭在滴水。他伸手把水龍頭轉緊。他搔搔頭，繼續回去做工。但他開始留意。

隔天，他在草莓叢中看到一個人影，瘦小、衣衫襤褸、幾乎不到人的膝蓋高，戴著一頂太大的帽子，快垂到臉上了。那個小東西見了約翰就跑。又過了一天，那小東西顯然很想弄到水果，約翰必須大喊大叫、揮動手臂才能趕跑他。後來，他想到自己還不知道那孩子是誰，村裡有哪家人養了這種瘦小又營養不良的小傢伙呢？附近有誰會讓他們的小孩跑去偷別人家院子裡的水果呢？他給這問題難倒了。

還有，有人去過了盆栽棚。舊報紙擺放的樣子變了，還有那些條板箱，被人整齊收拾過了，他知道它們被動過了。

他回家的時候，首度鎖上了掛鎖。

下次他經過庭院的水龍頭，它又在滴水了，他連想都沒想便把水龍頭緊緊轉了半圈，然後又使盡全力，再轉了四分之一圈。這樣應該沒問題了。

夜裡他突然醒來，心裡很不安，又說不出為什麼。他不由自主地納悶：要是你進不去盆栽棚，沒辦法在條板箱裡面放報紙給自己搭個床，那你要睡哪裡呢？要是水龍頭關得那麼緊，你轉動不了，你要到哪裡去取水呢？他一面責備自己怎麼會在半夜有這個蠢念頭，一面打開窗戶感覺氣溫。寒冬已經過去，不會結冰霜了，然而以這個時節來說，天氣還是涼涼的，況且人在飢餓的時候，會覺得更冷呢。如果是個孩子的話，會覺得外面更黑呢。

他搖搖頭，關上窗。當然沒有人會把小孩子丟在他的庭院裡面，是不是？當然沒有人會這樣。早上五點不到他就起床，提早在庭院四處查看，檢查他的蔬菜、綠雕庭園，規劃這一天的工作。整個上午他都在果叢中密切留意，看有沒有一頂低垂的帽子，可是卻沒有見到。

「你是怎麼回事啊？」他沉默地坐在餐桌上喝咖啡時，老嬤嬤問。

「沒事。」他說。

他喝光咖啡，走回庭院。他站著，用焦慮的目光仔細查看果叢。

沒有東西。

午餐時間，他吃了半份三明治，覺得自己沒什麼胃口，於是留了另外半個，放在庭院水龍頭旁一個倒過來的花盆上。他告訴自己他是個傻瓜，又在三明治旁放了片餅乾。他把水龍頭轉開，即便是他自己也要使出相當大的力氣才辦得到。他讓水嘩啦嘩啦流進澆花的錫罐中，把罐子的水倒在最近的花圃上，然後又將罐子裝滿。水花濺潑的聲響在菜園裡迴蕩，他小心不要抬起頭來，不要東張西望。

接下來，他走到遠一點的地方，跪在草地上，背對著水龍頭，動手清理幾個老舊花盆。這份工作很重要，必須得做好，要是在栽種交替之間沒有好好清理花盆，那是會散播植物病蟲害的。

在他身後，傳來水龍頭的嘎吱響。

他沒有立刻轉身，先專心清理他手中的花盆，刷啊，刷啊，刷啊。

接下來，他動作迅捷，站起來就往水龍頭跑，比狐狸還快。

其實不用這麼快啦。

那個孩子受到了驚嚇想逃，不小心絆到了腳。站起來之後，繼續跛行幾步，接著又摔倒了。約翰抓住他，抱起來，重量跟一隻小貓差不多，把他轉過來面對自己，那頂帽子掉下來了。

小傢伙是個皮包骨，飢腸轆轆，眼睛上好像有層硬皮，頭髮因為塵土而漆黑，並且發出惡臭，臉頰是赤熱的兩塊。他用手摸摸孩子的額頭，在發燙。回到盆栽棚後，約翰注意到他的腳，他沒穿鞋子，長了疙瘩且腫起來了，膿汁從泥塵中分泌出來，一根棘還是什麼的深深插在裡面。這孩子在顫抖、發燒、疼痛、飢餓、恐懼。約翰以前見到動物處於這種狀況下，一定會拿起獵槍，解除牠的痛苦。

他把孩子鎖在棚內，去找老嬤嬤過來。她來了，緊貼著定眼一瞧，輕輕吐了一口氣，然後往後站開。

「我不知道他是誰家的，把他弄乾淨一點，就可以知道是誰家孩子了。」

「你是說，把他泡在大水桶裡面？」

「的確要用到大水桶！我去廚房把澡盆裝滿。」

他們把發臭的破爛衣衫從孩子身上脫下。「當柴火燒了吧。」老嬤嬤說，並且把衣服往外拋到院子裡。這孩子一直髒到了皮膚下，身上是厚厚的一層汙垢。第一桶水立刻變成黑色。他們把小孩抱出澡盆，倒掉髒水再裝滿，小孩的兩腳乾淨多了，站在那裡搖搖擺擺的，光著身子還在滴水呢。身上一條條灰褐色的小水流，全身上下只有肋骨與關節。

他們看著這孩子，又彼此對望，再看著這孩子。

「約翰啊，我眼力差，可是你告訴我啊，你有沒有看到我沒看到的東西啊？」

「噯。」

「這不是個小傢伙吧！是個小姑娘啊。」

他們把水一壺又一壺燒開，用肥皂用力刷皮膚與頭髮，將指甲下硬化的塵土擦掉。小女孩洗乾淨之後，他們就用消毒鑷子，把她腳上的荊棘拔出，她畏縮著卻沒有哭。接著，他們給傷口敷藥、上繃帶，又輕輕把加熱過的蓖麻油塗在眼睛周圍的硬塊上，用潤膚劑敷到跳蚤咬的傷口上，用凡士林擦在粗糙乾裂的嘴唇上。他們把她又長又纏結的頭髮梳開,將冰涼的法蘭絨巾貼在她額頭與發燙的雙頰上。最後，她們把她包裹在一條乾淨的大毛巾裡，讓她坐在餐桌上，老嬤嬤用湯匙把湯汁舀進她嘴裡，約翰則為她削了一顆蘋果。

她大口喝著湯，急忙伸手抓蘋果片，吃得好快。老嬤嬤再切下一片麵包，塗上奶油，這孩子狼吞虎嚥地吃了。

他們看著她。那雙眼睛上的硬塊清除之後，出現了翠綠色的圓形，頭髮漸漸風乾成一頭鮮亮的紅金色。在飢餓的臉蛋上，突出的頰骨輪廓既寬闊又鮮明。

「你心裡想的，跟我想的一樣嗎？」約翰說。

「噯。」

「我們要跟他說嗎？」

「不要。」
「但是她確實屬於這裡。」
「噯。」
他們想了片刻。
「要不要找醫生？」
那個孩子臉上的粉紅色斑塊已經沒有那麼明顯了；老嬤嬤把一隻手放到她額頭上，還是在發燙，但是好點了。
「我們看看她今天晚上的情況，明天早上去請醫生。」
「如果需要的話。」
「噯，如果需要的話。」

ꕥ ꕥ ꕥ

「於是，就這樣決定了，」溫特女士說，「我留了下來。」
「你叫什麼名字？」
「老嬤嬤想叫我瑪莉，不過這名字沒人用。約翰喊我影子，因為我像個影子跟著他。他利用庫房裡面的種子目錄教我認字，但我不久就發現了藏書閣。愛蜜琳沒有喊我的名字，她不需要喊我，因為我老是在那裡。只有不在場的人，才需要為他們取名字。」

我沉默地思考這一切，小鬼魂，沒有母親，沒有名字，自己的存在是個祕密。很容易引起他人的惻隱之心，然而……

「那奧瑞利思怎麼說呢？成長過程中沒有母親是怎樣的滋味，你也知道的！為什麼要拋棄他？他們在安琪費爾德莊園找到的骨骸……我知道一定是亞德琳殺死了挖土約翰，但是她後來怎麼了？把失火那天晚上的情況告訴我。」

我們在漆黑中對談，我看不見溫特女士臉上的表情，但是當她的眼睛瞥見床上的身軀，人似乎在發抖。

「把被單拉起來蓋住她的臉，好嗎？我會告訴你小嬰兒的事情，我會告訴你大火的故事。但是，你先叫裘蒂絲過來好嗎？她還不知道這裡的狀況。她得打個電話給克里弗頓醫生，把事情處理一下。」

裘蒂絲來了之後，先關心的是活著的人。她看了一眼溫特女士蒼白的氣色，堅持要她上床，趕快吃藥。我們一起用輪椅把她推回她的房間。裘蒂絲幫她穿上睡袍，我準備了一個熱水袋，把褥墊疊上去。

「我現在去打電話給克里弗頓醫生，」裘蒂絲說，「你陪著溫特女士好嗎？」但是幾分鐘後她重新出現在臥室門口，示意我到前廳去。

「聯絡不上，」她低聲地說，「電話有問題，大雪讓電話線不通。」

我們與外界斷了聯繫。

我想到我的袋子裡有張紙，上面抄有警察的電話與號碼，於是鬆了一口氣。

我們商量好，我先輪班陪伴溫特女士，讓裘蒂絲去愛蜜琳的房間處理那邊的事情。稍後等溫特女士該服藥的時候，裘蒂絲再過來，換我休息。

今夜會是個漫長的夜。

☙嬰兒

在溫特女士的窄床上，床單以幾乎無法查覺的動作在起伏，代表她的身軀還在。她小心地、幾乎是偷偷地呼吸，好像期待著隨時都會遭到突擊。檯燈的光線灑在她的身體上，逮住了她蒼白的頰骨，照亮了她眉毛的白色弧形，讓她的眼睛陷入了陰暗的深潭。

我椅子後面掛著一條金色的紗質披肩，我把它整個罩在燈罩上，好讓光線變得溫暖一點，不會那麼殘忍地落在溫特女士臉上。

我安靜坐著，安靜看著，當她開口時，我簡直聽不見她的聲音。

「真相？讓我想想……」

話語從她的雙唇漂泊到空中，它們懸在那裡顫抖，接著找到了路，開始它們的旅程。

ஐ ஐ ஐ

我對恩布洛司並不友善。我當然可以對他友善，換在別的環境裡，我可能會對他十分友善，那麼事情就不會這麼困難了：他又高又壯，頭髮在陽光下是金黃色的。我知道他喜歡我，我也不是不在乎，但是我必須硬起心腸。我與愛蜜琳是結合在一起的。

「我配不上你嗎？」有天他問我。他爽快地說出口，就像這樣。

我假裝沒有聽見，但是他執意不肯罷休。

「如果我不夠好的話，你可以當面告訴我！」

「你不識字，」我說，「你不會寫字！」

他笑了。他從廚房的窗台拿起我的筆，在一張紙片上開始寫啊寫，慢吞吞地寫，字母的大小不一，但是相當清楚——恩布洛司，他寫了他的名字。寫好之後，他拿起紙片，遞過來讓我看。

我從他手裡奪下紙片，一扭轉，揉成了一團，然後扔到地板上。

從此以後他不來廚房喝茶休息了。我坐在老嬤嬤的椅子上面喝我的茶，懷念著香菸的味道，耳朵找尋他的腳步聲或是鏟子的敲撞聲。每次他帶著肉來的時候，只是不發一語把袋子遞過來，眼神迴避著我，表情冷淡。他的心已經死了。後來我打掃廚房的時候，發現那張有他名字的紙片。我對自己感到羞愧。我把紙片放進掛在廚房門後的獵物袋，這樣就眼不見為淨了。

我什麼時候才知道愛蜜琳懷孕了呢？是在那個男孩不來廚房之後的幾個月吧。愛蜜琳自己還不曉得狀況，是我先發現的，她這人，實在不懂得要注意自己身體的變化，也不瞭解自己行為的後果。我問她是不是恩布洛司，但是她真的傻到聽不懂我的問題，而且她完全不明白我為什麼要生氣。「他好傷心啊，」她只會這麼告訴我，「你太不友善了啦。」她說話非常柔順，滿是對這個男孩的同情，讓她對我的指責多了一層溫柔。

我其實可以好好嚇她一下，但是我沒有。

「你已經知道自己快要生小寶寶了，對不對？」

淡淡的震驚閃過她的臉龐。震驚消失後，她的臉又像先前一樣安詳。看起來已經沒有什麼東西能打亂她的沉著了。

我立即解雇了恩布洛司。我把那個星期的工資全部先付給他，然後打發他走。我跟他說話的時候，也不看著他，也沒有給他任何理由，他也沒有問任何問題。「你現在就可以走了。」我告訴他。但這不是他做事的態度。他先把手上正在處理的事情做完，然後按照約翰教他的方法，小心翼翼清潔工具，把東西放回庭院的庫房，讓每樣東西都整齊有序。接著，他敲敲廚房的門。

「肉你要怎麼辦？你知道怎麼殺雞嗎？」

我搖搖頭。

「來。」

他用頭朝著雞棚的方向示意，我跟著他走。

「殺雞要果斷，」他教導我，「正確方法是：俐落快速不多想。」

突然間，他從我們腳下啄來啄去的紅銅羽毛雞群中，快速抓了一隻在手，牢牢抓住牠的身體。他用手勢做出扭斷牠脖子的動作，「看到沒？」

我點點頭。

「那你現在試試看。」

他放開那隻雞，牠慌慌張張回到地面，圓滾的背隨即混入雞群中。

「現在嗎？」

「不然你今天晚上要吃什麼？」

母雞啄食的時候，太陽光在牠們的羽毛上閃動。我伸手去抓一隻雞，但是牠卻小步跑開。第二隻雞以同樣的方式從我的手中溜走。第三隻被我笨拙地捉住了，牠在驚慌中喔喔叫，不斷撲動翅膀想逃，真不曉得那個男孩怎麼能夠輕易抓到雞。當我使勁把雞夾在手臂下，把我的手環繞在牠脖子上的時候，我感覺到那個男孩嚴厲的眼光落在我的身上。

「俐落快速。」他提醒我。我可以從他的聲音中聽出來，他懷疑我的能力。

我要殺了牠，我已經決定要殺了這隻雞。我緊握住雞的脖子，使勁一擰。但是，我的雙手沒有完全服從我的大腦，雞的喉間發出一聲被掐住的恐慌喊叫，我遲疑了一瞬間，牠的身體一轉，翅膀一拍，竟從我的手臂下掙脫了，我在剎那間嚇得動彈不得，手還是牢牢捏著雞脖子。牠猛拍翅膀，雞爪對著空氣揮舞狂抓，那隻雞就要從我手中掉下去了。

男孩的動作敏捷有力，從我的手中攫走了雞，一瞬間就宰了牠。

他把雞屍遞給我，我強迫自己收下。雞，依然溫暖沉重。

他看著我，陽光在他的頭髮上一閃一閃，他的表情比雞爪還令我恐懼，比撲擊的翅膀還令我不安，比我手中那軟綿綿的屍體還令我害怕。

他轉身離開了，沒說半個字。

那個男孩對我有什麼意義呢？我的心，不是我能夠付出的；我的心屬於另外一個人，永遠都屬於另外一個人。

我愛著愛蜜琳。

我相信愛蜜琳也愛我，只是她更愛恩布洛司。

愛一個孿生兒，其實是非常痛苦的事情。只要有亞德琳在，愛蜜琳的心就是飽滿的，她不需要我，我是局外人，被遺棄之人，多餘的東西，只是雙胞胎與她們雙生特質的旁觀者。

唯有亞德琳獨自去遊蕩的時候，愛蜜琳的心才有空間容下另外一個人。所以，她的悲傷成了我的歡喜。我慢慢哄騙她走出自己的寂寞，提供一些閃亮的小玩意或銀線當禮物，讓她忘記她被人拋棄了，讓她把自己交付給我提供的友情與陪伴。我們在火爐旁打打牌，唱唱歌，聊聊天。我們在一起的時候好開心。

然後亞德琳回來了，心情因飢寒而狂暴，她總是在一陣狂怒中走進來。在她出現的那一刻，我們的兩人世界結束了，我又成了局外人。

不公平！亞德琳會打她，拉她頭髮，背棄她，但愛蜜琳還是愛著她。不管亞德琳做了什麼，都不會改變愛蜜琳對她的愛，因為愛蜜琳的愛是絕對的。而我呢？我的頭髮與亞德琳一樣是紅銅色的，我的眼睛與亞德琳一樣是綠色的，亞德琳不在場的時候，我可以騙過任何人，但我從來騙不過愛蜜琳，她的心知道真相。

愛蜜琳在一月分生下她的寶寶。

沒人知道這件事。她變胖了，也比較慵懶，待在屋子裡對她來講並不難。她心甘情願待在屋裡，在藏書閣、廚房或她的臥室裡打呵欠。沒人注意到她在家靜養。怎麼會有人注意到呢？家中唯一的訪客是羅麥克斯先生，他前來的時間固定，輕而易舉就可以在他敲門之前讓她避開。

我們與其他人很少接觸。肉類與蔬菜方面，我們自給自足——我從頭到尾都不喜歡殺雞，但是我學會了該怎麼做。至於其他的食品，我可以親自走到農場去買乾酪與牛奶；雜貨店每週一次派個男孩騎著單車，把我們的其他必需品帶過來，我在車道上跟他取貨，自己把籃子提進屋裡。我認為，如果讓別人偶爾看見另外一個雙胞胎，這樣才是明智的預防措施。只要亞德琳的情緒夠穩定，我就會把錢給她，派她去向單車男孩取貨。我能想像他回到店裡之後一定是這麼說：「今天是另一個小姐，怪怪的那一個。」我也納悶要是那個男孩的描述傳到醫生耳中，不知他會怎麼想。只是不久後我就不能利用亞德琳當代表外出辦事了，因為愛蜜琳的懷孕神奇地影響了亞德琳，亞德琳這輩子第一次感覺到食欲的存在。從她瘦巴巴的皮包骨身體上，竟然長出了豐盈的曲線與宏偉的胸部。有好幾次在昏暗的光線下，從某些角度看，連我都分不出她們兩個人。因此我必須偶爾扮演成亞德琳，披頭散髮，指甲髒兮兮，臉上裝出緊繃、激動的神情，沿著車道往下走，向單車男孩取貨。我沿著砂礫車道走下去見他，他看見我的步伐速度，就知道我是另外一個小姐。我看得出來，他的手指焦慮地握在手把上，他一面暗中觀察我，一面把籃子交上來，接著把小費放進口袋，騎著單車開心地走了。下個星期，出來見他的是我本人，他的笑容裡因此出現了一點點寬心。

隱藏懷孕的事實並不難。但是在等她生小孩的那幾個月中，我憂慮難安。我知道分娩的危險，伊莎貝爾的母親就是在第二次生產的時候不幸去世，我腦子裡每隔幾個小時就會想起這件事情，想到愛蜜琳會受苦，愛蜜琳會有危險——這是一定會想到的。在另一方面，醫生從來都沒支持過我們，我才不希望醫生在這個房子裡出現。以前的醫生見了伊莎貝爾，就把她帶走了，現在我絕不容許這種事發生在愛蜜琳身上，把愛蜜琳與亞德琳分開的也是醫生，我也不容許這種事發生在我與愛蜜琳身上。還有，如果醫生一來，那一定會帶來一連串麻煩的。醫生雖然搞不清狀況，但是他相信那個薄霧中的少女已經從沉默、破布娃娃般的亞德琳身體裡面釋放出來了，可是他一旦知道到安琪費爾德莊園有三個女孩子，他立刻就會明白全盤真相。如果只是為了生小孩這件事情讓醫生進門看診，我還可以把亞德琳鎖在以前的育嬰房裡面，可能會僥倖成功。但是一旦被人知道房子裡有個嬰兒，訪客就會接踵而來，這樣我們的祕密就要曝光了。

我清楚知道我的身分十分脆弱。我知道我屬於這裡，我知道這裡是我的地方。除了安琪費爾德莊園以外，我沒有別的的家；除了愛蜜琳之外，我不愛其他的人；除了這裡之外，我沒有其他的生活。但是，就算我這樣講，其他人才不會相信呢。對於這點我很清楚。有誰會支持我呢？醫生就別指望了，他不可能為我說句公道話。羅麥克斯先生雖然對我很好，但如果他知道我冒充亞德琳，他的態度免不了會改變，而我和愛蜜琳之間的感情也會被認為是微不足道的小事。

愛蜜琳無知又溫和，蟄居待產的日子平靜度過了。對我而言，這段時間讓我舉棋不定，飽受折磨。要怎麼保護愛蜜琳的平安呢？要怎樣讓我自己平安呢？我天天拖延，不敢下決定。開頭的幾個月，我認為自己早晚會想出解決的方法，畢竟我已經排除萬難，解決其他事情了，所以生小孩這件事也一定會妥當解決的。等到時間越來越接近，問題越來越緊急，而我和解決方案之間的距離還是那麼遠，我腦中不斷盤旋著兩個念頭：抓起外套到醫生家，告訴他一切真相；如果我敢這樣做，那就會曝露我自己的存在，而別人知道我在這裡之後，一定會把我趕走。明天再說吧，我一面把外套掛回去，一面告訴自己：明天就會想出辦法了。

但是在那時候，已經沒有明天了。

我在睡夢中聽見一聲喊叫。愛蜜琳！

不是愛蜜琳的聲音，因為愛蜜琳正在深呼吸，在喘氣，她像野獸一樣，鼻子發出哼聲，身體出汗，眼睛突出，牙齒暴露。但是她沒有大喊。她吞下了她的痛楚，痛在她體內轉為力量。喚醒我的那聲喊叫，那聲持續在房子上上下下迴響的喊叫，不是她喊的，而是亞德琳喊的。亞德琳的喊叫聲到了天亮才停止，那個時候愛蜜琳的嬰孩，一個男孩，已經誕生了。

那天是一月七日。

愛蜜琳睡著了。她在睡中笑著。

我幫寶寶洗了澡，他張開眼睛，轉動眼珠子，碰到了溫水，他受到了驚嚇。

太陽升起。

該做決定的時刻來了又走了，我沒有做出任何的決定，現在我們已經度過了劫難，我們平安了。

我的人生得以繼續下去。

☙大火

溫特女士似乎可以感覺到裘蒂絲的出現。當這位管家在門邊附近查看的時候，她發現我們默不作聲。她用托盤幫我端來熱可可，也提議說如果我想睡了，她可以代替我照顧溫特女士。我搖頭：「我還好，謝謝你。」

裘蒂絲提醒溫特女士，如果痛的話，可以多吃幾片白色的藥。溫特不肯。

裘蒂絲走了之後，溫特女士再閉上眼睛。

「惡狼的狀況怎麼樣？」我問。

「安安靜靜在角落上，」她說，「牠當然是這樣啦。牠穩操勝券，所以甘願按兵不動，牠知道我不會大驚小怪的，我們談好了條件。」

「什麼條件？」

「牠先讓我結束我的故事，然後我讓牠結束我。」

惡狼在倒數計時，而她告訴我大火的故事。

ȣ ȣ ȣ

嬰兒還沒出生的時候，我從來沒有好好想過怎麼處置他。我當然考慮過在房子裡藏一個嬰兒的實際問題，我也對他的未來想好了計畫。如果我們可以把他藏起來一陣子，我打算晚一點再讓人家知道他的存在。人家一定會指指點點，但我們可以說他是遠房親戚的孤兒。就算有人想懷疑這個小嬰孩的出身，那也隨他們去吧，反正他們也無法逼我們說出真相。我在設想這些計畫的時候，是把嬰兒想像成一個需要解決的難題。我沒有考慮到的是，他與我血肉相連；我沒有預期的是，我會愛他。

他屬於愛蜜琳的，光這樣就足以成為我愛他的理由，我倒沒想過他是屬於恩布洛司的。但他也是我的，他那珍珠般的肌膚，粉紅色噘起的雙唇，小手揮來揮去，在在讓我驚訝。一股要保護他的強烈慾望征服了我。為了愛蜜琳的緣故，我想要保護他；為了他的緣故，我要保護愛蜜琳；為了我自己，我要保護他們兩人。看著他與愛蜜琳在一塊，我無法把視線移開。他們好美麗，我唯一的願望是要讓他們兩人安全。而且我馬上明白，他們需要一個守護者來保護他們的安全。

亞德琳忌妒這個嬰兒，更甚於她以前忌妒海瑟特，更甚於她忌妒我。這也是可以預見的：愛蜜琳喜歡過海瑟特，也愛我，但這兩份感情都比不上她對亞德琳至高無上的愛。可是這個嬰兒——啊，嬰兒不同了，嬰兒篡奪了一切。

我並不驚訝亞德琳顯露的敵意。我知道她的憤怒可以多麼乖戾，我目睹過她暴力的程度。然而，有天我頭一回見識到她下手的極端，我簡直不敢相信。我經過愛蜜琳的臥室，安靜推開門，看看她是否還在睡覺。我看到亞德琳在房間裡，彎腰接近搖籃，她的姿勢讓我感到恐懼。她聽見我的腳步聲，忽然一躍而起，然後轉過身倉卒衝過我身旁，離開了房間。她手中抓著一個小墊子。

我立即衝到嬰兒吊床前，孩子睡得香甜，小拳頭握在耳朵邊，呼吸聲柔和又纖細。

安全！

下次她還會再來。

我開始暗中監視亞德琳。我以前神出鬼沒的日子現在派上了用場，我從窗簾與紫杉後面查看她。她的行為不可預知，無論是在室內或屋外，不管什麼時辰或天氣，她專心做著無意義、重複的舉動，她受到一種我無從理解的力量支配著。她有個動作漸漸引起了我的注意，每天一次、兩次、三次，她走去馬車房後又出來，每次都帶走一罐石油。她把罐子拿到客廳或者藏書閣、庭院放下，然後她好像又忘記了石油的存在。她可能隱約知道自己在做什麼，但是又恍恍惚惚、丟三落四的。等她不注意的時候，我就把石油罐子拿走，我也不管她會怎麼想那些不見的罐子。她一定以為它們擁有自己的靈魂，它們會自己移動。或者也許她誤以為自己搬動罐子的記憶，其實是夢境或者還沒實現的計畫。不管理由為何，她好像沒有發現罐子不見了。儘管如此，她還是不停地把罐子從馬車房搬出來，偷偷放在房子裡每個地方。

每天有大半的時間，我好像都耗費在「把罐子拿回馬車房」這件事上。有一天，我不想讓愛蜜琳和睡著的嬰兒單獨無人保護，於是我把罐子藏在藏書閣書架後面看不見的地方，沒有把它拿回馬車房。我才想到，也許這樣比較好，因為我如果一直把罐子拿回到馬車房，那我只是在做同一件事情，也就是讓這個惡性循環一直持續下去，像是旋轉木馬。如果把罐子慢慢全部藏起來，就不必繼續做這份沒意義的繁瑣工作了。

我晝夜監看她，快累垮了。但她從來不累！只要睡一點點，就有精力活動好久。半夜裡任何時刻她都有可能起床走動，而我卻是越來越睏。有一天傍晚，愛蜜琳上床睡了。小男孩在她臥室的嬰兒吊床裡酣然沉睡。他整天都因為肚子絞痛而大哭，但是現在已經好一點了。

我拉上窗簾。

現在該去看看亞德琳了。我不喜歡像這樣老是在維持戒備的狀態下：當愛蜜琳與孩子睡著的時候，我得留意她們；她們醒來的時候，我得提防著亞德琳。我幾乎沒睡。現在身在這個房間裡，是多麼的安寧啊，愛蜜琳的呼吸讓我緩慢下來，使我放輕鬆。嬰孩的呼吸帶來了輕微的空氣震動，伴隨著愛蜜琳的呼吸出現。我記得我聽著這兩個聲音的合聲旋律，心裡想，多麼寧靜啊。我還想，要怎麼形容這個氣氛呢！我喜歡用這種方法自娛，也就是藉文字來表現我的所見所聞。我想的是，呼吸好似穿透了我，占領了我的氣息，有如我們同屬於某個事物，我、愛蜜琳、我們的寶寶，我們三人同一個氣息。我滿腦子都是這個想法，我覺得自己已經隨著他們漂流而去，進入了夢鄉。

有個東西把我驚醒。可能是貓。眼睛還沒張開，我已經進入警覺狀態。我動也不動，繼續維持規律的呼吸，同時從睫毛的細縫之間觀察亞德琳。

她俯身靠近嬰兒吊床，抱起嬰兒要離開房間。我大可呼喊阻止她，但是我沒有。如果我高喊，那只是阻撓她的計畫；如果我任由她繼續進行，那就可以查出她到底要怎樣，並且永遠地結束她的計畫。嬰兒在她的手臂中輕輕晃動，他要醒了，除了愛蜜琳的臂彎之外，他不喜歡躺在別人的手臂中，而且嬰兒才不會被雙胞胎騙了。

我跟隨她下樓到藏書閣，從打開的房門外偷窺。嬰兒在書桌上，旁邊那疊書從來沒有放回書架上，因為我三天兩頭就要把它們重新讀一次。在書本旁我看見嬰兒毛毯的褶層在動，我聽見他隱約發出類似咕噥的聲音。他醒了。

亞德琳跪在爐邊，從煤筐裡拿出煤炭，從壁爐旁放置燃木的位置拿出短木條，把這兩樣東西隨便丟進壁爐裡。她從來就不知道該怎麼生火，而我早就從老嬤嬤那裡學了碎紙、火種、煤炭、圓木的正確排列方式。亞德琳的燃料亂七八糟、隨意放置，應該根本點不著。

我心中慢慢瞭解了她的意圖。

她不會成功的，是不是？灰燼中的溫度只是假象，不足以重新點燃煤炭或短木條，而且我從不在房裡留下火種或火柴。她的火不可能燃燒起來，至少我知道是不可能的。但是我還是要小心。她唯一需要的火種，就是她放火的欲望；她唯一需要的縱火動作，就是用眼睛盯著東西，直到燒起來。她的縱火魔法非常厲害，如果她真的想要的話，我相信連水都能被她拿來當燃油。

在驚恐中，我看著她把包在毛毯裡的嬰兒放到煤炭上。

接著她環顧房間。她在找什麼？

她走向房門這邊，我向後跳到陰暗的地方躲好。她沒有發現我在監視，她在找的是別的東西。她彎下身走進樓梯底下，然後消失不見。

我跑到壁爐，把嬰兒從煤堆中抱開，然後很快從躺椅上拿來一個長形抱枕，用包裹嬰兒的毛毯把抱枕包起來，放回煤炭上。可是我沒時間逃跑了，我聽見石板上的腳步聲，還有拖曳的嘈雜聲，那是石油罐斜拖在地面上的聲音，我也聽見了開門聲。

噓，我無聲地祈禱，現在不能哭，我把嬰兒緊貼著我的身體抱著，免得他感到冷。

回到火爐前，亞德琳歪著頭檢查她的爐火。怎麼啦？她注意到有東西改變了嗎？顯然沒有。她回顧房間。她到底想要什麼啊？

嬰兒有了動靜，他的手臂猛然一抽，雙腳一踢，脊骨一個緊繃——嚎啕大哭的前兆。我把他換個姿勢抱好，他的頭沉沉靠在我肩膀上，我的脖子感覺到他的呼吸。別哭，拜託，別哭。

他又安靜下來了，於是我觀望著。

我的書！書桌上我的書！那些書，是我不管何時經過這裡，一定會拿起來翻閱的書，不為別的，只為了讀裡面幾個字當消遣。這些書抓在她手中，這是多麼矛盾的景象啊。亞德琳與書？看起來多突兀啊。她翻開封面，有那麼異乎尋常的一瞬間，我幾乎以為她要讀書了……

她一把一把扯下書頁，書頁撒滿了整張書桌，有些滑落到地板上。撕完書之後，她抓起幾把書頁，把它們揉成鬆散的球體。她的動作迅速，她是一陣旋風！我那些整齊精緻的書本突然成了一座紙山。沒想到一本書裡面有那麼多的紙！我想要大喊，但是那又怎樣？所有的文字，美麗的文字，扯開分散，粉碎摧毀，我，在陰暗之中，說出不話來。

她抱起一堆紙，在壁爐中的白色毛毯上方放下。我看著她從書桌到火爐之間來回三趟，她的手中抱滿了紙，爐子裡堆了一大堆撕破的書。《簡愛》、《咆哮山莊》、《白衣女郎》……一球球的紙搖搖欲墜，有些滾到地毯上，與那些她在途中掉落的紙球會合。

一個紙球停在我的腳邊，我安靜地蹲下去撿起來。

噢！看見這團縐紙，教人何等憤慨；文字已經發狂了，朝著四面八方飛去，毫無知覺。我的心碎了。

怒氣席捲了我，把我像是一片漂浮殘骸這樣推動著；我眼盲了，也沒了呼吸。怒氣像一片海洋在我腦中呼嘯，我大可哭喊，像個瘋婆子般從我藏匿的地點跳起來痛擊她，但是我手裡抱著愛蜜琳的寶貝，因此，愛蜜琳的姊姊褻瀆我的寶貝時，我只能站在一旁觀看，靜靜地發抖、落淚。

終於，她對於這個火堆滿意了。不管用什麼方式來看這個火堆，把爐床裡堆滿紙團，本身就是愚蠢的行為。老嬤嬤一定會說，次序全顛倒了，這樣絕對點不著火的，應該把紙放在最底層的。就算她能正確堆個火堆，也沒有差別呀，反正她不可能點燃的，她沒有火柴。即使她有辦法拿到火柴，她依然沒法達到目的，因為她意圖加害的小男孩，就在我的臂彎中啊。整件事情最瘋狂的是，假使我沒有在場阻止她，假使我沒有搶救嬰兒，假使她把他活活燒死了呢？難道她真的以為，燒死她妹妹的小孩，就能讓她妹妹回到她的身邊嗎？

這是個瘋女人的火。

嬰兒在我手臂中醒來，張開嘴巴低聲哭泣。怎麼辦？亞德琳背對著我，我輕聲退避，逃進了廚房。

我得把嬰兒送到一個安全的地方，等下再來對付亞德琳。我的心狂烈地運轉，想出一個又一個計畫。如果愛蜜琳知道亞德琳的陰謀，她對她姊姊的愛將會蕩然無存。這下子就會是我和愛蜜琳在一起了，我們會告訴警察，亞德琳謀殺了挖土約翰，警察會把她帶走。不行！這樣好了，我們告訴亞德琳，如果她不離開安琪費爾德莊園，我們就會告訴警察……這樣也不好！接著我突然想到了！我們倆離開安琪費爾德莊園，對，愛蜜琳跟我，帶著嬰兒走，我們能展開新的人生。雖然沒有亞德琳，沒有安琪費爾德莊園，卻生活在一起。

這個計畫好像太容易了，我納悶自己以前怎麼從沒有想到過。

廚房門的掛勾上掛著恩布洛司的獵物袋。我迅速解開搭鉤，把嬰兒包進去。光明的未來就在眼前，未來好像比當下還更加真實。我把《簡愛》書上撕下的紙頁也丟進獵物袋中，從餐桌上抓了支湯匙丟進去，前往嶄新人生的路上，我們會需要這支湯匙。

好，現在去哪？不能離房子太遠，必須找個安全的地方，沒有東西會傷害他的地方，在我回去接愛蜜琳、勸她跟我走的這段時間裡，他會十分暖和的地方……

馬車房不行，亞德琳偶爾會去那裡。禮拜堂，那是她從來不去的地方。

我沿著車道跑下去，從禮拜堂的門進去。前幾排的位置那裡有幾塊小織錦墊，讓人跪著禱告用的。我把墊子排成一張床，將帆布袋裡的嬰兒放在上面。

接著，回去房子。

我還沒回到房子裡，我的未來就在眼前粉碎。玻璃碎片在空中四散，一片接著一片破碎的窗戶，還有一道邪惡、活躍的光在藏書閣裡。我從窗戶看見了液體燃劑濺散在房內——油罐受熱之後爆炸了。還有兩個身影。

愛蜜琳！

我跑過去。一進門的大廳有著石頭地板與冰冷的牆壁，火在這裡無法燃燒，但是火焰的氣味依然嗆在我鼻孔裡。然而，在藏書閣的門口，我停了下來了。火焰往窗簾上方追趕，書架燃燒著，火爐變成了地獄。房間中央是那兩個雙胞胎。我在這一切嘈雜聲響與大火高溫之中，呆住了一下子，暗吃了一驚，因為愛蜜琳，那個順從、馴服的愛蜜琳，正用拳頭、踢擊、猛咬來對抗她姊姊的拳打腳踢。她以前從沒打過她姊姊，但是她現在正在出拳。都是為了她的孩子。

汽油罐爆炸時，一道光又一道光在她們周圍、頭頂上猛然衝出，火如雨般落在房間。

我張開嘴要向愛蜜琳高喊嬰兒安然無恙，但我第一口吸進的卻只有熱氣，我嗆到了。

我跳過火苗，繞過火焰，閃過由上朝我落下的火柱，用我的雙手拂開火光，撲滅我衣服上燃燒的火頭。等我到了兩姊妹身邊，已經看不見她們了，只能在煙霧間伸手盲目尋找。我的觸碰使她們一時之間感到驚訝，當下各自分開。我見到了愛蜜琳，清楚見到了她，愛蜜琳也見到了我。我捉住她的手，拉著她穿過火焰、走過大火，我們到了房門口。但是，等她明白我正在帶她離開火場、前往安全的地方時，她停下腳步。我使勁拉著她。

「他沒事。」我以低沉沙啞、但是非常清楚的聲音說。

她怎麼聽不懂呢？

我又說了一次：「嬰兒，我已經救了他了。」

她有聽見我說話吧？令人難以理解的是，她抗拒我的拉扯，她的手從我手中溜開。她在哪裡？我見到的只有一片黑濛濛。

我跌跌撞撞朝著火焰前進，與她的身體相撞，我抓住她，拉著她走。

她還是不願意留在我身邊，又再次轉身往房間裡面去。

為什麼呢？

她與她姊姊是注定要在一起的。

注定的。

我的視線模糊，胸腔發熱。我跟著她走進煙霧中。

我要打破這種注定。

我閉上眼睛抵抗高溫，衝入藏書閣，雙臂在前方摸索。我的手在煙霧中摸到了她，我不願放她走。我不會讓她死的，我會救她。縱然她抵擋著，我猛力將她往門口拖去，拖出了門外。

房門是橡木做成的，相當沉重，不易著火。我們出來之後，我把門一推，關上了，彈簧鎖的鎖頭扣緊了。

她穿過我身邊，準備要把門打開。有種東西，比火焰還炙熱，正牽引著她往房間裡去。

那隻插在鎖孔上的鑰匙——自從海瑟特離開之後就沒用過了——溫度很高，我轉動鑰匙的時候，燙傷了我的手掌心。那天晚上，我沒有再受別的傷，只有鑰匙在我手中烙了印。手心燒焦的時候，我聞到了我皮肉燒焦的氣味。愛蜜琳伸出一隻手來拿鑰匙，又想再次打開門。金屬燙傷了她，她正感到驚嚇的時候，我拉開了她的手。

一聲強烈的吶喊充斥在我腦中。是人類？是火的聲音？我甚至不知道那個聲音到底是從房裡傳出來的，還是在外面。一開始是喉音，聲音一面攀升，一面聚集力量，達到了刺耳的顛峰強度。我以為那個聲音一定已經快結束了，但聲音還是持續著，難以想像的低沉，難以想像的長久，那是一個充滿了整個地球、吞沒了整個世界、包含了整個宇宙的無窮聲音。

聲音消失，只剩火焰的怒號。

下雨了，草地濕透了。我們噗通倒在地上，我們在潮濕的草地上滾動，把悶燒的衣服與頭髮沾濕，讓灼焦的肉體觸碰冰涼的水分。我們躺在那裡喘氣，直挺挺貼著地面。我張嘴喝下雨水，雨水落在我的臉上，冷卻了我的眼睛，我又看得見了。從來沒有見過這樣的天空，深濃的靛藍色，上面有快速移動的藍灰色雲朵。雨水如銳利的銀色刀片，不時有一陣濃煙、一片橘色火光自房子裡冒出，房子如一座火焰的噴泉。一道閃電將天空砰一聲劈為兩半，接著又一道閃電，然後又一道。

嬰兒。我必須把嬰兒的事情告訴愛蜜琳，她知道我救了他一定會很高興，然後一切都沒事了。

我轉向她，開口要說話。而她的臉——

她惹人憐愛、漂亮美麗的臉蛋又黑又紅，全是煙、血、火的痕跡。她的眼睛，她亮綠色的眸子，毀壞了，看不見了，沒感覺了。

我看著她的臉，在她臉上看不見我鍾愛的人。

「愛蜜琳？」我低聲喊，「愛蜜琳？」

她沒有回應。

我的心死了。我到底做了什麼？難道我……？有可能……？

我不忍心知道。

我不忍心不知道。

「亞德琳？」我的聲音結結巴巴。

但是她沒有回應。這個人，是這個還是另一個？可能是或者可能不是？親愛的人，殘忍的人，這個我不知道她是誰的人，沒有回應。

有人跑過來了，沿著車道跑過來，聲音在夜晚裡急促地呼喊。

我站起來，壓低身子，急急忙忙逃開，放低姿態躲了起來。他們走近草地上的女孩，等我確定他們已經看到她的時候，由著他們去照料她。我回到禮拜堂，把背帶掛在肩上，將袋中的嬰兒緊緊抓牢，然後動身。

樹林中很安靜。樹葉減緩了雨水落下的速度，雨輕柔滴落在矮樹叢上。孩子抽噎哭泣，然後睡著了。我的腳把我帶到樹林另一邊的小屋，我知道這棟房子，我如鬼魂出沒的那幾年，常常來偷看這棟房子，裡面住著一位獨居婦女。我暗中從窗外看著她打毛線或是烘培食物，總覺得她看起來人很好，後來我在書中讀到了善良的祖母或是仙女教母的故事，我總是用她的面孔來暫代她們的容貌。

我把嬰兒帶到她那裡。我對著窗戶往裡面看了一眼，就像我以前那樣，我見到她在火爐旁邊的老位置上打毛線。她若有所思，不聲不響。她正在解開她的編織品，坐在那裡把線頭扯開，棒針放在她身旁的桌上。門廊上有個乾燥的地方可以放嬰兒。我把他放在那裡，然後在一棵樹的後面等著。

她打開門抱起他。我一見到她的表情，就知道他在她身邊會平安無事。她抬起眼睛看看四周，朝著我的方向張望，好像是看見了什麼。是樹葉沙沙作響而洩漏了我的存在嗎？我心頭掠過一個想法，想要往前一步，她一定會對我以朋友相待吧？但我遲疑了，且風轉變了方向。她聞到了火的味道，我也聞到了。她轉身望向天空，從安琪費爾德莊園那裡升起的煙霧讓她倒抽了一口氣。接著，她臉上露出了迷惑，她把嬰兒抱近她的鼻頭前聞了聞。他的身上有火的味道，是從我衣服上沾到的。她又看了一眼煙霧，腳步堅定地走回屋子，關上了門。

我獨自一人。

沒有名字。

沒有家。

沒有家人。

我，什麼都不是。

我，無處可去。

我，沒有人陪。
我盯著灼傷的手掌，卻感覺不到痛。
我是一個怎樣的東西？我還活著嗎？
我可以去任何地方，但我走回了安琪費爾德莊園，我只知道那裡。
我從樹林間走出，朝著事故現場接近。我看見一輛消防車，村民們拿著自己的水桶站在後面，頭昏眼花，被煙霧燻得灰頭土臉，他們正看著消防人員對抗火焰，婦女們盯著漆黑天空中上騰的煙霧。還有輛救護車，毛思禮醫生跪著，俯身靠近草地上的一個人形。
沒人看見我。
我在現場的邊緣站著，我是一個無形無影的東西。也許我真的什麼都不是，也許人家根本看不見我，也許我死在大火中了，而自己還沒有接受這個事實。我終於成功扮演了我一直以來的角色：鬼魂。
接著，其中一個婦女往我這裡看過來。
「你們看，」她一邊喊，一邊指著，「她在這裡！」村婦都轉身盯著我瞧，其中一個婦女跑去通知男人們，他們從失火處看著我。「謝天謝地！」有個人說。
我張開口要說話，也不知道怎麼了，我什麼都說不出來，只是站在那裡，嘴形像是要說話，卻沒有聲音，沒有語言。
「不要說話。」毛思禮醫生已經到了我的身邊。
我盯著草地上的女孩，「她沒問題的。」醫生說。

我看著房子。

那堆火焰，我的書本，我認為我快承受不住了。我想起從《簡愛》裡撕下的那張紙，我從火堆中救回的那一球文字。我把它留在嬰兒那裡了。

我開始掉淚。

「她受驚了，」醫生對一位婦女說，「別讓她冷到，陪著她，我們先把她姊妹送上救護車。」

村婦走過來，口中喃喃說著關切的話。她脫下自己的外套將我包起來，輕輕柔柔的，好像在為小寶寶穿衣服。接著她輕聲說：「別擔心啊，你沒事的，你姊妹沒事的，噢，可憐的孩子。」

他們把那個女孩從草地上抬進救護車中，接著他們扶著我，讓我在救護車裡坐下，然後他們開車送我們到醫院去。

她雙眼睜著，茫然凝望，眼神空洞。我看了她一眼，就把眼睛移開。救護車的人俯身接近她，確定她還有呼吸，然後轉向我。

「你那隻手怎麼了？」

我的左手抓著右手，沒有意識到疼痛，但是我的身體洩漏了祕密。

他拿起我的手，我讓他攤開我的手指。一個標誌深深烙印在手掌心中。那隻鑰匙。

「傷口會癒合的，」他告訴我，「別擔心。好，你是亞德琳，還是愛蜜琳？」

他對另一個人比著手勢，「這個是愛蜜琳？」

我無法回答，無法鎮定，無法移動。

「不要擔心，」他說，「等一下你再回答。」

他放棄了與我溝通的意圖，但自己一個人還在那裡碎碎唸著：「我們還是得替你找個稱呼吧，亞德琳，愛蜜琳，愛蜜琳，亞德琳，反正機會是一半一半，對不對？以後就知道了。」

醫院到了。救護車的門打開。四周吵雜且忙亂。快速講話的聲音。擔架，抬到一個輪床上面，快速推開。一張輪椅。我肩膀上的手。「坐下，親愛的。」椅子移動。我的身後傳來聲音：「別擔心，孩子。我們會照顧你和你妹妹。你現在安全了，亞德琳。」

ꕥ ꕥ ꕥ

溫特女士睡了。

她張開的嘴溫柔地放鬆了，太陽穴附近的亂髮直立。在睡夢中，她看起來非常、非常蒼老，卻也非常、非常年輕。每一次呼吸，被單就在她單薄的肩膀上起伏一次，滾緞的毛毯輕拂她的臉龐。我俯身靠近她，把被子拉好，把白色的捲髮輕輕撥回原位。

她沒有動靜。她真的在睡覺嗎？我有點納悶。還是說她已經失去了意識呢？

我不確定我望著她有多久。房裡有個時鐘，但是指針的移動卻沒有意義，就好像要為海面上的波浪畫出地圖一樣。我閉上眼睛坐著，一波接一波的時間輕輕拍打我。我沒有睡，只是帶著一種母親守護愛兒的心情。

接下來的事情，我簡直不知道該怎麼說。到底是我在困倦中出現了幻覺？還是我睡著後做了個夢？還是溫特女士真的說了最後一句話呢？

我會把你的訊息帶給你妹妹。

我猛然張開眼睛。她的眼睛已經闔上了。她睡得跟先前一樣深沉。

惡狼來的時候我沒有察覺到，我沒有聽見牠的聲響。我只曉得，拂曉之際，我突然意識到一陣肅靜，然後我才明白，房間裡只聽得見我自己的呼吸聲。

開場

Beginnings

☙雪

溫特女士走了，大雪不斷飄落。

裘蒂絲過來後，與我一同站在窗前，我們看著夜空詭異的光線。一片白茫茫中出現了變化，天亮了，她要我回床上休息。

我醒來時已是黃昏。

早先讓電話不通的落雪現在累積到了窗台，飛雪堆高到門的一半高度。雪像監獄的鑰匙，將我們與世界的其他人事物分隔。溫特女士已經逃走了，裘蒂絲稱之為愛蜜琳的女士（我則避免說出她的名字）也逃脫了。剩下來的——我、裘蒂絲、莫理斯——則被拘禁在這裡。

小貓咪「影子」焦躁不安。是外面的落雪讓牠動了怒氣，牠不喜歡牠的世界出現這種改變。牠從一個窗台走到另外一個窗台，尋找牠失去的世界，焦急地對著裘蒂絲、莫理斯和我喵喵叫，好像我們可以恢復原本的世界似的。牠的兩位女主人不在了，不曉得牠有沒有注意到。

大雪封鎖了我們，時光往旁延展，不再前進。我們各自找到了忍耐的方式。裘蒂絲沉著冷靜，料理蔬菜湯，清理廚房碗櫃；沒工作做的時候她修指甲、敷面膜。莫理斯因為行動受限、無法活動而心焦氣躁，不停地打單人紙牌遊戲。牛奶沒有了，莫理斯不能在他的茶裡加牛奶，裘蒂絲只好陪他玩牌，讓他從痛苦中分散注意力。

至於我，我花了兩天時間把最後的筆記寫好。寫好之後，我卻無法靜心閱讀。在這雪封的大地中，我連夏洛克．福爾摩斯也讀不進去了。我獨自在房裡，花了一個小時分析我的憂鬱，想要從這份憂鬱中找出新的成分。我知道我正想念著溫特女士。我想要找人作陪，於是走進了廚房。雖然我的牌藝很差，但莫理斯很高興能跟我一起玩牌。玩了一陣子，裘蒂絲坐著等她的指甲乾，我去泡了熱可可與沒有加奶的茶。稍後我讓裘蒂絲為我銼指甲，然後打亮。

我們三人與貓咪共度了幾天的時間，與兩位死者關在一塊。舊的這一年好像還想要逗留不去。到了第五天，一股翻江倒海的傷悲淹沒了我。

那時我洗好了碗盤，裘蒂絲在桌子上打單人紙牌遊戲，莫理斯止在擦乾碗盤。我們好像連工作都交換了。碗盤洗好後我離開他們前往客廳。從窗戶看出去是房子背風處的花園一角，這裡的雪堆得不算高。我打開一扇窗，往外爬進白色的世界，穿過雪地。多年來我用書本與書架擋在外面的悲傷，現在朝我靠攏；在紫杉樹籬下的一張長椅上，我任憑自己陷入與雪一樣深厚、一樣純淨的悲傷中。我流著淚，為了溫特女士，為了她的鬼魂，為了亞德琳與愛蜜琳，為了我妹妹、我母親、我父親流淚。最主要的，也是最深痛的，是為我自己而流下的眼淚。我的悲傷是一個嬰兒的悲傷，因為嬰兒剛剛與自己的另一半分離；我的悲傷是一個幼童的悲傷，因為這孩子驚訝地看著老舊錫罐裡面的幾張文件；我的悲傷是一個成年女子的悲傷，她坐在雪地裡的迷幻光線與寂靜中，在一張長椅子上哭泣。

我清醒過來，看見克里弗頓醫生。他用一隻手臂環繞我，「我能瞭解，」他說，「我能瞭解。」

他不瞭解，當然不瞭解，不能完全瞭解。不過他就是這麼說的。我聽了之後平靜下來，因為我知道他想說什麼。每個人都擁有自己的悲傷，雖然每個人的哀痛不同，輪廓、重量、大小各異，但是悲傷的顏色對我們每個人都是相同的。「我能瞭解。」他說。他也是人，因此，在某種程度上，他是瞭解的。

他把我帶回屋內，進入溫暖中。

「噢，親愛的，」裘蒂絲說，「我拿熱可可來好嗎？」

「裡面加一點白蘭地。」他說。

莫理斯為我拉出椅子，動手添加爐火。

我緩緩啜飲熱可可，裡面加了牛奶。醫生與農夫開著曳引機抵達我們這裡。

裘蒂絲用一條披肩裹住我，開始削晚餐要吃的馬鈴薯。她、莫理斯與醫生偶爾閒聊幾句話，例如我們晚餐要吃什麼、雪是不是比較小了、還要多久電話才會接通等。死神本來中止了我們所有人的活動，在閒聊的過程中，我們再次啟動了生命的艱辛旅程。

漸漸地，本來只是有一句沒一句的閒聊，變成了熱絡的暢談。

我聆聽他們的聲音，過了一段時間，加入了他們。

☙ 生日快樂

我回家了。

回到書店。

「溫特女士過世了。」我告訴父親。

「你還好嗎？」他問道。

「還活著。」

他笑了。

「請告訴我媽媽的事，」我問他，「她怎麼會變成現在這個樣子？」

他告訴了我。「你出生的時候，她的身體非常糟糕。醫生把你抱走之前，她甚至沒機會看你一眼。她從沒見過你妹妹，那時她差點就要斷氣了。她還沒甦醒，你們的手術就做完了，你妹妹——」

「我妹妹死了。」

「對，我們也不知道你能不能活下去。我從你媽媽的床邊走到你床邊……我以為我會失去你們三個人。我向每個我聽過的神明祈求，求祂們救救你們。我的祈禱應驗了，至少有部分應驗了。你活下來了。你母親從沒真正恢復過來。」

我還要知道另一件事情。

「你為什麼不告訴我？為什麼不告訴我說，我是雙胞胎？」

他轉過來看著我，表情深受打擊。他嚥了一下口水，嗓音沙啞地開口。「你出生的故事是個悲哀的故事，你母親認為這個故事太沉重了，不適合讓一個小孩來承受。如果可以的話，瑪格麗特，我願意為你承擔一切，我願意做任何事讓你免於受傷害。」

我們靜靜坐著。所有想問的問題，都在我腦裡閃過。不過，一個新的時機出現了，我不用再問了。

我伸出手，握住父親的手。他也伸出手找我的手。

ꕥ ꕥ ꕥ

三天之內，我參加了三場葬禮。

好多人參加了溫特女士的葬禮。全國上下都為了這位大家最喜愛的小說作家哀悼，萬千讀者出席致敬。喪禮一結束我便離開——我早已經向她道過再見。

第二場是場寧靜的葬禮。只有裘蒂絲、莫理斯、醫生與我，向那位始終被當作是愛蜜琳的老婦誌哀。之後，我們彼此很快道別，便分開了。

第三場更孤獨。在班布里的火葬場，面無表情的牧師主持了追思禮拜，把一具身分不名的骨骸交在上帝手中，只有我一個人出席。雖說是把骨骸交在上帝手中，不過是我代表安琪費爾德家族收下了骨灰。

ꕥ ꕥ ꕥ

安琪費爾德莊園種著雪花蓮。雪花蓮萌芽的跡象終於穿透了霜凍的地表，在雪面上露出綠尖，翠綠又鮮嫩。

我站起來時聽見了聲響。是奧瑞利思，他到了莊園的禮拜堂門口。肩頭上還積著雪，他手上拿著花。

「奧瑞利思！」他怎麼能夠變得如此悲傷？如此蒼白？「你變了。」我說。

「白忙了一場讓我筋疲力竭，」他的眼神向來愉快，現在卻變得與一月天空一樣的黯藍色，讓我可以看穿他的眼睛，直抵他失望的內心，「我這輩子都希望能找到我的家人，我想知道我是誰。最近，我覺得充滿希望，覺得有機會認祖歸宗了。但現在從這個情形來看，我覺得我弄錯了。」

我們沿著墳墓之間的草徑步行，清除長椅上的雪，在雪花還沒落下之前先坐上去。奧瑞利思在袋子裡摸啊找啊，找出兩片蛋糕。他心不在焉遞給我一片，把另一片塞進自己的嘴巴。

「你要給我的就是這個嗎？」他看著骨灰盒問，「這就是我的人生故事嗎？」

我把骨灰盒遞給他。

「好輕呀，跟空氣一樣輕。不過……」他把手貼近心臟的地方，想要用一個手勢來表現他的心多麼沉重，但又不知道要怎麼表示這個手勢，於是把骨灰盒放下，又咬了一口蛋糕。

吃完最後一口之後他說：「如果她是我媽媽，為什麼我沒有跟她在一塊呢？為什麼我沒有在這個莊園裡跟她一起死掉呢？為什麼她會把我帶去樂弗太太的房子，然後回到這個莊園，回到著火的房子呢？為什麼？這說不通啊！」

他跨出小徑，走向墳墓間狹窄的綠畦，我跟在他後面。他站在一座我以前看過的墳前，放下手中的花朵。樸簡的墓碑。

瓊恩．瑪莉．樂弗

永誌不忘。

可憐的奧瑞利思，他筋疲力竭。我用手攬住他的臂彎，他幾乎沒有注意到，但是他接著轉過身來面對著我。「也許，與其有個不斷改變內容的故事，還不如根本不要有故事。我花了一輩子在追尋我的故事，但是從來沒有真正捕捉到它。我始終擁有樂弗太太，但我卻一直想追蹤我的故事。你要知道，她好愛我。」

「我從沒懷疑過。」對他而言，她一直是個好媽媽，比雙胞胎任何一人可能做到的還要好。「也許，不要知道真相比較好。」我說。

他的眼睛從墓碑看向白色的天空，「你真的這麼認為嗎？」

「不是。」

「那你為什麼要這樣說？」

我把手從他臂彎中輕輕抽出，將冰冷的雙手縮進外套的衣袖下。「那是我母親會說的話，她覺得一個不痛不癢的故事，好過於一個沉重的故事。」

「這麼說，我的故事是個沉重的故事。」

我沒說話。沉默拉長了，我沒說出他的故事，卻告訴他我自己的故事。

「我有個妹妹，」我開始說，「雙胞胎妹妹。」

他轉身面對我，結實寬廣的肩膀襯著天空，嚴肅地聆聽我向他傾吐的故事。

「我們連在一起，在這裡……」我的手往下拂過我的身體左側，「沒有我，她活不下去。她需要我的心臟為她跳動。但是，沒有她，我也不能活，她吸乾了我的氣力。他們將我們分割，她就死了。」

我另一隻手在我的傷疤上與第一隻手作伴，我用力擠壓。

「我母親從沒跟我講過這件事，她認為我最好不要知道。」
「不痛不癢的故事。」
「對。」
「但是你後來知道了。」
我更使勁擠壓，「意外發現的。」
「我聽了很難過。」他說。
他握起我的手，把我兩隻手包圍在一隻大手掌中。然後，他另一隻手臂將我拉過去，透過層層的外衣，我感覺到他肚子的柔軟，耳朵突然聽見一陣聲響。我想，那是他的心跳聲。一個人的心臟，在我身旁，所以這就是那種感覺啊。我聽著。
接著我們分開了。
「知道真相比較好嗎？」他問我。
「我不敢肯定，不過，一旦你知道真相，就不可能回頭了。」
「而你知道我的故事。」
「對。」
「我真正的故事。」
「對。」
他沒有遲疑，只是吸了口氣，整個人好像又變得更高大一點。
「既然這樣，你就跟我說吧，」他說。

我說了。我一面說，我們一邊散步。說完之後，我們站在雪花蓮穿透雪地發芽的地方。

奧瑞利思拿著骨灰盒，奧瑞利思猶疑著：「我覺得這樣好像不合常規。」

我也這麼認為，「但是我們還能怎麼辦呢？」

「常規不適用於這個狀況，對不對？」

「除此之外，沒有更適當的做法了。」

「那麼就來吧。」

我們用切蛋糕的刀子在結冰的地面上鑿開一個洞，就在那個我認為是愛蜜琳的女人的棺木上。奧瑞利思把骨灰倒了進去，接著我們把泥土撥回去，蓋住了骨灰。奧瑞利思用全身的力量往下壓平，然後我們把附近的花草重新整理一遍，掩蓋掉我們擾動此地的痕跡。

「雪融化之後，地面就會平了。」他說。他把長褲褲管的雪拂掉。

「奧瑞利思，你的故事還沒完。」

我帶他走到墓地另一邊。「你現在知道你母親的事情了，但是你也有父親，」我把恩布洛司的墓碑指給他看，「你給我看的那張紙上寫的A跟S，是他的名字，那也是他的袋子，本來是用來裝獵物的，所以裡面會有羽毛。」

我停下來，奧瑞利思需要理解的事情太多了。過了好一會兒，他點點頭，我才繼續說：「他是個好心人，你很像他。」

奧瑞利思目不轉睛，他頭暈目眩。知道越多，失落越多。「他死了，我明白了。」

「故事不止於此。」我柔聲說，他慢慢把眼睛轉過來看我，我在他眼中看見恐懼，因為他擔心自己被人丟棄的故事，最後會沒有結局。

我抓著他的手，對著他微笑。

「你出生之後，恩布洛司結婚了。他還生了一個孩子。」

他花了一段時間才聽懂這句話。聽懂之後，興奮的震驚讓他的精神雀躍起來。「你是說——我有——而她——他——她——」

「對！你有妹妹！」

笑容在他臉上綻放。

我接著說：「而且，你妹妹也有了自己的孩子，一個小男生跟　個小女生！」

「我有外甥女！還有外甥！」

我握住他的手，等他的手停止搖晃。「家人，奧瑞利思，你的家人。而且你已經認識他們了。而且他們在等待你的出現。」

我們走過教堂門口，邁開大步沿著大馬路前進時，我差點跟不上他的腳步。奧瑞利思完全沒有回頭，只有到了莊園門房的時候我們才停下來，因為我在喊他。

「奧瑞利思！我差點忘記給你這個。」

他接過白色信封，並且打開，他太高興了，心思很難集中。他抽出卡片，看了我一眼，「什麼？不是真的吧？」

「是，是真的。」

「今天？」

「就是今天！」就在這一刻，我不知道著了什麼魔，我做了一件我這輩子從沒做過，也從沒想到我會做的事情。我張大嘴，用最高的音量狂喊：「生——日——快——樂！」

我真的有點瘋了。不管怎麼，我覺得好難為情。奧瑞利思也不在乎，動也不動站著，雙手往身體兩旁展開。他閉著眼睛，抬頭向天。世間所有的幸福都跟著雪花一同飄落到他的身上。

在凱倫的庭院中，雪地上還留著追逐遊戲的腳印，小腳印與更小的腳印在寬大的圈圈中相互追隨。孩子們不見蹤影，等我們走近了，才聽見他們的聲音從紫杉樹那邊傳來。

「我們來演白雪公主。」

「那是女生的故事。」

「那你要演什麼故事？」

「火箭的故事。」

「我不要當火箭，我們來玩小船吧。」

「昨天才玩過小船。」

他們聽見柵欄門的聲音，探出頭往外望，他們頭髮蓋在帽子下，我幾乎分不出誰是哥哥，誰是妹妹。

「是那個做蛋糕的人！」

凱倫走出屋外，穿過草地走過來。「你們曉不曉得他是誰呀？」她問孩子們，同時害羞地對著奧瑞利思笑，「是舅舅。」

奧瑞利思一下看著凱倫，一下看著孩子，他的眼睛大概不夠大，裝不下他想看的一切事物。他不知道該說什麼，但是凱倫伸出一隻手，他也伸出手。

「這有點……」他開口。

「沒錯，」她說，「可是我們會習慣的，是不是？」

他點頭。

孩子們抱著好奇心，盯著大人演的這一幕。

「你們在玩什麼？」凱倫問，想要轉移他們的注意力。

「不知道要玩什麼。」女孩說。

「我們還沒決定要玩什麼。」哥哥說。

「你會不會講故事？」艾瑪問奧瑞利思。

「只會講一個。」他告訴她。

「你只會講一個故事啊？」她大吃一驚，「故事裡有青蛙嗎？」

「沒有。」

「恐龍？」

「沒有。」

「祕密通道？」

「沒有。」

孩子們面面相覷，顯然覺得那不太像是個故事。

「我們知道好多故事噢。」湯姆說。

「好多噢，」妹妹附和，語氣像是作夢，「公主，青蛙，魔幻城堡，仙女教母——」

「毛毛蟲，兔子，大象——」

「好多動物。」

「好多動物。」

孩子們突然安靜下來，一起沉醉在五彩繽紛的故事世界裡。

奧瑞利思看著他們，彷彿他們是個奇蹟。

接著，他們回到現實的世界，「好多故事。」男孩說。

「我跟你講一個故事好不好？」女孩問道。

我想，這一天之內，奧瑞利思大概聽了太多故事了，但他還是點點頭。

她拿起一個想像中的東西，放在她的右手上，用她的左手做出翻開書本的動作。她往上瞧了一眼，確定她的聽眾有專心在聽，接著，她的眼睛回到她手上的書，開始說起了故事。

「很久很久以前……」

凱倫、湯姆與奧瑞利思，三雙眼睛都停留在艾瑪與她的故事上。他們在一起，沒什麼好擔心的。

我趁著他們不注意，走回柵門，悄悄沿著馬路離去。

☙第十三個故事

我不會出版薇妲．溫特的傳記。這個世界也許巴望著她的故事，但那不是我能說的故事。亞德琳與愛蜜琳、大火與鬼魂，現在這些故事都屬於奧瑞利思了。墓園裡的墳墓是他的，生日也是他的。真相已然沉重，無須將世人窺探的眼光所帶來的額外壓力，再加諸他的肩頭上。讓他自行做主吧，他與凱倫可以翻過那一頁，重新開始。

但是時間流逝，總有一天，奧瑞利思將不存在；總有一天，凱倫也會離開這個世界。湯姆與艾瑪這兩個孩子，距離我講的這個故事，已經更遙遠了。在他們母親的照料下，他們已經開始鑄造自己的故事，強壯、紮實、真切的故事。總會有那麼一天，伊莎貝爾與查理，亞德琳與愛蜜琳，老嬤嬤與挖土約翰，無名的女孩，都將永遠留在歷史裡，他們古老的骨骸再也無法喚起恐懼或痛楚。他們只是一個遙遠的故事，無法傷害任何人。等到那一天——屆時我自己也老了——我才會把我的記錄交給湯姆與艾瑪，讓他們閱讀。如果他們願意的話，由他們出版。

我希望他們會出版。只要他們一天不出版，那個小鬼魂的靈魂就會一直騷擾著我。她會在我的思緒中漫遊，在我的夢境裡徘徊，我的記憶是她僅有的遊樂場。她的這段人生所剩不多，但是不會被湮沒遺忘。現在暫時這樣就夠了。等到湯姆與艾瑪發表這個故事之後，已死的她才能夠過得更充實，過著比她在世時更豐富的生命。

這樣說來，鬼女孩的故事如果能出版的話，也是很多年之後的事了。然而，這不代表我無法立刻提供世人一點訊息，來滿足他們對於薇妲．溫特女士的好奇。可以，我有訊息的。我最後一次與羅麥克斯先生碰面的時候，我正準備要離去時，他攔住我，「剛好還有一個東西。」他拿出一個信封給我。

那天我在沒人注意的情況下溜出凱倫的花園，掉頭離開的時候，我身上就帶著那個信封。大宅邸的地面已經填平，準備建造新旅館，我若要回想那個老舊宅邸的話，只能依靠我記憶中的印象了。可是，我又想起來了，那個宅邸的座向好像永遠都錯了，扭轉歪折。新的建築物將更好，它會直接面對著來訪的客人。

我從砂礫步道上離開，穿過雪覆的草地，朝著古老的鹿苑與樹林走去。深黑的枝幹因雪而沉重，我經過的時候，偶爾會有一塊塊的積雪輕柔落下。我最後走到了山坡上面那個視野良好的地方。從那裡可以看見一切：禮拜堂與墓地，白雪襯托下的鮮豔花圈，襯托在藍天下的純白莊園大門，還有已經砍掉荊棘叢的馬車房。只有宅邸消失了，徹底消失了。戴著黃色安全帽的工人已經把歷史清除，成為一張白紙，我們也到了一個臨界點，可以朝著新方向前進了。這個宅邸的整地工作已經完成，明天，也許是今天，工人們就會回來，把這個地方變成一個建築工地。過去拆毀了，工人們正要動手打造未來。

我從袋子裡拿出信封。我一直在等待，等待適當的時機，適當的地點。

信封上面的字母歪斜，力道不均的筆劃不是輕到逐漸消失，便是重到刻印進紙裡，一點流暢感也沒有。每個字都讓人感覺是獨立寫成的，耗費了千辛萬苦，每寫一個字母就像是個可怕又困難的大工程。就像是個小孩或年邁長者的字跡。收信人寫著：瑪格麗特．李雅小姐。

我撕開信封口，拿出信紙，坐在一株砍倒的樹木上讀信，因為我從不站著閱讀。

親愛的瑪格麗特，

這就是我說過的那篇故事。

我想過要把它完成，但是沒辦法。這個讓世人小題大作的故事，大概就這樣了。這個故事輕薄脆弱，不值一提。就照你的意思處理吧。

至於標題，我心裡想的是《灰姑娘的孩子》，但是我很清楚讀者的心態，我知道不管我怎麼稱呼這個故事，它在這世界上終究只能以一個標題流傳，而那個標題不是我的。

沒有簽名，沒有名字。

可是有個故事。

是灰姑娘的故事，彷彿我從沒讀過這個故事似的，簡潔，無情，憤怒。溫特女士的句子是玻璃破片，光彩動人卻能致人於死。

故事是這樣開始的：請想像這個畫面，一個男孩與一個女孩；一個富裕，一個貧苦。大部分的故事裡，窮的都是女孩，我要講的故事也是這樣。不用舉辦舞會，只要在樹林間的一次散步，就足以讓這兩個人相遇。很久很久以前，有個仙女教母，但是大部分的時間裡，一個教母也沒有。這個故事就是發生在沒有教母的年代。我們的小女孩所擁有的南瓜，就只是一顆南瓜而已，午夜過後，她慢慢走路回家，襯裙上有著血跡，她已經遭到了侵犯，而且隔天也不會有男僕帶著美麗的鞋子出現在她家門口。她早就明白了，她不笨，但是，她懷孕了。

接下來的故事裡，灰姑娘生了個女孩，在貧窮與骯髒之中撫養她長大，幾年後她將自己親生的女孩拋棄在那個侵犯她的男子所擁有的土地上。故事驟然落幕。

這孩子在一座陌生庭園的小徑上，飢寒交迫，忽然明白自己是孤獨一人。在她身後是通往森林的庭園大門，門依然半開著，她的母親還在門後嗎？在她前面是個棚屋，對她幼小的心靈來說，棚屋有著小房子的外觀，一個她可以避難的地方。誰知道呢，也許還有東西可吃。

花園大門？還是小房子？

大門？還是房子？

小孩猶疑著。

她猶疑著……

故事就在這裡結束了。

這是溫特女士最早的記憶，或者只是一個故事？這是不是一個想像力豐富的小孩創造出來的故事，以填補她母親缺席的空白？

第十三個故事。最後的、最有名的，沒有結局的故事。

我讀了，並且感到傷心。

漸漸地，我的心思從溫特女士身上轉移到我自己身上。我母親或許不完美，但是好歹我有個母親在啊。我和母親之間，是否還來得及有交流呢？那是另一段故事了。

我把信收回袋子，起身把長褲上的樹皮灰塵拂掉，然後朝著馬路往回走。

我忙著撰寫溫特女士的人生故事，現在我已經完成了。實際上，我也無須再做其他任何事情來完成契約上的義務了。我的手稿會寄放在羅麥克斯先生那裡，他會把它存進銀行的保管箱裡，然後準備一大筆款項給我。他似乎不用檢查我寄給他的手稿，到底是不是空白的紙張。

「她相信你。」他告訴我。

她顯然相信我。她和我之間存在著一份我從未事前審閱、沒有簽署過的契約，她與我訂立契約的用意很明顯，她想在她過世之前告訴我這個故事，她希望我將故事寫下來。之後我要怎麼處理故事，那是我的事情。我已經告知律師我的想法，就是讓湯姆與艾瑪兩人去決定要不要出版。我和律師約好了時間，到他那裡預立了遺囑，讓我的想法得以實現，這只是為了保險起見。整件事情應該就這樣落幕了。

但是我覺得我的工作還沒完成。我不知道最後有多少人會讀到我寫的故事，也不知道是誰會讀到，但是不管有多少人讀到，不管他們是在多麼遙遠的未來讀到的，我覺得對這些人有份責任。儘管我已經在手稿裡完全交代了亞德琳、愛蜜琳與小鬼魂的故事，但是我知道有些人會覺得還不夠。很多人讀完一本書之後，第二天或者下個星期心裡還在納悶：不知道肉店老闆後來怎麼了，鑽石被誰拿走了，孀居的貴婦究竟有沒有和她的姪女和好等等。這種感覺我是知道的。我可以想像讀者會想著：裘蒂絲和莫理斯後來去哪裡了，溫特女士那座壯觀的花園有沒有人維護，她身後留下的大莊園現在是誰在住等等。

為了不要讓你納悶，我現在就告訴你吧。裘蒂絲與莫理斯留下來了。那幢房子沒有賣掉，因為溫特女士在遺囑中交代了遺願，把房子和花園改裝成文學博物館。當然，真正的價值在花園（沒多久就有一篇園藝評論，把那個花園形容成「一顆出乎意外的珍寶」），但是溫特女士明白，群眾是因著她說故事的聲望才會來參觀博物館，並不是為了她的園藝技藝而來。她的文學館會舉辦文人故居參觀，裡面會有供遊人休憩的咖啡店，還有個小書店。遊客們坐著遊覽車，先到勃朗特文學館，之後來到「薇妲·溫特的祕密花園」。裘蒂絲繼續在這裡擔任管家，莫理斯則是首席園丁。在文學館改裝完成之前，他們兩人最重要的工作，就是清理愛蜜琳的住處。這些房間不開放給人參觀，因為裡面沒有值得看的東西。

至於海瑟特，好，你會驚訝的，連我都驚訝了。我收到一封艾曼紐·德瑞克的來信。說真的，我已經完全忘記他了。他慢慢地、有條有理地繼續他的搜尋工作。雖然機會很小，但是最後他竟找到了她。「都是義大利的線索讓我走偏了搜尋的方向，」他在信中解釋，「你的家庭教師已經徹底往另外一個方向去了——去美國！」海瑟特以行政助理的身分，為一位在大學任教的神經科專家工作了一年。一年之後，你猜是誰來跟她會合了？毛思禮醫生！他太太過世了（因為可怕的流行性感冒，我查過了），葬禮過後沒幾天，他就登船往美國去了。這就是愛。兩人現在都已經去世了，但是他們一同度過了一段漫長又快樂的人生。他們育有四子，其中一個寫了封信給我，而我把他母親的日記送還給他保存。我懷疑他能否辨認出十分之一的日記內容，如果他請我協助解釋的話，我就會告訴他，他母親在英格蘭這裡認識了他的父親，當時他父親還在婚姻狀態中。若是他沒有問，我就會繼續保持沉默。在他給我的信中，他附上了他父母聯合發表的論文目錄。他們做研究，並且寫了幾十篇極受重視的文章（但沒有一篇與雙胞胎的研究有關。我想，他們也知道該停了），而且兩人還是聯名發表：E·毛思禮醫生與H·J·毛思禮夫人。

H・J？海瑟特的全名當中，中間的名字叫作喬瑟芬。

你還想知道什麼事情呢？誰照顧貓咪「影子」？唔，貓咪跟著我回到書店。牠坐在書架上，或者書籍之間的任何空間，如果客人無意間看見牠，牠會用沉著的鎮定面對他們的瞪眼。偶爾牠也會坐在窗戶上，但是時間不長。街道、車輛、路人、對面的建築，都讓牠感到挫折。我帶牠走過穿越巷子前往河邊的捷徑，但是牠不屑利用。

「你還能怎麼辦？」我父親說，「河流對於約克郡的貓是沒有用的，牠在找的是濕地。」

我想他說對了。「影子」滿懷期待跳上窗子往外看，然後轉身對我露出失落的凝望。

我不敢去想牠是在想家。

有天克里弗頓醫生來到父親的書店——他說他恰好到鎮上參觀，然後想起我父親在這裡開了一家書店，他認為值得過來拜訪一趟。他說他想看看我們是否有一本他感興趣、關於十八世紀醫學的書，不過他沒抱太大希望。恰巧，我們的確有這一本，他和我父親親切地詳聊那本書。為了補償他耽誤我們到那麼晚的時間，於是他邀請我們外出用餐。席間大家聊得十分愉快，而他還會在鎮上逗留一晚，父親便邀他隔天晚上與我們全家一同用餐。在廚房裡，母親告訴我說，他是「一個很好的男人，瑪格麗特，非常好」。隔天下午是他僅剩的時間，我們到河邊散步，但這次只有我和他，父親正忙著寫信，沒辦法陪我們。我告訴他安琪費爾德莊園的鬼故事，他仔細聽了。等我說完之後，我們繼續散步，很悠閒，不發一語。

「我記得我見過那個藏寶箱，」他最後說，「可是箱子怎麼能逃過大火呢？」

我當場停下腳步，心裡也起了疑惑：「你知道嗎，我從沒想到要問這個問題。」

「你現在永遠找不到答案了，對吧？」

他挽起我的手臂，我們繼續走下去。

不管怎麼樣，回到我現在想講的主題——「影子」跟牠的思鄉病。克里弗頓醫生來拜訪父親書店時，也看見了貓咪的憂鬱，他提議給「影子」找個家，跟他住在一塊。「影子」如果回到約克郡，一定很開心，這點我絲毫不懷疑。醫生的提議非常令人感激，但卻讓我陷入了痛苦的茫然中，因為我不曉得自己能不能承受與牠分開。牠既然能夠用鎮定自持來面對溫特女士的消失，那我相信牠也能用同樣的鎮定自持，來面對我消失在牠的生命裡。畢竟牠是隻貓啊。但是身為一個人，我已經喜歡了牠，要是有可能，我寧願把牠留在身旁。

在一封信中，我把上面這些想法隱約透露給克里弗頓醫生；他回信道，也許我們兩個都過去好了，我跟「影子」，到那裡渡個假。他邀我們在春天的時候去住上一個月。他說，住一個月的話，各種狀況都可能發生，那我們就可以在這個月內想出某種皆大歡喜的方式，來解決這個進退兩難的問題。我忍不住要想，「影子」就要有個幸福的結局了。

事情就這樣了。

後記

事情差點就這樣了。我原以為事情結束了，結果還沒，還沒完全結束。

有訪客來找我。

首先注意到的是「影子」。那時我正在收拾行李要去約克郡渡假，一面哼著歌，行李箱打開放在床上。「影子」一下跑到箱子裡，一下跑出來，打著主意要用我的襪子和羊毛衫替牠自己弄個窩。突然間牠停下動作，全神貫注朝著我後方的門凝視。

她的樣貌不是金色的天使，也不是死神穿著斗篷的幽靈模樣。她就像我：一個在街上與你擦身而過你也不會注意到的女子，略高、纖瘦、棕髮。

我想要問她好多事情，但是我整個人呆在那裡，甚至連她的名字都講不出口。她朝我走過來，用手臂環繞我，將我往她的身側壓上去。

「莫菈，」我低聲說，「我快要以為你不存在了。」

但是她是真正存在的。她的臉頰貼著我的臉頰，她的手臂環繞著我的肩膀，我的手放在她的腰際。我們緊密接觸，傷疤對著傷疤。我感覺到她的血液跟著我的血液一塊流動，她的心臟與我的心臟一起跳動，我一切的問題都消逝了。這是神奇的一刻，崇高又平靜。我知道我記得這個感覺，它一直鎖藏在我身體內，關起來收著，現在她來了，將這個感覺釋放了，得到了幸福的滿足。我和她曾經同為一體，既然我重新體會到了兩人合而為一的感覺，今天就是個奇蹟。

她來了，我們相聚了。

我知道她是來道別的。下次我們碰面的時候，就是我去找她的時候。距離下次見面不會太久，不用急。她可以等待，我也可以等待。

我把她的淚水擦乾，我感覺到她的手指觸摸我的臉。接著，歡歡喜喜，我們的手指扣著對方的手指，緊密交錯。她的氣息在我的臉頰上，她的臉龐在我的髮裡，我將我的鼻子埋在她脖子的曲線中，吸入她的芳香。

好高興！

雖然她不能留下來，可是她來過了，她來過了。

我不確定她是怎麼走的，也不清楚她什麼時候走的。我只知道她人已經不在了。我坐在床上，非常冷靜，非常開心。我有種奇怪的感覺，覺得我的血液自動調整了路線，我的心臟單單只為了我自己而重新調整了心跳。她觸摸了我的傷疤，她讓傷疤活起來，然後，傷疤的溫度漸漸冷卻下來，最後，傷疤變得和我身體其他的部位完全一樣，沒有差別。

她來了，她走了。我在墳墓的外面不會再見到她。從現在起，我的人生是我自己的人生。

「影子」在皮箱中睡著了。我伸手撫摸牠。牠張開一隻冷酷的綠眼睛，看了我半晌，接著又閉上。

國家圖書館出版品預行編目 (CIP) 資料

第十三個故事 / 戴安 . 賽特菲爾德 (Diane Setterfield) 著 ;
呂玉嬋譯 . -- 二版 . -- 新北市 : 木馬文化事業股份有限公
司出版 : 遠足文化事業股份有限公司發行 , 2025.03
440 面 ; 14.8 x 21 公分
譯自 : The Thirteenth Tale
ISBN 978-626-314-797-3(平裝)

873.57 114000313

第十三個故事
The Thirteenth Tale

作者	戴安・賽特菲爾德 Diane Setterfield
譯者	呂玉嬋
副社長	陳瀅如
總編輯	戴偉傑
責任編輯	涂東寧
行銷企劃	陳雅雯、趙鴻祐
封面設計	Bianco Tsai
內頁排版	宸遠彩藝
印刷	呈靖彩藝有限公司
出版	木馬文化事業股份有限公司
發行	遠足文化事業股份有限公司（讀書共和國出版集團）
地址	231 新北市新店區民權路 108-4 號 8 樓
電話	(02)2218-1417
傳真	(02)2218-0727
客服信箱	service@bookrep.com.tw
客服專線	0800-221-029
郵撥帳號	19588272 木馬文化事業股份有限公司
客服專線	0800-221-029
法律顧問	華洋法律事務所 蘇文生律師
二版一刷	2025 年 3 月
ISBN	978-626-314-797-3
定價	480 元